1781

Johanna Swanberg

SOMMER OHNE PLAN

Roman

Aus dem Schwedischen von
Nina Hoyer

Hoffmann und Campe

Die Originalausgabe erschien 2024 unter dem Titel
Cassi bei Albert Bonniers, Stockholm.

Die Arbeit der Übersetzerin am vorliegenden Text
wurde vom Deutschen Übersetzerfonds gefördert.

Das Gedicht »Der Wichtel« (»Tomten«) von Viktor Rydberg
(Originalabdruck in der *Ny Illustrerad Tidning*, 1881) wird auf S. 236
zitiert in der deutschen Übersetzung von Lukas Wolfgang Börner,
siehe https://www.boerner-literatur.de/übersetzungen/der-wichtel/,
zuletzt aufgerufen am 9.01.2025.

MIX
Papier | Fördert gute Waldnutzung
FSC® C014496

1. Auflage 2025

Harvestehuder Weg 42, 20149 Hamburg, produktsicherheit@hoca.de
www.hoffmann-und-campe.de
Umschlaggestaltung: © FAVORITBUERO, München
Umschlagabbildung: © Favoritbuero unter Verwendung von ShutterstockAI
Satz: Dörlemann Satz, Lemförde
Gesetzt aus der Sabon LT Std
Druck und Bindung: GGP Media GmbH, Pößneck
Printed in Germany
ISBN 978-3-455-01928-5

HOFFMANN
UND CAMPE

Ein Unternehmen der
GANSKE VERLAGSGRUPPE

MAI

1

Sie war nicht immer so.

Jetzt wird sie vom Wecker des Handys wach. Es ist Samstagmorgen, halb fünf, der gestrige Wein ist noch in ihrem Blut, und das Glas steht immer noch neben dem Bett, also beginnt Cassi den Tag, auch diesen, wie gewohnt: Sie kippt den Rest herunter. So als hätte sie noch, ganz fürsorglich, ein kleines Frühstück für sich vorbereitet, ehe sie wenige Stunden zuvor wie betäubt in die Kissen gesunken ist.

Der braune sechzehn Kilo schwere Klumpen am Fußende bemüht sich noch nicht mal, den Kopf zu heben, streckt nur alle vier Pfoten von sich, bevor er wieder einschläft, während sie benommen die Beine über die Bettkante hievt, bis ihre Füße auf dem kalten Boden landen. Sie zieht die Hose vom Vortag an, weil sie eben noch daliegt, und den Hoodie von gestern, weil er auch noch daliegt.

Im Bad geht sie aufs Klo und trinkt zwei zahnpastaverschmierte Gläser Wasser auf ex. Sie putzt sich nicht die Zähne, kramt nur irgendein Haargummi hervor. Wenn sie es vermeiden kann, schaut sie nicht in den Spiegel. Dass ihr Haar, mit den kaputten Spitzen und dem fettigen stumpfbraunen Ansatz, ihr bald bis über die Schultern reicht, muss man nicht sehen, um es zu wissen. Dass ihre Kleidung weiter geworden ist, ist weniger wahrscheinlich, als dass sie abgenommen hat. Braune Augen und eine spitze Nase hatte sie immer schon, aber ihre Lippen waren nicht immer derart malträtiert von zu viel Rotwein und beständig knibbelnden Fingern.

Jemand, der Cassi noch von früher kennt, würde diese Cassi kaum wiedererkennen. Allen voran sie selbst. Ihr altes Ich hätte niemals zugelassen, sich als derart schmuddeliges Wrack – in Leggings mit ausgebeulten Knien und Pullis mit fleckigen Ärmeln – zu präsentieren. Ihr altes Ich hatte mindestens fünfundvierzig Minuten für die Morgentoilette gebraucht, hätte am Vorabend schon die Checkliste für den kommenden Tag parat gehabt. Die alte Cassi hielt nichts von halben Sachen, hatte das nie getan.

»Wenn man etwas tut, dann richtig«, hätte ihr Motto lauten können, wenn sie die Art von Mensch gewesen wäre, die Motivationssprüche nötig gehabt hätte. Das hatte sie, Cassi, zwar nicht, dafür aber hatte ihr Personal Trainer bei jeder Gelegenheit einen Slogan mit ähnlicher Aussagekraft angebracht: »Wenn man zum Sport geht, furzt man nicht rum.« Zweimal pro Woche arbeitete Cassi mit dem Trainer und dreimal pro Woche allein. Sie hielt ihre helle, frisch renovierte, genau angemessen stylishe Altbauwohnung sauber und ordentlich, ließ sich freitags frische Schnittblumen liefern und in diversen Salons so häufig Haut-, Haar-, Augenbrauen-, Nagelpflege und sonstige Behandlungen vornehmen, wie es die dort angestellten Spezialistinnen eben empfahlen; ihr Outfit war stets makellos. Mindestens zehn Stunden täglich verbrachte sie auf der Arbeit – eine Arbeit, die sie liebte! –, hatte eine Beziehung zu einem Mann, den sie – ebenfalls! – liebte, pflegte ihre Freundschaften, stellte sicher, dass sie immer über die Nachrichten, Kulturereignisse, Wettervorhersagen und den Promitalk auf dem

Laufenden war. Sie war diejenige, die Geburtstagspartys organisierte, Geschenke besorgte, zu Abendessen einlud. Cassi hatte ihren Schlafbedarf auf vier Stunden pro Nacht gesenkt, und die übrige Zeit war sorgfältig bis in die kleinste Viertelstunde eingeteilt, ihr rappelvoller Kalender bereits Monate im Voraus ausgebucht. Sie sorgte dafür, dass alles so lief, wie sie es wollte. Dass alles so lief, wie es sollte.

Aber jetzt ist es, ehrlich gesagt, sehr unwahrscheinlich, dass sie auf eine Person aus ihrem alten Leben trifft. Cassi hat keinen Kontakt mehr zu Leuten von früher, obwohl »altes Leben« und »von früher« sich hier auf eine Zeit bis vor höchstens einem Jahr bezieht. Man könnte fast sagen, dass sie nicht einmal mehr Kontakt zu sich selbst hat, mal abgesehen von der unumstößlichen Tatsache, dass sie irgendwie existiert.

Dass ihr die Dinge einfach egal sind, ist eine Sache unter vielen, die sich im letzten Jahr geändert haben. Es fällt ihr leichter abzuschalten. Dieser Prozess hat ein paar Monate gedauert, aber am Ende war sie ihrem wahren Ich näher. Gewissermaßen aufs Wesentliche reduziert. So als hätte man alles Überflüssige weggekratzt, bis nur noch ihr Innerstes, ihr Wesenskern übrig blieb. Dieser Kern braucht keine Besitztümer. Braucht nicht mal mehr einen BH. Ihr Körper ist einfach da, und ihr Geist gesellt sich dazu. Die Tage übersteht sie, indem sie so wenig nachdenkt wie möglich, sich so wenig Widerständen aussetzt wie möglich.

Der Kellerraum, den sie jetzt bewohnt (oder auch: »das Souterrain mit eigenem Bad«, wie es die Anzeige formulierte), befindet sich in einem Haus, das einer geschiedenen Frau gehört, die Cassi nicht näher kennt. Das Untermietverhältnis ist eine praktische Lösung für beide Seiten. Die Frau hat zusätzliche Einnahmen, und Cassi muss sich um nichts sorgen. Sie verlässt ihre zwanzig Quadratmeter nur, wenn sie die Küche benutzen muss, und selbst das vermeidet sie gern jede zweite Woche, um nicht zu riskieren, den beiden Söhnen der Frau zu begegnen. Sie sind sechs und acht, mit unbändiger Lebenslust gesegnet, und eigentlich nur für eines gut: Sie lieben Cassis Hund und gehen gerne mit ihm Gassi.

Während Cassi ihr Haar zu einem nachlässigen Zopf bindet, schlurft sie die Treppe zur Küche hinauf und dreht den Hahn auf, damit das Wasser heiß wird. Unter der Spüle fischt sie eine kleine PET-Flasche heraus, von der sie den Deckel abschraubt. Kurz schnüffelt sie daran, zuckt gleichmütig die Achseln und schüttet Instantkaffee hinein, direkt aus dem Glas. Als das Wasser dampft, füllt sie die Flasche bis gut zur Hälfte und gibt dann einen Schuss Milch aus dem Kühlschrank hinzu. Sie schüttelt die Flasche ein paarmal, nimmt ihre Tasche, schlüpft in die Schuhe und verlässt das Haus.

Der Arbeitsweg dauert mit dem Bus nur eine Viertelstunde, wenn sie das Glück hat, ihn zu erwischen, und an ebendiesem frühen Morgen hat sie Glück. Sich hinzusetzen lohnt sich nicht, weshalb sie sich an die Fahrgaststange lehnt, den PET-Kaffee kippt und auf neblige Fußballfelder und verlassene Kreisverkehre hinausschaut, während der Fahrer Talkradio in einer ihr unverständlichen Sprache hört.

Nur fünf Minuten zu spät stempelt sie sich auf der Arbeit ein. Zieht die obligatorischen beigen Hosen an, das beige karierte Hemd und die braune Weste. Geht ins Lager.

Acht Stunden später zieht sie sich wieder um und macht sich auf den umgekehrten Weg. Um diese Zeit sind der Bus, die Kreisverkehre und Fußballfelder mit Leuten übersät, die fröhlich in ihr Wochenende starten, und der Busfahrer singt zu einem Werbesong. Kindergeschrei. Handyklingeln. Cassi steigt zwei Haltestellen früher aus, nur um das alles nicht länger ertragen zu müssen. Sie nimmt die Abkürzung durch den Wald – oder, na ja, was sich so Wald nennt … eigentlich ist es nur eine Ansammlung von Bäumen, gerade groß genug, dass sie als Kind dort hatte Verstecken spielen oder Schmuddelhefte finden können, die jemand hastig in einem hohlen Baumstamm hatte verschwinden lassen. Wann immer ihr jemand auf dem Weg entgegenkommt, sieht sie weg. Sie kennt dieses Kaff in- und auswendig, und als ihre Freundinnen und sie direkt nach dem Abi nach Stockholm gezogen waren, hatte sie sich geschworen, nie zurückzukehren.

Doch nun ist sie wieder hier. Und weil sie sich in vielerlei Hinsicht in einer alles andere als traumhaften Situation befindet, ist ihr Keller der einzige Ort, an dem sie sich wohlfühlt, der einzige Ort, an dem sie sein will. Wo sie sich einen Drink einschenken, den Hund am Bauch kraulen, sich im Bett zurücklehnen und eine Serie gucken kann. Die Stunden verstreichen lassen kann. Momentan hat Cassi für ihre Tage nur ein Ziel: dass sie enden. Dass Nacht aus ihnen wird. Es ist nicht so, dass sie sterben will. Sie lehnt es nur ab, an dem teilzunehmen, was die anderen, die da draußen, Leben nennen. Ihr Leben spielt sich nicht mehr unter Menschen ab, unter sogenannten Freunden, in einer Gemeinschaft, in einer Außenwelt. Ihr Leben ist das, was zwischen die vier Wände ihres Kellers passt, und wenn sie zur Arbeit muss, dann drückt sie innerlich sozusagen auf die Pause-Taste und steht die Stunden einfach durch. Als würde sie den Atem anhalten.

Einmal, gleich zu Beginn, als sie gerade erst in den Keller gezogen und vorübergehend optimistisch gestimmt war, erleichtert, an einem Ort zu sein, an dem niemand sie vermutete und finden konnte, hatte sie für die Jungs und Maine eine Schatzsuche organisiert. Eine einfache Karte mit kniffligen Rätseln und im Gelände verteilten Schätzen – in Zellophantüten verpackte Leckereien. Wie begeistert die Kinder gewesen waren! Wie bewundernd sie Cassi angesehen hatten! Aber diese kreative Energie war nur von kurzer Dauer gewesen. Danach versank Cassi umso tiefer in ihrer Erschöpfung. War nur umso zermürbter davon, tagein, tagaus den Erwartungen anderer zu entsprechen. Die Kraft aufzubringen weiterzumachen.

Und trotzdem zehren die Jungs immer noch von der Erinnerung, hoffen auf eine Wiederholung. Weigern sich zu akzeptieren, dass Cassi nicht mehr ihre gute Fee ist, dass sie sich in ein Schreckgespenst verwandelt hat.

Als sie an diesem Samstag heimkommt, ist das Haus leer. Das ist nichts Ungewöhnliches, sondern vielmehr der Grund dafür, dass es überhaupt möglich ist, mit einer Unbekannten und ihren Halbzeitkindern unter einem Dach zu leben.

Das Leben der Hausbewohner spielt sich auf unterschiedlichen Ebenen ab, sowohl im übertragenen als auch im wörtlichen Sinne. Die anderen treffen Freunde, spielen, grillen, bekommen Besuch. Bereiten plappernd Lasagne zu, jagen einander lautstark mit Wasserpistolen, begrüßen sich jubelnd zum gemeinsamen Fernsehgucken am Freitagabend.

Cassi bleibt im Keller für sich.

Da kommt Maine ihr schwanzwedelnd entgegen. Cassi lässt ihn hinaus auf die kleine umzäunte Rasenfläche im Vorgarten – obwohl sie weiß, dass sie das eigentlich nicht darf –, wo er in seine übliche Ecke läuft und sein übliches Geschäft macht. Dann kommt er wieder herein. Er ist ein Hund, der keine übertriebenen Ansprüche an das Leben stellt.

Cassi kocht Makkaroni und füllt ein Bierglas mit Wein aus dem mit Zapfhahn versehenen Karton, den sie aus dem ihr zugeteilten, schmalen Küchenschrank holt. Für Cassi ist Rotwein ein Getränk für den Tag. Ist vielmehr wie eine Mahlzeit, Nahrung, weil er dunkel und kräftig ist. Weißwein ist für den

Abend, weil er eher wie Wasser ist. Kaum relevant. Für die alte Cassi wäre diese Einstellung natürlich völlig hirnrissig gewesen, die Argumentationskette einer Idiotin. Aber hier und jetzt ist sie nur logisch, nicht die Spur seltsam. Cassi würde sich auch nicht als jemand mit einem Alkoholproblem betrachten. Der Wein ist ein Mittel, um alles auszuhalten. Die Tage reibungslos und schmerzfrei mit Hilfe eines angenehmen, konstanten Pegels durchzustehen, darauf läuft es bei Cassi zurzeit hinaus. Ihre solide Sommelière-Ausbildung würde nach Luft schnappen, wenn ihr nicht schon längst der Garaus gemacht worden wäre.

Als die Makkaroni fertig sind, trägt sie alles hinunter in ihre Kellerfestung, wo die Zeit seit heute Morgen stehen geblieben ist. Früher bekam Maine wegen seines Magens ein spezielles Futter, heute aber frisst er gewöhnliches Hundefutter aus dem Großmarkt, was nebenbei bemerkt nicht gerade von Vorteil für die Luftqualität im Raum ist. Vor den tief liegenden Fenstern hängen zugezogene Gardinen im Schottenkaro, passend zur Tagesdecke (die während der ganzen Zeit, in der Cassi hier wohnt, nie auf dem Bett gelegen hat) und zu den von ihrer Kleidung bedeckten Sofakissen.

Cassi setzt sich auf den Klamottenhaufen und winkelt die Beine an. Maine macht es sich neben ihr bequem, legt seinen Kopf auf ihren Oberschenkel. Sie schaufelt die Nudeln in sich hinein, die heute ihre erste feste Mahlzeit sind. In so mancher Beziehung führt sie das Leben einer Siebzehnjährigen, dabei ist sie siebenunddreißig; das merkt man, wenn sie auf dem Laptop eine Serie anklickt, in der veränderungshungrigen Briten geholfen wird, eine Ferienwohnung in wärmeren Gefilden zu finden. Gleichzeitig scrollt Cassi durch ihre Feeds und sieht, dass die eine auf einem Familienfest ist, die andere im Spa und dass, ganz in der Nähe, alte Bekannte aus ihrem früheren Leben einen Junggesellinnenabschied feiern. Sie war eingeladen, sie ist eingeladen, hat jedoch alles Alte hinter sich gelassen und antwortet nicht, wenn jemand sich bei ihr meldet.

Auf einmal bekommt sie Lust wegzufahren. Weit weg. Wo liegt noch gleich dieses Spa? Aber an und für sich will sie gar nicht ins Spa, sich unter eine Horde badender Leiber und Leute mischen, die mit einer hellroten Erdbeere in einem Glas lauwarmen Sekts dem Genuss frönen.

Was will sie überhaupt? Über so etwas versucht diese Cassi nicht nachzudenken, doch manchmal taucht der Gedanke auf und ist jedes Mal gleichermaßen lästig. Lieber greift sie nach dem billigen Handpropeller und richtet den Ventilator auf den Hund, der gerade wieder zufrieden seufzt: ein sicheres Zeichen für eine bevorstehende Furzattacke.

Dann geht Cassi die Treppe hinauf, um ihr Glas nachzufüllen. Als sie wieder herunterkommt – jetzt mit dem ganzen Weinkarton in der Hand –, hat sich der Junggesellinnenabschied den letzten Beiträgen zufolge auf eine Kartbahn verlagert. Doch das ist ihr immer noch viel zu nahe. So als könnten sie jederzeit vor ihrem Fenster erscheinen und in ihre Wohnung und ihr Leben hineinspähen. Als eine schaurig-schöne Station des Junggesellinnenabends, als ein Besuch in einem deprimierenden Zoo. Ein Ort, an dem niemand sein möchte und wo niemand sich wohlfühlt.

Ob sie vielleicht ins Ausland ziehen sollte? Sich den Briten an der Costa del Sol anschließen? Sie trinkt einen Schluck und googelt »FeWo Nerja«, die Stadt, die von Kaufinteressenten in der Sendung zuletzt empfohlen wurde. Doch die jäh aufgeflackerte Lust vergeht ihr, als sie die Preise sieht. Gedankenverloren klickt sie auf einige andere aufpoppende Links von Maklern, aber ihr Interesse flaut ab. Von Neuem übermannt sie die Erschöpfung, und während die Gewinnerin des Kartrennens mit einer Plastiktrophäe unter großem Jubel gefeiert wird (was unzählige Bilder im Gruppenchat der Junggesellinnengang belegen), macht es sich Cassi mit ihrem Hund gemütlich und schließt die Augen.

Erst Stunden später wird sie wach, als die Besitzerin des Hauses heimkommt, ein demonstratives »Cathrin!« die Treppe herunterbrüllt und dabei scheppernd mit der Kelle gegen den ungespülten Nudeltopf schlägt. Und der Abend ist noch lange nicht zu Ende. Cassi sucht einen Film aus, den sie schon einmal gesehen hat, füllt ihr Glas und versucht sich von ihren Feeds fernzuhalten – vergeblich.

2

Mit anderen Worten war Cassi also sturzbesoffen, als die Werbealgorithmen ihr später in dieser Nacht ein baufälliges Häuschen auf Facebook servierten und sie es likte. Und als sie am nächsten Morgen aufwachte und eine ziemlich verzweifelt klingende Nachricht eines Provinzmaklers wegen einer Hausbesichtigung vorfand, war sie sicherlich immer noch besoffen.

Sein Profilbild löste diffuse Beklemmungen in ihr aus: sein dünnes, mit Wasser zurückgekämmtes Haar, obwohl er noch ziemlich jung sein musste, sein bemühtes Lächeln, sein pappgrauer Anzug, steif wie eine Theaterkulisse …

Also, ja, dass sie seine Nachricht nicht sofort löschte, lag wohl daran, dass sie Mitleid mit ihm hatte. Ihr Profil hatte sie auf privat gestellt, sodass er ihren totalen Mangel an Beiträgen in den letzten zwölf Monaten nicht sehen konnte. Aber ihr Profilbild – eine ironische Yoga-Pose am Strand bei Sonnenuntergang – könnte definitiv der Auslöser dafür gewesen sein, weshalb die Dinge später kamen, wie sie kamen. Sie hätte das Foto vielleicht schon längst austauschen sollen, aber, mal ehrlich, wer hat für so was schon Zeit? Man muss ja noch nicht mal an unbehandeltem Burn-out und einer Depression leiden, um solche Dinge zu vernachlässigen!

Ihren jetzigen Job hat Cassi schon sehr lange – eine gefühlte Ewigkeit. So empfindet sie das jedenfalls. Es sind immerhin mehr als sechs Monate. Davor konnte es sein, dass sie wochenlang nicht den Keller verließ. An diese Zeit erinnert sie sich kaum noch – obwohl, doch, sie erinnert sich an nächtliche Spaziergänge mit Maine, wie sie ihn damals bei Regen und Eiseskälte vor die Tür gezwungen hatte, nur weil sie nicht schlafen konnte. Wie er sich gesträubt hatte und wieder heimwollte, während sie sich den Kragen vom Nacken gezupft hatte und kalte Tropfen ihren Rücken hinuntergeronnen waren.

Den Job hatte Cassi sich nicht selbst gesucht; Cassis Vermieterin hatte ihn ihr nahegelegt. Die Frau war es offenbar leid gewesen, dass Cassi immer nur zu Hause herumhing. Cassi glaubt nicht an selbstlose Motive. Es gibt immer einen Hintergedanken.

Doch obwohl Cassi also eigentlich nicht sonderlich daran interessiert war, wieder eine Arbeit anzunehmen, war es einfacher, Ja als Nein zu sagen. Letzteres hätte verlangt, dass sie ihrer Vermieterin irgendeine Erklärung lieferte. Aber sie nahm die Arbeit auch an, weil sie sich schon als Jugendliche geschworen hatte, auf keinen Fall, niemals, von Sozialhilfe abhängig zu werden. Rein logisch heißt das demnach, arbeiten zu gehen, selbst wenn man – im Augenblick – noch genügend Erspartes hatte. Nicht zuletzt war diese Arbeit in Cassis von Selbstmitleid durchdrungenem Dasein eine Strafe, zu der sie sich selbst verurteilt hatte.

Nein, ihre Gedankengänge sind nicht immer logisch. Und sie ist im Moment auch kein netter Mensch. Sie verbreitet keine positive Aura, und nichts könnte sie weniger kratzen.

Auf der Arbeit macht Cassi in etwa das, was sie soll, versucht zumindest halbherzig, manchmal wenigstens, es richtig zu machen, verlässt ihren Arbeitsplatz allerdings jeden Tag ein paar Minuten früher, als offiziell gestattet ist.

Hier würde niemand für möglich halten, dass sie früher eine leitende Angestellte eines der angesagtesten Restaurants der Hauptstadt gewesen war – ein Restaurant, in dem von morgens bis abends auf hohem Niveau gearbeitet wurde und sie die Verantwortung für etwa fünfzig Angestellte trug, mit einem Adlerblick für jedes noch so winzige Detail.

Heutzutage besteht ihre Aufgabe größtenteils darin, die Regale des Großmarkts aufzufüllen. Cassi arbeitet still vor sich hin, vermeidet bis zuletzt Kontakte zu Kunden und dem übrigen Personal.

»Füll nicht nur da die Regale auf, wo etwas fehlt«, rät ihr der Schichtvorgesetzte auf seine bedächtige Art. Er macht eine ausschweifende Handbewegung, hält sogar ein verlorenes Marmeladenglas in die Luft, um es ihr zu demonstrieren. »Sieh gründlich nach! Manchmal sieht man die leeren Stellen nicht sofort.«

»Natürlich«, erwidert Cassi, wie jedes Mal, weil das eine klare und schnell dahingesagte Antwort ist. Ihr Vorgesetzter, den Cassi heimlich »Winzgesicht« nennt, mustert sie und fährt sich mit der Hand über das Kinn, überlegt, ob er sich noch deutlicher ausdrücken sollte. Dass Cassi »Natürlich« gesagt hat, bedeutet nicht, dass das, worum er sie gebeten hat, auch getan wird, das hat er mittlerweile kapiert.

Am liebsten würde Cassi alle Stunden in einem Rutsch hinter sich bringen und dann nach Hause flüchten, aber das ist nicht erlaubt. Nach der Hälfte der Schicht muss sie ihre Arbeit unterbrechen und dreißig Minuten lang Pause machen. Darf sich nicht über die gesetzlich festgeschriebene Pause hinwegsetzen. Winzgesicht will hier keinen weiteren Burn-out, weshalb er penibel auf die Einhaltung der Vorschriften pocht. Da kann Cassi im Stillen so viel protestieren, wie sie will. Selbst wenn es bemerkt worden wäre, würde das nichts daran ändern.

Aber womit Cassi ihre Pause verbringt, das können sie ihr nicht vorschreiben. So würde es ihr nicht im Traum einfallen, bei der Arbeit etwas zu essen. Nicht nur deshalb, weil sie selbst momentan kaum Hunger hat, sondern weil sie es eklig findet, wie andere ihr Essen in sich hineinstopfen: der Geruch der Lunchboxen ihrer Kollegen … die Verärgerung darüber, wie unausgewogen ihre Mahlzeiten zusammengesetzt sind … braune Pampe. Instantnudeln mit Mais. In Soße aufgeweichte Spaghetti.

Wenn Cassi sich also im Personalraum aufhält, dann nur, um die Zeit totzuschlagen. Um zu warten, inmitten von runden Tischen und gerahmten Motivationssprüchen wie »Es gibt kein ICH im Team« und »Nur noch ein Kaffee, dann verändern wir die Welt«. »Freude an der Inspiration, am Essen, der Gemeinschaft« steht auf einer Tafel, die Cassi besonders verachtet. Jedes dieser Worte ist ihr fremd.

Alte Tageszeitungen schreien sie vom Beistelltisch an, wochenlang vergessen, bevor sie endlich weggeschmissen werden. Aber Cassi schert sich in etwa so viel um die weltpolitische Lage wie um die detaillierten Verhaltensregeln am Arbeitsplatz, die jemand mit Klebeband über der Spüle befestigt hat.

Einmal, als niemand sonst im Personalraum war, tauschte sie die Regeln deshalb gegen den Wunschzettel eines Kindes aus, den sie im Bus gefunden hatte. Die Leute lachten.

Die Verhaltensregeln kehrten zurück.

Eine Woche später hängte sie stattdessen eine Liste der beliebtesten Babynamen des Jahres auf, die sie aus einer Zeitschrift herausgerissen hatte. Die Leute lachten. Fragten sich, wer dahintersteckte.

Die Verhaltensregeln kehrten zurück.

Beim dritten Mal war sie den Gag eigentlich schon leid, amüsierte sich aber immer noch darüber, wie die Leute sich in Spekulationen darüber ergingen, wer wohl dafür verantwortlich sei. Niemand schien in Betracht zu ziehen, dass sie es war. Eines frühen Morgens tauschte Cassi die Regeln gegen eine Tabelle aus – »Das sind die Höchstverdiener in deiner Gemeinde« –, die gerade in einer Abendzeitung veröffentlicht worden war und auf der ihr Arbeitgeber auf dem zweiten Platz stand.

Die Verhaltensregeln kehrten zurück – diesmal auf DIN-A4-Papier. Laminiert. Mit Panzertape bombenfest an den Schranktüren festgeklebt.

Draußen regnet es. In ihrer Ecke des durchgesessenen Sofas versucht Cassi, sich auf ihre Atmung zu konzentrieren, sich sozusagen selbst dazu zu zwingen, in einen anderen Zustand zu wechseln, ihre Atome dazu zu nötigen, sich zu einer anderen Lebensform zusammenzusetzen. Mittlerweile hat sie, wenn auch widerstrebend, ihre Träume, in ein schwarzes Loch gesogen zu werden, aufgegeben. Aber sie findet immer noch, dass es möglich sein sollte, ihren Körper Stück für Stück zusammenzufalten – eine Art Origami, bei dem man am Ende einfach verschwindet.

Ihre Konzentration wird von einer Diskussion über Beziehungen an einem der Nebentische gestört. Oder, besser gesagt, einem Monolog.

»Es ist Zeit, dass du diesen Kerl verlässt. Er hat dich nicht verdient«, sagt die Frau, die den Bereich Obst und Gemüse leitet, zu einer anderen, die sonst an der Verkaufstheke bedient. »Entscheide dich dafür, eine Weile allein zu bleiben. Dich um dich selbst zu kümmern. Ein bisschen Selfcare, Süße.«

Tuttifrutti streckt ihre Hand mit geöffneter Handfläche über den Tisch. Zögernd greift die Hand der Theken-Tussi danach.

»Selbstliebe ist der Beginn einer lebenslangen Romanze. Das habe ich mal irgendwo gelesen, ist das nicht schön?« Tuttifrutti wartet keine Erwiderung ab, redet einfach weiter. »Du verdienst das Allerbeste. Aber nur, indem du auf dich achtgibst, kannst du hell strahlen.«

Die Theke nickt, fährt sich über die Augen.

Cassi seufzt, hörbar zu laut. Sie findet es lächerlich, dass Leute glauben, sie könnten anderen Ratschläge erteilen, wie sie ihr Leben leben sollen, so als wären sie allwissend. Die Theke und Tuttifrutti schauen sie missbilligend an.

»Hör einfach weg, weißt du!«, motzt Tuttifrutti. »Das hier ist privat.«

Die Theke und Tuttifrutti wenden sich wieder einvernehmlich einander zu. Einen Moment lang ist es still.

»Apropos«, fügt Tuttifrutti hinzu, jetzt mit neuer Energie. Sie dreht sich zu Cassi um, ihre gewichtigen Unterarme auf den Tisch gestemmt. »Ich muss dir kündigen.«

Cassi gelingt es nicht, ihre Reaktion zu kontrollieren. Sie schaut auf und sieht sich Tuttifruttis finsterem Blick gegenüber.

»Äh, hallo …? Du kannst mich nicht feuern, du bist nicht meine Vorgesetzte«, sagt sie trotzig.

Tuttifrutti schürzt die Lippen. »Der Kellerraum«, stellt sie klar. »Ich habe Eigenbedarf.«

Tuttifrutti und die Theke tauschen einen kurzen Blick.

Tuttifrutti macht sich inzwischen nicht einmal mehr die Mühe, freundlich zu klingen. Dieses Stadium haben Cassi und sie schon vor Wochen hinter sich gelassen, etwa zur selben Zeit, als Cassi aus dem Keller »KLAPPE, VERDAMMT NOCH MAL, IHR BLÖDEN PISSER!« nach oben geschrien hatte, als Tuttifruttis Söhne auf den Stufen zu ihrer, Cassis, Wohnung spielten.

Denn Tuttifrutti ist die Besitzerin des Hauses mit der Kellerwohnung, in der Cassi lebt; Cassi hat diesen Job durch sie bekommen. Cassi kennt natürlich Tuttifruttis richtigen Namen, will aber nicht daran denken. Ihn anzuerkennen, hieße, sich ihre eigene Unterlegenheit einzugestehen. Ihre Dankbarkeitsschuld. Und Cassi hat nicht vor, das zu tun.

»Kein Problem«, sagt Cassi und schaut dabei auf ihre heruntergekauten, abgebrochenen Nägel. Sie weiß noch, wie glatt sie sich immer anfühlten, wenn sie aus dem Kosmetiksalon kam, frisch manikürt. »Ich wollte sowieso ausziehen.«

Dann steht sie auf und geht zur Tür hinaus ins Lager. Ihr Herz rast. Sie nickt Burn-outie zu, die kürzlich aus der Krankschreibung zurückgekommen ist und die bei Cassi davor unter dem Namen »Heulsuse« lief.

Burn-outie sitzt vornübergebeugt auf ihrem Stuhl und schreibt langsam etwas mit einem Füller auf dickes Papier. Es ist eine Achtsamkeitsübung, die ihr der Therapeut empfohlen hat, hatte sie Cassi einmal erklärt, als diese für Small Talk empfänglich gewesen war. Cassi hat festgestellt, dass es ihr leichter fällt, sich mit Leuten abzugeben, denen es schlecht geht. Außerdem ist Burn-outie schon ein bisschen älter und gehört damit zu der ungefähr einzigen Bevölkerungsgruppe, für die Cassi noch *etwas* Geduld aufbringt.

Hinter Burn-outie an der Wand kleben handgeschriebene Weisheiten. »Keina ist so wie du«, und: »Wir haben keinen Einflus auf den Wint, aber wir können die Segel entsprechent ausrichten.«

Cassi lässt die Rechtschreibfehler unkommentiert. Selbst den Satz: »All deine Treume sind in Reichweihte.«

Sie holt sich lieber ihren Flachmann, den sie für Notfälle – einfach um auf der sicheren Seite zu sein – hinter dem Feuermelder ganz hinten im Lager versteckt hat. Er ist in mehrfacher Hinsicht nützlich, und obwohl er so gut wie leer ist, nimmt Cassi ihn mit nach draußen zur Anlieferung und zeichnet mit den Fingern das silberne Muster des Logos nach, während sie die letzten Tropfen in sich hineinschüttet.

Als sie zurück in den Personalraum kommt, wo sie den Mund mit Kaffee ausspült und den Flachmann in die Tasche legt, damit sie nicht vergisst, ihn wieder aufzufüllen, sitzt Tuttifrutti immer noch da.

Sie schauen sich an, doch ausgerechnet da plingt Cassis Handy. Schon wieder dieser Makler! Diesmal will er, obwohl sie sich immer noch nicht auf seine vorige Nachricht gemeldet hat, »mal nachfragen, ob noch Interesse an der Besichtigung heute Nachmittag besteht«. Um es zu vermeiden, Tuttifrutti wieder ansehen zu müssen, heftet Cassi ihre Augen weiterhin auf das Telefon, während sie überlegt, was sie schreiben soll.

Eigentlich hatte sie gar nicht vorgehabt, überhaupt zu antworten. Warum auch? Ein baufälliges Häuschen zu besitzen, davon hat sie nie geträumt. Seine Anzeige gestern zu liken, war nur ein versehentlicher Impuls – wenn überhaupt! –, nur ein Finger, der zufällig über den Bildschirm gerutscht war. Der Keller hatte bisher gut für sie funktioniert, sie hatte so lange dortbleiben wollen, bis sie einen besseren Plan gefasst hätte.

Aber jetzt hat sich die Situation plötzlich geändert. Und sie ist gezwungen, etwas zu unternehmen. Ihr Herz hört nicht auf zu rasen. Cassi muss hier weg. Sofort. Es würde ja nicht schaden, es einmal anzuschauen. Vielleicht hatte dieser Makler ja auch noch andere, ansprechendere Objekte, über die man reden könnte.

Gerade als sie eine Antwort tippen will, betritt Winzgesicht den Raum. Er schaut demonstrativ auf seine Armbanduhr, wie um zu fragen, weshalb Cassi noch nicht wieder bei der Arbeit ist, obwohl ihre Pause schon seit zwei Minuten vorbei ist, bevor er seinen Thermobecher am Spülbecken auswascht.

Keine Sekunde länger erträgt sie das hier! Alle Menschen, die sie kannte, hat sie aus ihrem Leben verbannt, es ist unfassbar, dass sie sich immer noch mit diesen hier abgeben muss.

Deshalb schickt sie dem tristen Makler nur kurz ein Daumen-hoch-Zeichen, nimmt ihre Tasche vom Haken und murmelt über die Schulter: »Ich habe Fieber, ich fahr nach Haus.«

Die Tür hinter ihr fällt zu. Das Geräusch klingt wie ein tiefer Seufzer. Oder vielmehr wie ein Luftholen?

3

Auch Cassi kennt noch Grenzen. Es sind nur nicht mehr so viele wie früher, als sie, unter anderem, bei Riesling im Pinot-noir-Glas verliefen, bei drei Minuten Verspätung, ohne sich zu melden, bei unsauber gefalteten Handtüchern im Badezimmerschrank, bei demselben Pulli zwei Tage hintereinander, einer festen Mahlzeit vor zwölf Uhr, rissiger Nagelhaut und Menschen, die Gnocchi »Gnotschi« aussprechen.

Heutzutage, wo ihr meistens alles scheißegal ist und sie sich noch nicht einmal mehr über den »Expresso« von Winzgesicht empört, kann man dankbar sein, dass Trunkenheit am Steuer selbst für sie zu weit geht.

Das zumindest ist der Grund, warum sie nicht mit dem Auto zur Arbeit fährt. Sie hat es sowieso nur behalten, weil der Leasingvertrag erst in einem Jahr ausläuft, es hat monatelang ungenutzt am Straßenrand gestanden. Lieber nimmt sie den Bus, um sich keinen Stärkungstrunk versagen zu müssen.

An diesem speziellen Tag erweist sich die Tatsache, das Auto nicht abgegeben zu haben, aber als Glücksfall: Es ist das beste Mittel, um schnell weit weg zu gelangen, auch wenn sie nur wegfährt, um eine alte Hütte zu besichtigen.

Als sie losfährt, ist Cassi immer noch in Selbstmitleid versunken. Aber es verfliegt, während sie Kilometer um Kilometer hinter sich lässt.

So etwas sollte sie öfter tun. Sie hatte ganz vergessen, welches Gefühl von Freiheit es einem gibt, auf der leeren Autobahn dahinzugleiten. Die Fahrt verschafft ihr eine Auszeit von den Dingen. Einen Gleichmut, alles an sich vorbeiziehen zu lassen, sich nicht in Details zu verheddern – bevor ein Gedanke zu Ende geführt wird, ist man schon wieder ganz woanders.

Cassi wendet ihr bewährtes System an: erlaubte Geschwindigkeit plus zwanzig Prozent Bonus. Dieses Verhalten kommt ganz automatisch, wie eine sinnlose Reminiszenz an die vielen Jahre in der Gastro-Branche. Sie wechselt zwischen verschiedenen Radiosendern, deren Anzahl im Verlauf der Fahrt immer mehr abnimmt. Im Handschuhfach, in der Fahrertür und in der Mittelkonsole findet sie angebrochene Tüten mit Süßigkeiten. Cassi kann sich gar nicht mehr daran erinnern, wann sie die gekauft hat. Egal, sie isst alles auf, leert eine Tüte nach der anderen bis auf wirklich uraltes Salzlakritz, das verschmolzen zu einem grauen Klumpen an der Verpackung klebt.

Cassi ist beinahe richtig fröhlich. Wann hat sie sich das letzte Mal so gefühlt? Dass sie niemanden sehen muss, während sie Auto fährt, trägt anscheinend dazu bei. Nichts als Natur und gelegentlich ein anderes Fahrzeug, aber ansonsten: eine Welt, in der es nur sie und Maine gibt. Der Hund sitzt auf dem Beifahrersitz und hechelt Atemwölkchen gegen die Scheibe. Zwischendurch dreht sie sie herunter, lässt frische Luft herein und den Hund den Fahrtwind genießen.

Draußen herrscht trister, nasser Mai, aber überall sprießt die Natur: Äcker in einer Art Zwischenstadium, Bäume, die in den Startlöchern für ein bevorstehendes Fest stehen, der Seitenstreifen übersät mit bis vor kurzem noch lebenden Hasen, Igeln, Füchsen, Dachsen, das alles zieht an ihr vorbei.

Auf halber Strecke kauft Cassi sich einen Kaffee und tankt, lässt Maine hinaus, damit er sein Geschäft machen kann, fährt davon abgesehen aber, ohne an wirklich viel zu denken.

Das Dorf Bäcken liegt dem Navi zufolge zwischen Berg und Berget; eine Gegend ohne viel Schnickschnack. Cassi nickt zustimmend, als hätte sie jemand gefragt, was sie denkt. Sie fährt im Schneckentempo, als sie die Hauptstraße erreicht, wo verblichene Schilder davon zeugen, dass es hier einmal eine Tankstelle, ein Café, einen Friseur und einen Eisenwarenladen gab. Übrig geblieben sind ein Lebensmittelladen und eine Pizzeria, die auch für Burger, Thai Food und Kebab Werbung macht. Die niedrigen dreistöckigen Gebäude wirken, als ob sie auf etwas warten. Bei der Kirche gibt es einen heruntergekommenen Blumenladen; ob er noch existiert oder nur an Sonntagnachmittagen geschlossen hat, ist schwer zu sagen.

Cassi passiert den Friedhof und fährt eine Allee mit knospenden Birken entlang. Felder ziehen an ihr vorbei, der Wald aber bleibt ihr konstanter Begleiter. Als sie an einem spindeldürren Verkaufsschild rechts abbiegt, verwandelt sich die zuvor asphaltierte Straße in eine Schotterpiste mit ziemlich großen Schlaglöchern. Der Weg wird von Bäumen gesäumt. In der Ferne sieht sie ein rotes Häuschen mit weißen Fensterrahmen.

Als sie dort ankommt, steht draußen ein grüner Wagen, der farblich fast mit dem Wald verschmilzt. Der Makler lehnt dagegen. Er versucht, schwer beschäftigt zu wirken, blättert durch einen Stapel Papiere, hat ihre rumpelnde Ankunft aber längst registriert. Sein Haar ist weniger dünn, als sie vermutet hatte, und blonder. Der Anzug – heute ist es ein blauer – ist ihm zu klein, spannt an den Schultern und flattert um den Bauch herum. Der Makler ist jung, aber vielleicht doch nicht so jung, wie es den Anschein hatte.

Die Zufriedenheit, die Cassi während der Fahrt hierher verspürt hat, gerät ins Wanken. Ihr Selbstvertrauen ist erschüttert. Während der Makler Sicherheit in seinem klaren beruflichen Auftrag findet, ist sie jemand, der vor der Obdachlosigkeit steht, der kaum noch einen Job hat. Kaum noch ein Leben. Aber sie muss das hier nur irgendwie überstehen. Es als kurze Unterbrechung sehen. Zum Beispiel als ein Rollenspiel. Sie wird sich ihm einfach als völlig normale Interessentin auf der Suche nach einem Sommerhäuschen präsentieren, sich anschließend höflich bedanken und dann verschwinden. Das sollte machbar sein. Er weiß nichts über sie. Und sie war einmal Profi im Umgang mit Menschen. Du lieber Himmel, in ihrem alten Leben hat sie von morgens bis abends nichts anderes getan! Es sollte also möglich sein, dieses Talent vorübergehend wieder abzurufen.

Also nimmt sie ihren Mut zusammen und steigt aus, streckt den Rücken durch, um Selbstbewusstsein auszustrahlen. Schenkt dem Makler ein Lächeln und öffnet die Autotür, um Maine herauszulassen. Der Hund trottet direkt auf den Mann zu und leckt ihm freundlich über die Hand. Der Makler zuckt auf eine Weise zusammen, die deutlich macht, dass er Tiere nicht gewohnt ist, aber er nimmt sein Lächeln schnell wieder auf, wischt seine Hand am Anzug ab und reicht sie Cassi, die jetzt vor ihm steht.

»Hallo zusammen, Max Ljung mein Name«, stellt er sich vor. »Herzlich willkommen in Bäcken. Ein herrlicher Ort, um das Landleben zu genießen, wie ich zu sagen pflege.«

Selbst aus der Nähe betrachtet lässt sich das Alter des Maklers schwer bestimmen, aber sie schätzt ihn auf etwa dreißig. Seine rötlichen Wangen zeigen fast keine Anzeichen von Gesichtsbehaarung, sein blondes Haar sieht babyweich aus und fällt von selbst zu einem exakten Seitenscheitel. Cassi spürt an seinem Blick, dass er sie einzuordnen versucht, genau wie sie ihn. Wahrscheinlich achtet er auf ihren staubigen, aber relativ modernen Mittelklassewagen und ihr – scheinbar – sportliches Outfit, bestehend aus marineblauen Leggings und einem grauen Kapuzenpulli. Das silberne Halskettchen mit dem rosa Stein. Die ausgelatschten Nikes an ihren Füßen. Cassis Haare sind zu einem Knäuel oben auf dem Kopf zusammengefasst, vor allem, damit sie nicht unangenehm verschwitzt an der Kopfstütze des Autos reiben. Trägt sie Make-up? Auf keinen Fall! Sie investiert genau so viel Zeit in ihre äußere Erscheinung, wie sie möchte, dass andere Leute darüber nachdenken und sie wahrnehmen – so gut wie keine.

»Hübsch hier«, sagt sie und bemerkt selbst, wie zaghaft ihre Stimme klingt. Unsicher. Sie räuspert sich. Reißt sich zusammen.

Es ist nicht so, dass Cassi ihre momentane Lebenssituation gefällt, aber eine Alternative dafür zu finden erscheint ihr wie eine übermächtige Anstrengung. Allerdings muss sie ja irgendwo wohnen. Und die beste Lösung wäre auf jeden Fall etwas Eigenes. Allein zu sein, ohne eine miesepetrige Tuttifrutti, die ihr die Regeln diktiert. Cassi schaut sich um.

Dem intensiven Blick des Immobilienmaklers kann sie entnehmen, dass er große Hoffnungen in sie setzt. Sie mag in vielerlei Hinsicht ein Kotzbrocken sein, ist aber trotzdem nicht ganz blind gegenüber der Welt um sich herum. Sie weiß, dass dieser Mann nicht schuld daran ist, dass ihr Leben so ist, wie es ist. Na gut, man könnte dasselbe von ihren Kollegen im Großmarkt sagen, dass sie auch nicht daran schuld sind, aber wer hat je behauptet, Cassis Argumentationsweise sei stringent? Außerdem sind die Gefühle, die sie für ihren Arbeitsplatz hegt, untrennbar mit den Gefühlen verbunden, die sie für ihren Wohnort hat, was wiederum mit ihren Gefühlen für frühere Ereignisse in ihrem Leben zusammenhängt. Das macht die Sache kompliziert.

Aber mit solchen Assoziationen haben dieser Ort und dieser

Mann nichts zu tun. Sie sind unverdorben. Ein neues Betätigungsfeld. Zumindest kann sie also so auftreten, wie es von ihr erwartet wird: sich wie eine glaubwürdige potenzielle Kaufinteressentin verhalten. Später kann sie sich immer noch nach anderen Wohnungen an einem ganz anderen Ort erkundigen.

Also richtet sich Cassi auf. Als sie die Arme über den Kopf streckt, knacken ihre Schulterblätter.

»Ich war noch nicht oft in dieser Gegend«, sagt sie. »So ein friedlicher Ort. Und erst diese Luft!«

Sie atmet tief ein, sieht sich um. Die Auffahrt ist zugewuchert. Auf dem Weg zum Haus blitzt hier und da Kies zwischen vergilbten Grashalmen auf, und hinter dem Haus bildet der Nadelwald einen grünen Samtvorhang. Von der kleinen Lichtung aus sind keine Nachbarn zu sehen. Moos gedeiht auf den Betonstufen, die zu der kleinen Veranda führen.

Maine nimmt ebenfalls Witterung auf, er hat mit offensichtlichem Interesse eine Scheune am Waldrand erschnüffelt.

Der Makler nickt und sieht auf eine Art zufrieden aus, wie es eben nur Makler vermögen.

»Ja, hier fällt es einem leicht, sich wohlzufühlen«, sagt er, bevor eine laute Fanfare, die eine Textnachricht ankündigt, ihn unterbricht und er auf das Handy in der Hand schaut, in der er auch den Papierstapel hält. Nach einem hastigen Blick auf den Bildschirm schiebt er das Telefon in die Tasche des Jacketts, faltet seine losen Blätter und stopft sie in seine Gesäßtasche. Dann dreht er sich lächelnd zum Haus um, die Hände in die Hüfte gestemmt, enthusiastisch, so als wäre er glücklich über ihre gemeinsame Aktion.

»Es ist ein bezauberndes Häuschen«, fährt er fort. »Einfach toll. Braucht ein bisschen Liebe, nicht wahr, aber wer braucht die nicht.«

Cassi betrachtet ihn skeptisch. Zwingt sich zu lächeln, wie es sich gehört. Nachsichtig. Schon bald wird er wieder aus ihrem Leben verschwunden sein.

Sie imitiert seine Pose, stemmt die Hände in die Hüften und mustert ihrerseits das Haus – allerdings weniger enthusiastisch als prüfend. So als ob der bloße Anblick von Fassade und Schornstein ihr wichtige Erkenntnisse offenbaren würde.

Max sagt, dass er für die heutige Besichtigung nur sie eingeplant hat.

»Ich mag es, wenn es irgendwie persönlich bleibt, wissen Sie. Ich finde es wichtig, den Leuten etwas Raum zu geben. Etwas *Privatsphäre*. Aber gestern war ein Pärchen hier, und die waren sehr angetan. Das Interesse ist also groß. Wobei man natürlich auch den *richtigen* Käufer finden möchte. Und das kostet eben ein bisschen Zeit.«

Wenn es etwas gibt, von dem Cassi glaubt, dass sie es während ihrer langjährigen Tätigkeit als Restaurantmanagerin gelernt hat, dann ist es, in Menschen zu lesen. Zu erkennen, wer sie sind, was sie meinen, was unter der Oberfläche steckt. Zugegeben, dieses Selbstvertrauen hatte später einen herben Rückschlag erlitten, aber dieses Babyface glaubt anscheinend, sie sei ein offenes Buch für ihn. Sie weiß, dass der Makler den Verkauf dieser Immobilie gerne abhaken möchte. Dass es länger gedauert hat, als er es sich vorgestellt hat. Und das kratzt an seinem Selbstbild.

»Das Haus hat die letzten Jahre überwiegend leer gestanden«, spricht er weiter. »Der Eigentümer ist schon älter, und das Anwesen verkaufen Verwandte, die woanders leben.«

Er fischt einen Schlüssel aus seiner Tasche und hält ihn hoch. Sie gehen zur Treppe.

Als er vor der Eingangstür steht, klemmt sie. Der Makler muss sie erst zu sich heranziehen und sich dann dagegen lehnen und sie anheben, um sie zu öffnen. Klirrende Fensterscheiben, quietschende Scharniere, dann ein Hauch abgestandener Luft von innen.

»Ja, im Moment braucht es zum Öffnen ein paar Fachkenntnisse, aber das Ölen der Scharniere wird es schon richten«, sagt er grinsend und tritt zur Seite.

Cassi bewältigt die Treppe mit einem Satz, Maine folgt ihr auf dem Fuß. Mit einem Finger tippt sie an ein Glöckchen, das über der Tür hängt. Es gibt ein leises Bimmeln von sich.

Vom Flur aus geht es geradeaus in das Wohnzimmer. Die Küche liegt auf der linken und ein kleines Badezimmer auf der rechten Seite. Cassi folgt Maine, der direkt auf einen Stapel Flickenteppiche neben dem Kamin im Wohnzimmer zusteuert. Der Raum ist in einem hellen Blau gestrichen worden, das muss allerdings schon länger her sein, und das Medaillonmuster der Strukturtapete ist durch die Farbe hindurch sichtbar. Cassi dreht eine Runde durch den Raum und schaut durch das Fenster hinaus zur Scheune. Sie kann hören, wie Maine sich mit einem Seufzer auf den Stapel Flickenteppiche fallen lässt.

Vom Wohnzimmer aus gelangt man in ein kleines Schlafzimmer mit einem Einzelbett. Ein dünner, von der Sonne ausgeblichener roter Bettüberwurf ist über eine Schaumstoffmatratze gespannt. Ein dunkelblaues Rollo verdeckt das Fenster, befestigt mit einem Haken am Fensterrahmen. Es macht ein laut schnappendes Geräusch, als Cassi es vom Haken löst. Draußen rauscht der Wald.

Eine schmale Treppe führt zu zwei Räumen im ersten Stock, wo eine große Person nur in der Mitte aufrecht stehen kann. Ein Doppelbett mit hölzernen Lattenrosten, aber ohne Matratze steht unter einem halbrunden Fenster in einem der Räume. Einbauschränke auf beiden Seiten unter der Dachschräge. Wie auch im Erdgeschoss besteht der Boden aus breiten grauen Holzdielen.

»Sie sollten auch noch wissen, dass das Haus so verkauft wird, wie Sie es hier sehen«, gibt ihr der Makler Auskunft, der im Wohnzimmer wartet, als sie wieder nach unten kommt.

»Es gibt eine Klärgrube und einen eigenen Brunnen. Beide müssen wahrscheinlich überprüft werden. Aber das Wasser wurde letztes Jahr getestet, und es wurde nichts beanstandet. Ich würde einem Käufer empfehlen, die Rohre, die elektrischen Leitungen, das Dach und das Fundament zu überprüfen, aber wie Sie sehen können, hat das Haus keine offensichtlichen Mängel. Ich war jetzt schon mehrere Male hier und habe keinerlei Hinweise auf Schimmel oder Feuchtigkeit entdeckt. Solide gebaut. Alte Häuser wie diese sind für die Ewigkeit gemacht.«

Er klopft gegen die Wand neben der Tür. Dahinter ist prompt ein Rieseln wie von losem Mörtel zu hören. Er räuspert sich.

»Die Verkäufer sind bereit, umgehend zu verkaufen, an den richtigen Interessenten natürlich.«

Er spricht weiter, von dem weiteren Land, das dazugehört, von der Nähe zu Norwegen, von einer »Gekauft-wie-gesehen-Klausel« und »beweglichem Vermögen« und von der »Grundsteuer« und der »Grundbucheintragungsgebühr«.

Cassi hat nur Ohren für das Haus. Da, eine Fliege, die gegen ein Fenster prallt … Ein Luftzug von der Tür trägt Kieferngeruch herein. Sie stellt fest, dass sie die Augen geschlossen hat. Als sie sie wieder öffnet, sieht sie, wie der Makler sie neugierig anschaut, aber dann wendet er seinen Blick ab und zeigt ihr den Verteilerkasten, demonstriert ihr mit dem Einschalten der Hauptsicherung, dass diese intakt ist. Der Kühlschrank erwacht zum Leben und beginnt zu brummen.

Die Küche ist altmodisch und hat einen grau gefleckten Linoleumboden. Die abgewetzten Handgriffe der Küchenschränke fühlen sich vertraut unter ihren Fingern an. Wie zu Hause. Vielleicht hatten sie auch solche, als sie ein Kind war? Sie dreht den Wasserhahn auf, nur um irgendwas zu tun. In der Leitung gurgelt es, und braunes Wasser sprudelt heraus, zögerlich, aber dann in einem gleichmäßigen Strahl.

»So ein wenig Verfärbung ist völlig unproblematisch«, sagt der Makler, der im Türrahmen erscheint. »Es liegt nur daran, dass hier eine Weile niemand mehr gewohnt hat.«

Cassi nickt.

Durch das Fenster erspäht sie einen Johannisbeerstrauch, oder ist es Stachelbeere, was weiß sie schon, irgendein Strauch eben neben dem roten Gebäude da drüben.

»Können wir uns das auch einmal anschauen?«, fragt sie und zeigt auf die Scheune.

Der Makler unterbricht seine Ausführungen über die lokale Infrastruktur und stimmt ihr zu: »Selbstverständlich!« Dann quasselt er weiter, während sie aus der Küche gehen, die Stufen hinunter über den grasbewachsenen Kies und den vermoosten Rasen zur Scheune, die auf der Vorderseite eine große Doppeltür für die Durchfahrt eines Traktors hat. Eine kleinere Tür in der großen schwingt mit Hilfe geschmeidiger Scharniere auf, als gehöre sie zu einem ganz anderen Objekt.

In der Scheune hat man sofort das Gefühl, dass hier die Zeit stehengeblieben ist. Auf dem erdverschmierten Zementboden liegen, scheinbar wahllos verstreut, Heuballen, der Raum ist von Spinnweben durchzogen. Stapel von Kaminholz ziehen sich an einer Schmalseite entlang. Vogelfüße kratzen auf dem Blechdach, etwas Winziges huscht hektisch in eine Ecke. Das einzige Licht kommt von den Sonnenstrahlen, die durch die Tür und die Ritzen in den Holzwänden in den Raum fallen, aber der Makler drückt einen Lichtschalter, und eine grünlich weiß flackernde Leuchtstoffröhre erwacht über ihnen zum Leben.

»Ja, die Möglichkeiten der Nutzung sind unendlich!«, sagt

er mit neuer Begeisterung. »Manche mögen denken, das ist ja bloß eine alte Scheune, aber die richtige Person – jemand mit Visionen – könnte hier im Prinzip alles verwirklichen. Man kann sich leicht einen Stall vorstellen, Hühner – oder ein Künstleratelier! Ja und natürlich Yoga, Meditation, für alles in dieser Richtung wäre die Scheune perfekt. Oooommm!«

Bei dem letzten Teil hat er seine Handflächen vor der Brust aneinandergelegt und die Augen kurz geschlossen. Dann lächelt er ihr zu und zwinkert, so als ob es ein Einvernehmen zwischen ihnen gäbe, das ihr bis jetzt entgangen ist. Cassi will die Stimmung nicht verderben oder seinen Enthusiasmus dämpfen. Also nickt sie bekräftigend, als wäre sie ganz seiner Meinung. Dann atmet sie tief ein und langsam aus.

»Ja, es hat etwas von einem Saal«, sagt sie. »Eine unglaubliche Atmosphäre. Fast feierlich. Die Vergangenheit trifft auf die Gegenwart, außen auf innen. Das erzeugt eine Harmonie, die man geradezu in der Luft spüren kann. Ein nahezu magisches Flair!«

Sie macht ein paar Schritte, richtet sich auf und breitet die Arme aus wie ein aufgeblasener Schauspieler, der sich der Szene hingibt.

»Es gibt so viel Raum hier. Mehr als genug Platz für zwanzig, dreißig Personen.«

Wovon redet sie da? Redet sie von Gästen, genauer gesagt Restaurantgästen? Stellt sie sich schön gedeckte Tische vor? Sie weiß es vermutlich selbst nicht, aber der Makler ist Feuer und Flamme. Er nickt so eifrig wie sie selbst noch vor ein paar Minuten. Seine Zustimmung ermuntert sie, noch mehr zu übertreiben. Sie deutet auf eine Wand.

»Stellen Sie sich hier ein Panoramafenster vor, mit Blick auf den Wald, und einen hochwertigen Fußboden. Es könnte ein Ort der Inspiration sein. Eine leere Fläche, mit der man neu anfangen kann, neue Energie tanken. Wie sieht es eigentlich mit den Baugenehmigungen aus, dürfte man das Grundstück noch weiter bebauen? Wenn man hier etwas Eigenes aufziehen würde, meine ich?«

Diese Vision steht plötzlich so klar vor ihr, ist so konkret, obwohl sie völlig aus der Luft gegriffen ist, dass sie fast Gänsehaut bekommt. Und dass das Wort »Baugenehmigung« so plötzlich aus ihrem Unterbewusstsein aufgetaucht ist und sich in einen vollständigen Satz eingefügt hat, ist allein schon erstaunlich. Sind das Dinge, die sie unterschwellig gelernt hat, weil sie all diese Immobiliensendungen geschaut hat? All die Scheunen, die in schicke Anwesen verwandelt wurden, all die phantasievollen Entwürfe der Teilnehmer, die Wirklichkeit wurden. Der Makler sieht aus, als hätte sie ihn zum Tanz aufgefordert.

»Ich weiß es, ehrlich gesagt, nicht aus dem Stegreif, aber ich schaue es nach. Unter uns gesagt, ich glaube nicht, dass das irgendein Problem darstellt. Es gibt keine direkten Nachbarn, und das Grundstück ist groß. Ich kann schon die Städter vor mir sehen, die hier rausfahren, um die Stille zu erleben. Um zu meditieren und abzuschalten. Es ist eine Region im Aufblühen, viele Dinge sind in Planung, aber warum nicht größer denken? Waldbaden, ist das nicht der letzte Schrei?«

Das war nicht das, was sie von ihm erwartet hatte, aber so viel hat sie inzwischen gelernt: Wenn man eines über Menschen wissen kann, dann, dass man nichts über sie weiß.

»Waldbaden, ja, das ist die Einstiegsdroge«, sagt sie scherzhaft, nur um irgendwas zu sagen. Er scheint ja auf solche Dinge zu stehen, und sie ist nicht abgeneigt, mit dem Strom zu schwimmen. Sie hört sich selbst einen Satz nach dem anderen bilden, wobei jeder Satzteil irgendwie über den folgenden überrascht zu sein scheint.

»Einen Baum zu umarmen, kann den gleichen positiven Effekt auf das menschliche Wohlbefinden haben, wie einen anderen Menschen zu umarmen. Wenn man einmal diese Erhabenheit in und mit der Natur erlebt hat, kann man es sich nicht mehr ohne sie vorstellen. Manche Menschen finden ihr Glück gleich um die Ecke, andere müssen weit reisen.«

Es ist ein Zitat-Sammelsurium aus verschiedensten Sendungen, die sie kürzlich gesehen hat. Das letzte ist auf jeden Fall aus dieser britischen Immo-Show.

Max nickt und lächelt breit. »Persönlichkeitsentwicklung und Wellness sind rasant wachsende Branchen«, sagt er. »Ich habe gerade einen Podcast darüber gehört. Viele interessante Dinge passieren da momentan auf dem Gebiet. Die Leute brauchen Orientierung. Das ist gut!«

Cassi lächelt einfach, weiß nicht so richtig, was sie dazu sagen soll. Was genau ist jetzt gut?

Sie gehen wieder hinaus, zurück auf den Platz vor dem Haus. Max blättert durch seine Papiere, schaut auf sein Handy und stellt fest, dass das Bieterverfahren in Kürze beginnen wird.

»Wenn Sie interessiert sind, rate ich Ihnen also, sich bald zu melden«, sagt er. »Natürlich will ich Sie nicht unter Druck setzen. Aber man weiß ja nie ... Die Dinge können sich schnell ändern. Das tun sie oft. Wie ich Ihnen schon sagte, sind die Verkäufer erpicht auf einen schnellen Abschluss, und ein potenzieller Käufer könnte das Gebäude sofort übernehmen, wenn das gewünscht ist.«

Er wiederholt im Wesentlichen nur noch einmal seine Worte von vorhin, als sie zum ersten Mal hier standen, aber die Aussagen klingen für Cassi diesmal anders. Max sieht sie erwartungsvoll an, mit dem gleichen Blick, den Maine aufsetzt, wenn man ihm ein Stück seiner geliebten Banane hinhält.

Es ist ein seltsamer Tag. Zu viel ist passiert. Als sie heute Morgen aufwachte, war noch alles wie immer. Vor ihr lagen nur viele Stunden, die es zu überstehen galt. Einen langen Tag, bis es endlich wieder Nacht wurde. Zuerst die Arbeit, dann ein Gläschen Wein und eine Sendung im Fernsehen anschauen, das Gehirn abschalten. Das hier war ganz und gar nicht geplant. Es gab keine Sturmwarnung, nichts deutete darauf hin, dass heute ihr Kopf und ihre Lebensplanung durcheinandergewirbelt würden. Aber genau das ereignet sich gerade.

Cassi schaut zum Haus, überlegt, wie es sich für sie anfühlen würde, wenn jemand anders dort einzog. Sie betritt die Treppe. Läutet noch einmal das Glöckchen, weil es eben dort hängt und so aussieht, als wolle es geläutet werden. Holt noch einmal tief Luft. Es fühlt sich an, als ob der Sauerstoff sie von oben bis in die Zehen komplett durchdringt. Ihr Herz rast. Cassi legt sich eine Hand auf die Brust.

»Ich lasse es mir durch den Kopf gehen und sage Ihnen dann Bescheid«, sagt sie, sich leicht verbeugend. »Zunächst einmal vielen Dank, dass Sie sich heute die Zeit genommen haben.«

»Natürlich, natürlich, tun Sie das«, erwidert Max. »Und Sie haben im Augenblick keine weiteren Fragen?«

Cassi öffnet die Beifahrertür für Maine, der widerwillig ins Auto hüpft. Ein Spaziergang im Wald wäre ihm wahrscheinlich lieber gewesen. Sie zieht angestrengt die Mundwinkel hoch.

»Nein, ich muss …«, antwortet sie mit einer vagen Geste, steigt ein, schließt die Tür und startet den Motor.

»Namaste«, verabschiedet Max sie, legt die Hände aneinander und verbeugt sich ein wenig. »Lassen Sie es mich wissen, wenn Sie noch Fragen haben sollten!«

Cassi wendet den Wagen und holpert die Schotterpiste hinunter, biegt ab in Richtung Ort, beachtet alle Geschwindigkeitsbegrenzungen bis zum Tempo-siebzig-Schild. Dann gibt sie Gas.

Cassi hat keine Ahnung von Häusern. Mal davon abgesehen,

dass sie momentan im Keller von einem wohnt, hat sie bisher nur in Wohnungen gelebt. Aber als sie gerade in der veralteten Küche mit dem nachgebenden Fußboden gestanden und durch das schmuddelige Fenster zum Nadelwald gesehen hat, da hat sie fast das gleiche Gefühl gehabt wie damals beim Lesen der Adoptionsanzeige von Maine im Netz: Dieses Haus braucht sie. Sie sollte diejenige sein, die die Wände streicht, die Dachrinnen reinigt und sicherstellt, dass die Scheune nicht zusammenbricht. Sie sollte sich um das Haus kümmern. Und, was noch wichtiger ist: Das Haus sollte sich um sie kümmern.

4

Am nächsten Morgen, direkt nachdem sie mit dem Bus bei der Arbeit angekommen ist, schickt sie dem Makler eine Nachricht, in der sie ihn bittet, für sie ein Angebot etwas unter dem Startpreis abzugeben. Als sie gestern nach Hause kam und den letzten Tropfen Wein aus dem Karton getrunken hatte, hatte sie etwas über Immobilienkäufe in verschiedenen Onlineforen gelesen. Trotz des mulmigen Gefühls in ihrem Bauch ist sie nun informiert und weiß ungefähr, was sie da tut. Es ist so, als umgäbe sie eine Aura von Selbstvertrauen und Entschlossenheit, Unerschütterlichkeit geradezu.

So empfindet sie das – zumindest bis sie in den Großmarkt kommt und wieder einmal gezwungen ist, sich mit Menschen auseinanderzusetzen. Winzgesicht steht im Personalraum und löffelt Thunfisch aus einer Dose. Auf der Theke neben ihm steht eine Dose zuckerfreie Limo. Na, da weiß man ja, welche Rülpser man nach diesem Katzenfutter zu erwarten hat!

»Wohin bist du gestern verschwunden?«, fragt er, und Cassi wiederholt ihre Lüge mit dem Fieber.

Winzgesicht stopft sich einen weiteren Bissen in den Mund.

»Aber ich bin wieder okay. Ich denke, es war bloß ein übler Anflug von PMS«, fügt sie hinzu, um ihm das Nachfragen unangenehmer zu machen. Die Periode ist das letzte Refugium der Frauen. Sie kann einem immer noch aus einer Reihe von Situationen heraushelfen wie Eltern von kleinen Kindern, die die »Magen-Darm«-Karte ausspielen, wenn sie Verpflichtungen eingegangen sind, für die sie nach einer Ausrede suchen.

Cassi fährt sich durch ihr ungewaschenes Haar, bindet es zu einem Zopf und geht ins Warenlager, wo Burn-outie laut esoterische Massagemusik hört und ihr mitteilt, dass die Musik entspannend ist und »ihr guttut«. Cassi würde darüber die Augen verdrehen, aber es gab heute Morgen schon so viele Anlässe dafür – die gesamte Busfahrt zur Arbeit war eine einzige Aneinanderreihung von Ärgernissen –, dass sie befürchtet, ihre Augenhöhlen könnten durch die übermäßige Reibung Schaden nehmen.

Um sich zu beruhigen, beschwört Cassi das Bild des Häuschens mit dem Nadelwald im Hintergrund herauf. Die vollkommene Stille. Wie es wohl wäre, ganz neu anzufangen, aufzutanken, ganz für sich zu sein? Keine Menschen um sich herum zu haben. Nur sie und Maine, in Freiheit, im Schoß der Natur.

Burn-outie hat die erste Palette mit Waren herausgezogen, die in den Großmarkt sollen, und lehnt sich nun auf ihrem Stuhl zurück, die Augen vor dem Computer geschlossen. In diesem Moment brummt Cassis Handy in der Gesäßtasche. Da jeder weiß, wie empfindlich Burn-outie auf störende Geräusche reagiert, und es die pure Dummheit wäre, bei ihr schon zu dieser frühen Stunde einen Migräneanfall auszulösen, verzieht Cassi sich in eine Ecke und meldet sich mit ihrer leisesten Stimme.

Es ist dieser Makler. Wer auch sonst?

»Oh, habe ich Sie gerade bei etwas unterbrochen?«, fragt er, vermutlich in Anspielung auf das Gedudel im Hintergrund, quasselt aber trotzdem weiter. Er informiert sie, dass die Verkäufer ihr Angebot angenommen haben. Wann sie denn kommen und den Vertrag unterzeichnen könne?

Auf einmal fühlt Cassi sich extrem erschöpft, regelrecht krank. Gerade noch hatte sie davon geträumt, und nun ist nur noch pure Angst übrig. Müssen die Leute sie ständig behelligen? Woher wissen sie überhaupt, dass es sie gibt? Können sie sie bitte, bitte nicht einfach in Ruhe lassen und sich nie mehr melden?

Eine plötzliche Stille im Hörer lässt das esoterische Pling-Plong stärker in den Vordergrund treten, nun durch eine besinnliche Panflöte und einen Buckelwalschrei komplettiert. Cassi hört sich dem Makler antworten, immer noch mit leiser, fast flüsternder Stimme, dass das großartige Neuigkeiten sind, sie ihn aber später zurückrufen muss.

»Natürlich, entschuldigen Sie, wenn ich …«, setzt er an, aber dann bricht das Gespräch ab, weil sie den roten Button zum Auflegen mehrere Male so fest gedrückt hat, als wäre es ein echter Knopf und als könnte sie die Welt um sich herum damit zum Stillstand bringen.

Burn-outie sieht auf, wirft ihr einen durchdringenden Blick zu, als sie vorbeigeht, sagt aber nichts. Cassi starrt zurück und schiebt die Palette aus dem Lager.

Ihr Geld liegt seit fast einem Jahr unangetastet auf dem Konto. Als Cassi am Vormittag ihre E-Mails abruft, versteckt hinter einer turmhohen Mauer aus Cornflakes-Kartons, hat ihr der Makler einen Haufen Unterlagen geschickt. Sie leitet alles an ihre Bankberaterin weiter, die bei Cassi gelegentlich nachhört, ob sie ihr Geld nicht besser anlegen möchte, als es auf dem Konto zu parken, wo es keine Zinsen abwirft. Cassi entscheidet, dass die beiden das mit dem Haus untereinander ausmachen können.

In der Mittagspause geht sie hinüber zur Pizzeria an der Ecke und bestellt, ohne groß auf die Speisekarte zu schauen, ein Bier und einen Pizza-Beilagensalat.

»Sie können nicht einfach nur einen Pizza-Beilagensalat bestellen, der Salat kostet nur fünf Kronen, wenn Sie auch eine Pizza bestellen.«

Wenn einer von ihnen beiden grinsen würde, könnte es einfach irgendein Insiderwitz sein, weil er sich fast jeden Tag wiederholt. Aber der Mann hinter der Theke mit dem schmutzigen Küchenhandtuch über der Schulter ist Cassi genauso leid, wie sie ihn satthat, und so bezahlt sie das Bier, ohne auch nur eine Krone Trinkgeld zu geben, und geht zu ihrem Stammplatz. Das Bierglas stellt sie auf der Tischplatte aus Holzlaminat ab, wo es feuchte Ringe hinterlässt.

Wenn Cassi auf diesem Platz sitzt, kann man sie von draußen nicht sehen. Nicht dass sie sich für ihr flüssiges Mittagessen schämt. Warum auch? Sie will einfach mit niemandem reden. Fühlt sich leer gequatscht. Sie stellt sich vor, wie sie auf der Treppe des Häuschens steht. Nichts als der rauschende Wald ist zu hören. Maine liegt neben ihr. Hach, bei diesem Gedanken wird sie ganz sentimental.

Sie holt ihr Handy hervor und befasst sich mit einem Spiel, bei dem sie verschiedene Arten von Süßigkeiten aneinanderreihen muss.

Am Nachmittag scheint der ganze Immobilienverkauf geregelt, und Cassi musste sich dazu verpflichten, in der kommenden Woche die Papiere zu unterzeichnen und die Schlüssel abzuholen. Ihr ist ganz schwindelig; aber so ist das jetzt nun mal. Und warum sollte dieser Hauskauf schlimmer sein als das, was sie schon kennt? Doch ihr Magen signalisiert ihr etwas anderes: Zweifel und Selbsthass und eine Art Angstgefühl. Was soll sie da draußen auf dem Land machen? Warum nicht einfach in der

Stadt bleiben – im Warenlager, in dem, was es schon gibt und weiterhin geben wird? Aber für Reue ist es nun zu spät.

Die elektronischen Verträge sind bereits unterschrieben, und beide, sowohl der Makler als auch die Bankberaterin, scheinen mit dem Tag höchst zufrieden. Und Cassi wird dann zumindest eines haben: ihre Ruhe. Fast – etwa jede zweite Minute – fühlt sie sich auch bereit dafür.

5

Die Straße zum Haus ist noch holpriger, als sie sie in Erinnerung hat. Wenn Maine, der wie ein Rallye-Beifahrer neben ihr sitzt, nicht bei jedem Schlagloch fast vom Sitz fallen würde, hätte sie das Gaspedal trotzdem einfach durchgedrückt. So aber kommt sie nur im Kriechtempo voran. Das Haus nähert sich, wie eine Katze sich einer Maus nähert.

Cassi parkt vor den Eingangsstufen und bemerkt, dass das alte Gras gemäht ist. Als sie die Autotür öffnet, ist der kindische Moderator einer Radioshow augenblicklich still. Es ist eine Stille, die in den Ohren dröhnt – und macht, dass sie ihre Blase spürt. Noch nicht mal die Baumwipfel bewegen sich, und als Maine beim Anblick eines vorwitzigen Hasen, der sich am Waldrand zeigt, bellt, ist das Geräusch wie ein willkommener Schock.

»Du wirst dich daran gewöhnen«, sagt sie zu dem Hund und wahrscheinlich genauso zu sich selbst.

Das Schloss und die Tür machen diesmal nicht annähernd so viele Scherereien wie bei der Besichtigung, aber als sie eintritt, scheinen die Räume sich zu fragen, was sie hier macht. Oder wahrscheinlich ist es wieder sie selbst, die sich das fragt.

Nachdem sie die trübe Küchenlampe eingeschaltet hat, schleppt sie ihre Tüten und Kisten herein.

Ihr materieller Besitz braucht nicht viel Platz: ein Beutel mit Laken, Decken und Kissen. Eine Matte, auf der Maine gerne schläft. Eine Tragetasche mit Küchenutensilien. Eine kleinere Tragetasche mit Toilettenartikeln, eine Tasche mit Kleidung, eine weitere mit verschiedenen Leuchtmitteln: bunte Lichterketten, Laternen, diverse Kerzen und eine Lampe, die zuerst im Küchenfenster ihrer Oma und später in dem ihrer Mutter gestanden hatte. Omas Lampe landet im Schlafzimmer, weil es dort noch keine Deckenbeleuchtung gibt. Eine Lichterkette hängt sie in den Flur, die andere ins Wohnzimmer.

Das ist alles, was von Cassis altem Leben übrig geblieben ist. Sie hatte fast alles weggegeben, als sie ihre Wohnung verkauft hatte – die Y-Stühle, den Designertisch, das weiße Sofa, die Lithographien, die schweren Kerzenleuchter, das edle Essbesteck, den großen Standmixer. Nie wieder wird sie sich zwingen, einen grünen Protein-Smoothie zu trinken!

Aber von einer großen Topfpflanze konnte sie sich nicht trennen, die, die sie damals als Erstes in ihr frisch renoviertes Apartment gebracht hatte. Der Baum hat fast all seine großen Blätter verloren. Etwas an seinem offensichtlichen Leiden macht es schwer, ihn zu entsorgen. Wie kann sie etwas aussortieren, das so arm dran ist? Sie stellt die extrem schüttere Pflanze zwischen die Fenster im Wohnzimmer auf den Boden. Der Übertopf dient als neues Versteck für ihren silbernen Flachmann: ein Reservevorrat, der zwar selten gebraucht wird, aber immer bereitsteht.

Es ist immer sehr praktisch, jemand zu sein, der mit wenig Essen auskommt, aber niemals so praktisch wie am Umzugstag – man hat fast nichts zu tragen. Alles passt in eine Papiertüte. Cassi räumt Haferflocken, Instantkaffee, zwei Dosen Tomaten und eine Schachtel Makkaroni in ein Schränkchen und stellt Olivenöl, Salz und Pfeffer auf die Arbeitsplatte.

Dann hält sie kurz inne. Starrt aus dem Fenster. Hinter den Bäumen erhascht sie einen Blick auf ein Feld und an seinem Rand: eine Bewegung. Aber es ist nur ein Tier.

Im Schlafzimmer wendet sie die fleckige Matratze auf dem Bett und arrangiert Laken und Bettdecke darauf. Früher hätte sie eine so alte und schmutzige Matratze nicht mal mit spitzen Fingern angefasst, heute aber macht ihr Dreck kaum noch etwas aus. Solange er sich nicht bewegt, gibt es keinen Grund zur Sorge.

Als alles erledigt ist, fühlt sie sich fast schon wie richtig eingezogen.

Durch die offene Tür kann sie sehen, wie Maine auf einem Stock herumkaut, und da erinnert sie sich an die Holzscheite in der Scheune. Ob man im Kamin wohl Feuer machen kann? Sie kann sich nicht mehr erinnern, was der Makler darüber gesagt hat. Cassi nimmt den flachen Feuerholzkorb, der an der Wand lehnt, und geht hinaus. Maine kommt mit ihr, glücklich über die Gesellschaft. Oder wahrscheinlich ist es nur wieder sie, die glücklich darüber ist.

Die Scheune riecht stark nach Feuchtigkeit, Moos, Holz, Harz, uralten Abgasen. Cassi stapelt so viele Scheite übereinander, bis der Korb voll ist, und schleppt ihn zurück ins Haus.

Aber nein, die Scheite wollen nicht brennen. Das Häuschen füllt sich mit Qualm, und so öffnet sie die Tür sperrangelweit und lässt den Korb auf der Treppe stehen, denn wer weiß, welche ekligen Käfer sich da womöglich im Holz verstecken.

Der Stapel Flickenteppiche, der beim letzten Mal im Wohnzimmer lag, liegt jetzt im Flur. Sie schleppt sie nach draußen und hängt sie auf den schiefen Wäscheständer hinter dem Haus. In Ermangelung eines Besseren greift sie nach dem rostigen Rechen, der an der Hauswand lehnt, und klopft damit Staubwolken aus den Teppichen, bis der Aufsatz des Rechens von dem morschen Griff abflutscht und eine beeindruckende Flugbahn hinlegt.

Und jetzt fängt's auch noch an zu regnen. Na toll!

Sie hat die Nase voll von diesen Rückschlägen, und so nimmt sie die Regenjacke aus der Tasche in der Küche und die Leine vom Beifahrersitz des Autos. Sie lässt die Vordertür unverschlossen – so macht man das schließlich auf dem Land – und ruft nach Maine, der sie ignoriert. Der eigene Ruf dröhnt ihr in den Ohren. Es ist wirklich unglaublich still um sie herum. Dann folgt sie dem Schotterweg in Richtung der asphaltierten Straße. Keine Autos. Als Maine sich ihr anschließt, leint sie ihn trotzdem an, nur für den Fall.

Cassi späht in den Wald, wo kein einziges Anzeichen menschlichen Lebens auszumachen ist, nur Moos und Spinnweben und kleine trockene Zweige, die jedem, der ihnen zu nahe kommt, drohen das Gesicht zu zerkratzen. Ein Wasserloch, in das sie versehentlich hineintritt, lässt in ihr die Erkenntnis reifen, dass Gummistiefel für ihr neues Leben unausweichlich sind. Mit Wasser im Schuh, das nun um ihren linken Fuß schmatzt, erreicht sie die Straße. Hinter ihr: der Wald. Vor ihr: dunkelbraune Felder mit kleinen grünen Trieben. Zu ihrer Rechten: ein Bauernhof, ein paar Hundert Meter entfernt. Zu ihrer Linken: eine ältere Frau auf einem Fahrrad, die scharf bremst.

6

Na ja oder was man eben so älter nennt. Eine rasante Frau von sechzig plus ist lautlos auf ihrem E-Bike herangesaust und steht jetzt breitbeinig vor ihr. Sie mustert Cassi aus stahlgrauen Augen, lächelt leicht.

»Aha, Sie sind das also!«

Cassi ist nur dazu imstande, zögernd zu nicken. Ja. Ich bin das also. Die Frau lässt den Lenker los und reicht ihr die Hand.

»Dann herzlich willkommen in Bäcken! Max hat schon erzählt, dass Sie bald einziehen. Er ist mein Neffe, deshalb bin ich recht gut darüber informiert, wer hier in der Gegend etwas kauft oder verkauft. Beziehungsweise – ich bin wohl allgemein recht gut informiert. Marlene Bengtsson ist mein Name.«

Marlenes Stimme klingt dunkel und heiser, und ihr Händedruck hat etwas von einer Kneifzange. Cassi muss sich zusammenreißen, um anschließend nicht ihren Arm vor Schmerz auszuschütteln.

»Cathrin Ekman«, stellt Cassi sich vor. Dieser Name steht in ihrem Ausweis und kommt ihr bei offiziellen Gelegenheiten und wenn sie Menschen begegnet, die älter sind als sie, automatisch über die Lippen. »Aber man nennt mich Cassi.«

Marlene hat dunkelgrau gesprenkeltes, lockiges Haar, das sie kurz, wenn auch nicht superkurz trägt. Dazu große goldene Ohrringe, kein Fahrradhelm. Ihre Steppjacke ist rosa, die Hose rot. Ihre Augen sind mit kräftigem schwarzen Kajal betont.

Marlenes Blick fällt auf Maine. Sie verzieht ihre Lippen zu einem Schmollmund, beugt sich vor und krault ihm flüchtig und etwas ruppig mit kurzen roten Fingernägeln Kopf, Hals und Rücken.

»Was für ein süßer Hund und so lieb! Ich habe keinen mehr, aber früher hatten wir einen für die Jagd, als ich noch verheiratet war. Das war so ein richtiger Mistkerl!«

Cassi ist immer noch überrumpelt von der unerwarteten Gegenwart dieser Frau und nicht darauf gefasst zu reden. Bringt nur ein »Ach wirklich!« heraus.

»Also, der Hund, natürlich!«, fügt Marlene mit einem rauen Kehllaut hinzu, vermutlich soll es ein Lachen sein. »Aber von meinem Ex hab ich auch nicht viel Gutes zu erzählen!«

Sie richtet sich auf, zupft an dem Stoffbeutel in ihrem Fahrradkorb, steckt sich eine Hand unter die Jacke und macht eine Bewegung, die darauf schließen lässt, dass ihr der BH-Träger runtergerutscht ist und sie ihn wieder an die richtige Stelle ziehen muss. Dann fischt sie sich mit der rechten Hand Snus unter der Oberlippe hervor, wirft ihn in den Straßengraben und wechselt ihn gegen eine neue Portion aus. Wechselt auch gleich das Gesprächsthema.

»Es ist lange her, dass Leben in diesem Haus war. Karl-Adam ist vor mehreren Jahren ausgezogen, und von seinem Sohn hat man so gut wie nie was gesehen.«

Marlene kneift die Augen zusammen und nimmt die rote Fassade ins Visier, die sich zwischen den Bäumen kaum erahnen lässt.

»Und Sie wollen sich hier dauerhaft niederlassen, wie ich gehört habe? Haben Stadt gegen Land getauscht?«

Cassi schluckt. Ihre Finger suchen sich wie von selbst den Weg zu ihrer Halskette mit dem rosa Stein, fassen danach. »So ist der Plan. Ich fand, es war Zeit für etwas Neues.«

»Ich muss ja sagen, dass ich diesen Trend, aufs Land zu ziehen, ziemlich seltsam finde«, sagt Marlene und schaut sich um. »Was wollt ihr jungen Leute hier?! Nichts für ungut, aber das Abenteuer wartet doch ganz woanders. Hier lebt kaum jemand, nur Max – ihn kennen Sie ja schon, er hat den Campingplatz übernommen – und die Desgoffes, die *Unternehmer.*«

Das letzte Wort betont Marlene besonders.

»So adlig wie das klingt, sind die aber gar nicht«, fügt sie dann mit einem schiefen Lächeln hinzu. »Das sind die mit den Alpakas. Sie haben sie noch nicht kennengelernt, das weiß ich, weil ich gerade von da komme und wir von Ihnen gesprochen haben. Lollo hilft mir ein bisschen beim Einrichten.«

Marlene tätschelt den Beutel im Fahrradkorb, aus dem zwei Kerzenleuchter ragen.

»Aber Max hat erwähnt, dass Sie hier etwas Eigenes aufziehen wollen? Irgendwas Esoterisches, nicht wahr? Und Sie wollen die Scheune umbauen?«

Marlene zieht fragend die Augenbrauen hoch, gibt Cassi aber nicht die Gelegenheit zu antworten.

»Das soll natürlich keine Kritik sein. Es ist nicht an mir zu entscheiden, wie andere ihr Leben leben. Ich weiß selbst nur zu gut, wovon ich da rede.«

Sie streckt eine geballte Faust in die Luft, um ihrer Frustration Ausdruck zu verleihen, und sieht Cassi forschend an, um zu überprüfen, ob sie auch wirklich versteht, wie leid Marlene solche Besserwisser hat.

»Ich persönlich finde es ja gut, dass hier etwas passiert«, spricht sie weiter. »Ich mag Veränderungen. Aber aus euch werde ich wirklich nicht schlau!«

Sie verstummt wieder, sieht Cassi auffordernd an. Erwartet diesmal anscheinend eine Erwiderung.

Cassi begreift, dass sie taktisch vorgehen muss. Was sie Marlene erzählt, wird weitererzählt. Cassi möchte weder zu grünen Trendsettern noch zum Unternehmerpool gezählt werden, aber auch nicht kritisch klingen und riskieren, mit jemandem aneinanderzugeraten. Sie möchte eben am liebsten in Ruhe gelassen werden.

»Das klingt so, als wenn sich in dieser Gegend viel tut«, erwidert sie. Sie spricht langsam, besonders verglichen mit Marlenes Wortschwall, vor allem, um ihre Worte gründlich abzuwägen, bevor sie sie äußert. »Aber ich kenne mich mit dem, was Sie da gerade erwähnt haben, nicht so aus. Ich habe ... hatte mich auf anderes konzentriert. Es ist schön, hier zu sein. Inspirierend. Man spürt die Ruhe.«

Na also, das ging doch gut! Es fordert ihr weniger ab, positiv zu klingen, als auf Distanz zu gehen. Mit der Zeit werden die sowieso spitzkriegen, was Sache ist. Werden merken, dass sie für sich bleibt. Cassi legt eine Hand auf Maines Kopf; er sieht zu ihr hoch.

»Der Kauf und der Umzug sind sehr schnell gegangen«, sagt sie, als müsse sie sich noch mehr erklären. »Alles war gefühlt in null Komma nichts erledigt.«

Marlene sieht sie an, eine Augenbraue ist hochgezogen. »Alrighty then«, sagt sie und hält kurz inne, bevor sie weiterspricht. »Marlene ist für alles offen, damit Sie's wissen. Mir gefällt es, wenn hier was los ist. Ob es nun Partys, Esoterik oder was auch immer ist. Ich will mehr darüber hören, was Sie vorhaben.« Dann stellt sie einen Fuß auf das Pedal. »Jetzt muss ich allerdings los, ich bin noch verabredet. Aber vielleicht sehen wir uns bald? Kommen Sie doch mal auf einen Kaffee vorbei!«

Ohne das entfernt in Erwägung zu ziehen, erwidert Cassi,

dass sie das tun wird. Marlene wirft Maine einen Luftkuss zu und radelt davon. Cassi rührt sich nicht von der Stelle, blickt Marlene hinterher; sieht, wie sich der rosafarbene Fleck immer mehr entfernt.

Was sie über »etwas Eigenes aufziehen wollen« gesagt hatte, dass sie mehr darüber hören möchte, was Cassi vorhat, bringt Cassi ins Grübeln. Was der Makler wohl erzählt hat? Seinem Leben zu entfliehen hatte ja nicht gerade viel mit Unternehmergeist zu tun. Außerdem weiß der Makler ja gar nichts über sie. Cassi hat versucht bei ihrem Telefonat jeden seiner Versuche, Small Talk zu betreiben, abzuwürgen, und als sie die Schlüssel in seinem Büro abgeholt hat, ist doch eigentlich nichts Besonderes vorgefallen? Die ganze Sache war so schnell vorbei, dass sie ihr nur noch verschwommen in Erinnerung ist. Sie hat einen Haufen Papiere unterschreiben müssen. Hat das getan, während sie mit übereinandergeschlagenen Beinen auf dem Stuhl saß und Pralinen aus der Besucherschale herunterschlang, was den Makler dazu veranlasste, etwas von einer »Kakao-Zeremonie« zu sagen, das er superlustig fand, worüber sie nur lächeln konnte.

Aber die Besichtigung ist ihr noch im Hinterkopf. Sie hätte nie gedacht, dass der Makler ihr übertriebenes Gehabe als todernst aufgefasst haben könnte, aber es scheint eindeutig sein – und auch Marlenes – Bild von ihr geprägt zu haben. Vielleicht ist es zu ein paar winzigen Missverständnissen gekommen, die nicht richtiggestellt worden sind. Sie hat nie die Absicht gehabt, jemanden zu täuschen. Aber jetzt scheinen die anderen Dinge von ihr zu glauben, die nichts mit der Realität zu tun haben. Das sollte ja eigentlich nicht sein. Und es sollte sich vielleicht auch schlimmer anfühlen, als es das gerade tut.

7

Hätte Cassi nach der ersten Nacht in ihrem Haus jemanden zum Reden gehabt, hätte sie gesagt, dass sie kein Auge zugetan habe. In Wahrheit hat sie wohl ein, zwei Stunden geschlafen, aber weitaus mehr Zeit damit verbracht, nach dem Knacken des Hauses und den seltsamen Geräuschen aus dem Wald zu horchen. Aber was heißt da schon seltsam – der Wald tat das, was er immer tat, was Wälder nun einmal tun. Es gab keinen einzigen unerwarteten Zwischenfall, jedenfalls nicht in der Gegend um Cassis Haus. Man hörte es rauschen und rascheln und trappeln, und mindestens fünfzigmal schu-hu-te ein Vogel.

Jetzt, nachdem es wieder hell geworden ist, ist alles besser. Cassi massiert sich die Schläfen. Sie hat immer noch die Klamotten vom Vortag an, also steigt sie aus dem Bett und dreht eine Runde durchs Haus, wie um zu überprüfen, ob sich seit gestern etwas verändert hat. Der Fußboden ist kalt.

Alles ist noch so, wie es war. Nichts ist passiert.

Kaffee, denkt sie. Als sie in der Küche den Hahn laufen lässt, fällt ihr wieder das braune Wasser ein.

Zwei der vier Platten auf dem Elektroherd funktionieren so, wie sie es sollen. Sie lässt das Wasser lange kochen, bevor sie Instantkaffee hineingibt. Der Kühlschrank hat die ganze Nacht hindurch gebrummt, und als sie die Milch herausnimmt, haben sich Eiskristalle im Karton gebildet.

Draußen vor dem Fenster scheint munter die Sonne. Cassi schließt mit der Kaffeetasse in der Hand die Tür auf und legt einen der verschlissenen Flickenteppiche auf die oberste Treppenstufe, um nicht auf dem noch morgenfeuchten Beton sitzen zu müssen. Sie denkt, dass sie vielleicht das Moos von der Treppe schaben sollte, doch es bleibt bei dem Gedanken. Maine schnüffelt und begibt sich mit der Nase über dem Boden auf den Platz vor dem Haus.

Ist diese erste Tasse Kaffee auf den Stufen ein denkwürdiger Moment? Cassi versucht in sich hineinzuspüren, ob dies ein monumentales Ereignis in ihrem Leben ist. Ob sie hier in Zukunft sitzen wird, ob es diese Treppe sein wird, die sie im Herbst des Lebens als den Ort in Erinnerung behalten wird, wo sie immer ihren Morgenkaffee getrunken hat? Ist dies ein neues Ritual? Ein Baustein in ihrem neuen Dasein? Oder wird sie mehrere schöne Orte haben, je nach Saison verschieden?

Eine ziemlich große Spinne krabbelt vorbei, was vermuten lässt, dass es eher mehrere Orte sein werden.

Vielleicht sollte sie sich einen Stuhl anschaffen. Der Adrenalinkick nach dem Spinnenbesuch in Kombination mit dem Koffein weckt ihre Lebensgeister. Cassi überlegt, dass sie eine Liste der Dinge machen sollte, die geregelt werden müssen. Eine Prioritätenliste. Alles Praktische, um das sie sich damals in ihrer frisch renovierten Wohnung und auch in ihrer Zeit als Untermieterin nie hatte kümmern müssen – alles das ist zigmal unpraktischer, wenn man in einem alten Haus mitten im Wald lebt. Jedes kleine Detail des Hauses würde davon profitieren, auf Vordermann gebracht zu werden, das weiß sie. Im vergangenen Jahr hat sie so oft auf dem Bildschirm mit angesehen, wie unzählige heruntergekommene Wohnungen in Luxusdomizile verwandelt wurden, dass sie Expertin auf diesem Gebiet sein müsste. Ihre kleine Kaffeepause auf den Stufen könnte der Vorspann einer packend zusammengeschnittenen Sendung sein. Eine kurze Folge von Bildern, die Cassi verschwitzt und fröhlich in Latzhosen zeigt, während sie Tapeten herunterreißt, Dämmung austauscht, Fliesen legt, streicht, Elektroleitungen installiert, Rohre verlegt und dekoriert.

Halt! Stopp!

Genau das wollte sie ja hinter sich lassen! Die vielen albernen Anforderungen und Zwänge der modernen Gesellschaft. Hier im Wald wird sie die begrenzten Ressourcen als einen Vorteil sehen. Ihr Erspartes, also das, was nach dem Verkauf ihrer Wohnung noch übrig ist und von dem Hauskauf nur unwesentlich angeknabbert wurde, wird noch eine ganze Zeit lang reichen – wenn sie denn gut wirtschaftet. Statt die Nase über die Farbe des Leitungswassers zu rümpfen, sollte sie den Eisengehalt lieber als willkommene Nahrungsergänzung betrachten. Sich mit dem Wasser aus der Regentonne waschen. Zum Pinkeln in den Wald gehen und ihre Kacke als Dünger verwenden. Sollte überhaupt aufhören, so eine Mimose zu sein. Vielleicht so leben, wie man es früher tat. Etwas darüber lernen, wie man Nahrung anbaut. Ein Auge dafür entwickeln, was um sie herum wächst. Mit dem ersten Hahnenschrei aufstehen und mit der Abenddämmerung schlafen gehen. Oder sich ein paar Petroleumlampen anschaffen. Ihr geht durch den Kopf, dass sie nicht vergessen darf zu googeln, ob es sich mit menschlichen Ausscheidungen düngen lässt und ob es nach wie vor Petroleum gibt und wie man es sich in diesem Fall besorgt. Und wie pflügt man eigentlich?

Da ist die Spinne wieder. Cassi steht auf, nimmt die Tasse und geht zur großen Straße. Na ja, groß ist sie nicht wirklich, aber größer als ihr Privatweg und asphaltiert, deshalb wird sie von jetzt an so heißen. Keine Autos oder Fahrräder sind zu sehen, es gibt nichts als Vögel und ansonsten Stille. Sie schaut hinüber zum Haus ihres nächsten Nachbarn. Eine gelbe Fassade, zur Hälfte hinter Bäumen verborgen. Rauch steigt aus einem Schornstein empor. In der Ferne fährt ein Traktor über ein Feld.

In ihrer Hosentasche brummt ihr Handy. Gelegentlich kommen sie noch – tastende digitale Annäherungsversuche aus ihrem alten Leben, von Leuten, die glauben, dass sie diesmal rangehen wird, dass sie sich doch nach ihren alten Kreisen zurücksehnt. Aber nein, das will sie nicht, will sich nicht von ihnen umgarnen lassen. Sofort löscht sie alles, wirft nicht einmal einen Blick auf die Worte, will nicht riskieren, dass sie sich in ihr Bewusstsein fressen.

Cassi dreht um und geht zurück. Es gelingt ihr, die größten Schlaglöcher zu vermeiden, wo aus kleinen Wasserpfützen Matschlöcher geworden sind. Sie betrachtet die Fassade ihres Hauses: das verrostete Fallrohr, das lose am Giebel und am Dach hängt, wo die Symmetrie der Dachziegel durch mehrere schief liegende Pfannen am Schornstein durchbrochen wird.

Gummistiefel, schärft sie sich ein. Gummistiefel braucht sie.

8

Das Häuschen ist in aller Ehrlichkeit nicht der erste Impulskauf, der Cassis Leben entscheidend verändert hat. Maine beispielsweise kam vor drei Jahren holterdiepolter nach einer intensiven Spinning-Session im Fitnessstudio in ihr Leben. Durchgeschwitzt, high an Endorphinen, mit dem Gefühl unbesiegbar zu sein, rief sie bereits ihre Jobmails ab, bevor sie den Spinningraum überhaupt verlassen hatte. Gerade erst hatte sie sich zu Lösungen für die Einstellungslogistik und die Einkaufsproblematik vorwärtsgestrampelt, über die sie schon länger nachgegrübelt hatte, und direkt vor dem Sport hatte sie einen heiklen passiv-aggressiven Nichtstreit mit ihrem Freund Jarmo über seine verlängerte Geschäftsreise gehabt. Hinzu kam, dass sie nach der Schwangerschaft, die nicht so geendet war, wie sie es sich gewünscht hatte, immer noch nicht aufgehört hatte zu bluten.

Es war ein Gefühl von Stärke, Euphorie, Trotz, einem »Alles ist möglich«, gemischt mit einer beiseitegeschobenen Grundnote tiefer Verzweiflung. Und in ebendiesem Moment erhielt sie einen Link zu einem Tierheim, weitergeleitet über einen E-Mail-Verteiler. Als sie auf den Link klickte, sah sie als Erstes Maines schieläugigen Blick und darunter die knappe Beschreibung:

Rasse: Mischling
Alter: Etwa 7–8 Jahre
Geschlecht: Rüde
Kann mit Kindern/Katzen/anderen Hunden leben: Unbekannt

Maine ist ein sehr lieber und anhänglicher Hund, der es liebt zu kuscheln. Er geht gern spazieren, aber noch lieber lässt er es gemütlich angehen. Er liebt Bananen. Sucht ein neues Zuhause nach einem Todesfall.

Cassi betrachtete sich im Spiegel, wischte sich den Schweiß von der Stirn, nahm ihre Tasche und verließ das Fitnessstudio. Rief auf dem Nachhauseweg das Tierheim an und überzeugte die Verantwortlichen binnen einer halben Stunde davon, vollständig von ihrem üblichen Prozedere bei der Hundevermittlung abzusehen. Noch am selben Abend holte sie Maine zu sich.

Manchmal macht ihre Impulsivität ihr selbst Angst. Cassi fühlt sich dann an ihre Kindheit erinnert, an ihre Mutter. Cassi will nicht so sein. Sie ist nicht so. Sie entscheidet selbst über ihr Leben. Sie hat Kontrolle.

Und trotzdem passieren gelegentlich Dinge wie diese.

Nicht dass sie sich das anmerken lässt! Cassi hat eine schnelle Auffassungsgabe, agiert lösungsorientiert, und alle überhastet getroffenen Entscheidungen, die nicht zu revidieren, zu übertünchen oder zu beschönigen sind, müssen im Nachhinein als durchdacht hingestellt werden. Als gründlich geplant.

Maine ließ sich nicht zurückgeben. Sämtliche Einwände, die sie hätte vorbringen können, hatte sie schon verfeuert, als sie im Gespräch all ihre Überredungskunst aufgeboten hatte. Nach außen verkaufte sie diese Geschichte jetzt also so, dass sie sich schon lange einen Hund habe anschaffen wollen. Dass dies eine wohlüberlegte Entscheidung gewesen sei und dass dieser Hund für sie genau die richtige Wahl sei, weil er allein zu Hause bleiben konnte.

Ebendieses letztgenannte Argument gebrauchte sie an und für sich nur ein einziges Mal, bemerkte sie anhand der Miene ihres Gesprächspartners doch, dass das falsch aufgefasst werden konnte. Stattdessen spielte sie von nun an immer die Tierschutzkarte und erklärte allen, die daran interessiert waren – und auch denen, die es nicht waren –, dass die Adoption eines Vierbeiners aus dem Tierheim die einzig richtige Art sei, sich einen Hund anzuschaffen. Von da an ging sie voll in ihrer Rolle der Retterin auf. Engagierte sich in Wohltätigkeitsvereinen für Hunde, half mit, einsame Köter mit neuen Besitzern zu verbandeln. Cassi wurde sogar gebeten, an einer Diskussion für die Abendnachrichten teilzunehmen, als Beitrag zu einer aktuellen Debatte um importierte Straßenhunde, musste aber ablehnen, weil das in ihre Arbeitszeit fiel. Doch in Wahrheit stellte es einen echten Gewöhnungsprozess für sie dar, ihr Leben mit Maine zu teilen. In dieser Situation aber, hier und jetzt, findet sie (wirklich!), dass es so hatte sein sollen, dass sie füreinander bestimmt waren.

9

Cassi hatte damit gerechnet, dass eine allumfassende innere Ruhe, eine hundertprozentige Zufriedenheit im selben Moment von ihr Besitz ergreifen würden, in dem sie einzog. Es liegt sicherlich an der plötzlichen Umstellung vom Stadtleben aufs Landleben, dass sie sich immer noch rastlos fühlt, auch jetzt am zweiten Tag noch, denkt sie. Ganz am Anfang herrschen noch Unruhe und Chaos im Kopf, bis sie sich an die neue Situation gewöhnt hat und mit der Stille, der Einsamkeit im Einklang leben wird. Danach hat sie sich schließlich gesehnt. Und dafür hat sie schließlich auch bezahlt.

Hier wird sie nicht mehr an ihr altes Leben erinnert. Endlich ist es ihr gelungen, eine große Distanz zwischen sich und das, was sie vergessen will, zu bringen. Dies ist ein Neuanfang, der ihr völlige Unabhängigkeit verschaffen wird, die ausschließlich auf ihren Bedingungen beruht. Hier wird sie die sein können, die sie wirklich ist. Herausgetreten wie aus einem Nebel, wie neu geboren. Bald, ganz bald wird sie von Harmonie erfüllt sein. Jeden Augenblick kann es so weit sein.

Sie lässt Maine hinaus, sie kocht Kaffee, sie stellt eine Tüte für das Altglas neben die Tür.

Es regnet, trotzdem geht Cassi in den Wald. In ebendiesem

Moment beginnt ihr Leben als Naturliebhaberin. Preiselbeersträucher, oder sind das Blaubeeren (oder womöglich Farne?), streichen an ihren Beinen entlang, hinterlassen feuchte Flecken auf ihren Jeans. Schwere Tropfen fallen von den Bäumen. Eine Kiefernnadel hängt an einem kaum sichtbaren Spinnenfaden; Cassi bleibt stehen, schaut nach oben. Stolpert über eine Wurzel. Setzt einen Fuß versehentlich in einen Haufen mit zu Recht aufgebrachten Ameisen. Das Moos unter ihrem Hintern ist nass wie ein Schwamm.

10

Allmählich gelingt es ihr, wieder zu schlafen. Am dritten Tag wird sie in derselben Haltung wach, in der sie eingenickt ist. Sie lässt Maine hinaus, stellt leere Flaschen neben die Tür, kocht Wasser für Kaffee, schlüpft in ihre Schuhe. Sie sind immer noch nass von gestern.

Gummistiefel, schärft sie sich ein. Gummistiefel.

Dann geht sie hinaus. Das Wetter hat aufgeklart, und ein paar kühle Sonnenstrahlen finden den Weg auf ihre Lichtung. Der Wald ist derselbe. In ihrem Garten, oder wie man den Bereich draußen um ihr Haus herum auch immer nennen will, hat sich nichts getan. Sie dreht ihre Runde ums Haus. Sieht zum losen Fallrohr empor. Rüttelt leicht an dem schiefen Wäscheständer, wo immer noch die – mittlerweile durchnässten – Flickenteppiche hängen.

Schließlich geht sie zur Scheune, öffnet die kleine Tür und späht ins Dunkel. Macht einen Schritt hinein, taucht unter neuen Spinnennetzen hindurch.

Hinter den Heuballen hebt Cassi ein paar wahre Schätze. Einen runden ursprünglich weißen, aber jetzt algengrünen Kunststoffgartentisch, einen klappbaren Sonnenstuhl mit einer nur teilweise kaputten Rückenlehne, einen Spaten, einen Holzschemel, zwei Eimer, eine verknotete Plastiktüte – die anscheinend irgendwelche Osterdeko enthält – und alte Zeitschriften. Sie zerrt alles hinaus ans Licht, entstaubt und säubert die Möbel mit einem Küchentuch vom schlimmsten Schmutz. Dann richtet sie draußen am Fuß der Treppe einen improvisierten Sitzplatz mit Tisch, Sonnenstuhl und Schemel her. Und stellt den großen Tonkrug aus dem Flur auf die Treppe.

»Jetzt sieht es doch allmählich aus wie bewohnt«, sagt sie laut vor sich hin oder zu Maine oder zum Wald. Niemand antwortet.

Cassi schaut auf ihr Handy. Dann geht sie in die Küche und greift nach dem Korkenzieher.

11

Sie wacht spät auf. Sie lässt Maine hinaus, stellt leere Flaschen neben die Tür, kocht Wasser für Kaffee, schlüpft in ihre Schuhe.

Der Wald ist derselbe, und im Garten hat sich nichts getan.

Doch, da rührt sich doch etwas am Kiesweg, das Hoffnung weckt! Aber nein, es ist nur ein Reh, das davonspringt.

Cassi würde sich selbst nie eingestehen, dass die Stille und das Alleinsein mittlerweile womöglich nicht mehr *ganz* so angenehm sind. Sie nimmt die Autoschlüssel, öffnet für den Hund die Beifahrertür. Er hüpft ins Auto, macht es sich im Fußraum bequem.

Ziellos fahren sie vorbei an Wäldern und Feldern, passieren den Ort, wo jetzt zur Mittagszeit gähnende Leere herrscht – abgesehen von der Pizzeria, vor der immerhin drei Wagen parken. Sie überlegt, in das Lokal zu gehen, hat aber nichts zum Bezahlen bei sich.

Auf Höhe der Kirche gerät sie hinter einen Traktor mit Anhänger und muss warten, bis sie auf einer langen, geraden Strecke überholen kann.

Eine Frau in superkurzen Shorts und lila BH holt Post aus einem der Briefkästen am Straßenrand. Cassi erkennt Marlene und winkt ihr zu, indem sie die Hand aus dem Wagenfenster streckt.

Dann wieder Wald. Leere. Fällt ihr vielleicht ein Grund ein, um zu wenden und zu Marlene zurückzufahren? Könnte sie das auf irgendeine Erledigung schieben?

Aber sieh an, gerade als sie wieder nach links auf ihren Kiesweg abbiegen will, kommt ihr aus der anderen Richtung ein Auto entgegen. Das ist so überraschend, dass sie das Auto abwartet, um eine Begegnung zu ermöglichen. Wenn man so wenige Menschen sieht, muss man die Gelegenheit schließlich wahrnehmen! Maine ist vom Bremsen aufgewacht, klettert jetzt auf den Sitz und setzt sich zurecht.

Das andere Fahrzeug hält ebenfalls an. Der Fahrer, ein hagerer Mann mit Schirmmütze, großer Nase und schwer einzuschätzendem Alter (vielleicht so fünfundsechzig, aber vermutlich eher achtzig), lässt die Seitenscheibe herunter. Cassi tut es ihm nach. Der Mann erweckt den Eindruck, als bereute er das in derselben Sekunde, als er ihrem Blick begegnet. Zuerst starrt er sie nur an, als hätte er einen Geist gesehen, dann beschließt er, an ihr vorbei zu Maine zu schauen. Der Mann wirkt nicht so, als wollte er überhaupt irgendein Wort mit ihr wechseln, tut es dann aber trotzdem.

»Ich hab gesehen, dass Sie eingezogen sind. Wollte nur kurz anhalten und sagen, dass Sie sich gern melden können, wenn sie Hilfe brauchen. Ich kenne das Haus. Hab früher Karl-Adam geholfen. Mein Name ist Pavel Paleckis.«

Dabei hält Pavel seinen Blick starr auf die Straße vor sich gerichtet, so als würde er immer noch fahren.

»Wie nett, danke«, sagt Cassi lächelnd. Hebt die Hand halb vom Lenkrad, winkt. »Ich heiße Cathrin Ekman. Werde aber bloß Cassi genannt. Da muss sicherlich jede Menge getan werden, ich habe bestimmt noch nicht mal einen Bruchteil entdeckt. Aber immerhin klemmt die Haustür nicht mehr; das hat sie getan, als ich das erste Mal hier war.«

Pavels Blick ist nach wie vor in die Ferne gerichtet, und Cassi hat inzwischen völlig vergessen, dass sie niemand mehr ist, der Small Talk hält.

»Das ist übrigens Maine«, sagt sie und zeigt auf den Hund. »Ihm scheint der Wald zu gefallen. Wir haben früher in der Stadt gelebt.«

»Ach ja, eine Sache noch.« Der Mann scheint ihr gar nicht richtig zugehört zu haben. Er lehnt sich zu seinem unter allem möglichen Zeug begrabenen Beifahrersitz hinüber, wühlt einen Moment darin herum, bis er einen einsamen Schlüssel an einem grünen und gelben Schlüsselanhänger findet. »Hier, bitte, den möchten Sie bestimmt wiederhaben. Ich war beim Haus und habe die Tür in Ordnung gebracht, als ich gehört hatte, dass das Haus verkauft worden ist. Aber es ist ja nicht richtig, den Schlüssel zu behalten. Nachdem Sie jetzt eingezogen sind, meine ich.«

Cassi will gerade nach dem Schlüssel greifen, als der Mann seine Hand wieder zurückzieht.

»Den, äh ... Schlüsselanhänger behalte ich besser.«

Vorsichtig löst er den Hausschlüssel und reicht ihn ihr.

»Ja, ja, so ein Schlüsselanhänger ist doch ganz praktisch«, sagt Cassi und meint das vermutlich irgendwie scherzhaft, ganz locker, aber der Mann erwidert ihr Lächeln nicht. Er schaut nur stumm auf den Anhänger herab, dann steckt er ihn in die Brusttasche seines blau karierten nicht mehr ganz so makellosen Flanellhemds.

»Äh, ich muss jetzt los. Aber ich kann Ihnen meine Nummer geben. Dann können Sie mich anrufen, wenn Sie mich brauchen.«

Cassi streckt ihm ihr Handy entgegen, und Pavel tippt die Ziffern ein, mustert sie dann noch einmal prüfend, um zu kontrollieren, ob er sich auch nicht vertan hat.

»Sehr nett von Ihnen«, sagt Cassi. »Nochmals danke. Passen Sie lieber auf, dass ich mich nicht ständig bei Ihnen melde.«

Sie hebt ihr Handy ans Ohr und gibt vor, ihn direkt anzurufen. Ein weiterer Versuch, einen Scherz zu machen. Das ist sonst gar nicht ihre Art, schon komisch, was sie da für ein drolliges Benehmen an den Tag legt … Aber auch diesmal hat es nicht den erwünschten Effekt. Cassi räuspert sich, doch bevor sie noch etwas sagen kann, hat Pavel schon den ersten Gang eingelegt und fährt los. Den Blick starr nach vorn gerichtet.

Trotz dieser skurrilen Begegnung, der seltsamen Stimmung wegen Pavels Unbeholfenheit und ihrem dummen Gequassel ist Cassi fast fröhlich, als sie auf ihr Haus zufährt und sich an Maine wendet.

»Na, das war doch ein ganz netter Kerl.«

War irgendwie doch mal ganz schön, einem Menschen zu begegnen. Maine scheint ihr da recht zu geben.

12

An und für sich – früher, ursprünglich – war Cassi eine Perfektionistin mit einem starken Kontrollbedürfnis. Ein Einzelkind, das keine Grenzen kannte, mit einer sehr überzeugenden Persönlichkeit. Schon früh wusste sie, wie sie sich – außerhalb ihres Zuhauses – durchsetzen konnte, sodass alles nach ihren Wünschen lief.

Als Kind überredete sie ihre Freunde, Nachmittagsaktivitäten aufzugeben, die sie selbst sich nicht leisten konnte oder die so viel Zeit beanspruchten, dass sie, Cassi, sich dann ohne ihre Freunde gelangweilt hätte. Sie sorgte dafür, jedes Jahr in ihrer Schule zur Lucia gewählt zu werden, bis die Schulleitung die Vorschriften änderte (wogegen sie natürlich Protest in die Wege leitete). Sie lenkte die Freundschafts- und Liebesbeziehungen von den Leuten in ihrer Clique, als seien sie Marionetten. Sie war Schülersprecherin, sammelte Geld für wohltätige Zwecke, war Redakteurin des Schuljahrbuchs, organisierte federführend den Abi-Ball.

Und sie zeigte sich immer mit frisch gewaschenem, frisch geföhntem und gebürstetem Haar, weil sie schon früh erkannt hatte, wie sie die Blicke anderer auf ihre dem Anschein nach kostspielige Frisur statt ihrer Low-Budget-Kleidung lenken konnte.

In der Oberstufe gehörte sie zu den Leuten, die zuverlässig den Pickel am Kinn ihres Gesprächspartners anvisierten und die betreffende Person mehr oder weniger deutlich darauf aufmerksam machten, dass der Abdeckstift wohl nicht sorgfältig genug angewendet worden war. Da musste er oder sie wohl noch mal ran. Denn: Alles hing vom eigenen Willen ab. Nichts war unmöglich. Jeder war seines eigenen Glückes Schmied. Davon war Cassi vollkommen überzeugt.

Als Erwachsene musste sie sich bemühen, zumindest manche dieser Charakterzüge etwas zurechtzufeilen. Sie merkte, dass sie nicht immer mit Wohlwollen betrachtet wurden und dass soziale Anpassungsbereitschaft fast ebenso wichtig war wie äußere Eigenschaften. Aber sie wies andere weiterhin darauf hin, wenn ihnen Pfeffer zwischen den Zähnen saß, bürstete Schuppen von Anzugschultern, korrigierte nicht nur in Ausnahmefällen das Tischgedeck, wenn sie bei Freunden zum Essen eingeladen war.

Man konnte sie zweifellos für hart und kompromisslos halten. Aber stellte sie etwa geringere Anforderungen an sich selbst? Nein.

Sie war nur nie ein Mensch, der etwas halbherzig machte. Wenn man etwas tat, dann richtig!

Das Gleiche galt für ihre Ernährungsgewohnheiten. Als sie über Nacht aufhörte, ein Food-Snob und eine wählerische Sommelière zu sein, die ausschließlich zu besonderen Gelegenheiten an einem halben Glas Jahrgangssekt nippte, schwenkte sie sofort um ins andere Extrem und verlor sich im Konsum schneller Kohlenhydrate und literweise Wein.

Und jetzt sind die Makkaroni alle.

Und so hält sie zum ersten Mal vor Bäckens kleinem Supermarkt. Er gehört seltsamerweise nicht zu einer der üblichen Ketten, sondern scheint unabhängig geführt zu werden. An der Fassade des »Mini-Markts«, wie er sich nennt, prangen keinerlei Reklame oder Plakate mit Angeboten. Stattdessen geben unübersehbare Schilder am Eingang Aufschluss darüber, dass es hier eine Postannahmestelle gibt und dass man über den staatlichen Spirituosenhandel hier auch Alkohol bestellen und abholen kann.

Die Gänge sind leer. Nur ein Mann, der einen penetranten Gestank nach Gülle um sich herum verbreitet, dackelt mit halb vollem Wagen durch die Gänge. Cassi packt das Übliche ein: Nudeln, Tomatenkonserven, Zwiebeln, Instantkaffee, Haferflocken, Milch. Spülmittel, Handseife, Toilettenpapier. Aus einer jähen Wohlfühllaune heraus landet an der Kasse auch eine Packung preisreduzierter Kekse in dem Wagen.

Ein trister Typ von etwa fünfzig in einem Strickpullunder gibt, ohne den Blick zu heben, Cassis Waren ein. Während sie darauf wartet, ihre Kreditkarte auflegen zu können, stellt sie die Frage, die sie in den vergangenen Tagen mehrmals gedanklich vorformuliert hatte.

»Wissen Sie zufällig, wo man hier in der Gegend Gummistiefel kaufen kann?«

Der Mann an der Kasse sieht sie kurz an, sein Blick ist seltsam schroff, und brummt kurz angebunden: »Da müssen Sie zum Landhandel.«

Cassi sieht ihn fragend an. Sie weiß weder, was ein Landhandel ist, noch, wo er sich befindet, und ist über den offensichtlichen Unwillen ihres Gegenübers erstaunt. So seltsam war die Frage doch wohl nicht?

Ohne sie noch eines Blickes zu würdigen, fügt er hinzu: »Fahren Sie in Richtung Berg.«

»Danke, das werde ich«, erwidert Cassi.

Sie sammelt ihre Waren ein, aber die Verunsicherung, die der Mann in ihr geweckt hat, lässt sie ungelenk werden. Eine Konservenbüchse fällt ihr zu Boden, und sie muss sich bücken.

»Ich weiß, wer Sie sind«, sagt der Mann, als sie sich wieder aufrichtet. »Wir sind Nachbarn. Meine Frau und ich wohnen in dem gelben Haus in Ihrer Nähe. Wir sind die Eigentümer dieses Geschäfts. Ich heiße Hans Järvi.«

Zuerst denkt Cassi, das sei seine Art, sich für seine anfänglich harsche Art zu entschuldigen. Vielleicht sagt er ja gleich noch etwas anderes? Lädt sie zum Kennenlernen auf einen Kaffee zu sich ein oder so? Aber das tut er nicht.

»Max hat von dir erzählt«, sagt Hans stattdessen, während der Gülle-Typ die Kasse erreicht und seine Waren auf das Band lädt. »Und ich weiß genau, was du treibst! Ich mische mich ja nicht in die Angelegenheiten anderer Leute ein, aber das sage ich gleich, von so 'nem Humbug will ich nichts wissen!«

Cassi sieht ihn an. Versteht nicht, wovon er redet. »Aha, gut zu wissen«, erwidert sie nur, weil er ihr längst den Rücken zugedreht hat und sich jetzt – in ganz normalem Tonfall – mit dem Gülle-Typ über dessen neugeborene Kälber unterhält.

Was hat dieser Max eigentlich über sie erzählt? Zuerst Marlene, die positiv beeindruckt war, und jetzt dieser Hans mit seinem Gemecker. Kann man sie denn nicht einfach in Ruhe lassen? Das ist doch das Einzige, was sie will – na ja, jedenfalls manchmal.

Auf dem Nachhauseweg hört Cassi Radio. Eine Ratgebersendung, bei der ein weinerlicher Zuhörer anruft und wissen will, wie man schlechte Kindheitserinnerungen verarbeitet. Cassi fällt ein Sketch ein, der ein paar Jahre zurückliegt. Da erhielt ein vergleichbarer Patient von einem Psychologen folgenden Rat: »Stellen Sie sich vor, Sie geben Ihre Probleme in einen Topf, verschließen ihn mit einem schweren Deckel und stellen die Herdplatte an.«

Nicht dass sie das befürwortet, o nein, aber widersprechen würde sie auch nicht.

13

Wie sich herausstellt, lautet der vollständige Name des Landhandels »Garten-, Wald-, Tier-, Feld- & Haushaltswarenhandlung, Morten Gunarsson & Söhne«. Dort gibt es, wie es der Name bereits verkündet, so gut wie alles: Zubehör für Traktoren, Schafschermaschinen, Geschirrständer, Flüssiggasgrills, Rasentrimmer, Süßigkeiten in Jumboverpackungen. Der Außenbereich stellt eine beeindruckende Anzahl Sonnensegel zur Schau, Möbel und Spielgeräte und darüber hinaus alles, was man für die Pflanzenaufzucht benötigt, ob es sich nun um Topfpflanzen für die Fensterbank oder Feldfrüchte handelt.

Cassi bleibt beim Saatgut stehen, verweilt dort lange und starrt die Tütchen an, dreht und wendet sie. Was wäre, wenn sie wirklich auf Selbstversorgung setzen würde …? Es wäre doch schön, dem Gedränge im Mini-Markt zu entfliehen, und es würde unbestritten dazu beitragen, Ausgaben zu senken. Wie versorgt man eine Kuh? Sind die wie Meerschweinchen, brauchen sie Gesellschaft? Cassi schüttelt die Samentütchen und lauscht dem Geräusch, um abzuschätzen, wie groß die Samen sind und wie viele in einer Tüte sind, fragt sich, was wohl am besten fruchten würde. Letztlich lässt sie es sein. Das kann sie ja auch ein anderes Mal machen. Oder vielleicht sollte sie

Setzlinge kaufen? Oder einfach fertiges Gemüse. Gefroren hält sich das ja lange. Aber halt, hat sie überhaupt einen richtigen Gefrierschrank? Das hat sie ganz vergessen zu überprüfen.

Cassi sucht sich einen Weg durch den mäandernden Geschäftsaufbau und erreicht endlich die Gummistiefel. Schnappt sich auch gleich einen Rechen. Nicht weil sie dafür aktuell einen großen Verwendungszweck hätte, aber sie hat ja gerade einen kaputt gemacht. Und der sollte ersetzt werden. Irgendwie ist es so, als hätte sie noch nicht richtig begriffen, dass das Haus jetzt ihr gehört, dass sie es nicht nur gemietet hat.

Als ein Angestellter schnell an ihr vorbeiläuft, fragt sie ihn nach »etwas zum Büscheschneiden«, und man zeigt ihr die Gartenscheren. Ansprechende Schildchen bewegen sie dazu, auch noch drei Geranien und einen Sack Pflanzenerde einzupacken. Auch als eremitische Selbstversorgerin kann man es sich ja ein bisschen hübsch machen.

Die junge Kassiererin hat ihr glänzendes weißblondiertes Haar zu einem hohen Zopf zusammengefasst und sieht Cassi unter kohlschwarzen verlängerten Wimpern hervor an, die so dicht wie Markisen sind. Auf ihrem Namensschild steht »Sofia«, aber das »So« ist mit schwarzem Stift durchgestrichen. Seit ihrem dreißigsten Geburtstag fragt sich Cassi immer zuerst, wie alt andere Leute wohl sind; diese Sofia schätzt sie auf Anfang zwanzig. Fia lächelt ihr zu. Cassi lächelt zurück. Nach der unerfreulichen Begegnung mit Hans ist das geradezu eine Wohltat.

»Wussten Sie, dass Sie nur hundert Kronen zahlen, wenn Sie vier Geranien nehmen?« Wie sich herausstellt, spricht Fia unglaublich träge. »Holen Sie sich gerne noch eine dazu, wenn Sie möchten. Keine falsche Scheu!« Fia lächelt erneut.

»Okay, bin gleich wieder da.« Cassi eilt zurück zum Geranienregal, schnappt sich eine Pflanze und trabt zurück zur Kasse.

»Nur keinen Stress, es ist ja nicht gerade viel los hier«, sagt Fia und lässt ihren Blick durch das fast menschenleere Geschäft schweifen. »Sie haben also Karl-Adams Haus gekauft, ja? Marlene hat erzählt, dass sie Sie getroffen hat. Toll!«

Sie scannt die Strichcodes von Cassis Waren. Solange es mit dieser Einstellung geschieht, hat Cassi nichts dagegen, wenn über sie geredet wird. Überhaupt, so stellt sie fest, geht es ihr unerwartet gut damit, unter Leuten zu sein und etwas anderes zu tun, als nur auf den Stufen ihres Hauses zu sitzen und sich zu bemühen, den Kaninchen keine Angst einzujagen. Nur weil man eine sich selbst versorgende, ihre Umwelt ablehnende Einsiedlerin in einem geranienprunkenden Haus werden möchte, muss man ja nicht seinem Sprachvermögen abschwören. Das eine muss das andere nicht ausschließen. Man kann doch wohl beides sein. Alles auf einmal.

Cassi nickt und erwidert, ja, das stimme, sie erzählt vom Wald und der Atmosphäre im Haus und beendet ihre Ausführungen mit einem langen Vortrag darüber, dass es im Leben doch darum gehe, etwas zu erleben, von herkömmlichen, gewohnten Verhaltensmustern abzuweichen und Neues auszuprobieren. Es ist, als würde sie sich selbst davon überzeugen wollen, die richtige Entscheidung getroffen zu haben. Als müsste sie die schreckliche Begegnung mit Hans und die Angstzustände, die sie nachts immer noch packen, von sich abschütteln und Fia mit ihrem netten Lächeln, wie es der Zufall will, diese Last auf sich nehmen. Fias Blick ruht auf Cassi.

Eine andere Frau stellt sich hinter Cassi an. Sie hat bauschiges Haar und eine irgendwie schwierige Ausstrahlung, das lässt sich schon aus den Augenwinkeln erahnen. Ihr Einkaufswagen ist mit Futtersäcken und einer Forke beladen. Sie streckt die Hand aus, nimmt eine Tafel Schokolade aus dem Regal neben der Kasse und legt sie auf das Band.

Dann seufzt sie und blickt demonstrativ auf ihr Handgelenk, so als sähe sie auf eine Armbanduhr.

Fia bleibt gelassen.

»Hej, Alida.«

Auch Cassi wendet ihren Blick der anderen Frau zu und nickt. Stellt fest, dass sie etwa gleichaltrig sein müssten.

Alida sagt »Grüß dich« zu Fia, aber nicht in dem breiten värmländischen Dialekt, den Cassi erwartet hat; sie spricht wie eine Stockholmerin. Alida betrachtet Cassi skeptisch. Schließlich hebt sie ihr Kinn einen Millimeter, was wohl ein Nicken signalisieren soll.

Fia sieht wieder Cassi an. Lächelt. Sie hat keine Eile.

»Marlene hat gesagt, dass Sie die Scheune umbauen und Kurse geben wollen«, sagt sie. »Geben Sie mir bitte Bescheid, wenn es losgeht.«

Cassi will schon auflachen, beherrscht sich aber. Ihr wird bewusst, dass das Missverständnis über ihre Person und ihre angebliche Tätigkeit sich längst weitverbreitet hat. Was genau man sich über sie erzählt, weiß sie nicht, aber sie weiß, dass sie richtigstellen müsste, wie die Dinge wirklich liegen. Unbedingt.

Fragt sich nur, wie sie die Situation handhaben soll, ohne jemanden zu brüskieren. Cassi will kein Aufhebens um sich machen. Sie hat eine unverfälschte Beziehung zu allen – na ja, *fast* allen –, die sie bisher kennengelernt hat, da ist nichts Störendes, Kompliziertes. Sie mag dieses Gefühl. Möchte, dass es so bleibt.

Und das ihr entgegengebrachte Interesse, die obskuren Erwartungen sind seltsam schmeichelnd. So als wäre sie wieder jemand. Sie hat bisher gar nicht gemerkt, dass sie dieses Gefühl vermisst hat.

»Na ja, Kurse vielleicht nicht«, erwidert sie mit einem Lächeln, das, wie sie hofft, sympathisch wirkt und nicht so steif, wie es ihr vorkommt. »Ich weiß noch nicht so genau, was ich machen werde, zuerst muss ich mal richtig ankommen, glaube ich. Das Haus herrichten und so. Da gibt es eine Menge zu tun.«

Ob das als Erklärung reicht? Hoffentlich. Es ist ein heikler Balanceakt, über etwas zu reden, ohne zu wissen, worüber man redet.

»Verstehe, aber geben Sie Bescheid, sobald Sie so weit sind, ja?«, wiederholt Fia. »Ich habe da so einiges ausprobiert, als ich noch in Oslo gelebt habe, aber in dieser Gegend ist so etwas nicht so vertreten. Die Leute hier hegen eine gewisse Skepsis. Es ist jedenfalls schön, dass Sie hergezogen sind!«

Cassi hakt nicht weiter nach, auch wenn sie sich insgeheim fragt, wofür »einiges« wohl steht. Vielleicht ist es besser, das nicht zu wissen. Und so nickt sie nur, erwidert: »Bis bald!«, nimmt ihre Siebensachen und trägt alles zum Auto.

Als sie alles im Kofferraum verstaut hat und gerade die Heckklappe schließen will, kommt Alida auf den Parkplatz, eine Hand an die Stirn gelegt, um die Sonne abzuschirmen. Sie blickt sich um, und als sie Cassi entdeckt, winkt sie und ruft: »He!«

Cassi bleibt mit dem Autoschlüssel in der Hand stehen. Und jetzt? Was das wohl wird? Sie kann es kaum erwarten.

Alida schiebt ihren schweren Einkaufswagen vor sich her, aber die Räder blockieren im Kies. Schließlich gibt sie es auf und zerrt den Wagen hinter sich her. Die Räder hinterlassen tiefe Spuren auf dem Parkplatz. Alida ist in den Dreißigern, klein und stämmig, trägt einen dicken grauen Wollpulli mit Lederflicken an den Ellbogen, hochgekrempelte Jeans, feste Stiefel. Ein Bandana hält ihren Haarmopp zusammen.

Es liegt nicht daran, dass sie dem Äußeren nach Cassis Mutter ähnelt, denn das tut sie nicht. Abgesehen von dem blonden

Haar gibt es da keine Gemeinsamkeiten. Es liegt an ihrem kompromisslosen Wesen und dem unsicheren Blick. Der verschrobenen Unerschütterlichkeit. Der schwierigen Ausstrahlung, die Cassi schon an der Kasse an ihr wahrgenommen hat.

Als Cassi später zu sortieren versucht, was passiert ist und wie alles angefangen hat, denkt sie, sie hätte vielleicht anders gehandelt, wenn sie noch mehr mit ihrer Mutter zu tun gehabt hätte. Wenn sie es nach wie vor gewohnt gewesen wäre, mit dieser Art von Charakter umzugehen, sie nicht nur eine unbestimmte Trauer und vage alte Schuldgefühle verspürt hätte. Dann hätte sie Alida sicherlich auf Distanz halten können.

Denn Alida ist genauso plump und taktlos, wie es Cassis Mutter war. Man konnte ihr nur schwer widersprechen. Sie war irgendwie anziehend und erschreckend zugleich. Anstrengend. Cassi wird in ihre Kindheit zurückkatapultiert. Sie möchte energisch Stellung beziehen, ihre Selbstständigkeit unterstreichen, zeigen, dass sie ihre eigene Art zu leben hat. Es ist so, als käme plötzlich ein pubertärer Trotz zum Vorschein, nur eben zwanzig Jahre zu spät.

Gleichzeitig aber, Mannomann: Musste man denn ständig alles so überanalysieren? Nicht jede Entscheidung im Leben muss doch etwas mit komplizierten Beziehungen oder einem persönlichen Trauma zu tun haben. Manche Dinge geschehen einfach. Weil es so sein soll, weil man hungrig ist oder gerade besonders gut gelaunt, weil man zu viel oder zu wenig geschlafen hat, weil man gelangweilt ist, weil es einem zufällig passiert und so weiter und so fort.

So aber, als Alida sie jetzt fragte, ob sie mal vorbeischauen dürfe, antwortete Cassi laut und deutlich: »Aber ja!«

Was, bitte, konnte denn so falsch daran sein? Das ist schließlich ganz normal, dass sich zwei Menschen treffen. Miteinander plaudern.

So etwas tut man doch.

Das ist es doch letztlich, was man »gutnachbarschaftliche Beziehungen« nennt.

Okay, man könnte einwenden, dass Alida nicht wortwörtlich »mal vorbeischauen« gesagt hatte.

Aber das war doch der wahre Kern der Aussage gewesen, oder etwa nicht?

So ungefähr.

»Kann ich einen Termin bei Ihnen bekommen?«, fragte sie. Gefolgt von: »Ich möchte mal mit einem Profi reden.«

14

Cassis Mutter Bea hatte viele verschiedene Seiten, aber als junger Mensch war diese die herausragendste: Sie war sehr attraktiv. Eine wahre Schönheit. So schön, dass sie etwas Jenseitiges an sich hatte; meterlange Beine und Haare wie ein Wasserfall. Wenn das Leben ein Trickfilm wäre, dann wären, sowie sie vorbeischlenderte, Kinnladen zu Boden gesackt und hechelnde Zungen herausgestreckt worden.

Mit fünfzehn wurde Bea Model, zog ein Jahr später ins Ausland und führte nie ein Leben, das andere Menschen als normal bezeichnen würden. Sie wurde von Anfang an mit allem überschüttet, hatte alles in Hülle und Fülle: Partys, Kleider, Promis, Reisen, Gourmetrestaurants, Designerfreunde. Bea ließ das Schicksal regieren. Lehnte Routinen ab. Verlangte Spontaneität. Vertraute auf die Macht der Kristalle. Im Zweifelsfall ließ sie die Sterne entscheiden. Das führte zu Erfolgen und Triumphen. Sie machte Party, posierte und gab geflügelte Zitate zum Besten, die anschließend anderen, heute noch bekannten Mannequins zugeschrieben wurden. Die Aufnahmen von der Pariser Modewoche – als sie vermeintlich stolperte und auf den Schoß eines Filmstars plumpste –, gingen viral, lang bevor Bilder viral gingen. Die darauffolgende kurze und stürmische Romanze mit demselben Filmstar – er siebenundvierzig, sie neunzehn – war auch nicht gerade von Nachteil für ihre Modelkarriere. Bea war im Gespräch, und die Medien schrieben über sie; an ihrem zweiundzwanzigsten Geburtstag wurde sie von ihrer Modelagentur mit einem pompösen Fest im Hotel Cap Ferrat gefeiert, unter gemeinsamer Schirmherrschaft mit der Luxusmarke, für die sie unter Vertrag stand und die ihr kostspielige Geschenke machte: ein vollständiges Kofferset mit dem klassischen Logo des Unternehmens, der gesamten aktuellen Resort-Kollektion und einem Accessoire, das in den kommenden Monaten immer wieder von der Klatsch- und Modepresse ins Visier genommen werden sollte: ein silberner Flachmann mit Logo und dazugehöriger Tasche. Zu behaupten, Beas Leben sei turbulent, wäre eine Untertreibung gewesen. Beas Leben war wie ein Sprung vom Zehner, wie ein Schlaraffenland, wie ein Galopp über eine Sommerwiese. Sie vernahm nie ein Nein!, hatte auf das gesamte Sortiment des Spielzeugladens Zugriff. Genau so, wie sie es wollte.

Doch dann bekam Bea mit vierundzwanzig ein Kind. Früher, als ihre Auftraggeber es gutgeheißen hätten. Das Leben, wie sie es bis dato kannte, ging im selben Takt zu Ende, wie ihr Bauch anschwoll.

Ist man mit solcher Schönheit gesegnet, wie Bea es war, geht die Gesellschaft wohlwollender mit einem um. Menschen wie sie werden nicht mit ganz denselben Anforderungen konfrontiert wie andere, sich an ungeschriebene Regeln zu halten. Nach der Entbindung versuchte Bea noch ein paar arbeitsreiche Monate so weiterzuleben wie zuvor, überzeugt davon, dass Kinder kein Grund seien, sein Leben zu ändern, und gleichzeitig fest entschlossen, niemand Außenstehendes die Verbindung zwischen ihr und ihrer Tochter beeinträchtigen zu lassen.

Aber nicht einmal ein selbst ernannter Freigeist wie sie konnte unzählige Abende einen Säugling mit sich von Bar zu

Bar zu schleppen, darauf hoffend, dass ein eben noch schwangerer Körper sich genügend straffen würde, um wieder in der *Vogue* abgebildet werden zu können.

Und wenn man immer im Beisein eines unter Koliken leidenden Babys auftaucht, ist es irgendwann egal, wie schön und berühmt man ist. Dann entlockt das selbst gehobenen Barkeepern eine Reaktion.

Bea konnte nicht länger mit ihren Freunden ausgehen. Arbeiten zu gehen war schon gar nicht drin. Sie musste einsehen, dass ihr Herumreisen zwischen Europas Modemetropolen nicht so weitergehen konnte, aus dem einfachen Grund, dass sie es sich nicht leisten konnte. Noch nicht einmal, nachdem sie sämtliche Designertaschen verkauft hatte.

Sie musste in ihre Heimatstadt zurückkehren. Dort lebte Beas Mutter, die sie unterstützen konnte, und dort konnte sie eine preiswerte Wohnung finden, auch wenn es danach nichts anderes darin zu tun gab, als die Depressionen nach der Geburt zu verarbeiten, indem sie zum Trost antriebslos Selbstgebackenes herunterschlang und immer häufiger verstohlen Sahnelikör statt Milch unter ihren Frühstückskaffee mischte. Bea nahm rasch an Gewicht zu, ihre Modelkarriere geriet immer mehr außer Reichweite. Ob ihr Vertrag mit der Modelagentur jemals gekündigt wurde, ist unbekannt, aber nach ihrer Rückkehr in die Heimat kamen keine Aufträge mehr.

Trotzdem war an ein »normales« Leben noch nicht wieder zu denken. Bea, der Freigeist, hatte nicht vor, sich in ihrer Freiheit einschränken zu lassen. Das Einzige, worum Bea sich scherte, war es, sich um nichts zu scheren. Es galt, das Leben freimütig und ohne auferlegte Zwänge zu leben. Ihr Baby hatte sie zwar dazu gezwungen, ihrer Eitelkeit zu entsagen, aber an ihrem Selbstbild – sie war schließlich eine Bohemienne! –, daran war nicht zu rütteln. Alles sollte so leicht und luftig sein, sie so wenig einschränken wie die zeltartigen Kleider, die sie zu tragen begonnen hatte.

Cassi, benannt nach Catherine Deneuve (wenn auch falsch geschrieben), wuchs demnach völlig schranken- und zügellos auf, trug die falsche Kleidung zur falschen Jahreszeit, aß abends ihr Frühstück und morgens zu Abend. Es kam vor, dass sie auf dem Boden schlief, weil das Bett vielleicht vorübergehend in ein künstlerisches Projekt einbezogen oder von jemand anderem besetzt war oder von Einkäufen der letzten Woche, die darauf abgelegt und vergessen worden waren und so in einer Tüte vor sich hin gammelten.

Bea rauchte viel und trank viel, hatte aber ein relativ ausgeglichenes Wesen. Jähe Wutanfälle endeten meistens in Selbstmitleid, während der Zigarettendunst wie ein trauriger Wimpel über Rotweingläsern und dem Küchentisch hing und sie die silberne Kette mit dem rosa Stein befingerte, der in ihren Halsfalten verschwand.

Von einem Vater war nie die Rede. Aber das machte nichts. Es war nicht so, als hätte Cassi sich nach einem Vater gesehnt. Sie hatte ihre Oma. Sie hatte ihre Mama. Ihre Mama war genug. Anstrengend genug. Und an Cassis Familienverhältnissen war auch nichts Seltsames. In ihrer Schulklasse waren die Alleinerziehenden gegenüber den Kernfamilien in der Überzahl.

Trotzdem stellte Cassi früh fest, dass ihr die festen Essenszeiten in der Kita und die geraden Bankreihen in der Schule besser gefielen als das Unvorhersehbare ihrer Existenz daheim in der Wohnung. An den Wochenenden sehnte sie sich manchmal nach sortierten Stiftköchern, sauberen Trinkgläsern und Toiletten, die immer mit Klopapier bestückt waren.

Mit Cassis achtem Geburtstag zementierte sich ihr Ordnungssinn. Cassi fand eigentlich, dass ihre Geburtstagsfeier ganz erfolgreich verlaufen war. Ihre besten Freundinnen Maggie, Andrea, Liza und sie tanzten bis zum Umfallen, warfen Gegenstände vom Balkon und gestalteten die Blumenbeete ihres Vermieters ein wenig um. Seit Maggie alte Lucky-Luke-Comics gelesen hatte, interessierten die Mädchen sich für Rauchzeichen, und jetzt gelang es ihnen, ein Lagerfeuer auf dem Grundstück zu entfachen, bevor ein Nachbar Eimer mit Wasser sowie Schimpftiraden über sie ergoss. Keine von ihnen hatte wohl jemals so gelacht wie in diesem Moment! Und dann Liza, die auch noch mit dem Kopf in der Baisertorte liegend eingeschlafen war …! Aber als schließlich die Eltern kamen, um ihre Kinder abzuholen, schlug die gute Stimmung um.

»Hast du ihnen etwa … Alkohol gegeben?«, lautete die Frage, die Andreas Vater Cassis Mutter stellte – die diese noch viele Jahre mit Piepsstimme nachäffte, als sei das das Lächerlichste, was sie je gehört hätte. Die ansonsten so patente Andrea lehnte sich an den Türrahmen, während sie sich damit abmühte, den Arm in die Jacke zu schieben, die Lippen voller Konzentration zusammengekniffen.

»Äh, das war keine Absicht«, erwiderte Bea, gegen die Badezimmertür gelehnt, eine Wolke Zigarettenqualm ausstoßend. »Und es war auch nur Cider. Ich hab gar nicht daran gedacht, dass der ja Alkohol enthält. Meine Güte, die Kinder hatten doch so einen Spaß!«

Cassi aber spürte deutlich, wie sich danach die Atmosphäre zwischen den Eltern veränderte. Sie selbst schämte sich. Fing an, alles im Blick zu behalten, vor allem ihre Mutter. Cassi sortierte ihre Sachen, putzte ihr Zimmer, faltete ihre Kleider. Hielt Ordnung.

Stellte fest, dass ihr das gefiel.

Und so erweiterte sie ihr geordnetes Territorium. Mit der Zeit wurden aus Cassi und ihrer Mutter zwei Gegenpole, die sich eine Wohnung teilten. Die eine verstreute Dinge, die andere sammelte sie auf. Es war einem gewöhnlichen Eltern-Kind-Verhältnis nicht ganz unähnlich, nur umgekehrt.

Cassi erhielt neue Spitznamen von ihrer Mutter: »Kleine Pedantin.« »Langweilerin.« »Jüngste Rentnerin der Welt.« Bea schlug sich mit Gelegenheitsjobs durch, beispielsweise als von zu Hause arbeitende Telefonvertreterin, und nahm Trinkgewohnheiten an, die sich immer früher am Tag bemerkbar machten. Die Tasche des Flachmanns war verloren gegangen, aber der Flachmann selbst war selten außer Reichweite.

Cassi zog unmittelbar nach dem Abitur von zu Hause aus und mit Liza, Maggie, Andrea nach Stockholm. Über ein Jahr teilten sie sich eine kleine verräucherte Wohnung, die sie scherzhaft »Rauchzeichen« nannten, bevor Cassis Ordnungssinn danach verlangte, sich etwas Eigenes zu suchen.

Als Erwachsene war Cassis Verhältnis zu ihrer Mutter nicht ganz unkompliziert, um es mal so zu sagen. Sie sahen sich selten, aber manchmal hinterließ Cassis Mutter spätabends lange Nachrichten auf dem Anrufbeantworter ihrer Tochter.

»Ich gehöre nicht hierher, Cassi. Rosé an der Bar, Kokain auf der Dachterrasse – *das* war mein Leben. Attraktive Männer. Luxus. Glamour. Es ist nicht deine Schuld, dass sich mein Leben so geändert hat. Aber ich war gezwungen, mich anzupassen, das war ich. Jedenfalls etwas, nicht, Cassi? Oder wie empfindest du das? Hallo?«

Eine kurze Pause trat ein, als sich Zigarette und Feuerzeug mit einem Fauchen begegneten.

»Ich möchte es schön um mich herum haben. Möchte ans Meer. Das Meer, Cassi. La mer. La mère. Du hörst, das ist dasselbe. Das Meer, die Mutter, wir gehören zusammen. Hier ist es nicht schön, Cassi. Diese Stadt ist nicht schön. Sie ist *langweilig*. Ich habe mir dieses Leben nicht ausgesucht. Ich möchte ans Mittelmeer.«

Aber sie kam nie mehr dorthin. Die beiden Sitze im Flugzeug, die sie wegen ihres Körperumfangs gebraucht hätte, kosteten zu viel, an eine Zugreise war nicht zu denken, und Bea hatte nie einen Führerschein besessen.

Aber vor allem lag es an ihrem Herzinfarkt.

Gefolgt von einer Urnenbestattung an einem Binnensee und einem Grab neben Cassis Oma, die vier Jahre zuvor gestorben war.

War das für Cassi eine kleine Erleichterung? Nein, so etwas sagt man nicht. Denkt es nicht mal. Cassi hatte ihre Mutter geliebt. Aber Cassis gedankliche To-do-Liste war immer endlos gewesen, und darauf war ihre Mutter ein Eintrag, der ständig rot aufleuchtete, der ständig Aufmerksamkeit forderte. Der verschwand jetzt. Erst Jahre später wurde Cassi bewusst, dass ein schlechtes Gewissen an diese Stelle gerückt war.

15

Mehrere Tage sind vergangen.

Cassi fühlt sich immer noch rastlos.

Sie hat sich so viele TV-Serien angeschaut, dass sie keine bequeme Sitzhaltung mehr findet. Hat jeden Winkel ihres Hauses unter die Lupe genommen. Hat nahezu sämtliche Sträucher in ihrem Garten gegoogelt. Hat die wachsende Anzahl leerer Flaschen in die Scheune gebracht. Hat sämtliche Illustrierte aus den neunziger Jahren gelesen, die sie vor ein paar Tagen im Haus gefunden hat. Oder war das schon vor ein paar Wochen? Die Tage fließen ineinander.

Ein Text hat sie angesprochen. Nicht der Tipp, leere Limodosen als Papilloten zu verwenden, oder der Artikel darüber, einen Tag lang wie ein Mann zu leben. Aber irgendwo hat etwas über jemanden gestanden, der versucht hat, alles im Leben zu bejahen, um zu sehen, wohin das führen würde. Und diese Zeile hat sich in ihr Gedächtnis eingebrannt.

Wenn es nur etwas gäbe, das man bejahen könnte!

Als die Frau vom Landhandel – die mit dem bauschigen Haar und der schwierigen Ausstrahlung – auf dem Kiesweg angeradelt kommt, ist das also eine willkommene Abwechslung. Und als sie fragt, ob Cassi Zeit habe, bejaht Cassi das. Das ist kein bisschen mühsam und ist noch nicht mal gelogen. Cassi hat alle Zeit der Welt. Die Frau deutet mit einem Finger auf sich und sagt: »Alida. Niemand kann sich meinen Namen merken«, und zum Glück sagt sie das, denn Cassi hatte ihn tatsächlich vergessen.

Cassi ist plötzlich wie aufgeputscht. Fragt sich – nur ein wenig –, welche Bedeutung Alida dem Wort »Profi« wohl beimisst, das sie bei ihrer letzten Begegnung erwähnt hatte.

Es geht um Lebensweisheiten, nimmt Cassi an. Und das ist ja auch kein Problem. Die kann Cassi liefern. Mit Lebenserfahrung kann sie dienen. Sie muss einfach nur etwas esoterisches Gesülze hinzufügen, das sich anscheinend alle von ihr erwarten.

Alida lässt das Fahrrad ins Gras fallen. Wirkt heute nicht ganz so überdreht wie neulich. Nun, als Cassi danach Ausschau hält, scheint die Ähnlichkeit mit ihrer Mutter Bea auch gar nicht mehr so auffällig.

Prüfend sieht Alida Cassi an.

»Irgendwie kommen Sie mir bekannt vor.«

Cassi lächelt ihr zu. »Sie mir auch. Ich habe gerade gedacht, dass Sie meiner Mutter ähneln, es hat etwas mit Ihrer Ausstrahlung zu tun. Meine Mutter und Sie haben eine ähnliche Aura.«

Cassi beschreibt mit den Händen einen weiten Kreis um Alidas Kopf, den Alida zögernd schüttelt.

»Nee, das meine ich nicht. Ich frage mich bloß, wo wir uns schon mal begegnet sind.«

Cassi lächelt nachsichtig. Sie weiß, dass sie dieser Alida früher noch nie begegnet ist, nicht vor dem Mal im Landhandel vor ein paar Tagen. Daran würde sie sich erinnern! Aber sicherheitshalber schaut sie sich Alida noch einmal genauer an. Sie ist wie sie selbst ungeschminkt. Hat kleine blinzelnde Augen und volle Lippen. Sommersprossen auf der Nase und an der Schläfe einen dunklen Schatten, vielleicht von Ruß …? Sie trägt dieselbe Jeans und denselben Pulli wie neulich, hat ungebändigtes Haar.

»Vielleicht heißt das ja, dass wir auf einzigartige Weise miteinander verbunden sind«, sagt Cassi, die sich plötzlich inspiriert fühlt. »Unsere Seelen existieren zur selben Zeit, es ist durchaus möglich, dass sie sich schon einmal begegnet sind. Auf irgendeine Art sind wir alle miteinander verbunden.«

Alida sieht Cassi skeptisch an. Cassi lächelt immer noch. Aber Alida ist pragmatisch. Sie scheint zu begreifen, dass sie in dieser Frage nicht weiterkommt, somit kann sie auch aufhören, Zeit damit zu verschwenden.

Alida tätschelt Maine, der sich schwanzwedelnd genähert hat, um sie zu begrüßen. Freundlich hechelt er sie an.

»Na, und du bist hier der Feelgood-Manager, stimmt's?«, sagt Alida. »Aber dein Atem riecht ehrlich gesagt nicht gerade so einladend.«

»Er frisst, glaub ich, irgendein Zeug aus dem Wald«, erwidert Cassi.

Alida zuckt die Achseln. »Ich lebe mit Alpakas, ich bin fast alles gewohnt«, sagt sie nur. »Sollen wir anfangen?«

Cassi weist ihr den Weg ins Haus, lässt sie vorangehen. Alida sieht sich in dem unmöblierten Wohnraum um. Bis auf eine große blattlose Topfpflanze, einen Haufen Steine in Faustgröße und Maines Matte, die Cassi gelegentlich als Sofa dient, wenn es ihr zu klaustrophobisch ist, im kleinen Schlafzimmer Serien zu konsumieren, ist er leer. Jetzt wird die Liegematte einem neuen Zweck zugeführt.

Dass Alida sich hinlegen soll, liegt hauptsächlich daran, dass Cassi immer noch keine Möbel besitzt. Praktische Problemlösungen waren immer schon eine von Cassis Stärken: einen Nachteil in einen Vorteil zu verkehren.

»Ich glaube, dass es für den Körper und den Geist leichter ist, sich zu verbinden, wenn man sich entspannt: Ich empfehle dir also, dich hinzulegen«, sagt Cassi und streicht mit der Hand über die Matte.

Fast alles, was sie bisher geäußert hat, stammt aus einem Interview mit einem durch Meditation erlösten Promi, das sie kürzlich im Fernsehen gesehen hat.

Alida tritt näher an Cassis ausgerollte Matte, zieht sich die Schuhe aus, stellt sie beiseite und legt sich hin. Cassi breitet eine Decke über sie, zündet im Fenster eine Kerze an. Alida schließt die Augen, öffnet sie dann aber wieder und sieht Cassi an. Ihre Augen folgen ihr.

Cassi verspürt einen Anflug von Angst. Sie sollte das hier abbrechen, dringend, und zugeben, dass sie so etwas nicht kann, dass diese Person, die sie vorgibt zu sein, nicht sie ist.

Aber das tut sie nicht. Stattdessen schließt sie die Augen und sagt »Scheiß drauf«. Im Stillen. Wenn so etwas wie das hier von ihr erwartet wird, dann wird sie es ihnen geben! Sie hat schließlich nicht damit angefangen. Hat nicht um Besuch gebeten, es war Alida, die von selbst zu ihr gekommen ist. Und wer, bitte, behauptet denn, dass es schlecht sei, anderen Menschen zu helfen? Ist das nicht eher das, was man eine barmherzige Tat nennt? Sie würden ja nur ein wenig miteinander plaudern.

Cassi summt vor sich hin und schreitet langsam einmal durch das Zimmer. Vor allem, um Zeit zu gewinnen.

Dann setzt sie sich neben Alidas Kopf auf ein Kissen, weil ihr das als der richtige Platz erscheint, wenn man die Symmetrie bedenkt, und berührt mit kalten Fingerspitzen Alidas Stirn, weil sie glaubt, so etwas schon einmal im Fernsehen gesehen zu haben. Ein paar Sekunden lang übt sie auf die Stelle Druck aus, hebt dann die Finger. Sie arrangiert die Halskette mit dem rosa Stein über ihrem T-Shirt neu, legt die Hände in den Schoß und sitzt einfach schweigend da. Weiß, ehrlich gesagt, nicht so richtig, was sie sagen soll.

Alida schließt die Augen und fängt an zu reden. Etwas zögerlich zuerst, so als würde sie laut denken.

»Ich habe seit einiger Zeit das Gefühl, dass ich mal mit jemandem reden muss, um sozusagen den Druck zu lindern.«

Sie bohrt mit dem Finger in ihrem Ohr.

»Tja, aber es ist so ... Es fällt mir schwer, anderen zu vertrauen. Nichts gegen meine Arbeitgeber, aber sie sind nun mal meine Arbeitgeber. Und der Rest hier aus der Gegend ... Mein Gott, wie die tratschen! Ich habe ausprobiert, ob Internet-Foren eine Lösung für mich wären, aber das führte nur zu Streit und Zoff. Als ich also von dir hörte – ich darf doch Du sagen? –, da dachte ich, dass das *die* Lösung ist. Vielleicht auch weil du ja Schweigepflicht hast.«

Alida spricht weiter, aber die Mühlen in Cassis Hirn kommen jäh zum Stehen.

Schweigepflicht, denkt sie. Hat sie die? Was heißt das überhaupt? Und vor allem: Könnte sie sich irgendwie strafbar machen? Sie überlegt, wie sie mit der Situation umgehen soll. Sollte sie Alida irgendeine Art von Vereinbarung unterschreiben lassen, nur so zur Sicherheit? Aber was für eine?

Doch dann macht sie es wie immer. Sie geht mit der Situation um, indem sie nicht damit umgeht. Cassi weiß ja nicht mal, wem sie irgendwelchen Klatsch erzählen sollte, denkt sie, also wäre eine eventuelle Schweigepflicht ja auch kein Problem.

»Die Menschen lügen und erfinden irgendwelche Dinge«, sagt Alida. »Bevor ich hierhergezogen bin, habe ich in der Finanzbranche gearbeitet. Da war das noch schlimmer. Dummes Gerede. Gerüchte und Lügen. Deshalb habe ich auch so gerne mit Tieren gearbeitet. Tiere sind ehrlich. Verstellen sich nicht. Wenn man es dagegen mit Geld zu tun hat ...«

Cassi will sie nicht unterbrechen, kann sich aber nicht beherrschen.

»Sind Lügen denn wirklich etwas so Schlimmes, Alida?«, sagt sie. »Ist nicht in gewisser Weise das ganze Leben eine Lüge? Wann sind wir uns selbst gegenüber eigentlich völlig ehrlich?«

Zwischen Alidas Augenbrauen bildet sich eine Falte. »Wie meinst du das denn jetzt?!«, sagt sie verärgert und scheint aufstehen zu wollen.

Cassi legt beruhigend die Hände auf Alidas Schultern.

»Jede Frage muss erlaubt sein, Alida. Dies ist ein Ort des Vertrauens und der Offenheit.«

Alida presst die Lippen zusammen, scheint sich auf der Matte aber wieder zu entspannen.

Cassi wechselt das Thema, versucht sich daran zu erinnern, was Alida gerade gesagt hatte.

»Du hast in einer anderen Branche gearbeitet, meintest du?«

Alisa atmet durch die Nase aus und fängt noch einmal mit ihrer Geschichte an. »Ich bin nicht von hier. Das hast du bestimmt schon erkannt. Man sieht mir schließlich an, dass ich eine Städterin bin. Aus den besseren Vierteln. Würdest du meinem Vater begegnen, würde er dich mit seinem Gerede über seine zahlreichen Titel in den Wahnsinn treiben. Meine Familie hat einen langen Stammbaum.«

Das hätte Cassi nicht gedacht. Aber sie hat nicht vor, noch mehr in Frage zu stellen. Sie bleibt still sitzen, lässt Alida fortfahren.

»Ich habe die Wirtschaftshochschule besucht, und es ist keine Übertreibung, wenn ich behaupte, Jahrgangsbeste gewesen zu sein. Kannst du dir vorstellen, welchem Druck man dadurch ausgesetzt ist? Ich habe sofort einen Spitzenjob gefunden. Habe Karriere gemacht. Aber das reichte mir nicht. Ich wollte mehr, weißt du? Ich wollte etwas *fühlen.*«

Alida redet ein bisschen so, als würde sie einen Dialog von einem Blatt Papier ablesen, findet Cassi. Hat sie geprobt, was sie sagen wollte? Oder liegt es nur daran, dass Cassi es nicht gewohnt ist, jemandem auf diese Art zuzuhören? Sie konzentriert sich darauf, so zu wirken, als wüsste sie, wovon Alida redet, obwohl Alida die Augen geschlossen hält. Cassi verschränkt die Hände locker im Schoß, setzt ein seliges Lächeln auf. Als sie darüber nachdenkt, wie diese Szene auf Außenstehende wirken würde, kommen ihr fast die Tränen vor Rührung. Wie schön das aussehen muss, wie friedlich, mit der einsamen Kerze im Fenster ... Zwei Menschen, die einen schönen Moment miteinander teilen. Sich einander anvertrauen. Ein komisches Wort, übrigens. Cassi schweift ab, muss an mögliche Flexionsformen denken. Anvertraute, hat anvertraut, sich anvertrauen. Hat sie sich dieses Wort ausgedacht? Es klingt seltsam.

Während Cassi noch so ihren Gedanken nachhängt, hat sich etwas in Alida gelöst.

Tatsächlich ist es lange her, dass Cassi einen derartigen Wortschwall erlebt hat.

Nur hier und da wirft Cassi mal ein »Verstehe« oder ein »Hm« ein. Wenn Alida überhaupt einmal verstummt, flicht Cassi vielleicht noch eine Phrase wie »Und wie fühlt sich das an?« ein, sonst sitzt sie nur da und schärft sich ein zuzuhören, auch wenn sie sich vor allem fragt, was sie hier überhaupt treibt.

Es fühlt sich irgendwie nicht ganz richtig an, wirklich nicht, aber gleichzeitig ist es schwer zu sagen, was daran so schrecklich falsch sein soll. Alida hat sich mit der Bitte an sie gewandt, ihrem Herzen Luft zu machen, und Cassi hat sie das tun lassen. Na gut, Alidas Vorstellung von ihr mag ein klein wenig fehlerbehaftet sein, aber das ist, wie gesagt, wohl kaum Cassis Schuld. Sie hat nichts getan, um andere glauben zu machen, sie wäre irgendeine Art von Therapeutin. Mal abgesehen von ebendiesem Mal, dieser Therapie, die hier gerade stattfindet, jedenfalls. Und abgesehen davon, dass sie nicht widersprochen hat.

An einem Punkt sieht es so aus, als würde Alida weinen müssen. Sie fährt sich mit der Hand über die Nasenspitze. Cassi fällt plötzlich ein, wie Dr. Phil in der Serie einen weinenden Klienten getröstet hatte, indem er ihm ein Papiertaschentuch aus einer Box gereicht hatte, ohne auch nur für eine Sekunde die Augen von dem schluchzenden Wrack, das vor ihm saß, abzuwenden. Damals dachte sie, dass Dr. Phils Stärke nicht darin bestand, einen Rat für die klischeehaften Probleme seiner Klienten zu haben, sondern in seinem Geschick, die Rolle des mitfühlenden Zuhörers zu verkörpern. Alles war Theater. Papiertaschentücher hat Cassi nicht anzubieten, aber eine Küchenrolle, die noch auf der Fensterbank liegt, weil sie vor kurzem Fliegendreck von den Fenstern geputzt hatte. Cassi reicht sie Alida, ebenfalls ohne den Blick von ihr abzuwenden.

»Ach ja?«

Alida hatte ganz bestimmt nicht vorgehabt zu weinen. Sie schnäuzt sich kräftig und knüllt das Papier zu einem kleinen Ball, den Cassi wohl oder übel entgegennehmen muss.

Danach verstummt Alida tatsächlich einmal. Cassi denkt, dass dies der Moment ist, an dem sie etwas sagen sollte, aber sie hat sich so darauf konzentriert, Alida zuzuhören, dass sie gar nicht richtig aufgenommen hat, *was* sie erzählt hat. Weshalb hat sie eigentlich herkommen wollen? Cassi räuspert sich und greift zu x-beliebigen Weisheiten, die, wie sie glaubt, vielleicht helfen könnten.

»Es ist Zeit, dass du dir verzeihst und nach vorne schaust, nicht zurück«, beginnt sie. »Das Leben ist kompliziert. Man muss nicht immer alles richtig machen. Manchmal muss man ein Risiko eingehen. Man kann sein Leben nicht in der Angst leben, Fehler zu machen. Wenn du etwas tun willst, dann tu das einfach.«

Alida sagt immer noch nichts. Cassi wertet das als Zeichen dafür, dass sie weiterreden soll.

»Wir müssen aufhören, Perfektion anzustreben«, sagt sie, und darüber hat sie im letzten Jahr tatsächlich selbst nachgedacht. »Was ist Perfektion überhaupt? Irrational, das ist sie. Was erreichen wir dadurch? Nichts, kann ich dir sagen. Nicht einmal Perfektion kann uns vor dem Unglück bewahren. Man sollte sich lieber von seinen Erwartungen verabschieden. Sich mit dem zufriedengeben, was man hat. Man muss sich ja nicht ›lieben‹. Sich ›ertragen‹ reicht voll und ganz aus.«

Cassi pausiert. Das müsste doch wohl reichen, oder? Ihr anfängliches Selbstvertrauen hat sich verabschiedet.

»Hm, das klingt ja alles ganz gut, aber ich verstehe nicht richtig, was du damit sagen willst«, entgegnet Alida.

Das kann Cassi weder erklären, noch will sie es. »Man muss nicht alles analysieren, manche Dinge muss man nur fühlen«, sagt sie stattdessen. »Unsere Seelen brauchen Platz und Luft, um zu gedeihen. Raum für sämtliche Aspekte unserer Persönlichkeit. Richte deinen Blick nach innen.«

Alida scheint sich damit zufriedenzugeben. Jetzt ist es so still im Zimmer, dass Cassi sich fragt, ob man wohl ihr gestresstes Herzklopfen hören kann. Wieder legt sie ihre – mittlerweile warmen – Fingerspitzen auf Alidas Stirn. Alida schließt erneut die Augen. Cassi sitzt einen Moment reglos da, dann spielt sie langsam auf Alidas Stirn wie auf einem Klavier. Sie beendet die Sitzung, indem sie die Fingerspitzen ihres Mittel- und Zeigefingers gegen Alidas Schläfen presst und ihr Haar tätschelt. Vielleicht wäre jetzt eine kleine Kopfmassage angebracht, so wie beim Einshampoonieren beim Friseur, aber Cassi empfindet viel zu großen Widerwillen bei der Vorstellung, die Kopfhaut von jemand anders zu berühren, das also wird's bei ihr nicht geben. Sie lehnt sich zurück. Lässt einen langen Atemzug aus ihrem Mund entweichen.

Alida deutet das Signal richtig, nämlich dass ihre Sitzung vorbei ist.

Sie setzt sich auf, reckt sich. Cassi sieht sie an, sagt aber immer noch nichts.

»Das habe ich gebraucht«, sagt Alida. »Es ist, als ob mein Kopf freigepustet worden wäre. Ich fühle mich gereinigt. Es ist wirklich schön, mit jemandem zu reden, der einen nicht verurteilt.«

Alida rappelt sich vom Boden auf und zieht ihre Schuhe an. Sie stemmt die Hände in die Hüften und atmet hörbar aus wie nach einem anstrengenden Work-out.

»Was sind seine schlimmsten Seiten?«, fragt sie plötzlich und zeigt auf Maine, der draußen auf der Treppe schläft.

Cassi hat keine Zeit zu antworten, bevor Alida weiterspricht.

»Hat ein Hund überhaupt schlechte Seiten? Ein Hund ist ja nur ein Hund. Er kennt keine Hintergedanken. Spielt nicht mit einem. Er handelt instinktiv, und wer sagt uns, dass Instinkt etwas Falsches ist oder etwas, das es zu beurteilen gilt? Generationenlanges Lernen, Hunderttausende Jahre der Entwicklung sind in unseren Synapsenverbindungen und Impulsen gespeichert. Wer sind wir denn, darüber zu urteilen, was davon falsch oder richtig ist? Warum muss man alles vergleichen? Wer viel über das Leben anderer Leute zu sagen hat, dem geht's selten gut, ist mir aufgefallen.«

Sie sieht Cassi fast böse an, als hätte Cassi in ihrem Schweigen etwas Dummes gesagt. Sie hat eigentlich nie so viel über Maines Charakter nachgedacht, wie Cassi jetzt bewusst wird. Aber sie kann Alida darin zustimmen, dass ein Hund nur ein Hund ist. Es war immer leicht, mit ihm zu leben, abgesehen von seinen Fürzen gibt's nichts an ihm zu beanstanden. Er ist von ruhiger Natur, gesellig, desinteressiert an Spielen. Cassi sieht Maine an. Er liegt auf der Seite, in der Sonne. Sein Bauch hebt und senkt sich langsam unter der Atmung des Schlafes. Dass er draußen ist, ist von Vorteil.

»Danke, dass du dir Zeit für mich genommen hast«, sagt Alida und reicht ihr die Hand. »Wie viele Menschen sich doch besser fühlen würden, wenn sie mal mit jemandem reden würden. Was bin ich dir schuldig?«

Ein Gedanke schwirrt durch Cassis Kopf. Macht sie die Bezahlung vielleicht zur Betrügerin? »Nichts, das ist nicht nötig«, erwidert sie, greift nach der Matte und rollt sie behände zusammen.

»Doch, ich bezahle immer, wenn ich etwas in Anspruch genommen habe«, sagt Alida nachdrücklich. »Nenn mir einfach deinen Preis.«

Wenn Cassi Bienenstöcke hätte, dürfte sie Honig verkaufen, selbst wenn sie eine komplette Amateurin auf dem Gebiet wäre. Das hier ist doch in etwa dasselbe. Und so leicht hat sie noch nie vorher Geld verdient. Auch wenn sie eine Zeit lang von ihren Ersparnissen leben könnte – durch den Gewinn, den sie nach dem Verkauf ihrer Eigentumswohnung gemacht hat –, können ein paar Einkünfte ja nicht schaden. Sie entrollt die Liegematte wieder.

»Ich nehme fünfhundert Kronen pro Sitzung oder zweitausend für fünf.«

Das ist preiswerter als ein Haarschnitt, aber teurer als Wimpernfärben. Das klingt angemessen.

»Okay, dann sagen wir gleich fünf«, beschließt Alida.

Cassi fühlt sich auf einmal vollkommen geschafft, legt nur die Handflächen vor der Brust aneinander und deutet eine leichte Verbeugung an.

Sie geht zur Tür, steigt über Maine hinweg und springt ins Gras. Diesmal geht Cassi voran.

»Ich hänge sie immer hier draußen auf, weißt du. Es gibt nichts Reinigenderes als Mondschein«, sagt sie an Alida gerichtet und hält die Matte in die Höhe.

Befestigt sie mit Holzklammern, die zwischen ihren Fingern zerbröseln, an der Kunststoffwäscheleine. Dann begleitet sie ihren Gast – oder sollte sie lieber Klientin sagen? – noch zum Fahrrad.

»Fahr nach Hause, trink etwas Heißes und lass es ein klein wenig ruhig angehen«, empfiehlt Cassi, denn das sagt man schließlich in solchen Situationen. »Alle Antworten sind schon in dir, man muss nur zulassen, dass sie an die Oberfläche steigen.«

Alida starrt sie an. Dann hebt sie ihr Fahrrad aus dem Gras, schwingt ein Bein über den Rahmen und fährt davon.

Nachdem Alida verschwunden ist, setzt Cassi sich in den Sonnenstuhl und hebt Maine wie einen schützenden Schild auf ihren Schoß. Die Ratsche der Lehne rastet hörbar etwas höher ein, als sie sich zurücklehnt, aber sie hält.

Lange bleibt Cassi so sitzen, bis ihr kalt wird, bis ihr Herz nicht mehr so heftig klopft. Sie weiß nicht, was sie da gerade gemacht hat oder worüber sie gerade gesprochen haben; hat immer noch nicht begriffen, worin Alidas Problem liegt. Aber sie haben es durchgezogen, und es gipfelte nicht in einer Katastrophe. Falls das wieder vorkommt, wird sie besser vorbereitet sein. Ja, sie fühlt sich in diesem Augenblick sogar ziemlich zufrieden mit sich.

Dann holt sie eine Jacke und die Autoschlüssel und öffnet die Beifahrertür für Maine, der sofort ins Wageninnere hüpft.

16

Cassi ist es zur Gewohnheit geworden, im Schneckentempo durch Bäcken zu fahren. Sie möchte sehen können, was in ihrer kleinen Gemeinde so vor sich geht, was ihre Nachbarinnen und Nachbarn so treiben. Viele Zäune sind mit Hühnernetz versehen, vermutlich um Hunde am Ausreißen zu hindern, und fast jedes Haus hat sich auf den Sommer vorbereitet, indem weiße oder graue Gartenpavillons auf den Terrassen errichtet wurden. Ein Mähroboter dreht seine zögernden Runden über einen Rasen, der in diesem Jahr noch kaum Gelegenheit hatte zu wachsen.

Es ist Mittag. Vor der Pizzeria stehen mehrere Autos. Sie hat Geld in der Tasche und hegt die Hoffnung, das Wort »Schankrecht« auf einem Schild zu sehen. Sie wird nicht erfüllt. Trotzdem parkt sie den Wagen und geht zur Eingangstür, Maine lässt sie im Auto.

Als sie die Klinke herunterdrückt, ertönt ein Bimmeln. Sechs Augenpaare wenden sich ihr zu. Eine Person hinter der Kasse, einer, der aus der Küche hervorlugt, zwei Personen, die bestellen und zwei an einem Tisch mit einer halb gegessenen Calzone vor sich.

»Hallo«, grüßt sie vage alle und keinen und heftet ihren Blick auf die Menüaushänge über der Theke.

»Kann man hier auch nur einen Pizza-Beilagensalat bestellen?«, fragt sie, weil das der erste Gedanke ist, der sie durchzuckt.

»Ja, natürlich, das können Sie«, erwidert die Frau hinter der Theke und sucht auf der Kasse nach der richtigen Taste. »Sonst noch etwas?«

Cassi, erstaunt und selig, schüttelt zuerst den Kopf, doch dann wird daraus ein Nicken. Die Geste verwirrt, sodass sie noch etwas dazu sagen muss.

»Nein danke, das war nur eine Frage. Ich will etwas anderes bestellen.«

Cassi legt erneut den Kopf in den Nacken, um sich die Speiseaushänge anzusehen, konzentriert sich auf den Abschnitt mit Thai-Gerichten, hat plötzlich Appetit auf etwas Scharfes. Ihr Mund wird ganz wässrig; sie schluckt. Sie bestellt Rotes Curry mit Gemüse. Irgendwie fühlt sie sich beobachtet, und das wird sie auch.

Der Bereich mit den Tischen ist ziemlich klein. Cassi schlurft hinter einer der Calzone-Esserinnen vorbei, um zum Fensterplatz zu gelangen. Es sind zwei Frauen um die fünfzig, eine blond und kurzhaarig, die andere dunkelhaarig mit langem Haar, beide zerzaust und rotwangig. Sie haben ihre neonfarbenen reflektierenden Steppjacken ausgezogen, die davon zeugen, dass sie an der frischen Luft arbeiten, und unterhalten sich lebhaft über einen Film. Auf einem Stoffbeutel, der an der Stuhllehne hängt, prangt der Aufdruck »Grünflächenarbeiter:innen gegen das Patriarchat«.

Das andere Paar ist jünger. Erst als Cassi genauer hinsieht, erkennt sie die Kassiererin Fia vom Landhandel. Heute trägt sie ihr gebleichtes Haar offen und wellig. Jede Haarsträhne sitzt perfekt, ebenso ihr Make-up. Statt der roten Fleecejacke, die sie auf der Arbeit trug, hat sie jetzt ein schwarzes Top unter einer taillenkurzen Jeansjacke an. Ihr Begleiter sieht mindestens so herausgeputzt aus wie sie. Sein schwarzes Haar ist zurückgegelt, und sein T-Shirt sitzt wie maßgeschneidert; Tätowierungen ziehen sich seinen Arm hinauf.

Cassi fällt es schwer, ihren Blick von dem Paar loszureißen. Für jemanden, der selten duscht und die Kleidung wechselt, ist ein mit so viel Bedacht gepflegtes Äußeres höchst faszinierend. In einem Nachtclub in der Großstadt würden sie womöglich nicht auffallen, aber in diesem heruntergekommenen Schuppen stechen die beiden hervor, als stünden sie im Scheinwerferlicht.

Und so ist es tatsächlich. Als Cassi zur Decke sieht, stellt sie fest, dass die Lampenspots über ebendiesem Tisch heller strahlen als die übrigen im Lokal.

Das Paar bemerkt ihre Musterung. Fia hebt die Hand und winkt ihr lächelnd zu, also erwidert Cassi ihr Lächeln und richtet den Blick dann auf etwas draußen hinter dem Fenster. Aber wie gebannt huscht er wieder zu den beiden zurück. Fia und der Mann essen ihre Hamburger, und Fia drückt neben ihren Pommes einen Klecks Ketchup aus. Dann fasst sie mit ihren langen rosa lackierten Nägeln wie mit einer Pinzette nach den Pommes und tunkt eine nach der anderen in den Ketchup. Der Mann hat sein Hamburgerbrötchen beiseitegelegt und zerteilt das Fleisch mit Messer und Gabel in Häppchen. Sein dichter schwarzer Bart ist sorgfältig gestutzt, und er achtet gründlich darauf, sich ja nicht mit Dressing zu bekleckern.

Cassi begreift, dass die beiden von ihr sprechen, obwohl sie leise reden. Gelegentlich wirft Fia ihr einen Blick zu, und hier und da dreht sich der Mann nach Cassi um und fixiert sie ungeniert.

Wenn sie doch bloß auf ihr Handy starren könnte, aber sie hat die Jackentaschen schon abgesucht, sie muss es zu Hause vergessen haben. Sie ist erleichtert, als endlich ihr Essen serviert wird, sodass sie etwas hat, mit dem sie sich beschäftigen kann.

Das Curry ist dampfend heiß, fettig und brennt scharf wie Chili, und so überraschend wie widerwillig wird Cassi in eine lang zurückliegende Zeit zurückversetzt. Ein Abend in Thailand, auf der Terrasse eines Restaurants, im Hintergrund rauscht das Meer. Sie sieht Jarmo in einem weißen Leinenhemd vor ihrem inneren Auge; sie beide, über dem Tisch Händchen haltend, zwei Ringe in einer Schachtel zwischen den Gläsern mit Champagner.

Nein, weg damit!

Plötzlich liegt ein Schweißfilm auf ihrer Stirn, und ihre Augen füllen sich mit Tränen. Cassi schaufelt sich zur Linderung klebrigen Reis in den Mund.

»Wie machen sich die Geranien?«

Cassi sieht von ihrer Schale auf. Vor ihr, auf der anderen Tischseite, steht Fia. Ihr Eyeliner ist in einem Augenwinkel leicht verwischt, und in dem zarten Flaum über ihrer Oberlippe haften trotz ihrer Vorsicht beim Essen Salzkörnchen.

»Gut, danke. Sie sind jedenfalls schon mal in der Erde.«

Cassi lächelt. Fia lächelt. Fia wirkt so ruhig und ausgeglichen. Cassi beneidet sie. Sie hat das Gefühl, ihr Inneres ist in Aufruhr. Eine laufende chemische Reaktion, eine Mischung aus Nervosität, Unsicherheit und dem Bedürfnis, sich zu behaupten.

»Wir haben gerade von dir gesprochen«, fährt Fia mit ihrem trägen Dialekt fort und deutet auf ihren Begleiter. Er lächelt Cassi von seinem Platz aus zu und hebt die Hand, bevor er sich wieder dem Schreiben einer SMS widmet.

»Wir wissen ja, dass Sie so ein echter Selbsthilfe-Guru sind und dass Sie Therapien und so was anbieten. Und Yoga, oder?

Aber keiner scheint genau zu wissen, was Sie machen. Deshalb wollte ich Sie direkt danach fragen.«

Cassi ist flau. Die aufgeblitzten Erinnerungen an Thailand müssen weiter unterdrückt werden. Ein starker Drink wäre gut, ist aber nicht in Sicht, und Fia hat Cassis Hirn gerade einen Ausweg eröffnet, eine Ablenkung. Cassi nimmt die Gelegenheit wahr und ergreift sie.

»Ich halte nichts von Titeln«, sagt sie, obwohl Fia gar nicht nach einem Titel gefragt hatte. »Selbst wenn ich Ihnen einen Haufen Diplome und Zeugnisse zeigen würde, was sagt das aus? Das sind doch nur Worte. Etiketten. Wir alle sind die, die wir sind. Was wir tun, wie wir agieren, das ist ausschlaggebend.«

Das klingt gut, findet sie, merkt Fia aber an, dass das als Antwort nicht ausreicht. Cassi unternimmt einen erneuten Anlauf.

»Ein echter Selbsthilfe-Guru ... Ich weiß nicht, aber ja, ich helfe gerne anderen Menschen, die meinen Rat und meine Unterstützung gebrauchen können. Mental Coach, könnte man vielleicht sagen.«

So weit, so gut. Aber dann ergießt sich auf einmal eine Flut von Worten aus ihr.

»Meditation. Atemtherapie. Healing. Visualisierung. Massage. Energien und Ströme.« Die Worte kommen wie von selbst, sie sprudeln geradezu aus ihr heraus.

Das klingt jetzt vielleicht so, als würde sie Fias Annahme eher bekräftigen, als sie zu widerlegen. Liegt das daran, dass sie glaubt, einen verachtungsvollen Tonfall bei Fia wahrgenommen zu haben? Eine leichte Arroganz, die dieses makellose Wesen ihr – der schäbigen Außenseiterin – gegenüber zu erkennen gegeben hat? Oder hat Cassi sich diesen verachtungsvollen Ton bloß eingebildet, kann sie es darauf nicht schieben? Ist das hier bloß ein ganz gewöhnliches Fluchtverhalten?

Fias Begleitung kommt auch an Cassis Tisch, legt die Hände um den Stuhlrücken vor sich. Er strahlt, ist weit mehr als attraktiv. Cassi senkt den Blick und bewundert seine runden sorgfältig gefeilten Nägel und die unversehrte Nagelhaut. Automatisch krümmt sie ihre eigenen Fingerspitzen.

»Energien? Was meinen Sie damit? Hallo, übrigens. Ich bin Berzan.«

Äußerlich lächelt Cassi sanft, aber in ihrem Inneren rattern panisch die Räder. Energien, ja, was meint sie damit? Das kann man sich tatsächlich fragen. Nun, sie muss einfach nur drauflosreden, dann löst sich das schon. Diese Taktik hat jedenfalls bisher funktioniert.

»Einfach betrachtet, kann man das als eine Variante der Physiotherapie beschreiben: Ich erzeuge zwischen meinen Händen Energieströme, die Stress und Sorgen und leichte Schmerzen lindern können. Ja, eigentlich alles von Angst bis hin zu Verdauungsproblemen. Aber das in Worte zu fassen ist nicht ganz leicht, es ist vielleicht einfacher, es zu demonstrieren.«

Hä, woher kam jetzt dieser Impuls? Sie macht es sich dadurch nicht gerade leichter. Ach egal, jetzt heißt es einfach: liefern. Cassi steht auf und tritt hinter Berzan. Das strahlend weiße T-Shirt, das sich über seinen muskulösen Rücken spannt, sieht aus wie frisch gebügelt. Sie reibt ihre Handflächen aneinander, um Wärme zu erzeugen, pustet mit Knoblauchatem darüber.

»So wie jetzt geht das natürlich normalerweise nicht zu. Eine ruhigere und harmonischere Umgebung wäre vorteilhafter.«

Ihr Blick schweift durch das Lokal. Begegnet den Blicken der übrigen Gäste, einem nach dem anderen, wie um sie aufzufordern, still zu sein.

»Aber wir unternehmen trotzdem mal einen Versuch.«

Cassi legt die Hände auf Berzans Schultern, lässt sie dort einen Moment lang ruhen, bis die Wärme, die durch ihren Körperkontakt entsteht, ihr Unbehagen bereitet. Dann presst sie die Daumen auf einen bestimmten Punkt an seinen Schulterblättern.

»Hier sitzt eine Blockade«, stellt sie kurz fest.

Berzan keucht auf. »Auuu, genau da. Wie haben Sie das geahnt? Shit, tut das weh! Aber es ist gut.«

Cassi hält den Druck noch einen Moment, bevor sie die Hände wegzieht. Das, was sie da gerade gemacht hat, würde man womöglich eher als Punktmassage einstufen, aber die Aktion erfüllt ihren Zweck. Sie scheint in ebendieser Situation jedenfalls nicht durchschaut oder kritischen Fragen unterzogen zu werden. In einem anderen Leben, früher, hatte sie jemandem häufig genau diesen Punkt am Rücken massiert, der auch viel trainiert und sich nicht ums Stretching gekümmert hatte.

Berzan und Fia sehen sie beeindruckt an. Die Frauen am Tisch nebenan haben interessiert das Geschehen verfolgt und drücken jetzt an ihrem Oberkörper herum, um zu spüren, wo sie Schmerzen haben.

Cassi indes widersteht der Eingebung, nur lässig mit den Schultern zu zucken, und verbeugt sich stattdessen leicht vor den Anwesenden. Wenn sie schon in diese Rolle schlüpft, dann sollte sie es wenigstens richtig machen.

Die Stimmung im Lokal ist auf einmal ganz aufgekratzt, aber jetzt will Cassi nur noch weg. Sie kennt Fia erst seit kurzem, trotzdem kommt es ihr so vor, als hätte sie sich seitdem in eine ganz andere Person verwandelt.

Cassi streift sich die Jacke über.

»Es war schön, euch zu sehen; ich hoffe, der Rücken ist jetzt besser. Und das Essen war superlecker!«, wirft sie noch zum Koch hinüber, der auch aus der Küche gekommen ist, um zu sehen, was sich da draußen abspielt.

Dann bemüht Cassi sich, ganz unaufgeregt zu gehen, durch die Bimmeltür, zu ihrem Auto, und beim Losfahren nicht Kies hinter sich aufspritzen zu lassen.

17

Das Häuschen nimmt sie freundlich auf. Aber sie selbst besteht nur noch aus Angst. Scham. Selbstverachtung. Was treibt sie hier bloß? Für wen hält sie sich? Das alles ist so entsetzlich peinlich!

Schon steht sie vor dem Vorratsschrank, dessen Regalböden immer noch mehlig sind, jenem, der zum Weinschrank mutiert ist, kaum dass sie aus dem Auto gestiegen war. Dann sitzt sie mit der Flasche und Maine neben sich auf den Stufen vor dem Haus, bis es dunkel wird, bis der Waldrand seltsame Formen zeichnet. Sie ist drauf und dran, alles wieder rückgängig zu machen, wieder aufzugeben, drauf und dran, zum Davor, zum Bewährten zurückzukehren, wie mies das auch war. Der Keller, das Lager, die Isolation. Nur die geleerte Flasche in ihrer Hand und die Schwere in ihrem Körper hindern sie daran.

Wie soll sie aus dieser Sache bloß wieder rauskommen? Sie könnte damit anfangen, nicht immer »Ja« zu sagen, dann würde vielleicht alles von selbst im Sand verlaufen. Sie könnte sich unauffällig geben, eine gewöhnliche Arbeit annehmen, dann würden die Leute letztlich vergessen, dass sie sich als Therapeutin ausgegeben oder auf irgendwelchen Rücken rumgedrückt hat.

Nee, das wäre trotzdem irgendwie zu komisch. Sie muss hier weg. Hat man beim Kauf eines Hauses ein Rücktrittsrecht?

Cassi trinkt weiter. So als müsste sie sich greifbar daran hindern, noch spleenigere Ideen umzusetzen, versteckt sie ihre Autoschlüssel in einem genialen Versteck – in den Gummistiefeln. Das ist so genial, weil es mehrere Tage dauern würde, sie wiederzufinden, war doch kein Regen vorhergesagt. Cassi zieht ihre geleerten IKEA-Tüten hervor und macht sich daran, sie mit zögerndem Engagement wieder zu füllen. Legt eine immer noch angeschlossene, eingeschaltete Tischlampe in eine, Bettdecke und Kopfkissen in eine andere, die sie bald wieder auspacken wird, um sie einem anderen Zweck zuzuführen. Ihr Blick fällt auf ihre gerade erst gepflanzten Geranien in den Töpfen auf der Treppe: Sie weint vor Selbstmitleid.

Dann wandert sie ziellos umher, immer im Kreis. Beschreibt eine Unendlichkeitsschleife, während sie darüber nachgrübelt, was aus ihrem Leben und zu wem sie geworden ist, wie sie sich hat behandeln lassen. Sie erinnert sich an alles aus ihrem alten Leben, das sie vergessen wollte, an alles, das sie verdrängt hat, jede Einzelheit ist ihr so klar und deutlich vor Augen, als wäre es erst gestern gewesen. Sie erinnert sich an ihre Freunde, den Alltag, die Arbeit, ihren Freund, die Reisen. Den unverzeihlichen Verrat.

Erst nachts um zwei gelangt sie zu einem Entschluss. Betrunken und weinerlich steht sie auf ihrer moosbewachsenen Treppe und reckt die geballte Faust zum sternklaren Himmel; denkt, wie schön es doch wäre, wenn jemand diesen triumphalen Moment in einem verewigenden Foto festhalten könnte. Denn jetzt durchströmt sie eine Gewissheit – dass es reicht. Dass jetzt endlich mal sie an der Reihe ist. Dass es an der Zeit ist, selbst wieder die Regie über ihr Leben zu übernehmen. Sie wird bleiben, wo sie ist. Wird neu anfangen. Wird diejenige sein, die sie zu sein beschließt. Sie wird weiterhin »Ja« sagen. Sie wird aus den Schatten treten, in denen sie dahinvegetiert ist, wird sich Raum geben und dieser Welt, diesen Menschen geben, was sie von ihr wollen. Oder zumindest was sie glaubt, welchen Sinn diese Welt hat, und worauf sie sich willentlich einlassen würde.

Wieder obenauf und voller Auftrieb nach den beiden Flaschen, die sie geleert hat, geht sie im Morgengrauen zur großen Straße und treibt dort, leicht schwankend, mit festen Hammerschlägen ein Schild in den Boden, exakt an der Stelle, wo vor kurzem noch das Verkaufsschild des Maklers gestanden hat.

Hätte sie in diesem Augenblick gewusst, wohin das führen würde, hätte sie in diesem Augenblick geahnt, was in den kommenden Monaten alles geschehen würde, dann … hätte das wahrscheinlich keine große Rolle gespielt.

Sie hätte vermutlich trotzdem genau dasselbe getan.

JUNI

18

In den Rohren blubbert es. Wenn Cassi die Klospülung betätigt, die sie trotz ihrer Pläne, selbsterzeugten Dünger zu nutzen, nach wie vor gebraucht, ist das Wasser vom vorigen Mal kaum abgeflossen. In der Küche spült sie ihr Geschirr in einem Eimer und entleert ihn anschließend draußen, um nicht rund um die Uhr Wasser im Spülbecken stehen zu haben.

Wie hatte der Mann noch geheißen, irgendetwas mit »P«, war es nicht so? Paolo? Ob er ihr helfen könnte? Sie gibt »pa« in die Suchfunktion des Handys ein und »Pavel« erscheint. Sie zieht es vor, Nachrichten zu schreiben, statt anzurufen, aber kann man einem alten Menschen überhaupt Textnachrichten schicken? Mit achtzig wäre er womöglich halb blind und würde grantig bei dem Versuch, SMS zu deuten. Sie braucht einen gut gelaunten Pavel. Einen Pavel, der sich gern ihrer Abflussrohre annimmt. Am besten gratis. Dann doch lieber ein Anruf.

Sie geht nach draußen und stellt eine Verbindung her. Pavel meldet sich nach zehnmaligem Tuten, hat offenbar seine Mobilboxfunktion ausgestellt. Ganz schön technisch begabt für achtzig, denkt Cassi. Oder hat er sie vielleicht nie einrichten können …?

Wie auch immer, Pavel sagt jedenfalls, dass er kommen und

sich die Rohre anschauen kann. Dass es vielleicht zu einer Verstopfung gekommen sei, weil das Haus so lange leer gestanden habe. Cassi brummt etwas und stimmt ihm zu, einen anderen, besseren Vorschlag hätte sie sowieso nicht.

»Ich bin den ganzen Tag zu Hause«, sagt sie. »Kommen Sie einfach vorbei, wenn's passt.«

Pavel erwidert, dass er sowieso zum Mini-Markt müsse und in einer Viertelstunde da sein könne. Dann legt er abrupt auf, was in irgendwelchen Filmen ja ganz normal wirken kann, aber in Wirklichkeit – das kennen alle, die das einmal erlebt haben – ziemlich rüde ist. Doch irgendwie mag sie das, denkt Cassi. Sie findet Pavel und seine geradlinige Art gut. Er ist wie sie: geradeheraus und unkompliziert.

Ziemlich genau fünfzehn Minuten später biegt Pavels orangefarbene betagte Karre auf ihren Kiesweg. Um sich anzubiedern, hat sie Kaffeewasser aufgesetzt und die preisreduzierten Kekse hervorgekramt, verhält sich wie eine mustergültige sympathische Nachbarin, der man – ganz gratis – mit den Rohren hilft.

Sie geht hinaus und kommt ihm auf der Treppe entgegen.

»Wie nett von Ihnen, Pavel. Ich bin Ihnen ja so dankbar!«

Pavel steigt aus, holt einen rostigen Werkzeugkasten aus dem Kofferraum. Er trägt dieselbe Schirmmütze und dasselbe blau karierte Hemd wie bei ihrer letzten Begegnung. Gewaschen wurden sie seither nicht. Noch etwas, das sie beide gemeinsam haben, denkt Cassi.

Pavel heftet seinen Blick auf den Wald, so als würde er sie gar nicht sehen, geht aber auf seinen dünnen Beinen direkt auf Cassi zu. Sie tritt zur Seite, damit er an ihr vorbei- und ins Haus kommen kann, und tatsächlich steuert er, ohne zu zögern, geradewegs auf das kleine Bad zu und fängt an, dort herumzufrickeln.

»Sagen Sie mir, wenn ich bei etwas behilflich sein soll, ja? Aber was solche Hausdinge betrifft, bin ich wirklich … völlig ahnungslos«, sagt sie. »Kann ich Ihnen einen Kaffee anbieten?«

»Jetzt nicht«, schallt es vom Abfluss herüber.

Cassi geht in die Küche und gibt vor, etwas zu tun zu haben. Öffnet und schließt Schränke, wischt einen Fleck von der Fensterscheibe, den ihre Nase dort hinterlassen hat. Legt die Kekse auf einen Teller. Legt sie zurück in die Schachtel. Kocht noch einmal Wasser auf.

Pavel kommt in die Küche, veranstaltet irgendetwas mit den Rohren unter der Spüle und lässt eine eklige Brühe in einen Eimer ab, den er anschließend am Waldrand auskippt. Dann dreht er probeweise wieder den Hahn auf, in dem das Wasser jetzt so fließt, wie es das soll, und auch gleich abläuft. Dabei verliert er kein Wort, summt aber bei der Arbeit vor sich hin, schlechte Laune scheint er also nicht zu haben.

»Jetzt nehme ich gern das Angebot mit dem Kaffee an«, sagt Pavel da – und das kommt überraschend, hätte Cassi doch fast damit gerechnet, dass seine zurückhaltende, unbeholfene Art ihn dazu bewegt hätte, so schnell wie möglich wieder das Weite zu suchen.

Pavel wäscht sich die Hände. Cassi mischt zwei Becher Kaffee aus Instantpulver an und reicht ihm einen. Die Küche ist ihr auf einmal viel zu eng und intim, und außerdem fehlen darin Stühle und ein Tisch, weshalb sie nach draußen gehen. Pavel setzt sich auf den Schemel, und Cassi nimmt den Sonnenstuhl.

»Können Sie mir nicht ein bisschen mehr über diesen Karl-Adam erzählen? Ich würde gern etwas über die Menschen wissen, die hier früher gelebt haben«, sagt Cassi, eigentlich vor allem, um die Stille zu füllen, die nach dem bereits abgehakten Small Talk über das Wetter und die Gegend eingetreten ist. Pavel vermeidet es immer noch, ihr in die Augen zu sehen, und starrt beim Reden woandershin. Wenn er redet. Jetzt heftet er seinen Blick auf eine Stelle am Kiesweg.

»Karl-Adam«, sagt Pavel und trinkt einen vorsichtigen Schluck von seinem Kaffee. »Er hat schon immer hier gelebt. Zuerst seine Eltern, dann er. Und seine Familie. Aber seine Frau starb, sie wurde krank, sodass nur noch er übrig blieb. Er und der Sohn. Und dann ist Karl-Adam weggezogen.«

Cassi sagt nichts, hat das Gefühl, dass dann womöglich noch mehr in diesem Stakkato käme, das sonderbar melodisch klingt und einen schwachen Akzent aufweist. Aber da kommt nichts.

»Und wann ist er weggezogen? Das Haus steht ja schon eine ganze Weile leer.«

Pavels Antwort kommt wie aus der Pistole geschossen. »Im Herbst sind es fünf Jahre. Sein Sohn hat ihn abgeholt, hatte ihm einen Heimplatz besorgt. Nachdem er seine Diagnose bekommen hatte. Er fand wohl, dass Karl-Adam hier nicht allein wohnen bleiben sollte. Seitdem habe ich ihn nicht mehr gesehen.«

Ein Gefühl hängt zwischen ihnen in der Luft, das konkretisiert werden will.

»Waren Sie gute Kumpel?«, fragt sie. Verzieht innerlich das Gesicht über ihre Wortwahl »Kumpel«, während sie mit jemandem spricht, der schon so alt ist. Fragt noch mal, mit anderen Worten. »Haben Sie ihn gut gekannt?«

Zuerst rührt er sich nicht. Dann dreht er den Kopf und sieht sie an – das erste Mal überhaupt seit seiner Ankunft. Sein ernster Blick trifft unverwandt ihren. Hält ihn fest.

»Er war mehr als fünfzig Jahre mein bester Freund.«

Dann sieht er wieder weg. Visiert die Dachpfannen, den Schornstein, die Wolken an. Blinzelt.

Cassi trinkt einen Schluck Kaffee und überlegt, wie sie ihre nächste Frage auf eine feinfühlige Art formulieren könnte. Dann platzt sie einfach damit heraus.

»Aber er lebt noch, oder? Warum besuchen Sie ihn dann nicht?«

Pavel rutscht unbehaglich auf dem Schemel hin und her, fährt sich über seinen hageren Kiefer und die grauen Bartstoppeln.

»Mir ist aufgefallen, dass Sie ein Schild aufgestellt haben. Drüben an der Straße. Cassiopeia?«

Jetzt ist es Cassi, die unter dem Vorwand, es ginge ihr um nichts anderes als eine bequeme Sitzposition, unbehaglich auf dem Stuhl hin und her rutscht. Pavels Gesellschaft hat ihr von ihrem neuen Leben eine kleine Auszeit verschafft. Sie hat sich bei ihm nicht verstellen müssen.

Pavel sieht sie nicht als jemand, der sie nicht ist, er hat keine vorgefasste Meinung von ihr. Erwartet weder eine Therapeutin noch eine Kristallkugelbeschwörerin oder einen Mental Coach.

Als Pavel jetzt »Cassiopeia« sagt, wie sie neulich nachts nach ihrer ersten Flasche Wein und einer Astronomiesendung aus einer Eingebung heraus ihre neue Tätigkeit etikettiert hat, wird ihr ganz flau.

In Schweden ist Cassiopeia ein zirkumpolares Sternbild, das somit niemals hinter dem Horizont verschwindet, hatte der Sprecher gesagt, und im selben Moment hatte Cassi die Bezeichnung für ihre neue berufliche Identität vor sich gesehen.

Jetzt findet sie das irgendwie albern. Gekünstelt. In nüchternem Zustand ist es fast so, als würde sie sich dafür schämen, als würde Pavel sie und ihr neues Leben, diese Illusion, durchschauen. Doch sie hat beschlossen, diese Entscheidung nicht wieder zu revidieren, also tut sie es auch nicht. Nun ist's, wie's ist.

»Ja, ich dachte, ich könnte so nach und nach anfangen. Die ersten Leute haben ja schon zu mir gefunden, weshalb ich es Interessierten leichter machen wollte.«

Falls ihre Stimme unsicher klingt, scheint es Pavel nicht zu merken, und auch ihre Argumentation scheint er nicht seltsam zu finden.

»Und wo haben Sie früher gelebt? Ich weiß, dass Marlene das erwähnt hat. Aber ich kann mich im Augenblick nicht mehr daran erinnern«, sagt Pavel.

Cassi wägt erneut ihre Worte ab. Sie möchte ihn nicht belügen, möchte aber auch nichts aufwerfen, das ihn aufhorchen lassen könnte.

»Mal hier, mal da. Zuletzt hatte ich nur ein Zimmer zur Untermiete. Das ist eine lange Geschichte. Nicht besonders interessant. Gar nicht. Das letzte Jahr ist hart gewesen.«

Das war, für sie zumindest, schockierend offen. Sie hatte es sich ganz abgewöhnt, mit anderen über ihre Gefühle zu sprechen. Jetzt ist sie selbst ganz erstaunt, aber etwas an Pavels vorsichtiger Art, seiner Kantigkeit weckt ihr Vertrauen. Er nötigt sie nicht, etwas mitzuteilen, was sie nicht sagen will. Er wird sie weder verurteilen noch etwas weitertratschen. Scheint Geheimnisse für sich behalten zu können.

Jetzt starrt er wieder geradeaus, in Richtung Wald. Cassi ist erleichtert, dass dieses Thema abgehakt ist, ohne dass ihr die Tränen gekommen sind, und übernimmt bewusst wieder das Ruder, lenkt das Gespräch auf etwas anderes. Sie hat da eine kleine Auslassung wahrgenommen und möchte mehr erfahren.

»Und Sie, haben Sie schon immer hier gelebt?«

»Nein, ich stamme ursprünglich aus Litauen. Bin mit achtzehn von dort weg, habe in Stockholm gelebt. Erst danach bin ich hergekommen.«

»Und hier haben Sie dann auch Karl-Adam kennengelernt?«

Ein weiteres Mal sieht Pavel sie prüfend an. Wie um sich über etwas klar zu werden.

»Karl-Adam habe ich schon in Stockholm kennengelernt.

Wir haben zusammen studiert. Ihm ist es zu verdanken, dass ich hierhergezogen bin.«

Er verstummt wieder. Zeigt zum Dach.

»Da oben liegen ein paar Dachpfannen schief. Ich kann an einem anderen Tag mit einer Dachleiter wiederkommen, um nachzusehen, wie es darunter ausschaut. Ob die Konstruktion gelitten hat. Die Pfannen wieder gerade rücken.«

Er steht auf und verlagert für einen kleinen Moment sein Gewicht von einem Fuß auf den anderen, wie um seinen Beinen Zeit zu geben, sich bereit zu machen, bevor er so weit ist, sie zu bewegen. Auch Cassi steht auf. Ihr kommt eine Idee.

»Ich habe Karl-Adams Adresse. Sie steht irgendwo in den Maklerunterlagen. Falls Sie ihn mal besuchen möchten, meine ich. Oder ihm schreiben. Also falls Sie die noch nicht haben.«

Auch jetzt starrt Pavel in Richtung Wald. Sagt nichts, ist völlig reglos. Dann sieht er sie an, und da ist es so, als stünde auf einmal etwas Einschneidendes bevor.

»Ich werde darüber nachdenken«, erwidert er.

19

Manchmal wacht man morgens auf und hat das Gefühl, dass sich auf einen Schlag alles verändert hat. Das weiß man einfach. Es gibt nur eine einzige Frage: Wann man merkt oder wann jemand einem sagt, *was* genau passiert ist. Danach geschieht dann für gewöhnlich gar nichts mehr. Die Stunden, Tage, Wochen vergehen wie zuvor. Die Überzeugung schwächt sich ab. Vielleicht hat man sich nur geirrt.

Vielleicht – vielleicht aber auch nicht. Stattdessen erkennt man an ebendiesem Morgen, während man unter Zeitdruck sorgfältig Make-up für den Arbeitstag auflegt, dass der Mensch, mit dem man die letzten sechs Jahre in einer Beziehung war, jemand ganz anderes ist als der Mensch, für den man ihn immer gehalten hat. Und danach ist nichts mehr wie vorher.

Dieser Morgen gehört glücklicherweise zu denen erster Kategorie. Heute hat sich nichts verändert. Nicht seit gestern jedenfalls. Dessen ist Cassi sich so gut wie sicher.

Aber die Erinnerung an das Gefühl, das Gefühl, das diese Erinnerung in ihr auslöst, lässt sie nicht los und beschert ihr Herzrasen, eine Rastlosigkeit, die sie aus dem Haus treibt. Deshalb trinkt Cassi ihren Kaffee diesen Morgen nicht auf den Stufen, sondern nimmt ihn, wie früher, in einer PET-Flasche mit.

Sie fährt mit dem Auto los, entschlossen, die Dinge in die Hand zu nehmen. Die, die sie damals war, ist nicht mehr, sie ist jetzt eine andere. Sie hat ihr altes Leben hinter sich gelassen, schaut nach vorn. Was einmal war, das ist nicht mehr. Redet man sich das selbst nur oft genug ein, dann wird es doch sicherlich so kommen, nicht wahr?

Bereits nach wenigen Metern, mit der Kaffeeflasche in der Hand, hat Cassi eine Erkenntnis. Sie ereilt sie dank der Schlaglöcher auf dem Kiesweg, und diese Erkenntnis ist zunächst einmal schmerzhaft, weil der kochend heiße Inhalt der Flasche auf ihrem Schoß gelandet ist. Aber manche Einsicht tut eben buchstäblich weh.

Diese hier lautet: Die Schlaglöcher müssen gefüllt werden.

Und das ist nicht nur praktisch. Der neue Weg, den Cassi von nun an einschlägt, soll eben sein. Ohne unbequemes Hin- und Herschleudern. Ohne plötzliche Holperstellen.

Bei dieser Symbolik überläuft sie eine Gänsehaut. Und diese Mischung aus Offenbarung und Leid bringt außerdem eine gewisse Harmonie mit sich. Da schau an, noch mehr Symbolik! Von verletzt zu geheilt. Licht am Ende des Tunnels. Sie schüttelt über sich selbst den Kopf, kann kaum glauben, wie brillant sie ist, notiert diese Weisheiten schnell in ihrem Handy.

Cassi ist von ihrem neuen Ich schon ganz angetan, sie ist jetzt nicht mehr die Alte. Früher war sie manchmal etwas grob. Ihre Arroganz hatte ihr eine Art von Macht verliehen, doch die Frage ist, ob diese neue Cassi, diese feinfühligere Version, ihr nicht mehr geben kann. Sie schaltet und waltet, jetzt aber mit erhabener Gelassenheit.

Cassi nimmt Papiertücher aus dem Handschuhfach, um die Kaffeesauerei aufzusaugen. Während sie noch wischt und tupft, liest sie noch einmal ihren kleinen Aushang durch. Den hat sie gestern Abend vorbereitet. Er soll ans Schwarze Brett im Mini-

Markt, und darauf steht, dass Cassiopeia sich freut, wenn man Kontakt zu ihr aufnimmt, um sein »geistiges Universum zu erweitern«. »Ein unvoreingenommener Geist bringt uns voran. Coaching / Therapie / Healing / Squanting«. Das letzte Wort hat sie selbst erfunden. Zuerst hatte sie »Weissagungen« schreiben wollen, sich das dann aber noch mal überlegt. »Weissagungen« klingt so, als würde sie sich einfach was aus den Fingern saugen. Wenn sie jemand fragt, was »Squanting« heißt, wird sie sich eben spontan etwas zurechtlegen.

Die neue Cassi besitzt Wissen und Weisheit und hat die Neugier anderer geweckt. Hat andere dazu bewegt, sich ihr anzuvertrauen. Zu Recht. Cassi kann ihnen Orientierung geben. Ihre Lebenserfahrung und ihre Erkenntnisse sind einiges wert. Das hat sie im Gefühl.

Jetzt kann sie diesen Morgen hinter sich lassen. Die Zukunft erscheint ihr klarer.

Im Auto hört die neue Cassi nicht irgendwelchen Chartlistenquark. Keine aufgekratzten Radiomoderatoren. Sie stellt einen werbefreien Kanal ein, auf dem gerade ... Bebop? ... gespielt wird. Cassi versucht, den Rhythmus aufzunehmen, trommelt gegen das Lenkrad. Denkt, dass sie ihren Weinkonsum einschränken sollte. Mehr Sprossen zu sich nehmen sollte. Endlich anfangen sollte, etwas selbst anzubauen. Nicht nur behaupten sollte zu meditieren, sondern es auch tun.

Als sie schließlich auf den Parkplatz des Mini-Markts einbiegt, macht sie das mit der Souveränität eines Lkw-Fahrers.

Cassi bindet sich die Jacke um die Taille, um den feuchten Kaffeefleck zu verbergen, und denkt sogar daran, einen Stoffbeutel vom Rücksitz zu nehmen. Noch etwas, worin sie gut ist! Sie atmet einmal tief ein, atmet durch den geöffneten Mund wieder aus und lächelt, innerlich wie äußerlich.

Dann erklimmt sie die Treppe mit einem langen etwas übernigen Satz und stößt hinter der Tür fast mit dem mürrischen Hans zusammen. Er lehnt sich über den Papierkorb zwischen Kasse und Ausgang und tauscht den Müllsack. Mittlerweile versuchen sie sich meistens aus dem Weg zu gehen – er, weil er sie nicht leiden kann, und sie, weil sie es nicht leiden kann, *dass* er sie nicht leiden kann –, aber heute ist Cassi anderer Stimmung. Heute ist sie die Cassi, die hergezogen ist, um diese Gegend zu einem besseren Ort zu machen. Cassi, die Wohltäterin. Ihr spukte schon das Wort »Erlöserin« durch den Kopf, aber das klang womöglich doch etwas vermessen.

Während sie ihren Zettel mit vorgeschnittenen, leicht abzureißenden Streifen, auf denen ihre Nummer steht, ans Schwarze Brett pinnt, sieht sie Hans ungeniert in die Augen und sagt: »Hallo, Hans, geht's dir gut?«

Das ist doch nett von ihr, oder? Dass sie sich so bemüht, obwohl er so unleidlich ist.

Hans sieht Cassi an, richtet sich auf und wischt sich über seine hohe Stirn. Erwidert: »Danke, muss ja.« Knotet den Müllbeutel voll mit Quittungen und hastig abgerissenem Eispapier zusammen.

Cassi legt die Handflächen vor ihrer Brust aneinander. Denkt, dass er seine Antipathie schon aufgeben wird, wenn er sie erst mal richtig kennengelernt hat.

»Ich bin so froh, ausgerechnet nach Bäcken gekommen zu sein«, sagt sie ungefragt. »Das ist so ein schöner Ort, und die Menschen hier sind alle so unverfälscht. So freundlich. Hier findet die Seele Frieden und hat Raum, sich zu entfalten.«

Sie setzt eine Miene auf, die, wie sie glaubt, diese Seligkeit betont.

»Hm«, brummt Hans nur. Sie sieht, wie sich sein Gesichtsausdruck verhärtet, wie er den Knoten um den Sack noch fester zuzieht.

»Diese Luft, diese Ruhe, diese Natur! Das gibt mir so viel Energie!« Cassi veranschaulicht mit überschwänglichen Gesten einen Sonnenaufgang. »Das menschliche Miteinander bietet mir so viel Inspiration und gibt gleichzeitig der Spiritualität Raum. Ich möchte Sie und Ihre Frau im Sommer deshalb gerne zu einer meiner Zeremonien einladen.«

Versucht sie etwa, ihn absichtlich zu provozieren? Scheint so.

Hans räuspert sich. Sieht hoch zur Decke, bevor er sie fixiert. »Du …«, beginnt er und klingt jetzt ziemlich wütend. »Ich hab dir doch schon gesagt, dass ich nichts mit deinem Humbug zu tun haben will! Meine Lieblingssendung ist die von diesem Mann, der überall Leute aufspürt und drankriegt, die andere übers Ohr hauen. Betrüger. Scharlatane. Die anderer Leute Schwächen ausnutzen. Lass also ja die Finger von mir, hast du verstanden?! Ich behalte dich im Auge. Ein Fehltritt nur, und …«

Er scheint sich zuerst mit einer drastischen Geste quer über den Hals fahren zu wollen, bis ihm im letzten Moment dämmert, dass das wohl doch etwas unpassend wäre.

»Mumpitz ist das, sonst nichts. Dummes Zeug und Hokuspokus. Ich verweigere mich solchem Mist!«

Den Müllsack fest umklammernd, starrt er sie wütend an.

Beschwichtigend hebt sie die Hände.

»Okay, okay, kein Problem. Jeder darf glauben, was er will.«

Sie senkt die Hände wieder und nimmt sich einen Warenkorb, in dem Vorhaben, das Geschäft zu betreten.

Gekränkt, dass Hans sich nicht hat bezirzen lassen, besorgt, was seine Drohung beinhalten könnte.

»Aber wir können uns doch, trotz unserer Verschiedenheit, gegenseitig respektieren, oder?«

Hans brummt irgendetwas und geht mit seinem Sack nach draußen. Sie hebt den Kopf und geht mit ihrem Korb in das Geschäft.

Cassi kauft ein, was sie so braucht. Fühlt sich kein bisschen mehr erhaben, sondern niedergeschlagen. Ängstlich. Wozu könnte seine Aggression ihn treiben? Hans ist ein Risiko. Cassi will nicht mit Zweiflern in Berührung kommen. Sie geht zur Kasse.

Dort sitzt eine strenge Person, die – während sie auf den nächsten Kunden wartet – an ihrer Nagelhaut herumpult. Sie hat eine triste asymmetrische Frisur und trägt heute eine rote Brille. Cassi hat sie schon mehrmals gesehen, hier im Geschäft und im Ort, und ihr ist aufgefallen, dass die Farbe der Brille immer – wenigstens! – zu ihrem Nagellack passt. Heute trägt sie noch dazu eine rote Hose.

Sie ist die Ehefrau von Hans. Cassi und sie haben sich noch nie richtig begrüßt. »Ich möchte auch noch eine Bestellung abholen«, sagt Cassi beim Bezahlen der Waren und zeigt ihren Ausweis.

Die Frau geht ins Lager. Was sie auch tut, macht sie so langsam, als hätte sie alle Zeit der Welt.

Cassi wartet.

Schließlich ist in der Ferne ein hektisches Klirren zu hören. Das Geräusch kommt näher. Andere Kunden im Geschäft recken die Köpfe, um zu sehen, was die Ursache für diesen Lärm ist.

»Ich musste einen Einkaufswagen nehmen, so viele Flaschen konnte ich nicht tragen«, trompetet die Frau, während sie das Gespann langsam Richtung Kasse kutschiert.

»Na, aber da kann doch wohl was nicht stimmen«, trompetet Cassi noch lauter. Darüber hat sie noch gar nicht nachgedacht, begreift aber, dass die Leute eine falsche Auffassung von ihrem Alkoholkonsum gewinnen könnten. Oder – jedenfalls eine Auffassung.

»Ich habe nur das geholt, was Sie bestellt haben«, entgegnet die Frau, um hervorzuheben, dass der Irrtum nicht auf ihrer

Seite liegt. Sie hält Cassi den kürzlich von ihr persönlich abgestempelten und unterschriebenen Packzettel hin.

»Kann ja sein, aber trotzdem scheint man mir viel mehr geschickt zu haben, als ich bestellt habe«, beharrt Cassi mit einer Stimme, die, wie sie hofft, im ganzen Supermarkt zu hören ist. »Oh, was soll ich bloß mit so vielen Flaschen Wein machen! Und zurückgeben kann man sie ja auch nicht.«

Cassi überlegt, in leichtem Ton noch eins draufzulegen: »Der reicht ja für ein ganzes Jahr«, bis ihr aufgeht, dass es etwas seltsam wirken könnte, wenn sie schon nächste Woche für eine weitere Bestellung wiederkommt. Oder könnte sie vielleicht behaupten, sämtliche Flaschen seien ihr auf dem Nachhauseweg kaputtgegangen? Ein Glück, dass sie die Schlaglöcher noch nicht zugeschüttet hat, so kann sie das darauf schieben. Wie weit es wohl bis zur nächsten Spirituosen-Verkaufsstelle ist? Um diese Demütigung nicht noch einmal zu erleben, wäre sie bereit, eine Stunde Autofahrt auf sich zu nehmen.

Die Frau sieht sie nur mit leerem Blick an. Sie wirkt, als wäre ihr Cassi im Allgemeinen und Cassis Weinbestellung im Besonderen scheißegal. Cassi übernimmt den Wagen und schiebt ihn aus dem Geschäft. Auf der Rampe wird sein Gewicht spürbar, als der Wagen von selbst herunterrollt. Während sie die Fersen in den Boden stemmt und die Flaschen einen Höllenlärm veranstalten, sieht sie aus den Augenwinkeln, dass ihr Aushang schon vom Schwarzen Brett entfernt wurde.

Sie lädt die Flaschen auf die Rückbank und in den Kofferraum ihres Autos. Die Energie, die sie noch auf der Hinfahrt verspürt hatte, ist vollkommen verpufft. Cassi schaut auf den Packzettel, den sie immer noch in der Hand hält. Ihr Blick heftet sich auf die Unterschrift der Frau.

Jedes Märchen braucht einen Bösewicht – oder auch zwei. Cassis heißen anscheinend Hans und Grete.

20

Cassi sitzt reglos im Auto. Alle Euphorie ist dahin. Sie muss etwas gegen dieses blöde Gefühl tun. Es loswerden. Der alte verschmähte Klumpatsch aus Salzlakritz liegt noch im Seitenfach der Tür, und diesmal kann Cassi nicht an sich halten. Sie greift nach der Tüte, löst den Klumpen von der Verpackung und schiebt sich alles auf einmal rein. Ihr Mund ist proppenvoll. Sie kaut und kaut, und als sie niesen muss, ergießt sich ein Schwall schwarzer Brühe über sie. Das war nicht das Gefühl, das sie gesucht hat. Das schmeckt ja noch nicht mal! Sie will den Klumpen wieder ausspucken, aber jetzt bleibt er an den Zähnen kleben, und zu allem Unglück besabbert sie auch noch ihre Hände und die Tüte. Sie hat nicht vor, sich mit diesem Gefühl einverstanden zu erklären. Das hier ist nicht mehr die neue Person, die sie gerade noch war!

Cassi dreht sich um und greift sich eine Flasche von der Rückbank. Das ist eine automatische Reaktion. Diese Person ist sie auch nicht – nicht mehr. Sie wollte doch aufhören zu trinken! Sie schraubt den Verschluss ab. Das muss jetzt als ein vorübergehender Aufschub ihres Ausstiegs gewertet werden. Nur ein paar kleine Schlucke, denkt sie, so klein, dass sie nicht ins Gewicht fallen.

Cassi sitzt ein Weilchen da. Gibt sich ein paar Minuten.

Sie lässt ihren Blick über ihr Dorf schweifen. Sieht rote Scheunen, die weiß verputzte Kirchenfassade, die grünen Felder. Ihr Blick gleitet zurück zum Supermarkt und begegnet auf der Höhe der Müllcontainer plötzlich wieder Hans' Blick.

Steht er schon lange da? Hat er sie etwa die ganze Zeit beobachtet?

Hans ist weder klein noch groß, weder dick noch dünn. Sein zwar nicht sonderlich dichtes, aber auch nicht völlig dünnes Haar ist eine Mischung aus Blond und Braun. Seine Augenfarbe ist dunkel. Es könnte Braun sein, aber genauso gut Blau. Er hat eine vorgebeugte Haltung, sodass es von weitem immer so aussieht, als würde er sein Gegenüber ausschimpfen.

Cassi erschaudert. Was will der überhaupt von ihr? Sie senkt den Kopf.

Da klopft es an die Scheibe. Fia hat ihre Schrottkarre nur ein paar Plätze neben Cassis geparkt, ohne dass Cassi es überhaupt bemerkt hat. Cassi öffnet schwungvoll die Wagentür und steigt aus, hofft, dass der dadurch entstandene Luftzug den Weingeruch mit sich nimmt.

»We meet again«, sagt Fia. Sie scheint von der Arbeit zu kommen oder dorthin unterwegs zu sein, denn sie trägt wieder ein rotes Fleece und hat ihr Haar hochgebunden. »Ich hab gesehen, dass du an deinem Haus ein Schild aufgestellt hast. Toll, dass du jetzt startklar bist!«

Cassi versucht zu lächeln. Dieser Tag ist so anstrengend. Sie will nur noch nach Hause, sich mit ihren Flaschen und ihrem Hund einschließen. Sie versucht, eine gute Antwort zu formulieren.

»Ja«, sagt sie.

Fia zeigt zu den großen Werbetafeln an der Straße, wo gerade so ein Forstmaschinen-Monstrum vorbeigebrettert ist.

»So etwas solltest du auch machen, dafür sorgen, dass man auf dich aufmerksam wird. Schließlich ist hier jeder mit dem Auto unterwegs, und – hallo! – wer könnte nicht alles eine Therapie gebrauchen? Hast du eine eigene Website?«

Das hat Cassi bestimmt nicht. Dafür hat sie sich erst vor ein paar Tagen aus Neugier gegoogelt und festgestellt, wie praktisch es doch ist, denselben Namen wie ein weltbekannter dänischer Unternehmer für Internet-Zahlungslösungen zu haben. Zumindest wenn man in vollem Gange ist, sich neu zu erfinden – sich als jemand zu lancieren, der man vielleicht gar nicht ist. Viele Suchergebnisse für einen dänischen Unternehmer bedeutet: weniger Suchergebnisse für eine schwedische Gastronomie-Größe, die im Begriff ist, auf Scharlatanerie umzusatteln.

»Das Internet ist nichts für mich«, erwidert Cassi mit belegter Stimme. Räuspert sich. Als sie weiterredet, tut sie dies in einem Ton, der nicht angezweifelt werden kann.

»Ich kommuniziere lieber persönlich mit Menschen. Ein so großer Teil unseres modernen Lebens spielt sich im Internet und auf Bildschirmen ab, dabei ist es so wichtig, bei sich zu bleiben, achtsam zu sein und im jeweiligen Moment präsent zu sein. Das könnte sogar genau das sein, woran es einem mangelt. Für mich und mein Verfahren ist es wichtig, zu hundert Prozent im Hier und Jetzt verankert zu sein.«

Cassi legt sich eine Hand aufs Herz, um ihren Worten Nachdruck zu verleihen. Nach Hans' Anblick bei den Müllcontainern klopft es immer noch doppelt so schnell.

Fia nickt.

»Genau darum geht es! Carpe diem. Das klingt superspannend, finde ich. Ich werde auf jeden Fall irgendwann einen Termin bei dir machen. Wie lief's denn so mit Alida?« Etwas Belustigtes tritt in Fias Gesichtszüge, bevor sie hinzufügt: »Das ist ja schon eine etwas schräge Type, das hast du sicherlich gemerkt.«

Cassi findet es wichtig, sich unvoreingenommen zu geben, nachdem sie nun in die Rolle einer ländlichen Heilsbringerin geschlüpft ist. »Ich habe eine Frau gesehen, die jemanden zum Reden brauchte. Manchmal braucht es nicht mehr. Ich freue mich, dass ich für sie da sein konnte.«

Fia zuckt mit den Schultern und deutet dann mit dem Kopf auf Grete, die mit einer Einkaufstüte in der Hand am Eingang des Supermarktes erschienen ist. »Ich muss meine Bestellung abholen. Man sieht sich!«

Fia hebt die Hand und spreizt dabei den Zeigefinger und den kleinen Finger zu einem Hardrock-Gruß (ein ironischer Kommentar auf das Alltagsleben, wie Cassi es interpretiert), während sie rückwärts auf Grete zugeht. Cassi setzt sich wieder ins Auto und will die Geste erwidern, aber inzwischen ist ihr der Wein zu Kopf gestiegen, die Koordination funktioniert nicht mehr richtig, und so hebt sie beim Wegfahren nur den Mittelfinger. Cassi sieht gerade noch Fias und Gretes verdutzte Mienen und lässt die Seitenscheibe herunter, um ihnen im Vorbeifahren eine Erklärung zuzurufen.

»Das heißt etwas anderes auf Sanskrit!«

21

Es vergehen Tage. Cassi hat die Scharniere der Küchenschränke gesäubert, hat die Lichtschalter abmontiert und abgewaschen. Ist mit einer Zahnbürste den Rillen zwischen den Fußbodenbrettern zu Leibe gerückt, hat einen Haufen Breitwegerich aus dem Rasen gerupft. Hat Kalkablagerungen zwischen dem Handwaschbecken und dem Hahn weggeschrubbt, die Pflanzen an der Grundmauer auf dieselbe Höhe geschnitten. Hat tote Zweige vom Apfelbaum entfernt, hat die Rasenkanten entlang der Auffahrt getrimmt.

Es ist so, als käme ihr altes perfektionistisches Ich wieder zum Vorschein, aber nur wenn es um bedeutungslose Dinge geht und Einzelheiten, die sonst niemand sieht.

Vielleicht geht es ihr dabei vor allem um Ruhe. Wenn ihre Finger beschäftigt sind, kann ihr Kopf abschalten, hat sie gemerkt. Ist das schon immer so gewesen? Dass sie dafür gesorgt hat, nur ja beschäftigt zu bleiben, um gar nicht erst Zeit zu haben, über schwierige Dinge ins Grübeln zu geraten. Aber statt sich weiter in diesen Gedanken zu vertiefen, stellt sie fest, wie unordentlich der Waldrand aussieht. Sie möchte eine klarere Linie zwischen Wald und Rasen haben, zwischen ihrem Grundstück und der Natur. Und wäre es nicht auch herrlich, diese schrecklichen langen Grashalme los zu sein, die ihr um die Waden streifen, wann immer sie in Shorts in den Wald geht?

Pavel wird ihr helfen. Er hatte amüsiert gewirkt, als sie ihn darum gebeten hatte, ist jetzt aber mit Motorsäge und Sense angerückt.

»Nächstes Mal nehm ich die Dachleiter mit«, sagt er und zeigt nach oben. »Die Dachpfannen, Cassi. Und die Regenrinnen. Das ist wichtig bei einem alten Gebäude.«

»Absolut, Pavel, da hast du völlig recht«, erwidert Cassi. »Aber jetzt hat es schon so lange so dagestanden, da überlebt es das sicherlich auch noch ein bisschen länger.«

Sie haben sich sehr schnell aneinander gewöhnt und ergänzen sich gut. Füllen Leerstellen beim anderen, von deren Existenz sie nichts geahnt haben. Obwohl der Anlass für ihre Treffen meistens irgendwelche Erledigungen am Haus sind – neulich eine Steckdose, die einem Stromschläge versetzte, heute die Grashalme –, ist das nicht das Wesentliche. Sie verstehen einander, das ist entscheidend. Zwischen ihnen ist alles einfach, unkompliziert.

Cassi steckt die Füße in die Gummistiefel, greift nach der Gartenschere und stapft zum Waldrand. Zeigt Pavel, was sie meint: dass sie sich zwischen Wald und Rasen eine ordentliche Kante vorstellt.

»So als hätte man das Gefühl, große Herausforderungen gemeistert und ans Ziel gekommen zu sein, wenn man aus dem Wald kommt«, erläutert sie gestikulierend. »So als wäre es einem gelungen, ein Chaos zu überwinden und es auf die andere Seite zu schaffen.«

»Du hast wohl nicht so viel für Wälder übrig, hm?«, fragt Pavel.

»Ich mag Wälder, damit hat das nichts zu tun. Aber das Leben ist ein Kampf. Manchmal muss man innehalten und sich selbst loben, es durchgestanden zu haben. Es bewältigt zu haben.«

Sie verstummt, merkt selbst, dass es klingt, als würde sie über etwas ganz anderes reden als die Existenz ungebändigt sprießender Natur. Sie nimmt die Sense, macht Anstalten, dem Dickicht damit zu Leibe zu rücken, hat aber noch nie so ein Gerät in der Hand gehalten und schwingt es deshalb wie eine Axt – die sie auch noch nie in der Hand gehalten hat. Eine Wolke Blütenstaub fliegt um sie herum auf.

Pavel ist zu einem ausgedehnten Gebüsch im hintersten Teil des Gartens gegangen. Ganz oben an den grauen Zweigen über seinem Kopf sind die Blätter am dichtesten. Er streckt die Hand aus und befühlt das Geäst. Bleibt einen Moment lang stumm, scheint über etwas nachzudenken.

»Das war mal eine Fliederlaube«, sagt Pavel. »Früher. Wir könnten sie wieder freischneiden. Wenn du damit zurechtkommst, dass sie in diesem Jahr noch nicht so hübsch aussehen wird.«

»Das klingt gut«, findet Cassi.

Sie möchte gerne wie eine ganz normale Person wirken, wie jemand, der ohne verschleierte psychologische Motive an der Gartenpflege interessiert ist. Sie lehnt die Sense an einen Baum und greift wieder nach der Gartenschere. Pavel ist schon dabei, sich durch die trockenen Zweige zu arbeiten.

»Alles zu kappen und von Grund auf neu zu beginnen ist manchmal das Einzige, was hilft«, konstatiert Pavel.

Cassi nickt. Ob er weiß, dass er da gerade von ihr spricht? Es gibt vieles, was sie einander noch nicht offen erzählt haben. Aber immerhin so viel, dass sie das Gefühl haben, einander zu verstehen.

Die Triebe fliegen zu allen Seiten. Bald lässt sich die Form der Laube erkennen.

»Früher haben wir hier viel gesessen«, sagt Pavel. »Es war wie ein geheimer Ort. Für den Rest der Welt war man unsichtbar.«

Sorgfältig säubern sie den Boden von Fliedertrieben.

Cassi stellt Fragen zu Karl-Adam und seiner Familie, weil sie gemerkt hat, dass Pavel gern darüber spricht. Heute ist er ungewöhnlich redselig. Berichtet von der musikalischen Begabung ihres Sohnes, von Käthes umgedrehtem Apfelkuchen. Von ausgiebigen Elchjagden und Übernachtungen im Zelt. Dem Krebsfischen und den darauffolgenden Festen.

»Karl-Adam war immer so gut darin, Dinge in Ordnung zu bringen. Er wusste, wie er es haben wollte, und machte dann Nägel mit Köpfen. Mit ihm war es nie langweilig. Was das angeht, ähnelt ihr euch ein bisschen.«

»Ich?«, sagt Cassi. »Ich bin doch wohl kaum besonders unterhaltsam. Und hier tut sich nicht viel.« Sie schaut sich um, nimmt ihren verstreuten Besitz in Augenschein. »Ich habe die Erfahrung gemacht, dass man bei solchen Menschen leicht ins Hintertreffen gerät.« Sie kann sich in seiner Beschreibung von ihr als eine von ihnen nicht wiedererkennen. »Menschen, die einfach machen, was sie wollen. Während man mit seinen eigenen Bedürfnissen zurücksteckt, weil die der anderen einem wichtiger erscheinen. Dass man von den Dingen überrollt wird und vielleicht plötzlich alles anders ist.«

Pavel schüttelt den Kopf. »So war das nicht mit Karl-Adam«, sagt er entschieden. »Er hatte wirklich immer recht.«

22

»Ich komme direkt von der Arbeit, dachte aber, ich versuch's einfach mal«, ruft Fia durch das offene Seitenfenster ihres alten Pick-ups, mit dem sie zu Cassis Haus vorgefahren ist, der Motor läuft noch. »Hast du Zeit für mich?«

Cassi sieht sie aus leicht zusammengekniffenen Augen von ihrem Platz auf den Stufen an. Sie hat nichts Besonderes vor und hat sich daran gewöhnt, dass die Leute einfach so bei ihr hereinschneien.

»Ja, klar! Hast du irgendwelche speziellen Wünsche?«

Fia stellt den Motor aus und springt aus dem Wagen. Sieht sich um. Sie war vorher noch nie bei Cassi. Der Blick, mit dem sie Cassis spärliches Mobiliar betrachtet, das Cassi insgeheim als ihre Terrasse bezeichnet, ist skeptisch. Cassi fallen die vielen leeren Flaschen ein, die sich im Hausflur neben der Tür stapeln, um irgendwann der wachsenden Recyclingsammlung in der Scheune zugeführt zu werden. Die muss Fia ja nicht *unbedingt* sehen.

»Wonach ist dir denn, was brauchst du?«, fährt Cassi fort.

Fia überlegt. »Tja, das musst du entscheiden. Lebensberatung vielleicht. Was empfiehlst du?«

Cassi hat inzwischen gemerkt, dass die Leute umso weniger

ihre Tätigkeit in Frage stellen, je mehr sie übertreibt, je größer ihre Gesten ausfallen. Sie muss nur so klingen, als wäre sie sich ihrer Sache sicher, und mit schwammigen Begriffen um sich werfen, so offen wie möglich formulieren. Jetzt steht sie auf und legt ihre Finger an Fias Schläfen.

»Wenn man sich verloren fühlt, ist meine Kristallheilung meistens eine beliebte Wahl. Ich weiß ja nicht, ob du Erfahrungen von früheren Behandlungen mitbringst, aber ich gehe ganzheitlich vor, habe ein großes Zutrauen in die Kraft des Körpers und der Seele, sich selbst zu heilen. Manchmal brauchen sie dabei nur ein bisschen Ermunterung.«

Fia nickt, sagt, das klingt gut.

Cassi legt den Finger in einer Nachdenklichkeit suggerierenden Geste an den Mund.

»Hm. Das funktioniert am besten in einer vertrauten Umgebung.«

Sie hebt den Finger, so als sei ihr eine hervorragende Idee gekommen, und zeigt dann zum Pick-up.

»Kannst du die Sitze in deinem Wagen nach hinten klappen? Dann könnten wir ins Auto gehen. Das wäre perfekt.«

Fia wendet sich dem Auto zu, schraubt am Fahrersitz herum. Während sie damit beschäftigt ist, sammelt Cassi eine Handvoll Steinchen vom Boden auf.

»Geht's so?«, fragt Fia vom Auto her.

»Wunderbar!«, erwidert Cassi.

Sie öffnet die Beifahrertür, steigt ein und setzt sich. Im Wageninneren riecht es nach Staub und Benzin, nach abgestandenem Zigarettenqualm und einem Duftbaum, nach von der Sonne erhitztem Kunststoff. Fia legt sich auf den Sitz und rückt ihren Kopf zurecht, damit ihr glänzender Zopf nicht im Weg ist.

»Jetzt musst du dich darauf konzentrieren, still zu liegen«, sagt Cassi und legt die Steinchen auf Fias Stirn und an andere

Stellen in ihrem Gesicht. »Und dich gleichzeitig vollkommen entspannen.«

Sie verstummt. Unterdrückt ein saures Aufstoßen. Manchmal macht es sich doch bemerkbar, dass eine Ernährung, die vor allem – oder ausschließlich – aus Wein und Nudeln mit Tomatensoße besteht, nicht das Beste für den Magen ist.

Die Stille hält an, bis Fia zu reden beginnt.

»Okay, sind wir so weit? Soll ich anfangen?«

Fias Wimpern flattern nervös, aber die Steinchen auf ihren Lidern hindern sie daran, die Augen zu öffnen.

»Hm, also, es geht um mein Leben, tja, wie könnte man das formulieren ... meine Entscheidungen. Was ich mit meinem Leben anfangen soll.«

Fia verstummt wieder. Dann legt sie richtig los.

»Alles hat damit angefangen, dass ich heiraten wollte, aber am selben Tag, an dem die Hochzeit stattfinden sollte, hab ich erkannt, dass ich das doch nicht wollte, und so bin ich, äh, nach Oslo geflohen. Da lebt meine beste Freundin aus der Abizeit, und sie hat mich bei sich einziehen lassen. Sie hatte eine supertolle Wohnung.«

Cassi nickt, sagt aber nichts.

»Ich habe einen Job in einem Café bekommen. Das war zwar nicht gerade mein Traum, aber es war ein Anfang. Der Bruder meiner Freundin war seit unserer Kindheit in mich verliebt, und seine Freunde wohnten direkt gegenüber, und so kam es, dass wir fünf – und noch eine sechste Freundin, ein Mädel – fast immer zusammen abhingen.«

Worauf Fias unzusammenhängende Sätze hinauslaufen sollen, hat Cassi noch nicht kapiert. Cassi hat sich mittlerweile angewöhnt, »Und wie hast du dich da gefühlt?« zu sagen und sich dabei einigermaßen weise zu fühlen, aber an dieser Stelle erscheint ihr diese Phrase etwas fehl am Platze.

»Es gab viel Hin und Her, viele Dinge sind passiert«, spricht Fia weiter. »Der Typ, der in mich verliebt war, ließ sich scheiden. Er sollte mit seiner Ex-Frau, die lesbisch geworden war, Kinder zeugen. Einer der Jungs aus der Clique wurde Schauspieler. Meine Freundin ging eine Beziehung zu einem uralten Typen ein. Sie eröffnete ein Restaurant. Ständig passierte etwas Neues, vielleicht nichts Großartiges, aber eben dies und das.«

Fia verstummt erneut. Sie pult an den Steinchen auf ihren Lidern herum, als überlegte sie, sie wegzunehmen. Cassi stupst sie am Ellbogen an.

»Entspann dich, Fia.«

Fia nimmt die Hände herunter, verschränkt sie auf ihrem Bauch. Ihre Lider kommen zur Ruhe. Cassi blickt auf Fias lange falsche Wimpern herunter.

Stille tritt ein. Doch sie währt nur Sekunden.

Dann redet Fia weiter.

»Ist es nicht eigenartig, dass Therapeuten einfach nur zuhören, während eigene Bekannte, die vielleicht Dummköpfe sind, einem ständig Ratschläge erteilen?«

Cassi weiß nicht, was sie sagen soll. Traut sich nicht richtig, überhaupt etwas zu sagen.

»Aber am meisten beschäftigt mich das Thema Arbeit«, sagt Fia schließlich. »Wie man dahin kommt, wo man hinwill.«

Cassi erkennt, dass sie sich irgendetwas abringen muss.

»Das hängt sicherlich davon ab, welches Ziel du dir steckst«, sagt sie. »Du hast in einem Café gearbeitet, und jetzt bist du beim Landhandel.«

Fia überlegt.

»Ich habe Ambitionen, das habe ich«, sagt sie. »Eine Zeit lang habe ich als Assistentin für eine erfolgreiche Frau gearbeitet. Das war auch in der Zeit, als ich in Oslo gelebt habe. Nachdem ich im Café aufgehört hatte. Ich habe ihr bei allem assistiert und mich wirklich bemüht, beruflich etwas zu erreichen. Hatte einen Haufen Ideen, kam aber trotzdem nicht voran. Dann erfuhr ich, dass meine Chefin meine Ideen geklaut und als ihre eigenen ausgegeben hatte. Und da beschloss ich, mich zu rächen. Als sie verreist war, habe ich mich als sie ausgegeben. Das hat tatsächlich geklappt. Ich habe sogar ihren Freund übernommen, na ja, oder sagen wir so: Er hat sich in mich verliebt. Aber dann kam sie ja wieder und … tja, jetzt bin ich hier. Bin aber bereit für mehr.«

»Okay«, erwidert Cassi. »Du meinst also, dass du keine Probleme damit hast, noch mal richtig Gas zu geben, wenn nötig, oder?«

Noch immer hat Fia keine klare Fragestellung an sie gerichtet, die sie ins Visier nehmen kann. Wenn das Thema zu schwammig ist, sind ihre Äußerungen meistens … banal.

Fia hebt eine Hand ans Gesicht, kratzt sich vorsichtig unter der Nase.

»Hm, ich meine vor allem, dass ich mehr machen möchte als das, was ich heute tue. Etwas mit mehr Verantwortung. Ich möchte eine Arbeit, die mehr Bedeutung hat. Aber was könnte das sein?« Sie lächelt schief. »Keine Sorge, ich habe nicht vor, Rumaan um die Ecke zu bringen, um mir seine Stelle als Filialleiter des Landhandels zu angeln. Jedenfalls noch nicht ganz.«

Dieses Gespräch ähnelt eher einer Plauderei bei einer Tasse Kaffee als einer Therapie, findet Cassi. Jemand Erfahreneres als sie wüsste vielleicht, wie man das Gespräch auf die richtige Ebene heben würde. Nicht dass sie besonders großen Respekt vor Erfahrungen hätte. Es gibt zwei Dinge, derer man sich sicher sein kann: dass sich alle immer ein wenig mehr bemühen könnten und dass alle Fehler haben. Das gilt ganz allgemein.

Es ist auch unmöglich, sich der Tatsache zu entziehen, dass sie, nachdem sie sich mit ihrer neuen Branche vertraut gemacht hat (der Selbsthilfebranche oder wie man das nennen will), sie diese manchmal etwas lasch findet. Ihr haftet etwas zu viel von diesem »Du bist gut so, wie du bist«-Getue an. Cassi ist nicht überzeugt davon, dass alle Menschen selbstverständlich gut sind. Sie existieren eben.

Fias Geschichte inspiriert Cassi nicht die Bohne. Sie beschließt, nach ihrer eigenen Methode zu verfahren.

»Wir haben keinen Einfluss auf den Wind, aber wir können die Segel entsprechend ausrichten«, sagt sie. Sieht die falsch geschriebenen Worte im Großlager vor sich. »Keiner ist so wie du. Du bist einzigartig. All deine Träume sind in Reichweite.«

Fia nickt vorsichtig, die Steinchen bleiben liegen.

»Das Leben passiert einfach, egal, was du tust, aber wenn du ihm eine Richtung, eine Intention gibst, ist es wahrscheinlicher, dass das Ergebnis nach deinem Geschmack ausfällt«, predigt Cassi. Endlich kommt sie in Schwung. Hat Fias Geschichte hinter sich gelassen und holt jetzt die Inspiration aus sich selbst.

»Man muss die Richtung kennen, die man einschlagen will, um zu wissen, in welche Richtung man gehen soll. Nur der Flügelschlag eines Schmetterlings kann am anderen Ende der Welt einen Tornado auslösen.«

Sie brabbelt einfach drauflos. Aber wenn sie eines in den vergangenen Wochen gelernt hat, dann das: dass es weniger darum geht, was man sagt, sondern eher darum, wer zuhört.

»Dein früheres Leben, von dem du erzählt hast, war vielleicht ereignisreicher, aber warst du da auch glücklicher?«

Fia zögert mit der Antwort.

»Na ja, es war schon toll, aber darum geht es gar nicht. Sondern eher darum, was ich in Zukunft machen soll.«

Cassi artikuliert klar und deutlich, gibt ihren Ratschlägen Zeit, eine Wirkung zu entfalten.

»Sich die Zukunft selbst zu gestalten ist die beste Art, in die

Zukunft zu sehen. Vergleiche dich mit dem, der du gestern warst, und nicht mit dem, was ein anderer heute ist. Oder wie Gandhi es formuliert hat: ›Die Zukunft hängt davon ab, was wir heute tun.‹ «

Hatte er das überhaupt gesagt? Keine Ahnung. Die inspirierenden Zitate und Weisheiten, die sie bei ihrer Recherche nachgeschlagen hat, schwirren in ihrem Hinterkopf herum und wollen rausgelassen werden. Sie immer richtig zuzuordnen ist zu viel verlangt.

Cassi zwingt sich zu einem Lächeln, als sie weiterspricht, damit man das Lächeln hört und es Fia ein Gefühl der Hoffnung gibt.

»Es ist in Ordnung, nicht immer gut drauf zu sein. Du wirst dein Ziel erreichen, du musst einfach dir selbst vertrauen und deine wahren Signale in die Atmosphäre senden.«

Cassis Hände bewegen sich nach oben, gestikulieren, um zu verdeutlichen, wie viel Magie der Anziehungskraft des Planeten Erde innewohnt. Nicht dass irgendjemand sehen kann, was sie tut, aber es fühlt sich richtig an.

»Ich werde dir etwas an die Hand geben, was dir Orientierung bietet und dich in deinen Überlegungen weiterführen kann.«

Cassi nimmt den größten der Steine, den sie gerade erst vom Boden aufgesammelt hat. Er ist glatt und weiß und so groß wie ein Keks. Sie hat ihn, seit sie im Auto sitzen, in ihrer Hand gehalten, er ist also ganz warm, und jetzt öffnet sie Fias rechte Hand und legt ihn auf Fias Handfläche. Schließt Fias Finger um den Stein. Und murmelt etwas Unverständliches, weil ihr gerade nichts Eindeutigeres einfällt.

Nach einigen Minuten verstummt sie, bleibt ruhig sitzen. Fia scheint eingeschlafen zu sein.

Na, das ist doch schon mal was, oder?

Cassi räuspert sich leicht.

Fia zuckt zusammen. Die Steinchen kullern von ihrem Gesicht, klirren beim Kontakt mit der Autotür und dem Getriebekasten. Sie wischt sich imaginären Speichel aus dem Mundwinkel.

»Ups, ich bin wohl eingeschlafen. Sorry.«

»Kein Problem, das ist nichts, dessen du dich schämen musst. Das heißt nur, dass du dich vollkommen entspannt hast, dass du dich dem Moment hingeben kannst. Wie fühlst du dich?«

Fia streckt sich leicht. »Hm, gut, glaube ich. Vielleicht ein bisschen durcheinander.«

»Kristallheilung weckt neue Gefühle. Es ist ganz normal, sich danach durcheinander, froh und gleichzeitig traurig zu fühlen. Ich möchte, dass du den Stein, den du gerade in der Hand hältst, immer bei dir trägst.«

Cassi legt eine Hand auf Fias.

»Der Stein ist nach einer uralten homöopathischen Karmatradition behandelt. Ist durch Waldregen und Sternschnuppenregen gereinigt. Er wird dir auf deiner geistigen Reise helfen, dich auf das zu konzentrieren, was du willst, und negative Energie von dir fernhalten.«

So ist es natürlich nicht, aber es klingt toll, findet Cassi, als sie sich das selbst sagen hört.

Fia wirkt amüsiert.

»Gib gut acht auf den Stein und behandle ihn mit Respekt. Nimm ihn in die Hand und sprich so oft zu ihm, wie du willst, so oft, wie es dir guttut. Und wenn du dann in ein paar Wochen wiederkommst, schauen wir, wie es dir damit ergangen ist. Ich glaube, dass du dir deiner Sache dann viel sicherer sein wirst, Fia. In dir steckt viel Kraft. Deine Aura ist superstark, wirklich – *boom*!«

Cassi deutet mit den Fingern eine Detonation an. Fia setzt

sich auf, betrachtet den Stein in ihrer Hand. Er sieht aus wie ein ganz gewöhnlicher Stein, aber sie lächelt und flüstert: »Mein Schatz«, bevor sie ihn in die Hosentasche ihrer Jeans steckt.

Cassi öffnet die Autotür, steigt aus. Schließt sie mit einem Knall, klopft mit der Hand auf die Motorhaube. Ob sie vielleicht sofort zur Pizzeria fahren soll, sobald sie die Scheine in der Hand hat? Es fühlt sich immer besser an, wenn sie das Geld, das sie bekommen hat, gleich wieder in Umlauf bringt, die Summe, die sie erhalten hat, weniger wird. So als würde ihr Schuldgefühl weniger, wenn das Geld weitergereicht würde. So kann niemand daherkommen und auf den exakten Betrag pochen oder etwas beanstanden, das Geld ist schon zu etwas anderem geworden.

»Ich habe Gefühle so satt«, stellt Fia fest, während sie im Handschuhfach nach ihrem Portemonnaie kramt. »Warum kann man nicht einfach nur sein?«

23

»Aber ja«, sagt Cassi.

Marlene hatte Cassis Nummer von Pavel bekommen und gefragt, ob Cassi aus den Karten liest.

»Dann komm gleich her«, fordert Marlene sie mit ihrer heiseren Stimme auf. »Ich lade dich auch zu Kaffee und Kuchen ein.«

Cassi hat nichts vor. Hat aber auch keine Karten. Darum schlüpft sie auf dem Weg zu Marlene noch schnell in den Mini-Markt. Obwohl sie sich hinter den Regalen duckt, gelingt es ihr nicht, Hans aus dem Weg zu gehen, weil er mal wieder an der Kasse sitzt.

Als er sieht, dass sie sich in die Schlange stellt, hebt er die Stimme und erzählt von einer Sendung, die er vor kurzem gesehen hat, in der »Quacksalber und Scharlatane entlarvt werden«.

»Sternzeichen und Astronomie. Alles nur Lug und Trug! Alle, die sich mit so was befassen, gehören unter die Lupe genommen! Die meisten sollten hinter Schloss und Riegel.«

Während er Letzteres sagt, ruht sein Blick auf Cassi.

Als sie dran ist, bezahlt sie schweigend ihr Kartenspiel.

Bei ihm muss sie vorsichtig sein, das weiß sie. Ihn darf sie nicht reizen. Trotzdem kann sie es nicht lassen, ihn auf dem Weg nach draußen zu korrigieren.

»Du meinst wohl ASTROLOGIE, Hans«, sagt sie und drückt die Ladentür mit dem Hintern auf.

Aber diese Zurechtweisung ist ein so kleiner Racheakt, dass er kaum tröstlich ist. Und die Wut, die jetzt in seinen Blick tritt, macht ihr Angst. So als wüsste er, wie leicht er ihre ganze neue Welt zum Einsturz bringen könnte. Als würde er nur auf die passende Gelegenheit warten.

Das findet Cassi nicht nur beunruhigend, sondern auch ungerecht. Hans kennt sie doch überhaupt nicht! Er hat ihr nie eine Chance geben wollen. Er mag sie einfach nicht, Punkt. Dass man ihr mit solchen Vorurteilen begegnet, ist Cassi nicht gewohnt.

Eines ihrer eigenen Vorurteile – dass Frauen in der Provinz gerne backen – muss sie bei Marlene zu Hause opfern, als diese später zur Kaffeezeit eine Rolle gekaufte Kekse und Tiefkühltorte aus der Gefriertruhe serviert.

Aber zuerst ist es Zeit für die Wahrsagerei. Und die geht fast schief, bevor sie überhaupt angefangen hat.

Marlenes gelbes Backsteinhaus liegt am Rand von Bäcken mit Ausblick auf das Dorf, auf Äcker und Feldwege.

Rund ums Haus sind begonnene Projekte in unterschiedlichen Stadien der Fertigstellung zu sehen. Manche scheinen neu dazugekommen zu sein – wie das Gerüst an der Pforte mit strahlend weißen Holzstäben, das Marlene stolz als ihr »Rosenspalier« präsentiert –, andere wiederum sind wohl schon länger in Arbeit. So scheint ein zum Aufhängen gedachtes Vogelhäuschen schon geraume Zeit auf dem Rasen unter dem Kirschbaum zu stehen. Die »Gartendusche«, auf die Marlene sie hinweist, ist bislang unmontiert und besteht nur aus einem Stapel Holzfliesen mit Klicksystem an der Garagenwand und einem von Feuchtigkeit aufgequollenen Karton mit der Abbildung eines Duschkopfs.

Marlene, gekleidet in einen weiten roten Rock und eine kurze lilafarbene Strickjacke über einem gelb geblümten Top, führt sie zur Rückseite des Hauses. Auf einer Holzveranda, die windgeschützt im Schatten liegt, stehen eine Hollywoodschaukel und ein Tisch samt Stühlen. In der Ferne rumpelt ein Mähdrescher über die Felder. Die Veranda ist größtenteils von einem Lattenzaun mit angehängten Blumenkästen umgeben, an einer Seite stehen die Blumenkästen einfach direkt auf dem Holzdeck und dienen sowohl als Rahmen wie als Zierde. Davor liegt umgeworfen ein Kugelgrill im Gras. Cassi setzt sich auf die Hollywoodschaukel, Maine streunt schnüffelnd über den Rasen, und Marlene läuft umher, darauf bedacht, dass die Temperatur auch ja stimmt. Überprüft, wie es im Schatten hinter der Hausecke ist, stellt fest, dass es dort trotz allem zu kalt wäre, wenn der Sonnenschirm aufgespannt wird. Sie verrückt die Stühle am Tisch ein wenig.

»Ich werde hier noch mehr Zaun aufstellen, aber daraus ist noch nichts geworden«, erklärt Marlene und wedelt mit der Hand in die entsprechende Richtung. Dann geht sie in die Hocke und wühlt mit dem Rücken zu Cassi in der neu bepflanzten Erde. Ihr T-Shirt rutscht hoch, und in ihrem Lendenbereich blitzt ein schwarzer String-Tanga hervor, darüber ein tätowierter Schriftzug. Cassi kneift die Augen zusammen, um ihn zu entziffern, aber die Buchstaben sind zu klein und verschwommen.

»Fange ich erst mal mit einer Sache an, fallen mir gleich drei weitere ein, die gemacht werden müssen«, sagt Marlene. »Nein, das hier muss ich später erledigen.«

Sie weicht zurück zur Hollywoodschaukel, die kräftig hin und her schwingt, als sie sich setzt, dann tauscht sie ihren Snus gegen eine neue Portion aus.

Cassi breitet die Spielkarten vor sich aus. Es sieht aus, als würde sie eine Runde Solitär vorbereiten. Sie will gerade loslegen, als Marlene fragt, warum sie keine Tarotkarten habe. Marlene hat bebilderte Karten erwartet. Die mehr Magie ausstrahlen. Cassi starrt sie an, merkt, wie sich das Unbehagen, das nach der Begegnung mit Hans ein wenig abgeklungen ist, erneut bemerkbar macht.

»Solche Karten sind nur was für Anfänger«, sagt Cassi schließlich. »Die werden in Touristenfallen benutzt. In London und Berlin werden von allen – oder jedenfalls von allen, die Ahnung haben – diese gebraucht.«

Marlene sieht noch immer nicht vollkommen überzeugt aus. Cassi versucht ungerührt zu wirken. Sie nimmt die Joker auf, dreht sie um, legt sie zurück auf den Kartenstapel.

»Hier sitzt die Kraft«, fährt sie fort und tippt sich an die Schläfe. »Nicht in irgendwelchen Bildern.«

»Wenn du es sagst«, erwidert Marlene und zwinkert ihr zu. »In Berlin hab ich mir noch nie die Karten legen lassen. Also, eigentlich war ich überhaupt noch nie da.«

Cassi sammelt die Karten wieder ein, mischt sie, knallt sie auf den Tisch, breitet sie wieder fächerartig aus, pustet ganz leicht darauf, lässt ihre Hände in der Luft darüber tanzen.

Die erste Karte ist die Herzvier. Cassi schaut Marlene an, versucht, eine Interpretation zu finden.

»Das stellt wohl meine Familie dar, wenn ich raten darf«, sagt Marlene und sieht Cassi zur Bekräftigung an.

»Genau«, erwidert Cassi. »Du hast zwei erwachsene Kinder und bist geschieden.«

Marlene reißt die Augen auf. »Ganz genau! Was siehst du noch?«

»Hmm …«, sagt Cassi, die nur die passenden Schlussfolgerungen gezogen hat. »Du lebst allein, nach einer langen Beziehung. Die Scheidungswillige warst du …? Und du lebst noch in dem Haus, in dem eure Kinder aufgewachsen sind.«

Marlene nickt eifrig. Das mit den Kindern hat Cassi von den bunten Markierungen am Rahmen der Haustür geschlossen, die sie bemerkt hat, nachdem Marlene sie hereingelassen hatte. Damit scheint sie Marlene endgültig davon abgebracht zu haben, ihr Arbeitsmaterial weiter anzuzweifeln.

»Ich habe hier fast mein ganzes Leben verbracht. Du kannst mich alles fragen – ich weiß alles, ich kenne jeden. Bin auf verschiedene Weisen mit dem halben Dorf verwandt. Und mit der anderen Hälfte war ich bestimmt, irgendwann mal, im Bett.«

Marlene lächelt zufrieden. Es ist ein eigenartiges Lächeln, bei dem sich eine ihrer Augenbrauen nach oben wölbt, während die andere nach unten rutscht.

Cassi legt neue Karten aus. Es sind Kreuzneun, Pikzwei und Karodame. Cassi fischt nach neuen Hinweisen.

»Gibt's eine, die dich besonders anspricht?«

Marlene mustert die Karten.

»Diese Zwei hat, glaube ich, etwas mit gestern Abend zu tun.« Wieder zeigt sie dieses zufriedene Lächeln. Cassi versteht nicht genau, worauf Marlene hinauswill, aber auch wenn sie sich noch nicht lange kennen, ahnt Cassi doch, was Marlene andeutet.

Cassi dagegen hat schon länger als ein Jahr menschlichen Körpern nichts mehr abgewinnen können. Jede Form der Berührung, alles, was mit physischem Kontakt zu tun hat, widerstrebt ihr. Ihr ist es weitestgehend gelungen, drei ihrer Sinne auszuschalten, nur den Hör- und Sehsinn kann sie nicht entbehren. Aber für Marlene ist das genau umgekehrt. Bei ihr steht der Körper im Zentrum, und alles muss geschmeckt, gerochen und gespürt werden.

Jetzt tippt Marlene mit einer Fingerspitze auf die Kreuzneun.

»Die hier deute ich als den Geburtstag meiner Tochter. Neunter März. Sie hat gerade eine neue Stelle angenommen. Bei der EU. Ist nach Straßburg gezogen! Und verdient ein Schweinegeld.«

»Interessant«, sagt Cassi und mischt das Kartenspiel erneut. »Hast du sie schon besucht?«

Marlene schüttelt den Kopf. Erwidert nichts, sondern zeigt stattdessen auf die Karodame.

»Und diese Tante …«, sagt sie. »Keine Ahnung, wer das sein soll. Irgendeine dicke Alte. Ich bin das jedenfalls nicht.«

Cassi legt neue Karten aus. Stellt Marlene eine Zukunft mit Buben und Königen in Aussicht, die Herzzehn deutet sie als ein »großes Fest«. Beendet die Weissagung mit einem Karoass. Sie muss Marlene nur einen Seitenblick zuwerfen.

»Ha, ha, eine Orgie«, lacht sie munter, bevor sie deutlich macht, dass sie eigentlich nicht an solchen Humbug glaubt. »Aber das heißt ja nicht, dass es nicht Spaß machen würde zu schauen, wohin das führt.«

Cassi sammelt die Karten ein und haucht mit geschlossenen Augen einen Kuss auf den Stapel, bevor sie Marlene den Stoß reicht, die dasselbe tut, bevor sie aufsteht.

»Dann geh ich mal den Kaffee holen! Lehn dich einfach zurück.«

Das tut Cassi. Inzwischen ist die Sonne herausgekommen, und das Geräusch des Mähdreschers wirkt einschläfernd.

Mit klirrendem Tablett kommt Marlene wieder, macht noch einen kurzen Umweg um die Hausecke, um zu sehen, wie warm es im Schatten ist, und streift sich die Strickjacke ab, weil es jetzt sonniger statt wolkiger geworden ist.

Selbst im Sitzen bleibt Marlene in Bewegung. Sie schenkt Kaffee aus einer roten Thermoskanne in die Tassen, schiebt Cassi die Milch rüber. Fährt sich durchs Haar, zeigt auf die

Straße, wo gerade ein Auto vorbeifährt, und kommentiert das mit einem »Das kenne ich nicht«.

Dann pustet sie in die Luft in Richtung Sonne und fragt, ob es nicht doch zu heiß ist? Oder ob Cassi vielleicht friert? Cassi schüttelt den Kopf, den Mund voller Kuchen.

»Alrighty then, jetzt muss man aber die Gelegenheit nutzen und ein bisschen Haut zeigen«, sagt Marlene und lugt in den Ausschnitt ihres T-Shirts. Zieht den Rock hoch und entblößt ihre Schenkel. »Nur keine Hemmungen, wenn die Sonne rausschaut. Oder am besten überhaupt keine, so nebenbei. Willst du nicht den Pulli ablegen, damit du ein wenig Farbe bekommst?«

Marlene rückt ihre Brust im BH zurecht. Fischt mit einer geschmeidigen Bewegung ihrer Finger den Snus unter der Oberlippe hervor und steckt sich neuen Tabak aus der auf dem Tisch stehenden Dose in den Mund.

»Und jetzt …«, sagt sie nachdrücklich und lehnt sich zurück. »Jetzt erzähl endlich mal ein bisschen von dir!«

Dazu hat Cassi nun absolut keine Lust. Gerade heute weiß sie nicht mal, was sie erzählen könnte. Was sie überhaupt ist, abgesehen von einer leeren Schale, einer Oberfläche, einem Klumpen Lehm, der gerade erst zu etwas geformt wird, das irgendwie einen Sinn ergibt.

»Ich erlebe dich als einen unglaublich inspirierenden Menschen, Marlene«, sagt Cassi stattdessen. »Du scheinst zu wissen, wie man das Leben genießt – wie man sich genau das nimmt, was man braucht.«

Marlene lächelt und setzt sich die Sonnenbrille auf, die sie gerade mit einem Zipfel des Tischtuchs geputzt hat.

»Das Leben ist kurz. Man muss es leben, solange man kann. Man darf sich eben nicht einschränken oder irgendwelche Hürden errichten. Man muss es erleben, genießen, das meiste aus dem machen, was man hat.«

Resolut trinkt Marlene einen Schluck Kaffee.

»Aber du hast hier fast dein ganzes Leben verbracht, hast du gesagt«, bemerkt Cassi. »Was an Bäcken hat dich dazu bewogen, hier dauerhaft zu bleiben? Du musst doch eine Menge gesehen haben, bevor du beschlossen hast, dass du genau *hier* sein wolltest.«

Sie hofft, dass Marlene etwas über die Ruhe und das Zusammengehörigkeitsgefühl in einem kleinen Ort erzählen wird, hofft auf eine Bestätigung, dass sie, Cassi, die richtige Entscheidung getroffen hat. Stattdessen sieht sie, wie Marlene, wenn auch nur für einen winzigen Augenblick, mit der Tasse in der Hand erstarrt, bevor sie antwortet.

»Hm. Na ja, in meinem Leben ist einfach immer irgendwas los gewesen. Da hatte ich eigentlich nicht so viel Zeit zum Reisen.« Marlene streicht sich über die Augenbraue. »Gar keine eigentlich«, fügt sie leise hinzu. »Ich habe schließlich geheiratet, habe Kinder bekommen, habe gearbeitet. Du weißt ja, wie das ist. Man bleibt stecken. Aber das Leben! Es muss erlebt werden! Die Menschen sollten wissen, was sie verpassen, wenn sie sich nicht selbst herausfordern.«

Sie zupft an ihren Ohrringen.

»Aber dafür ist es doch noch nicht zu spät«, wendet Cassi ein. »Du solltest reisen. Dir die Welt anschauen.«

Marlene zupft noch einmal an ihren Ohrringen.

»Ja, selbstverständlich. Aber, weißt du, mein zweites Kind war ein Kaiserschnitt, und da hat man mich gewarnt, dass das zu Darmverschluss führen könnte. So was passiert wie aus heiterem Himmel. Ich möchte natürlich nicht in der Welt rumgondeln und mitten auf der Straße einen Darmverschluss bekommen. Stell dir vor, ich würde an der Freiheitsstatue einen Drink nehmen und dann, zack!, Darmverschluss. Oder wenn ich mitten im Dschungel stünde? Wie soll ich dann nach Hause kommen? Nein, das würde sich irgendwie nicht richtig anfühlen. Man könnte sagen, ich muss aus medizinischen Gründen hierbleiben.«

Marlene droht halbherzig mit der Faust gen Himmel. Cassi sieht Marlene an. Marlene scheint nicht analysiert werden zu wollen.

»Nimm doch noch ein Stück!«, fordert sie Cassi auf. »Du bist ja so dünn wie ein Strich. So was mögen die Männer nicht. Warum hast du abgenommen? Gab es in deiner Familie einen Todesfall? Ach nein, du hast eine gescheiterte Beziehung hinter dir, logisch. Erzähl es Marlene. Du wurdest verlassen. Betrogen. So etwas sehe ich, musst du wissen. Vielleicht sollte ich auch Wahrsagerin werden. Dabei fallen mir natürlich Karl-Adam und Käthe ein, weil du nun mal in ihrem Haus lebst, aber was da vor sich ging, das hab ich schon früh spitzgekriegt. Wobei man darüber ja nicht redete.«

Marlene verschränkt die Arme vor der Brust, nickt. Wendet den Blick ab.

»Wenn man vom Teufel spricht«, sagt sie gestikulierend und steht auf. »Da, Pavel kommt.«

»Pavel kommt?«, echot Cassi, dreht den Kopf und sieht, wie sich sein orangefarbener Volvo nähert.

Schweigend verfolgen sie Pavels Fahrt durch die grünen Felder bis zum Haus, sehen ihn aus dem Auto steigen und mit großen Schritten näher kommen. Na ja, Marlene schweigt nicht, sie ist vielmehr wie die Kommentatorin eines Fußballspiels – eine redselige Cicerone, die den Alltag kommentiert, das Ausmaß der Verschmutzung von Pavels Wagen, Pavels Sprachtalent, die Farbe der Blumen am Weg, etwas über das Baujahr der Terrasse einwirft, laut überlegt, ob man als Exhibitionistin gilt, selbst wenn man sich nur in seinem eigenen Garten entblößt. Cassi muss nichts weiter tun, als zuzuhören und gelegentlich zustimmend zu brummen. Aber was die Exhibitionisten betrifft, weiß sie nicht, was sie sagen soll.

Marlene geht dem neuen Gast entgegen.

»Schön, dich zu sehen, Pavel!«, ruft sie. »Setz dich, ich hol dir noch eine Tasse.«

Cassi lächelt Pavel strahlend an, als er sie erreicht hat.

»Na, dass ich dich mal treffe, ohne dich dazu zu nötigen, für mich zu arbeiten, hm?!«

Pavel lächelt sein zurückhaltendes Lächeln, hebt grüßend die Hand. Sagen tut er nichts, seufzt aber leise, als er auf einen Stuhl am Kopfende des Tisches zusteuert und ihn ein Stück zur Seite zieht, damit er auch mit dem Gesicht in der Sonne sitzen kann. Er nimmt seine Schirmmütze ab und hängt sie über die Armlehne.

»Hier lässt sich's aushalten. Ist das nicht ein herrliches Wetter heute?«, sagt Cassi und kommt sich auf einmal schrecklich alt vor. Überlegt, was sie noch hinzufügen könnte. Sie sieht auf ihre Hände herunter, stellt fest, dass inzwischen meistens Dreck unter ihren Nägeln sitzt. »Du hast nicht zufällig eine Nagelfeile bei dir, hm? Ich hab einen Splitter im Daumen, der mich wahnsinnig macht.«

Pavel verzieht den Mund wieder zu einem leisen Lächeln und schüttelt den Kopf. Dann steckt er seine Hand in die Hosentasche und reicht Cassi ein Werkzeug. »Aber eine Feile, falls das hilft?«

Sooo witzig ist das eigentlich nicht, trotzdem lacht Cassi laut. Ist auf einmal furchtbar erleichtert und froh, hier zu sein, in der Wärme auf weichen Kissen zu sitzen, mit dem einlullenden Geräusch des Mähdreschers im Hintergrund, mit Menschen, die sie mag, um sich herum und einer ordentlichen Menge Zucker in ihrem Blut.

Marlene kehrt zurück. Die Unterhaltung nimmt wieder an

Fahrt auf. Marlene hat keinerlei Probleme damit, Raum einzunehmen, sei es durch ihre Persönlichkeit oder ihr heiseres Lachen und den schweren, blumigen Duft ihres Parfüms, den sie selbst anscheinend gar nicht mehr richtig wahrnimmt und deshalb überdosiert. Marlene hält sich in keiner Weise zurück, alles muss raus.

Jetzt erfahren Cassi und Pavel Einzelheiten über Marlenes neueste Eroberung, um die sie wahrlich nicht gebeten haben. Dann lehnt Marlene sich zurück und beobachtet glücklich die Mienen ihrer Gäste.

»Ich dachte, dass Berzan mit Fia zusammen ist«, sagt Cassi, denn irgendwas muss sie ja sagen. Pavels Blick schweift Richtung Horizont, noch beharrlicher als sonst.

»Aber, Liebes, was ist denn das für ein engstirniges, heteronormatives Denken«, bemerkt Marlene mit einem leichten Kopfschütteln. »Ich hätte dich für aufgeschlossener gehalten. So ein Typ ist Berzan nicht. Und mit Berzan ist man auch nicht zusammen. Er liebt immer noch seine Ex. So sieht's aus.«

Ein Transporter fährt unten auf der Straße vorbei, und Marlene kann es nicht lassen, das anzusprechen.

»Da ist Alida. Tja, so kann das Leben auch verlaufen.«

Eine Sekunde lang ist es still, bevor Pavel nachfragt und Cassi somit davonkommt.

»Was meinst du damit?«

Marlene sieht Pavel fragend an.

»Ja aber, hast du das denn nicht von Alida gewusst, Pavel? Sie war nicht immer Tierpflegerin. Sie war Risikokapitalgeberin, ein richtiger Player, und hat einen Haufen Kohle gemacht. Das hab ich von Lollo. Und dann hat sie alles für Drogen verpulvert.«

Marlene hebt die Hände.

»Aber ich verurteile keinen! Natürlich möchte man das mal

ausprobieren. Jeder kann mal in Schwierigkeiten geraten. Und sie hat es ja überwunden. Ein Jammer bloß, dass sie so eine Langweilerin ist. Ein richtiger Trauerkloß, immer so mürrisch. Seltsam.«

Cassi erwidert nichts. Sie ist schließlich ein Profi, da spricht man nicht über seine Patienten – sagt man überhaupt so? –, aber *so* profihaft ist sie wohl auch wieder nicht, sonst hätte sie Alida diese Info längst selbst entlockt. Oder hat Alida ihr womöglich ihre ganze Geschichte erzählt, während Cassi in Gedanken mit sich selbst beschäftigt war?

Nicht ausgeschlossen. Cassi ist ihren eigenen Unzulänglichkeiten gegenüber nicht blind. Sie ist sich ihrer Schwächen bewusst. Der meisten jedenfalls. Ein paar. Das heißt ja nicht unbedingt, dass sie sie für bemängelnswert hält oder auch nur meint, etwas dagegen unternehmen zu müssen, sich ihrer bewusst aber ist sie. Und egozentrisch ist ein Wort, das sie manchmal bei einem Streit mit einem Partner zu hören bekommen hat.

An und für sich hat sie das immer für ungerechtfertigt gehalten. Man muss doch wissen dürfen, was man will. Muss doch ein paar klitzekleine Bedingungen stellen dürfen. Das tun, was am besten für einen ist, ohne gleich den Vorwurf zu kassieren, nur an sich selbst zu denken. Ohne gleich als egozentrisch bezeichnet zu werden. Bei diesen Erinnerungen schnaubt sie verächtlich. Marlene und Pavel wenden sich ihr zu. Sie haben das Gesprächsthema gewechselt, reden jetzt über etwas anderes. Pavel macht sich irgendwelche Notizen in seinem Handy.

»Falls dir noch mehr einfällt, musst du anrufen«, sagt Pavel zu Marlene.

»Badreiniger«, sagt Marlene. »Und Küchenpapier. Wirklich toll, dass du das machst, Pavel!«

Pavel schreibt es auf.

»Gehst du auch nicht gerne in den Mini-Markt?«, fragt

Cassi, darauf bedacht, sich wieder am Gespräch zu beteiligen. »Hans hasst mich. Ich weiß wirklich nicht, was ich ihm getan habe.«

Pavel und Marlene schauen sie an.

»Hans ist ein Blödmann, und für Grete hab ich auch nicht viel übrig«, sagt Marlene. »Aber das ist eine lange Geschichte.«

Pavel lehnt sich wieder zurück, lange Geschichten halten Marlene nämlich nicht auf. Eine Viertelstunde später ist Cassi im Bilde. Kurzum: Grete und Marlene waren in der Grundschule wie Pech und Schwefel, aber als Grete fünfzehn Jahre später Hans kennenlernte, war's damit vorbei.

»Dieser Spießer hat dafür gesorgt, dass alles den Bach runterging«, sagt Marlene. »Er fand, dass ich einen ›schlechten Einfluss‹ auf Grete hatte. Ich! Ich fand nur, dass das Leben auch ein kleines bisschen Spaß beinhalten sollte!« Pavel hat den Kopf schief gelegt. Marlene kneift die Lippen zusammen. »Ich vermeide es also möglichst, in ihren Laden zu gehen, aber der Mensch braucht ja nun mal was zu beißen.«

Sie schiebt sich Kuchen in den Mund, genießt einen Moment mit geschlossenen Augen, sagt »Mhmm«, bevor sie weiterspricht, dass die Krümel nur so fliegen.

»Aber dass Hans unfreundlich zu dir ist, liegt bestimmt nur daran, dass er momentan allgemein so anti ist. Dieser Typ ist die größte Spaßbremse, die es je gegeben hat.«

Pavel legt den Kopf auf die andere Seite. Er schaut Cassi an. »Gerechterweise muss man sagen ... Ich kenne Hans' Geschichte. Ich weiß, glaube ich, warum er sich dir gegenüber so feindselig verhält. Selbst wenn du der Papst höchstpersönlich wärst, hätte er wohl ein Problem mit dir.«

Am liebsten würde Pavel an dieser Stelle aufhören. Er hat, anders als Marlene, nicht viel für lange Reden übrig. Cassis fragender Blick aber verlangt nach einer Fortsetzung. Marlene hat wieder die Arme vor der Brust verschränkt und starrt in Richtung Mini-Markt, dessen Parkplatz hinter den Bäumen zu erahnen ist.

»Hans hat etwas gegen jede Art von Religion«, erläutert Pavel. »Seine Mutter war eine Zeugin Jehovas. Sie ist bei seiner Geburt gestorben. Man hat ihr keine Bluttransfusion zugestanden. Man kann ihn also irgendwie verstehen.«

»Aber ich habe mit Religion ja gar nichts am Hut«, erwidert Cassi und hofft im Stillen, dass Marlene nicht aufgreift, dass Cassi erst vor kurzem – als sie stärker in ihrer Rolle als Selbsthilfeguru aufgegangen war – den Wald mit ihrer »Kirche«, ihrer »Synagoge«, ihrer »Moschee« verglichen hat. »Deine *Moos*-sche« wie Marlene witzig eingeworfen hatte.

»Es muss nicht mal mehr das sein«, sagt Pavel. »Es geht ihm sicherlich eher um die Einflussnahme. Wann immer eine Gruppe von Menschen dasselbe glaubt. Alles, was nicht wissenschaftlich ist.«

Marlene sieht Pavel an. »Ich weiß ja, dass du ein sehr toleranter Mensch bist, Pavel, aber es gibt Grenzen. Dieser Typ ist doch irre!«

»Er ist vielleicht etwas zu weit gegangen«, räumt Pavel ein. »Er mag keine Menschenansammlungen. Wenn sich Leute versammeln. Alles, was Einfluss ausübt. Die Politik. Fußballspiele. Städte. Großunternehmen. Du hast ja vielleicht gemerkt, dass der Mini-Markt zu keiner Kette gehört.«

»Hans kann, so viel er will, über Herdentrieb reden, aber ein bisschen gesunder Menschenverstand ist doch wohl nicht zu viel verlangt!«, wendet Marlene ein. »Hans *betritt* ja noch nicht mal die Kirche. Als Käthe gestorben ist, hat er sich geweigert, zu ihrer Beerdigung zu gehen. Und sie war immerhin Gretes Schwester! Und Karl-Adams Frau.«

»Karl-Adam ist der Onkel von Hans«, erklärt Pavel an Cassi

gewandt, die immer noch nicht genau weiß, wer hier in der Gegend mit wem verwandt ist. »Und sein Schwager.«

Marlene schüttelt den Kopf. »Und nicht zuletzt mein Cousin. Und ein selbstsüchtiger Esel.«

»Prinzipientreu ist er«, räumt Pavel ein, greift nach dem Kartenspiel auf dem Tisch und mischt gekonnt die Karten.

»Mit anderen Worten ist er ein Idiot«, kommentiert Marlene und ballt die Hand, die auf der Armlehne liegt, zur Faust. »So regelverliebt, dass er den Kontakt zu seinem einzigen Kind abgebrochen hat, weil sie eine Zeit lang ins Ausland gegangen ist. Du meine Güte! Wie hält der es bloß mit sich selbst aus!«

Pavel hält den Kartenstapel in die Höhe, zieht eine Karte heraus, schaut darauf. Legt die Karte verdeckt aufs Tischtuch.

»Stell dir die Karosieben vor«, sagt er zu Marlene. »Welche Karte hast du dir vorgestellt?«

»Karosieben«, erwidert sie.

Pavel dreht die Karte um.

»Karosieben!«

24

Sie war ein fester Bestandteil der Gastroszene der Stadt.

Nach dem Abi bemühte sie sich um einen Sommerjob als Kellnerin und blieb. Das war nie der Plan gewesen. Sie wollte bloß weg von ihrer Mutter, weg von ihrer Heimatstadt, hatte vorgehabt, später zu studieren, einen Beruf zu ergreifen, bei dem es auf Ordnung und Struktur ankam, vielleicht irgendwo Geschäftsführerin oder CEO zu werden, aber es stellte sich heraus, dass man Perfektionisten wie sie auch in der Gastronomie schätzte. Also blieb sie. Wer würde schon einen Job aufgeben, der einem so viel Anerkennung gab? Niemals zuvor war sie so gelobt worden, weil sie so ein Auge für Details hatte. Cassi lernte alle Aspekte des Restaurantbetriebs kennen, arbeitete in der Küche, an der Bar, in der Bedienung. Sie wurde mit achtundzwanzig Jahren Oberkellnerin in einem klassischen Restaurant, weil ihr Vorgänger, ein freundlich gesinnter dreiundsechzigjähriger Wrestling-Enthusiast mit drei Siamkatzen, eines Sonntags überraschend in seinem Fernsehsessel starb, während er die Weltmeisterschaft im Skispringen guckte.

Sie war schlagfertig, witzig, unerschrocken und konnte fluchen wie ein Hafenarbeiter.

Ihre Laune gab die Stimmung im Restaurant vor. Sie beherrschte mit Leichtigkeit jeden Raum, in dem sie sich aufhielt. Das war nicht immer nur von Vorteil. Nicht jeder mochte sie, sie stellte die gleichen hohen Ansprüche an andere wie an sich selbst und hätte im MeToo-Herbst sehr wohl scheitern können, wenn jemand eine Kampagne gegen sie angestrengt hätte, aber glücklicherweise kam es nicht dazu.

Cassi war ohne jeden Zweifel hervorragend in ihrem Job. Sie konnte genau erkennen, wer besser ein Dessert aufs Haus bekommen sollte, nachdem man ihn hatte warten lassen, wessen Wasserglas öfter nachgeschenkt werden sollte, wer zum ersten Date kam und wer diskret in die Schranken verwiesen werden musste. Sie war die Erste, die kam, und die Letzte, die ging, und war nicht eher zufrieden, bis auch die allerletzte Serviette für den nächsten Tag an ihrem Platz lag.

Und sie liebte das Restaurant. Liebte den Jargon in der Küche, den konstanten Strom von Menschen, liebte es, ihre Meinung zu den Gerichten auf der Karte abzugeben, die Dankbarkeit der Gäste, wenn sie ihnen dabei half, einen Tisch zu finden, obwohl sie eigentlich ausgebucht waren. Das Flirten an der Bar, die Freitagsatmosphäre, die oft schon mittwochs nach dem Lunch einkehrte, die Angst der neuen Angestellten, bevor sie eingearbeitet waren.

Es war im Restaurant, als sie einmal an der Bar arbeitete, dass sie Jarmo kennenlernte. Er war Weinimporteur, hatte die kleine Firma selbst gegründet. Jarmo war zurückhaltend, tätowiert, leicht o-beinig, trug Dufflecoat, sprach fließend Finnisch und Deutsch, verbrachte viel Zeit im Fitnessstudio, machte aber nie Ausdauersport, betonte, dass er »keine Filme mochte«, und es schauderte ihn beim Gedanken an Heißgetränke. Er hatte – was man rückblickend in einem anderen Licht sehen konnte – immer genau das richtige Maß an Desinteresse.

Cassi war nie besonders gut darin gewesen, Beziehungen zu

führen, und erst nach ein paar Jahren, nachdem sie zur Oberkellnerin befördert worden war, entwickelte sie das Selbstbewusstsein, oder genug berufliches Interesse, um ihn scheinbar gleichgültig zu fragen, ob sie zusammen einen Kaffee trinken gehen wollten.

Und nur weil er ablehnte – was ebenfalls rückblickend in einem anderen Licht gesehen werden muss –, wurde ernsthaft ihr Interesse an ihm geweckt.

Fünf Monate später bekam sie endlich ihren Willen, als sie ihn auf einer von einer Proseccomarke gesponserten Branchenparty in der Warteschlange vor dem Klo zu den Klängen von Gianna Nannini aufriss.

Danach begann ihre Romanze. Wenn er Zweifel hatte, war sie sich hundertprozentig sicher – und es so gewohnt, immer ihren Willen zu bekommen, dass sie das gar nicht bemerkte. Und er war sowieso fast immer auf Geschäftsreisen, die ihn später auch nach Norwegen, Dänemark, Finnland und nach Deutschland führten. Seine Firma wuchs, und er hätte es sich ohne weiteres hinter einem Schreibtisch am Firmensitz bequem machen können, betonte aber, dass er sein Vagabundendasein und den unmittelbaren Kontakt zu den Kunden liebte.

Er zog bei ihr ein, weil sie vorschlug, er könne genauso gut bei ihr wohnen. Sie verlobten sich, weil Cassi wunderschöne Ringe auf einer Auktion erstand und etwas an seiner Art ihr signalisierte, dass sie ihn nicht für selbstverständlich halten konnte, was sie veranlasste, ihn umso fester an sich zu binden. Sie adoptierten einen Hund (wobei: streng genommen war es Cassi, die ihn adoptierte). Jarmo hatte einen Sohn aus einer früheren Beziehung, aber der Sohn und die Ex lebten in einer anderen Stadt, und es ergab sich nie die Situation, dass Cassi ihm vorgestellt wurde. Aber auch wenn sie keinen normalen Alltag zusammen hatten, so hatten sie doch ihre bevorzugten

Plätze in der Küche und ihre gewohnten Abläufe. Und stritten sich so gut wie nie.

Sie hatten aber auch so gut wie keine Freizeit. Ein einziges Mal flogen sie zusammen ins Ausland: nach Thailand, wo sie sich verlobten und wo Jarmo einen Spirituosenerzeuger traf, mit dem sich aber geschäftlich später nichts ergab.

Eine dritte Sache, die sie niemals zusammen machten, war, die Feiertage miteinander zu verbringen. Dann stand Jarmos Sohn immer an erster Stelle, was Cassi gar nicht mal so seltsam fand – auch wenn sie dachte, dass es nett sein könnte, wenn sie auch in die Gemeinschaft mit einbezogen worden wäre. Sie wäre gerne Teil einer offenen, glücklichen Patchworkfamilie gewesen. Und vielleicht nicht nur ein Teil davon: Manchmal träumte sie davon, selbst der Dreh- und Angelpunkt einer solchen Maschinerie zu sein, die großmütige Übermutter, die ihre eigenen und die Kinder anderer Leute gleichermaßen liebte, die alle zum Abendessen einlud und Feiertage mit üppig gedeckten Tischen zelebrierte und Worte der Weisheit von sich gab, die über Generationen hinweg weitergegeben wurden.

Aber Jarmo sagte, seine Ex sei irrational und eifersüchtig und dass es besser sei, noch ein wenig zu warten.

Und Cassi fand nichts dabei, sie war sowieso beschäftigt. Sie hatte ihre Freunde, ihren anspruchsvollen und fordernden Job, ihre arbeitsreichen Tage. Dass ihr humorvoller, inspirierender, unternehmungslustiger, liebevoller zukünftiger Ehemann sich oft anderswo aufhielt, beunruhigte sie nicht.

Warum sollte es das auch?

25

Die Nachmittagshitze ist erdrückend. Cassi hat den – fast – heilen Sonnenstuhl in die Scheune gestellt, gleich hinter das geöffnete Tor. Sie braucht dringend frische Luft, hat aber gleichzeitig ein ebenso dringendes Bedürfnis nach Schatten. Cassi hat seit den frühen Morgenstunden Wein getrunken, als eine hormongesteuerte Wut nicht nur mit dem jähen Wiederauftauchen einer alten Erinnerung an die Vergangenheit zusammenfiel, sondern auch mit einem hartnäckigen nächtlichen Albtraum, in dem sie wieder einmal als Scharlatan entlarvt wurde.

Vor kurzem kam ihr die Idee, doch ein Buch über ihr Leben zu schreiben. Eine Autobiographie, Memoiren, sodass die ganze Welt erfährt, was ihr zugefügt wurde, und alle, die daran beteiligt waren, es bereuen. Als Pavel mit dem Fahrrad auf ihr Haus zufährt, trägt sie Jeansshorts und ein ärmelloses Oberteil, eine Weinflasche liegt neben ihrem Stuhl, und der Laptop auf ihrem Schoß enthält nur ein geöffnetes Dokument mit nichts als den Worten: »Ihr könnt mich alle mal am Arsch lecken.« Pavel gerät kurz ins Schwanken, als er sie im Halbdunkel bemerkt, dann erlangt er die Balance zurück, wendet das Rad und hält vor ihr auf dem Rasen.

Cassi trägt eine große Sonnenbrille, und ihre Gesichtsmuskeln wollen ihr nicht länger gehorchen. Sie begrüßt ihn mit einem Winken der rechten Hand.

»Ich wollte dich fragen, ob du ein Fahrrad gebrauchen kannst«, beginnt Pavel. »Ich habe dieses hier repariert, habe aber noch ein eigenes, das ich fahre. Da dachte ich mir, dass du dieses ja vorübergehend leihen kannst.«

Das Fahrrad ist ein grünes älteres Damenrad. Er steigt ab und lehnt es an die Scheunenwand. Zieht ein Grasbüschel heraus, das sich zwischen den Speichen des Vorderrads verfangen hat.

Dann stemmt er die Hände in die Hüften und schaut sie an. Dass er nicht einfach über sie hinwegschaut, muss heißen, dass sie einen ziemlich üblen Anblick abgibt. Bisher hat er sie noch nie betrunken erlebt, wusste vielleicht noch nicht mal, dass sie trinkt – richtig trinkt. Dieser Teil ihres Lebens war ihm unbekannt. Cassi fühlt sich durchschaut.

»Warum glotzt du mich scho an, wenn du doch schonscht den Augenkontakt vermeidest?«, denkt sie bei sich, hat die Frage offensichtlich aber auch laut ausgesprochen.

Pavel schaut augenblicklich weg. »Was ist los?«, will er wissen. Eine neue Falte hat sich zwischen seinen Brauen gebildet.

Ihre Zunge ist viel zu groß für ihren Mund, und ihr Hinterkopf will den Liegestuhl nicht verlassen, deshalb erwidert sie nichts, fuchtelt nur mit den Händen, um zu demonstrieren, dass sie vollauf mit dem Schreiben beschäftigt ist.

»Ist was passiert?«, fragt Pavel sie, jetzt zu Maine heruntergebeugt, der zu ihm gekommen ist, um ihn zu begrüßen. Pavel krault den Hund im Nacken.

»Ein bisschen Wasser wäre gut, Maine, was?«, sagt er dann.

Er dreht sich um und geht zum Haus.

Cassi hebt die Weinflasche auf und trinkt den Rest in einem Zug. Wischt sich Mund und Kinn mit ihrem nackten Arm ab.

»Nichts ist passiert«, brummt sie.

»Was hast du gesagt?«, fragt Pavel, der schon mit einem randvoll gefüllten Topf mit Wasser auf dem Rückweg ist.

»Ich sagte nur NISCHTS ISCHT PASCHIERT«, erwidert Cassi. »Was is, kann man nicht mal 'n bischen freimachen? Nischt ein Glas Wein an 'nem heischen Sommertag trinken?«

Die Weinflasche kippt um, als sie sie auf den Boden fallen lässt, aber sie ist sowieso leer, also was soll's.

Pavel hat den Topf unter einen Baum auf den Rasen gestellt. Maine schlabbert das Wasser. Pavel setzt sich zu ihm, stützt die Arme auf die Knie.

Cassi kann die Situation ungeachtet ihres Zustands von außen betrachten. Kann erkennen, dass Pavel unbehaglich zumute ist, und sie weiß, dass sie – obwohl sie sich größte Mühe gibt – kaum als nüchtern rüberkommt. Aber das muss ihr egal sein. Sie will in Ruhe gelassen werden. Sie knallt den Laptop zu.

Sie will einfach aufstehen und weggehen, aber ihr Körper verweigert ihr den Dienst. Dadurch, dass sie eine Hand unter ihren Nacken legt, gelingt es ihr, den Kopf immerhin so weit anzuheben, dass ihr Rücken sich von der Lehne löst. Sie lehnt sich nach vorne, um aufzustehen, verliert aber augenblicklich das Gleichgewicht, sodass sie mit dem Stuhl zur Seite kippt. Pavel springt auf, fasst nach ihrem Arm. Hilft ihr, sich aufzurichten.

»Bist du o.k.? Ich helfe dir ins Bett. Vielleicht hast du einen Sonnenstich.«

»Mmm«, sagt Cassi nur, ihre Sonnenbrille festhaltend, »Schonnenschich.«

Sie schwankt, aber Pavel hält sie fest, damit sie nicht noch einmal fällt. Dann begleitet er sie, nicht besonders schnell, den ganzen Weg bis zu ihrem Schlafzimmer. Dort ist es jetzt kühler, und nachdem sie sich hingelegt hat, öffnet er das Fenster einen Spaltbreit und zieht das dunkelblaue Rollo halb herunter. Der Geruch nach Walderdbeeren weht aus dem Wald herüber.

»Regen ist im Anmarsch. Dann wird es dir besser gehen«, sagt er und schlurft in die Küche. Sie hört ihn in Schränken und Schubladen wühlen. Als er zurückkommt, hat er Wasser und einen Blister Schmerztabletten dabei. Plötzlich hat sich Cassis Laune geändert.

»Du bist so gut zu mir, Pavel«, sagt sie. Sie hebt ein Sweatshirt vom Boden auf und legt es sich über die Augen. Sie wünschte, der Raum würde aufhören, sich zu drehen. »Womit habe ich dich nur verdient?«

Sie hört, wie er auf dem Stuhl in der Ecke Platz nimmt, weil der knarzt. Sie hat ihn für die Küche auf dem Flohmarkt gekauft, aber als sie bemerkte, dass er nicht in der Lage war, etwas Schwereres als Klamotten zu tragen, wurde er ins Schlafzimmer verbannt. Wo ihre Anziehsachen immer noch auf dem Boden liegen.

»Vorsicht mit dem Stuhl, der …«, beginnt sie, weil sie auch in betrunkenem Zustand nicht riskieren will, dass ein klappriger alter Mann von einem klapprigen Stuhl fällt. Als sie vorsichtig unter dem Sweater hervorlugt, hat Pavel sich schon darangemacht, den Stuhl zu reparieren.

»Nächstes Mal bringe ich Holzleim mit«, sagt er und setzt sich stattdessen auf ihre Bettkante.

Er macht Anstalten, seine Hand auf ihren Arm zu legen, ändert aber seine Meinung und legt sie stattdessen in seinen Schoß. Sie schnauft und keucht unter ihrem Sweatshirt. Ihr Schädel brummt.

»Ich werde den Rest meines Lebens allein bleiben, Pavel«, sagt sie, plötzlich mit weinerlicher Stimme. »Werde nie wieder jemanden kennenlernen. Nie für jemanden der wichtigste Mensch sein. Im Mittelpunkt seiner Galaxie stehen. Oder jemandes Stern sein. Niemals werde ich das.«

Sie tastet nach seiner Hand, bekommt sein Knie zu fassen.

»Aber ich habe dich. Ich bin so glücklich darüber.«

Es ist das älteste Knie, das sie jemals berührt hat. Sie lässt ihre Hand dort liegen. Pavel tätschelt sie leicht.

»Erinnerst du dich noch an das erste Mal, als wir uns trafen?«, fragt er. »Da draußen auf der Straße, in unseren Autos. Da dachte ich kurz, nur eine Sekunde lang, dass du eine Frau bist, die ich von früher her kenne.«

Aber sie antwortet nicht. Cassi ist eingeschlafen.

Vorsichtig nimmt Pavel ihre Hand von seinem Knie und steht auf. Er geht in die Küche und erledigt den Abwasch, stellt Altglas in einen Beutel, wischt die Arbeitsplatte ab, steckt einen frischen Zweig Orangenjasmin in eine Vase auf dem Regal, wechselt das Wasser und wirft den alten Zweig fort. Reibt eine Weile vergeblich an einem alten eingetrockneten Fleck auf der Herdplatte.

»Holzleim und Stahlwolle«, murmelt er vor sich hin, dann schaut er noch ein letztes Mal nach Cassi, bevor er geht und die Tür hinter sich schließt. Einen kurzen Moment bleibt er bei der kleinen Glocke über dem Eingang stehen, berührt sie mit einem Fingernagel, um ihr einen leisen Ton zu entlocken. Dann macht er sich auf den Weg nach Hause, durch den Wald auf einem Pfad, den außer ihm nur die Hasen finden würden.

26

Am nächsten Morgen wird sie von ihrem Handy geweckt.

Es ist eine Nachricht von Pavel.

Guten Morgen, mein Stern, schreibt er.

27

Marlene ist es, die »eine Yogastunde wie in Berlin« bestellt hat, und obwohl Cassi die letzten Tage damit verbracht hat, zu googeln, was sie damit meinen könnte, wird das Endergebnis, wie üblich, irgendeine Erfindung aus den Tiefen ihres Hirns sein.

»Was hat es mit diesem Zweig auf sich?«, ist das Erste, was Marlene wissen will, als sie ihr Auto hinter Cassi geparkt hat und ausgestiegen ist. Marlene deutet auf Cassis Kopf. Cassi weiß nicht, was sie meint, aber als sie ihr Haar abtastet, bemerkt sie, dass ein kleiner Kiefernzweig aus ihrem Zopf ragt.

»Er soll uns an unsere Verbundenheit mit Mutter Erde erinnern«, erwidert Cassi, anstatt einfach zuzugeben, dass er vorhin bei ihrem Waldspaziergang mit Maine durch Zufall dort hineingeraten sein muss. »Die Natur ist unser Ursprung. Wir sind Teil des Weltalls. Manchmal müssen wir dorthin zurückkehren, um uns zu verwurzeln, um unseren rechtmäßigen Platz in seinem heiligen Universum einzunehmen.«

Cassi legt die Hände vor ihrer Brust aneinander und verbeugt sich leicht. Bekleidet mit ihren ausgeleierten Fitnessleggings und ihrem alten Schlafshirt, führt sie momentan ein Leben voller Lügen und hat eine Fahne wie ein Markthändler aus dem 18. Jahrhundert. Aber man muss es ihr lassen, sie hat sich schnell an diese hochtrabende Art zu reden gewöhnt.

Marlene hat Berzan mitgebracht, der jetzt aussteigt, nachdem er seine Handynachricht zu Ende getextet hat. Er bleibt kurz stehen, legt eine Hand auf das Autodach und lächelt strahlend.

Cassi stellt fest, dass Berzan nicht mehr ganz so jung ist, wie sie bei ihrer ersten Begegnung in der Pizzeria vermutet hat. Wahrscheinlich ist er doch eher dreißig als zwanzig. Aber er ist wieder genauso gepflegt wie beim letzten Mal, als sie sich trafen. Das schwarze Haar zurückgekämmt, einwandfrei getrimmter Bart, schwarze professionelle Laufkleidung. Er trägt Leggings mit Shorts darüber und ein eng anliegendes Funktionsshirt mit Reißverschluss. Als er es auszieht, kommt ein ebenso eng sitzendes Achselshirt zum Vorschein.

»Es ist toll, hier zu sein«, sagt er. »Schön, dich wiederzusehen.«

Cassi wiederholt ihre kleine Verbeugung.

Marlene, die heute pinke Leggings und ein figurbetontes pinkes Oberteil trägt, das einen Blick auf ihre Taille freigibt, nimmt Cassis Grundstück in Augenschein: das Häuschen, die Scheune, den kaputten Sonnenstuhl, den Schemel, den staubigen, relativ modernen Mittelklassewagen.

»Ich war bestimmt schon zwanzig Jahre nicht mehr hier«, bemerkt sie. »Wenn ich es nicht besser wüsste, hätte ich vermutet, dass das Haus seitdem leer steht. Du meine Güte, wie das hier aussieht! Ist ja nicht zu glauben. Ich dachte, Pavel hätte dir beim Herrichten geholfen? Aber vielleicht machst du dir ja nicht so viel aus Äußerlichkeiten?«

Cassi nimmt es ihr nicht krumm. Findet selbst allerdings, dass es seit ihrem Einzug viele Verbesserungen gegeben hat. Sie möchte auf den Wäscheständer deuten, der sich nicht länger schief zur Seite neigt, auf die Geranien, die in voller Blüte auf der Vordertreppe stehen.

Alida fährt auf dem Fahrrad vor. Grüßt kurz, ohne jemanden anzusehen. Sie hat ihre normale Alltagskleidung an, löst aber eine Yogamatte von ihrem Gepäckträger. Dann bleibt sie ein Stück abseits von den anderen stehen, wendet sich der Gruppe aber zu, was sie gleichzeitig zu einem Teil davon und zu einer Außenseiterin macht. Sie holt ein Trinkpäckchen hervor, pikst mit dem Schlüssel ein Loch hinein und drückt sich den Apfelsaft direkt in den Mund.

Dabei starrt sie unentwegt Berzan an.

»Es ist aber nicht die feine Art, Menschen anzustarren«, sagt Marlene. »Kommt mir ein bisschen unhöflich vor.«

»Es ist nicht die feine Art, den Leuten so etwas offen zu sagen«, erwidert Alida, als sie ausgetrunken hat, ohne ihren Blick von Berzan abzuwenden. Stopft das leere Trinkpäckchen wieder in ihre Tasche. »Und du bist nichts Besonderes, weil du Gefühle hast«, ergänzt sie mit hocherhobener Nase. »Das macht einen normalen Menschen aus. Macht dich aber nicht besser oder schlechter als andere.«

Nun ist es an Marlene, sie anzustarren.

»Man könnte meinen, dass du etwas mehr gesunden Menschenverstand hättest«, sagt sie schließlich und schüttelt den Kopf. »Ein bisschen weltgewandter wärst. Ist ja nicht so, als wärst du in einem Stall geboren.«

Alida brummt etwas.

»Was hast du gesagt? Sprich lauter«, sagt Marlene barsch.

Alida funkelt sie an. »Ich habe mehr gelebt, als die meisten Menschen es tun, aber das hat mich nicht glücklicher gemacht«, sagt sie erbost.

Marlene sieht sauer aus. »Vielleicht hat dir die richtige Einstellung gefehlt«, sagt sie.

Alida stampft davon und rollt ihre Yogamatte neben Cassis im Gras aus. Sie zieht ihre Jacke aus, wirft sie neben sich. Dann legt sie sich auf ihre Matte und verbirgt ihr Gesicht hinter den Armen.

Cassi sieht Marlene an, die nur mit den Schultern zuckt. Berzan scheint kaum bemerkt zu haben, dass er im Zentrum eines Disputs stand. Er schreibt schon wieder eine Nachricht, wedelt mit dem Handy, sucht Empfang. Cassi geht zu ihm und zieht seinen Arm herunter. An manchen Tagen ist der Empfang auf ihrer kleinen Lichtung etwas instabil. Dann kann man nur warten, bis die Störung behoben ist, der Wind gedreht hat oder bis, was auch immer das Problem verursacht hat, gelöst ist.

Sie nimmt ihm das Telefon ab und legt es auf die Vortreppe.

»Ich möchte alle dazu ermutigen, eine Auszeit von äußerlichen Ablenkungen zu nehmen«, wendet sie sich an ihre Gäste. Sie beschließt, die schlechte Stimmung, die gerade sichtbar wurde, nicht zu erwähnen. »Wir wollen uns ohne Schilde begegnen. Wir wollen die Achtsamkeit in uns hervorlocken. Uns nicht von äußeren Eindrücken ablenken lassen.«

Außerdem möchte sie nicht, dass jemand diese Stunde mitschneidet. Keine Fotos, keine Video- oder Tondokumente, die man danach herumschicken könnte. Als Beweismaterial verwenden könnte. Gegen sie.

Marlene und Berzan reißen die Plastikfolie von ihren neu erworbenen Yogamatten und rollen sie in der Nähe von Cassi aus. Auf Alidas Matte steht in einer Ecke »Lollo«, sie hat sie sich anscheinend ausgeliehen.

Marlene und Berzan setzen sich. Cassi schaut jeden Einzelnen an. Sie steht immer noch, und jetzt nimmt sie einen theatralischen Atemzug und streckt die Arme aus, als wollte sie sie alle umarmen.

»Bevor wir anfangen, möchte ich mehr über euren Gemütszustand wissen, mit dem ihr in die Stunde geht. Was ist heute euer Ziel?«

Berzan und Marlene tauschen verstohlene Blicke. Marlene antwortet zuerst.

»Ich möchte alles Neue ausprobieren«, sagt sie. »So bin ich halt. Man soll nicht einfach nur rumsitzen. Man muss sich Herausforderungen suchen. Abenteuer.«

Marlene nickt. Verstummt wieder. Berzan lächelt.

»Ich habe eine Art Meditation erwartet, ich würde also sagen, dass ich das Gegenteil von dem suche, was Marlene will. Ruhe. Hier drinnen ist gerade viel los.«

Er deutet abwechselnd auf seinen Kopf und auf sein Herz, lächelt Cassi fast entschuldigend zu.

Das lässt Marlene genervt seufzen und die Augen verdrehen.

»Ich habe natürlich nicht *die Art* von Abenteuer gemeint! Ich erwarte hier auf Cassis Rasen jetzt kein großes Schauspiel oder Ähnliches. Aber es ist eben etwas, was ich noch nie gemacht habe, deshalb bin ich dabei. Okay?«

Berzan fährt sich über sein glänzendes Haar und sagt nur: »Okay, okay.«

Jetzt richten sich alle Blicke auf Alida. Sie liegt noch immer auf dem Boden, dabei erweckt sie den Eindruck, als sei sie noch ganz verschlafen und wüsste nicht, wo sie sich gerade befindet. Sie setzt sich auf.

»Ich bin hier, weil Cassi meinte, dass es mir guttun würde. Was ich erwarte, weiß ich nicht. Ich weiß nicht, was wir heute tun werden.«

Sie legt sich wieder auf die Matte.

Die Unsicherheit über das, was stattfinden wird, ist verständlich. Wenn sie ehrlich ist, weiß Cassi es auch nicht wirklich.

»Bevor wir beginnen«, sagt sie, vor ihnen kniend, während ihre Hände auf ihren Oberschenkeln ruhen, »sollt ihr wissen, dass dies Soul-Yoga ist, das ich selbst nach jahrelanger Praxis entwickelt habe. Es gibt, wie euch sicherlich bewusst ist, viele Arten, Yoga zu praktizieren. Das hier ist meine.«

Sie schaut sie an, will sichergehen, dass sie das verstehen. Will keinen Raum für Zweifel lassen.

»Da ihr so etwas bisher selten gemacht habt …« – sie weiß, dass es für alle vier das erste Mal ist –, »… werde ich das entsprechend berücksichtigen. Achtet auf eure Atmung und ruht euch in der Fötusstellung aus, wenn euch danach ist. Chakra, liebe Leute.«

Den letzten Satz hat sie sich selbst ausgedacht und benutzt ihn jetzt, weil sie findet, dass er gut klingt. Wie ein kosmisches Startsignal.

Dann fängt sie an. Atemübungen, Stretching im Stehen, Stretching im Sitzen, die Stellung des Kindes. Sie bemüht sich, alles ganz langsam zu machen, obwohl alles in ihr vor Rastlosigkeit kribbelt. Manchmal fügt sie Pausen ein, lässt alle im Schneidersitz sitzen und »Ooommmmm« sagen.

Nachdem sie das etwa fünfundvierzig Minuten gemacht haben, fallen Cassi keine weiteren Übungen mehr ein. Sie ist nicht unzufrieden mit der Einheit, aber irgendetwas fehlt noch. Es hatte nicht dieses gewisse Etwas. War nicht besonders interessant. Aber vielleicht darf das manchmal auch so sein.

Cassi fordert die Teilnehmer auf, sich auf ihre Matten zu legen und die Augen zu schließen. Sie breitet eine Gewichtsdecke über jeden von ihnen aus, oder vielmehr die leicht ausgeklopften Flickenteppiche aus dem Haus. Dann läuft sie um die Teilnehmer herum, drückt mal hier, mal da einen Fuß, eine Wade, einen Arm, den Bauch, zwei Schultern.

Dann beginnt sie einen Singsang. Töne, zufällige Worte, Gemurmel. Zuerst bleiben alle anderen still liegen, aber nach ein paar Minuten stimmt Alida mit ein. Es ist eine Art Gesang, allerdings eher der unmusikalischen Art. Als Marlene Alida hört, hat sie nicht die Absicht zu schweigen, und Berzan will auch nicht außen vor bleiben, und so singen und reden bald alle vier durcheinander. Zusammenhanglose Sätze, lange Geständnisse, detaillierte Phantasien, kurze Worte. Cassi fängt an, sich in ausgreifenden Kreisen zu bewegen, schreitet zwischen ihnen herum, die Arme in die Luft gestreckt. Die Flickenteppiche rutschen herunter. Marlene fängt an, an ihrer Kleidung zu zerren. Und Berzan, weint er etwa? Alida rollt hin und her.

So fängt es an. Was da passiert, ist unerklärlich. Es ist ganz bemerkenswert und gleichzeitig kompletter Blödsinn. Aber Cassi ist erstaunt. Es ist so, als ob die Kraft, die sie zu besitzen vorgibt, wirklich in sie gefahren wäre.

Dann kehrt Ruhe auf der Lichtung ein.

Nachdem Cassi sich ausreichend gesammelt hat, legt sie den Finger an die Lippen, um ihnen zu signalisieren, dass sie fertig sind. Es soll aussehen, als ob das, was sich gerade abgespielt hat, völlig normal ist; genau das, was sie erwartet hat, dass es immer so abläuft. Dass dies dazugehört – aber gleichzeitig eine Erfahrung ist, die man unbedingt für sich behalten sollte. Nichts, wovon man anderen erzählt.

Stillschweigend brechen sie auf. Berzan schnappt sich sein Handy, ohne auch nur einen Blick darauf zu werfen. Er geht zu Marlenes Auto und nimmt auf dem Beifahrersitz Platz, schaut nach unten, die Hände in den Schoß gelegt, abfahrbereit. Alida nimmt wortlos ihr Fahrrad und ist schon ein Stückchen gefahren, als sie bemerkt, dass sie ihre Matte vergessen hat. Sie steigt ab, rennt zurück, greift sich die Yogamatte, knüllt sie nachlässig zusammen und schreit frustriert auf, als die Versuche, sie auf dem Gepäckträger festzuschnallen, fehlschlagen und die Matte sich wieder entrollt. Dann zwingt sie sich dazu, sie richtig aufzurollen. Es sieht aus, als ob das alles im Zeitraffer passiert.

Marlene schaut Cassi an. Sie sieht aus, als wollte sie etwas sagen, aber Cassi legt wieder den Finger an ihre Lippen und schließt die Augen.

Marlene macht eine ausladende Handbewegung. Cassi schüttelt den Kopf. Marlene legt den Kopf schief. Cassi bewegt einen Zeigefinger hin und her. Marlene zuckt mit den Achseln und seufzt. Dreht sich um und geht zum Auto, wackelt dabei übertrieben mit den Hüften, winkt Berzan zu. Er reagiert mit einem schwachen Lächeln.

Und dann sind sie verschwunden.

Cassi setzt sich auf die Treppenstufen. Sie will jetzt an nichts denken, und das muss sie auch nicht, denn in diesem Moment hält der Lastwagen des Landhandels mit der Kieslieferung, die sie neulich bestellt hat, vor dem Haus. Der alte Mann, der den Laster fährt, fragt sie, wo er die Lieferung abladen soll, und Cassi zeigt es ihm. Er kippt die Ladefläche, und zwanzig Säcke Kies rauschen zu einem schweren, staubigen Haufen herunter. Dann ist Cassi endlich mit dem Hund allein. Cassi geht ins Haus und leert mit einem Zug ein Glas Wein, das auf der Spüle steht. Schenkt sich ein weiteres ein – das erste, das zählt, wie sie findet, denn die geleerten Gläser waren nur so kurz gefüllt, dass man kaum behaupten kann, dass sie existiert haben. Das ist Cassis Fünf-Sekunden-Regel: Wenn der Wein unter fünf Sekunden im Glas war, zählt er nicht.

Sie lässt sich wieder – mit ihrem ersten Glas Wein – auf den Stufen nieder, während die Abendsonne durch die Bäume glitzert. Maine gesellt sich in stiller Eintracht zu ihr. Sie streichelt ihn.

Manche Dinge hat sie inzwischen gelernt. Je dicker sie aufträgt, umso besser läuft es. Es gibt keine Grenzen, manchmal liegen sie sogar jenseits der Vorstellungskraft. Aber sie muss so viel Souveränität ausstrahlen, dass gar nicht erst Zweifel aufkommen. Schwäche zu zeigen ist so, als würde man darum bitten, in Frage gestellt zu werden. Das war schon in ihrer früheren Rolle als Restaurantmanagerin so und ist es auch hier. Wie hieß es noch immer in ihrem Freundeskreis? Es ist besser, sich zu entschuldigen, als um Erlaubnis zu bitten.

Freundeskreis. Das fühlt sich an wie vor langer Zeit. Jahrhunderte her.

Nein, nein, weg mit dem Gedanken, weg mit dem Gedanken an sie!

Lieber nach vorn schauen.

Mit einer Hand auf Maines Rücken denkt sie, dass Felltherapie etwas ist, das sie sich merken muss; meditieren über ein einziges Fellhaar. Oder Yoga und dabei nie die Hände von einem Hund zu nehmen. Schwierige Lebensentscheidungen begleiten und mit Hilfe der treudoofen Augen des Hundes Orientierung bieten. Wahrsagen anhand von Hundehecheln. Ein verlorenes Tasthaar Auskunft darüber erteilen lassen, welche Körperteile erkrankt sind.

Nein, nein, nicht so etwas Düsteres. Cassis will sich doch auf die positiven Dinge konzentrieren! Sie wird niemandem schlimme oder Furcht einflößende Vorhersagen machen. Sie möchte nur Inspiration geben. Freude. Gemeinschaft leben.

Drei wunderbare Wörter übrigens. Sollte sie die besser aufschreiben? Sie auf eine Tafel schreiben? Irgendwo in ihrem Hinterkopf blitzt ein vages Bild auf, aber Cassi ist so mit sich selbst beschäftigt, dass sie sich nicht mehr genau daran erinnert.

Sie trinkt noch einen Schluck.

Sie wird Kraft und Lebensfreude spenden.

Dieser Gedanke, dieser Entschluss bewegt sie dazu, das Problem ihrer Schlaglochstraße augenblicklich anzugehen. Cassi prostet sich selbst zu, kippt den Rest Wein herunter. Dann kniet sie sich in die Arbeit. Schleppt Säcke, lässt Steinchen purzeln und füllt Löcher, ebnet die Stellen, so gut es geht, mit stampfenden Füßen ein. Zählt darauf, dass sie von selbst flach werden, wenn Autos über sie hinwegfahren. Holt noch mehr Steinchen. Mehr Wein.

Cassi ist verschwitzt und voller Staub, Rücken und Hände schmerzen. Der Abendhimmel ist hell.

28

Die halbtote Topfpflanze hat grüne Triebe bekommen. Ja, Cassi hält mittlerweile ganz gerne nach Symbolen und Zeichen Ausschau, aber das hier ist doch etwas zu offensichtlich! Als ob sie und die Pflanze in einer Art Symbiose existieren und beide sich – endlich! – besser fühlen! Aber es macht sie trotzdem froh. Während sie jeden Zweig der Pflanze von allen Seiten betrachtet, bemerkt sie Pavel an der offenen Tür erst, als er behutsam anklopft. Sie fährt vor Schreck zusammen.

»Ich habe die Leiter dabei«, sagt er und zeigt hinüber zu seinem Auto. Die Leiter ist oben auf dem Dachgepäckträger festgezurrt.

Pavel dreht sich um und geht zum Auto, um sie loszubinden. Lehnt sie vor dem Küchenfenster an die Hauswand und steigt hinauf. Sollte Cassi ein schlechtes Gewissen haben, dass ein schwächlicher alter Mann ihr mit solchen klapprigen und potenziell todbringenden Dingen helfen will? Aber dieser pflichtschuldige Gedanke ist ebenso schnell wieder verschwunden, wie er gekommen ist. Pavel hat es schließlich angeboten, er hat darauf bestanden. Es ist nicht so, dass sie ihn dazu gezwungen hätte.

Und er summt da oben seine übliche Melodie, also scheint er sich wohlzufühlen. Dann hört sie laute scharrende Geräusche.

Pavel steigt herunter, greift sich etwas aus dem Auto, steigt wieder hinauf. Summt weiter. Hammerschläge. Ein Kratzen. Fluchen. Scharren. Noch mehr Scharren.

So geht das eine ganze Weile.

Cassi wartet hinter dem Küchenfenster. Wie soll man sich sonst verhalten, wenn jemand, den man gerne hat, auf dem eigenen Dach herumklettert? Sie hält nicht direkt den Atem an, aber sie kann sich auch nicht auf etwas anderes konzentrieren. Und es wäre seltsam, zu ihm nach draußen zu gehen und zu ihm hochzustarren, als ob ihr Blick ihm Sicherheit geben könnte.

Endlich kommt Pavel wieder herunter.

Cassi will das Fenster öffnen, aber es klemmt, und so fragt sie durch die Scheibe, ob er einen Kaffee trinken mag.

Die Sonne scheint auf die Vortreppe. Sie setzen sich mit ihren Bechern dorthin. Pavel lässt seinen Blick in die Ferne schweifen. Cassi ebenfalls. Sie kennen das jetzt voneinander. Maine kommt von einem Spaziergang hinter dem Haus zurück und legt sich vor ihnen in den Kies, rollt sich herum.

»Ich habe mir noch nicht die Dachrinnen angeschaut«, sagt Pavel schließlich. »Ich kann dir auch mit dem Fenster helfen, wenn du willst. Und die anderen überprüfen. Falls sie sich auch nicht öffnen lassen. Da ich ja nun schon mal dabei bin.«

»Gibt es eigentlich etwas, das du nicht kannst?«, fragt Cassi ihn. »Du solltest mich anlernen, sodass ich auch Bescheid weiß. Aber dann würdest du vielleicht nicht mehr so oft vorbeikommen. Und das wäre ein Jammer.«

Sie sieht ihn an und lächelt, aber Pavel lässt sich an diesem Morgen nicht so leicht bezirzen. Blickt weiter stur in die Ferne.

»Ich habe mir auch Gedanken über das Fundament gemacht«, bemerkt er. »Es bröckelt an manchen Stellen. Die Risse müssen dringend ausgebessert werden.«

Wir haben doch alle unsere Risse, Pavel, liegt es Cassi auf der Zunge. Er fragt sie nie nach ihrer Vergangenheit, und deshalb würde sie ihm manchmal am liebsten alles erzählen. Sich ihm offenbaren, sodass er versteht, was sie mitgemacht hat. Sie hat auch ihre Narben. Die Risse im Fundament sind nichts gegen ihre Risse.

»Wie sieht es denn oben aus? Gibt es feuchte Stellen an der Decke? Unter den verrutschten Dachziegeln habe ich alles versiegelt.«

»Mir ist nichts aufgefallen, aber ich bin auch nicht so oft oben.«

»Soll ich mal nachschauen?«

Das ist eine rein rhetorische Frage. Pavel ist kein Mensch, der Sachen auf die lange Bank schiebt, und das tut er auch jetzt nicht. Vielleicht liegt es an seinem fortgeschrittenen Alter? Er stellt seinen Becher sofort ab, geht nach drinnen und steigt die Stufen in den ersten Stock hinauf. Sie kann ihn oben herumlaufen hören. Es knarrt, ein Schlurfen. Ein Plumps. Dann Stille.

Cassi wartet.

Trinkt ihren Kaffee aus.

Ihr geht durch den Kopf, dass seiner längst kalt geworden sein muss. Er trinkt ihn immer sehr langsam, manchmal sieht es so aus, als ob er mit dem Becher nur dasitzt. Cassi dagegen trinkt alles gern auf ex. Sie wartet noch eine Minute. Immer noch kein Lebenszeichen von oben. Sollte sie besser einmal hochgehen?

Cassi steht auf. Ruft: »Pavel?«

Keine Antwort.

Sie geht ins Haus, folgt seinen erdigen Stiefelspuren bis zur Treppe. Wappnet sich für das, was vielleicht oben geschehen ist. Steigt langsam Stufe für Stufe hinauf, hofft auf ein Lebenszeichen.

Als ihr Kopf Deckenhöhe erreicht, lugt sie vorsichtig nach oben.

»Pavel?«

Sie kann ihn atmen hören. Ein schweres, angestrengtes Atmen, aber das ist normal für ihn, das beunruhigt sie nicht. Er liegt auf dem Doppelbett ohne Matratze. Sie eilt zu ihm, geht neben ihm in die Knie. Unterdrückt den Impuls, ihm den Kopf zu streicheln.

»Bist du o.k.? Kann ich etwas für dich tun? Soll ich einen Arzt rufen?«

Pavel bedeckt mit einer Hand seine Augen, die andere ruht auf seiner Brust. Er seufzt.

»Nein, es ist nichts mit mir«, sagt er mit rauer Stimme. »Es ist nur so überwältigend, wieder hier oben zu sein. Ich musste mich hinlegen. Die Jahre vergehen so schnell. Aber die Tage vergehen so langsam.«

Cassi sagt nichts. Steht auf.

Dann geht sie um das Bett herum und legt sich zu ihm auf die andere Seite, auf das harte Rost, das für eine Matratze gedacht ist. Sie hat ihn vom ersten Moment ihres Kennenlernens an verstanden. Was er da zwischen den Zeilen andeutet, ist für sie sonnenklar. Eigentlich muss er ihr nichts mehr erklären, aber sie fragt trotzdem.

»Willst du mir von euch erzählen?«

Und so wird sie die erste Person, der er von der Liebe seines Lebens erzählt.

29

»Als ich nach Stockholm kam, habe ich mich an der Königlichen Technischen Hochschule beworben«, beginnt Pavel.

Betont sorgfältig jede Silbe des Universitätsnamens.

»Ich hatte offenbar den richtigen Zeitpunkt erwischt, denn der Semesterbeginn stand kurz bevor, und mir wurde einer der letzten Plätze angeboten. Am ersten Tag verlief ich mich auf dem Weg zur Uni und kam zu spät. Ich habe mich so verloren gefühlt. Sprach kaum Schwedisch. Wusste fast nichts über die Stadt. Aber als ich in den Hörsaal kam, war Karl-Adam der Erste, den ich sah. Und da wusste ich es sofort. Obwohl mir das damals noch nicht klar war. Es lag an seinen Augen. Der Art, wie er am Fenstersims lehnte. Ich kann diesen Moment heute noch vor mir sehen. Brauche noch nicht mal die Augen zu schließen.«

Er verstummt.

»Ich habe viel darüber nachgedacht, was der entscheidende Auslöser war. Was mich begreifen ließ.«

Er verstummt wieder. Grübelt. »Aber was es war, weiß ich nicht«, sagt er zögernd. »Ich sah ihn. Er sah mich. Und in dem Moment war es so, als ob der ganze Raum mit Licht erfüllt wäre und alles einen Sinn ergäbe.«

Cassi rührt sich nicht. Atmet fast unhörbar, als ob das leiseste Geräusch ihn verstummen lassen könnte, diesen Moment zunichtemachen könnte. Sie hat es vor Augen: den Hörsaal, der sich langsam füllt, junge Männer, vielleicht hier und da eine Frau, die ihre Plätze auf den Bänken einnehmen. Die Hitze des Spätsommers hinter den großen Fenstern, drinnen ein Geruch nach Rasierwasser, Zigarettenqualm und Schweiß. Stühle, die über einen Holzboden scharren. Eine jüngere Ausgabe von Pavel, schüchterner Blick, nass gekämmtes Haar.

»Für ihn war es anders«, fährt Pavel fort. »Er stand schon mitten im Leben. Aber meines begann in diesem Augenblick.«

Pavel kratzt sich an der Wange. Draußen vor dem Fenster kreisen die Schwalben; es raschelt in der Wand, wenn sie in ihre Nester ein- und aus ihnen ausfliegen.

Er spricht weiter.

»Es war nicht einfach. Er hatte zu der Zeit mit sich selbst zu kämpfen. Sie erwartete ein Kind, also mussten sie überstürzt heiraten. In den Semesterferien fuhr er regelmäßig zurück zu ihr. Manchmal kam sie, um ihn zu besuchen.«

Er schweigt.

»Aber dann kam das Ende des ersten Studienjahres. Wir feierten mit ein paar Kommilitonen bei einem anderen Mitstudenten. Es gab Schnaps. Wir sprachen über das Mittsommerfest, denn Karl-Adam zog mich seitdem immer damit auf, dass ich vergaß, Schwedisch zu sprechen, wenn ich ihm schilderte, wie wir in Litauen feiern. Ich war Schnapstrinken nicht gewohnt.«

Pavel lächelt bei dieser Erinnerung. Zwickt sich fest in die Nasenwurzel.

»Es wurde spät. Auf dem Nachhauseweg mussten Karl-Adam und ich in die gleiche Richtung, also gingen wir gemeinsam. Er musste am nächsten Tag wieder zurück zu ihr. Aber in dieser Nacht nahm er meine Hand. Und so gingen wir.«

Er streicht sich über seine Wange.

»Wir gingen weg.«

Pavel atmet tief ein, seufzt leise. Dann verstummt er wieder. Cassi dreht sich auf den harten Latten zu ihm, betrachtet ihn. Der Bettrost ist schrecklich unbequem, sie spürt jede Kante. Ihr fällt die Akupressurmatte ein, die sie sich einmal angeschafft hatte – wie sie sich dazu zwingen musste, sie zu benutzen, und wie leicht es war, damit aufzuhören. Pavel erzählt weiter.

»Jener Sommer war hart. Ich blieb in Stockholm. Ich trank viel. Trieb mich herum. In geheimen Clubs. Ich war … einsam. Ich wusste nicht, was ich machen sollte. Es war eine dunkle Zeit. Ich denke nicht gerne daran zurück.«

Er schüttelt den Kopf.

Cassi legt ihm tröstend eine Hand auf den Arm.

»Aber als er dann im Herbst zurückkam, schien es, als ob plötzlich alles klar war zwischen uns. Wir gingen zusammen einen Kaffee trinken, und dann kam er mit zu mir. Er zog bei mir ein. Danach hieß es ›Wir‹. Nach außen sah es natürlich so aus, als wären wir nur eine WG. Was zwischen uns war, blieb zwischen uns. Dass ich ihn liebte.«

Cassi denkt, dass sie jetzt vielleicht etwas sagen sollte. Sie räuspert sich.

»Aber er hat sie nicht verlassen?«, fragt sie und bereut es sofort. Das ist so cassitypisch, sich sofort auf das Negative zu stürzen und eine Frage zu stellen, deren Antwort sie schon kennt.

»Was für eine romantische Geschichte«, fügt sie hinzu. »So schön, wenn man sofort weiß, zu wem man gehört.«

Es ist fast so, als wäre sie ein falsch programmierter Roboter. Sie, die schon immer mit jedem x-Beliebigen Small Talk machen konnte, hat noch nie mit dem Kummer anderer Menschen umgehen können, mit starken Gefühlen. Dann ist es so, als ob ihr die Sprache versagt oder sie zu viel oder zu wenig redet, zu direkt ist oder zu unbeteiligt. Sie hat einmal mit einer Freundin im Café gesessen, als diese einen Anruf erhielt, in dem sie darüber informiert wurde, dass ihr kranker Vater gerade gestorben sei. Alles, was Cassi dazu einfiel, war: »Ach du je.« Nichts sonst. Ihre Zunge – und ihr Gehirn – schienen einfach gelähmt.

Pavel sagt nichts mehr. Ob sie jetzt alles ruiniert hat, so wie bei ihrer Freundin damals, als Cassi ihren Kommentar in ihrer Hilflosigkeit noch dreimal wiederholt und diese sie nur verständnislos angeblickt hatte, in Tränen ausgebrochen und dann gegangen war? Seitdem hat Cassi versucht, solche Situationen zu vermeiden. Sie traut sich selbst nicht mehr über den Weg. Traut nicht den Worten, die aus ihrem Mund kommen.

Aber Pavel tätschelt nur ihre Hand.

Und erzählt weiter.

»Sie blieben zusammen, Karl-Adam und Käthe. Sie hatten einen Sohn, aber er war kränklich. Nach dem Diplom zog Karl-Adam zurück zu ihr. Ich wollte einfach in seiner Nähe sein. Ich schickte der Familie ein Taufgeschenk. Vielleicht ein bisschen unverschämt, aber ich wollte, dass es ihn an mich erinnerte.«

Er seufzt erneut.

»Ich versank wieder in der bekannten Dunkelheit. Wusste nichts mit mir anzufangen. Hatte nichts, was mich in Stockholm hielt. Nichts, was mich irgendwo hielt.«

Er wischt sich über die Augen.

»Und dann bekam ich einen Brief.«

30

Cassi wirft Flaschen hinter dem Supermarkt in den Altglascontainer, als sie ein Pärchen bemerkt, das sich nähert. Sie tragen aufeinander abgestimmte marineblaue leichte Steppwesten über dünnen pastelligen Strickpullovern, halten Händchen und lächeln breit.

Der Mann trägt eine getönte Brille und Cargohosen, hält zwei Papiertüten in der Hand. Das lange blonde Haar der Frau flattert im Wind. Cassis Kopfhaut kribbelt bei der Erinnerung daran, wie es sich anfühlte, so frisch gewaschenes, frisch geföhntes, frisch gebürstetes Haar zu haben. Und einen Pullover ohne Fusseln und Knötchen.

Das müssen die Desgoffes sein, die Alpaka-Züchter, von denen Marlene erzählt hatte. Die Beschreibung ihres Aussehens trifft es genau.

Cassi streicht sich eine verklebte Haarsträhne aus dem Gesicht und hinter das Ohr. Immer öfter setzt sie eine selige Miene auf, wenn sie Menschen begegnet, das begreift sie als ihre neue Identität. Sie zwingt ihre Gesichtsmuskeln, sich zu entspannen, fokussiert ihren Blick und zieht ihre Schultern nach hinten, nach unten. Sie stellt sich vor, dass dies den Eindruck einer rätselhaften Mona Lisa erweckt, einer Person, die alle Antworten kennt, aber nur das Wesentliche sagt. Wohlwollend, aufopferungsvoll. Allmächtig.

Cassi schiebt die letzte Flasche mit einem anmutigen *Plopp* in den Glascontainer, hört es scheppern, als sie zerbirst.

»Sie müssen Cassi sein, oder?«

Cassi faltet ihren leeren Beutel und steckt ihn in die Tasche, bevor sie sich zu dem Paar umdreht. Die blonde Frau schaut sie aus freundlichen schmalen Augen an.

»Cassiopeia?«, fügt sie hinzu, legt den Kopf schief und streckt eine Hand aus. »Ich bin Lollo Desgoffes«, fährt sie fort, ohne eine Erwiderung abzuwarten. »Wir haben schon darüber gesprochen, dass es seltsam ist, dass wir uns bisher noch nicht über den Weg gelaufen sind. Sie kennen ja schon Alida, sie arbeitet bei uns. Das ist Simon. Wir sind die mit den Alpakas.«

»Natürlich, ich habe ihre prachtvollen Tiere schon gesehen.« Cassi umschließt zuerst mit beiden Händen Lollos rechte Hand, dann Simons. »Ich wollte schon vorbeischauen, um mich vorzustellen, aber ich hatte so viel um die Ohren. Und ein Mensch braucht Zeit, um anzukommen. Das hier ist nicht der richtige Ort für Stress.«

Mit ausgestreckten erhobenen Armen wie die Erlöserstatue von Rio blickt sie sich lächelnd um, als würde sie etwas völlig anderes sehen als den heruntergewirtschafteten Parkplatz mit den Glascontainern.

Simon lächelt mit makellosen Zähnen.

»Das kann ich verstehen«, erwidert Lollo, »aber kommen Sie doch unbedingt irgendwann auf einen Kaffee oder so zu uns. Es wäre wirklich nett, Sie näher kennenzulernen.«

Cassi ist hungrig. Sie hat es tagelang aufgeschoben, einkaufen zu gehen, und wenn ein Besuch bei den Desgoffes bedeutet, Hans und Grete noch einen weiteren Tag zu vermeiden, dann ist sie sofort dafür zu haben. Wenn es eines gibt, was auf diese beiden auf jeden Fall zutrifft, dann, dass sie einen gut gefüllten Kühlschrank und eine ebensolche Speisekammer haben.

»Jetzt gerade hätte ich Zeit«, sagt sie. »Es ist wichtig, Tage zu haben, an denen wir unserem naturgegebenen Rhythmus nachgeben, unseren Impulsen folgen, schauen, was das Leben zu bieten hat. Und heute ist einer dieser Tage.«

Simon sieht Lollo an. Lollo nickt bereits. Sie ist mindestens genauso erpicht darauf, lebensbejahend rüberzukommen, wie Cassi.

»Das wäre wunderbar! Simon muss nur später die Kinder zu ihren Freizeitaktivitäten fahren. Das kennen Sie sicher, jeder Tag ist verplant. Keine Verschnaufpausen.« Lollo lächelt entschuldigend, aber auch stolz.

»Nein, ich habe keine Kinder«, erwidert Cassi. »Ich könnte in Zeiten wie diesen keine Kinder in diese Welt setzen. Aber so empfinde *ich* das. Das heißt nicht, dass es sich *für Sie* falsch anfühlen muss.«

Sie lächelt sie an.

Lollo nickt langsam. Simon schaut auf seine Smartwatch.

»Wollen Sie dann jetzt gleich mitkommen? Wir haben die Einkäufe erledigt, wir wollten gerade nur noch das Altpapier einwerfen.«

Lollo deutet auf die Container, und Simon läuft los.

Cassi fährt in ihrem eigenen Wagen hinter den beiden her. Sie sieht Lollo gestikulieren, als sie mit Simon spricht, der am Steuer sitzt. Ab und zu dreht Lollo sich um, winkt Cassi durchs Heckfenster zu, so als ob sie ihr versichern wollte, dass sie noch da ist.

Selbst aus der Entfernung glaubt Cassi, sich von den beiden ein Bild machen zu können. Lollo ist so eine Person, die es sich im Herbst gerne mit einer Decke und einer Tasse Tee auf dem Sofa bequem macht, nicht weil ihr kalt ist, sondern weil es das ist, was man eben so macht, wie Bücher nach Farben zu sortieren, im Frühling blau-weiß gestreifte Pullis zu tragen und an Weihnachten *Tatsächlich Liebe* zu gucken.

Simon hat Cassi bis jetzt wenig Anhaltspunkte gegeben, aber sie kennt diesen Typ Mann. Simon hat keine besten Freunde, nur eine lose Truppe, mit der er manchmal Golf spielt. Oder Fußballgolf. Oder Frisbeegolf. Manchmal, aber hauptsächlich, weil man ein Bier zusammen trinken will, auch Minigolf. Lollo betont gern, dass Simon sich in Dinge vertieft, aber in Wirklichkeit mag Simon es möglichst unkompliziert. Sicher, er mag schon mal in der Kellerwerkstatt, die Lollo für ihn eingerichtet hat, herumtüfteln, in Zeitschriften über neue Uhren oder Handys blättern, wenn Lollo ihm welche gekauft hat, er geht manchmal mit zur Jagd, weil man das eben so macht, aber meistens will er einfach seine Ruhe haben. Um Dokumentarfilme über den Zweiten Weltkrieg zu schauen und dabei Chips zu essen.

Die Alpakas scharen sich um Alida, die ein Drahtgestell mit Heu füllt, als sie vorbeifahren. Alida schaut ihnen nach, und Cassi winkt, aber Alida verzieht keine Miene.

Cassi parkt hinter Lollo und Simon auf der geharkten Kiesauffahrt vor dem weiß gestrichenen Haus. Auf der Auffahrt befindet sich ein Rasenrondell und in der Mitte des Rasenrondells ein Baum mit einer Reifenschaukel. Lollo und Simon steigen aus, nehmen Einkaufstüten und Großpackungen mit Klopapier aus dem Kofferraum und stellen sie an die Haustür.

Cassi bietet ihre Hilfe an, aber die Desgoffes winken ab.

»Immer herein, immer herein, und entschuldigen Sie die Unordnung«, sagt Lollo und öffnet die Tür mit einem Code. »Es ist einfach so praktisch, nicht mehr mit Schlüsseln hantieren zu müssen«, erklärt sie, deutet auf den automatischen Türöffner und lacht.

Etwas wie Unordnung gibt es nicht. Der Flur hat weiße Wände und graue Granitfliesen. Nicht ein Staubkorn. Die Jacken hängen fein säuberlich auf Bügeln, und darunter sind geputzte Schuhpaare aufgereiht. Neben der Toilettentür, auf der das traditionelle Herz prangt, hängt ein Familienporträt, das draußen vor dem Baum aufgenommen worden ist. Alle lächeln in die Kamera.

Die Küche ist im modernen Landhausstil gehalten, mit weiß getäfelten Küchenschränken und einer massiven Marmorkücheninsel zwischen der Spüle und dem Esstisch. Die Oberflächen sind sauber und abgewischt. Hellgrüne Äpfel stehen in einer Obstschale auf der Arbeitsfläche. Alles sieht aus wie neu. Ein bisschen wie in einer Musterküche.

»Sie haben ein wunderschönes Zuhause«, sagt Cassi, weil es das ist, was von einem erwartet wird, wenn man einen Raum wie diesen, ein Haus wie dieses betritt.

»Danke schön, wie freundlich von Ihnen«, erwidert Lollo und schneidet die Stiele von einem Strauß weißer Rosen kürzer. Sie stellt sie in eine große Glasvase, die sie ans Ende der Kücheninsel schiebt. Dann drängelt sie gereizt Simon zur Seite, um an eine Schublade zu gelangen.

Cassi weiß nicht, was sie noch sagen soll, denn über Innenraumgestaltung zu sprechen, wenn man Cassiopeia ist, erscheint ihr zu banal. Sie dreht eine Runde durch den Raum, ein wenig hinkend, weil sie gestern Abend über eine zuvor geleerte Weinflasche gestolpert ist.

Lollos Blick folgt ihr. »Was ist mit Ihrem Bein passiert?«

Cassi seufzt. »Es ist ein bisschen albern«, erwidert sie und schüttelt den Kopf. »Es ist eine alte Schusswunde …«

Lollo und Simon sehen sie bestürzt an, unterbrechen ihr Aus- und Einräumen der Lebensmittel.

»… aus einem früheren Leben«, spricht Cassi weiter. »Manchmal macht sie sich wieder bemerkbar. Ich sehe es als eine Erinnerung daran, dass niemand unsterblich ist, aber dass alle weiterleben. Die Luft, die wir atmen, wurde schon von unseren Vorfahren geatmet. Es ist nicht relevant, was wir mit unserem Aussehen anstellen, denn nichts kann uns vor dem Unausweichlichen bewahren.«

Cassi lässt die Finger durch die Luft tanzen und sieht Lollo prüfend an. Lollo fährt sich durchs Haar.

»Darf ich mal Ihre Toilette benutzen?«, fragt Cassi und geht, ohne die Antwort abzuwarten, Richtung Badezimmer und schließt die WC-Tür ab.

Sie setzt sich auf den Toilettendeckel und hält kurz inne, berührt mit den nackten Füßen den beheizten Fußboden und stützt die Wangen in die Hände. Dann steht sie auf, betätigt die Spülung, wäscht sich die Hände. Wäscht sie erneut. Cremt sie mit einer zur Seife passenden Handlotion ein, cremt auch Arme und Beine ein. Sie späht in den Badezimmerschrank, findet aber nur eine Packung Kopfschmerztabletten.

Dass sie sich wie früher fragt: »Wo bin ich eigentlich?«, oder: »Was mache ich hier?«, ist seltener geworden, aber das damit verbundene Gefühl überfällt sie doch immer mal wieder, und an einem Tag wie diesem – nachdem sie so viel Unsinn gelabert hat, in einem fremden Haus mit Leuten, die sie nicht kennt, eingeschlossen im Bad und eingecremt mit der stark parfümierten Lotion von Fremden – ist es schwindelerregend.

Dies ist so anders als das Leben, das sie vorher geführt hat, als sie noch im Keller gewohnt und im Lager gearbeitet hat. Zwar war jenes Leben auch nicht ihr normales Leben, aber es war vertraut und ohne Herausforderungen. Hier ist alles neu, die ganze Zeit. Jeder Moment, den sie nicht alleine ist oder mit Pavel verbringt, ist ein Moment, in dem sie sich irgendwie verhalten muss. Sie kann nie einfach nur sein. Ist immer angespannt.

Und, ja, sie mag das, fühlt sich damit wohl. Nach einem Jahr der Isolation und der Stille ist diese Veränderung fast unerwartet schön. Sie genießt es, diese Person zu sein, die niemand kennt, über die niemand etwas weiß und die immer bereit ist, ihren Mitmenschen zu helfen. Nur wäre es nicht schlecht, mal jemanden zu haben, mit dem sie über die absurde Lage, in die sie sich gebracht hat, lachen kann. Mit jemandem zusammen die Augen zu verdrehen, der Bescheid weiß. Schade, dass ihre alten Freundinnen sich als hinterhältige Ratten entpuppt haben, sonst könnte sie das hier mit ihnen teilen.

Aber andererseits: Wenn sie sich nicht als hinterhältige Ratten entpuppt hätten, wäre Cassi jetzt nicht hier.

Draußen ist es still. Ob sie auf sie warten? Sie sollte in die Küche zurückkehren. Cassi schluckt zwei Aspirin mit einer Handvoll Leitungswasser, nur für den Fall. Es hat einen Beigeschmack von Handcreme. Sie glättet ihr Haar, aber verstrubbelt es dann doch wieder, bevor sie die Tür öffnet und das Bad verlässt.

In der Küche hantiert Simon mit der Kaffeemaschine, und Lollo fasst ihre langen Haare gerade mit einem Clip zusammen und zupft anschließend mit den Händen gezielt ein paar Strähnen heraus.

Cassi reckt die Arme in die Luft und bewegt ihre Hände in weiten Kreisen.

»Ich lese die Energien in diesem Raum …«, sagt sie. »Ich spüre Einklang und … Verspieltheit … aber manchmal geht es auch heiß zu!«

Lollo wirkt begeistert. Sie nimmt ein Glas mit Nüssen aus dem Regal und stellt es auf den Küchentisch.

»Ja, das stimmt! Was wäre das Leben ohne Leidenschaft?«

Sie zwinkert Cassi zu und lächelt, schürzt neckisch die Lippen.

»Wir müssen allen Gefühlen ausreichend Raum geben, das ist einer der Grundsätze meiner Philosophie«, erläutert Cassi und fährt mit einem Finger über die Fensterbank. Lollo bemerkt es, nimmt gleich ein Tuch aus einer Schublade und beginnt, den Küchentisch zu säubern. Cassi schaut auf ihre Fingerspitze. Dieses Pärchen provoziert sie irgendwie. Sie wirken so erfolgreich und schön, so völlig in Balance. Und sehr darauf bedacht, das jeden wissen zu lassen. So als ob sie Cassi ihren bestens organisierten Lebensstil offensiv unter die Nase reiben würden, nur indem sie existieren.

»Aber für nicht wenige Menschen ist das eine große Herausforderung – man möchte sich zum Beispiel seiner eigenen Wut nicht stellen«, fährt sie fort. »Seiner Eifersucht, seinem Kummer. Man verdrängt das Komplizierte und das Schwierige, aber am Ende macht es einen zu einem minderwertigeren Menschen.«

Das muss ausgerechnet sie sagen!

»Das Leben ist beides, Licht und Schatten«, fährt sie fort. »Wir können unsere komplizierten Gefühle nicht einfach wegputzen.«

Lollo unterbricht das Putzen. »Aber es ist doch schön, sich mit ansprechenden Dingen zu umgeben, oder?«, sagt sie. »Ich fühle mich am wohlsten, wenn alles an seinem Platz ist.«

Cassi sieht Lollo herablassend an. Man sieht ihr nicht an, dass sie selbst vor etwas mehr als einem Jahr dasselbe gedacht hat. Lollo faltet das Putztuch in ihrer Hand.

Simon steht an der Kaffeemaschine, dreht sich zu Cassi um und hält zwei Porzellantassen in die Luft – eine für Espresso und eine für Cappuccino. Cassi deutet lächelnd auf die Cappuccinotasse. Seit sie nicht mehr das Leben eines Food-Snobs führt, passt sie sich auch nicht mehr den südeuropäischen Kaffeegewohnheiten an. Sie nimmt Milch in ihren Kaffee, egal zu welcher Tageszeit.

Simon stellt die Tasse unter den Automaten und hält dann einen Karton normale Milch und eine Hafermilch hoch. Cassi zeigt auf die normale Milch. Simon nickt und drückt ein paar Knöpfe an der Maschine.

»Wir sind vor drei Jahren hier rausgezogen«, erzählt Lollo und entzündet mit einem Gasfeuerzeug eine beigefarbene Kerze auf dem Tisch. »Die Städte verlieren immer mehr an Reiz, finden Sie nicht auch? So viel Kriminalität und Gewalt.«

Verständnisheischend schielt sie zu Cassi. Cassi erwidert nichts.

»Und Simon hatte da gerade seine Firma verkauft, was das Vorhaben leichter machte.«

Lollo lächelt ihrem Ehemann zu.

»Und was für eine Firma war das?«, fragt Cassi nach und schaut Simon an, aber Lollo kommt ihm zuvor.

»Ach, nichts Weltbewegendes. Sie waren im Wertstoffhandel tätig. In der Industrie. Simons Vater hatte die Firma in den siebziger Jahren gegründet. Aber wir haben ordentlich Geld dafür bekommen.«

Während Lollo weitererzählt, ordnet sie Zimtschnecken symmetrisch auf einem großen Teller an.

»Und da haben wir beschlossen, unser Leben komplett umzukrempeln. Ich bin mit Alpakas groß geworden, meine Eltern haben schon welche gezüchtet, das war also naheliegend. Wenn man auf dem Land lebt, gehören Tiere einfach dazu. Und Alida kümmert sich um diesen Teil. Wir haben andere Dinge zu tun.«

Lollo holt ihr Smartphone heraus, um Cassi etwas zu zeigen. Auf ihrem Account @LooksByLollo sind Bilder von Wohnaccessoires und Gärten, Outfits, Gerichten und glücklichen zerzausten Kindern zu sehen.

»Ich habe früher in der PR-Branche gearbeitet, aber ich habe mit diesem Account angefangen, als wir das Haus gekauft und es renoviert haben, und das hat dazu geführt, dass ich Aufträge für Innenarchitektur bekommen habe. Waren Sie schon einmal bei Marlene zu Hause? Ich habe ihr bei der Gestaltung des Wohnzimmers geholfen. Und dann gibt es noch ein paar Kooperationen mit verschiedenen Unternehmen.«

Lollo sieht zufrieden aus.

»Mir liegt viel daran, meine Follower zu inspirieren. Und die Umwelt ist mir sehr wichtig«, sagt sie und legt eine Hand auf ihr Herz. »Vielleicht gerade deshalb, weil wir so leben, mitten in der Natur? Das macht es so leicht, Inhalte für diese Art der Zusammenarbeit zu erstellen.«

Sie scrollt schnell durch ihren Feed, damit Cassi es sehen kann.

»Ich persönlich finde, dass der Augenblick gelebt werden sollte«, sagt Cassi mit strengem Blick.

Lollo schluckt.

»Die Bildschirmwelt lässt uns vergessen, was wirklich wichtig ist«, doziert Cassi weiter.

Lollo öffnet den Mund, um etwas zu entgegnen, aber Cassi stoppt sie.

»Lassen Sie mich kurz ausreden, ja?«

Sie hat eine Hand erhoben. Lollo schweigt.

»Wo war ich noch gleich stehengeblieben?«

Cassi schaut aus dem Fenster. Draußen kauen die Alpakas auf dem Heu herum, und die Schaukel schwingt im Wind. Alida harkt den Kies. Zwischen zwei rustikalen Gartenstühlen liegt ein umgekippter Plastikflamingo im Gras.

»Hm, jetzt hab ich's vergessen.«

Lollo sieht zu Boden. Ihre Lippen scheinen ein stummes »Es tut mir leid« zu formen.

Cassi drückt sich die Fingerspitzen an die Stirn. Sieht aus, als würde sie gründlich über etwas nachdenken.

»Ein gutes Bauchgefühl ist wichtig«, sagt sie dann. »Davon sollte man sich leiten lassen.«

Cassis eigenes Bauchgefühl signalisiert Hunger. Sie zieht einen Stuhl hervor, um das Geräusch zu übertönen, setzt sich. Nimmt eine Handvoll Nüsse aus dem Glas auf dem Tisch und kaut sie, eine Nuss nach der anderen.

»Wir sind alle kleine Wunder«, sagt sie. »Denken Sie nur an all die Dinge, die in unserem Körper vor sich gehen, um uns am Leben zu erhalten. Es ist atemberaubend.«

Cassi schwafelt noch mehrere Minuten über ihre Lebensanschauung und ihre Arbeitsweise. Während sie spricht, vertilgt sie Erdbeeren aus einer Schale auf dem Tisch und halbiert die Anzahl der Nüsse im Glas. Lollo und Simon hören ihr gebannt zu.

»Alida hat mir nichts über die Behandlung selbst erzählt, aber ich konnte ihr ansehen, dass sie bei Ihnen drüben etwas Besonderes erlebt hat«, merkt Lollo an. »Simon und ich würden unglaublich gern mal kommen und so eine ...« – Lollo sucht nach dem passenden Wort – »Erfahrung machen. Wir hatten einmal eine phantastische Partnermassage in Kroatien.«

Simon sitzt zurückgelehnt auf seinem Stuhl und hält eine Espressotasse zwischen Daumen und Zeigefinger. Eines seiner Beine vibriert wie ein Presslufthammer, so einer, wie er ein gefühltes halbes Jahr nonstop vor Cassis Wohnung in Betrieb war. Ohne ihn dabei anzuschauen, legt Lollo eine Hand auf sein Bein. Die Bewegung kommt zum Stillstand. Lollo legt die Hand auf den Tisch, einladend in Richtung Cassi.

»Keiner ist neuen Dingen gegenüber aufgeschlossener als ich«, erklärt sie. »Sie sehen hier jemanden vor sich, der neue Erfahrungen begrüßt – was sage ich, willkommen heißt!«

Sie strahlt und breitet die Arme aus.

Dann schlägt sie sich plötzlich die Hände an die Wangen und reißt die Augen auf.

»Weißt du, was, mir kommt da gerade eine großartige Idee, Cassi! Ich darf doch Du sagen? Wir beide sollten zusammenarbeiten!«

Sie beugt sich vor, als wollte sie Cassis Hände ergreifen, hält sich aber zurück.

»Lass uns einen Livestream machen! Yoga! Wäre das nicht toll? Du könntest deine Philosophie verbreiten, und, *wow!*, meine Follower würden sich freuen! Wellness und Gesundheit sind Themen, die ziehen. Und für dein Business wäre das doch genauso gut, du könntest viele neue Kunden gewinnen! Was das für eine Strahlkraft hätte!«

Lollo hält inne, als sie Cassis frostigen Blick bemerkt.

»Mein *Business?*«, wiederholt Cassi.

Es ist lange her, dass sie jemanden mal so richtig zusammengefaltet hat. Nicht mehr seit ihrer Zeit im Restaurant, als sie während einer ihrer stressigsten Arbeitsperioden mit einem schwierigen, aber unterwürfigen Souschef aneinandergeraten war.

Lollos Wangen glühen. Sie weiß nicht, was sie falsch gemacht hat. Cassi seufzt.

»Ich sehe meine Berufung nicht als *Business*, Lollo.«

»Ja, aber ... denk nur an all die Leute da draußen, denen du helfen könntest?«, wendet Lollo ein.

Cassi sieht zur Decke. Lutscht an einem Stück Nuss, das in ihrem Zahn feststeckt. Simons Blick schnellt so rasch zwischen den beiden hin und her, dass er einem Tischtennisball bei einer WM Konkurrenz machen könnte.

»Na gut«, sagt Cassi schließlich. »Wenn ich andere dadurch dazu bewegen kann, mal die Bildschirme auszustellen, und sei es nur für zehn Minuten, dann habe ich ja zumindest etwas erreicht.«

Lollo sieht aus, als fände sie Cassis Aussage widersprüchlich, aber die irritierten Falten um ihre Augen herum verschwinden, und sie klatscht energisch in die Hände.

»Yes, was für ein Spaß! Meinst du nicht auch, Simon? Das wird großartig!«

Simon nickt und hält die Daumen hoch. Dann streckt er die Hand nach einer weiteren Zimtschnecke aus, aber Lollo zieht den Teller weg, sodass er ihn nicht erreichen kann, und hält ihn stattdessen Cassi hin, die sich schnell noch eine nimmt.

Simon erhebt sich zügig vom Tisch und wirft dabei fast seinen Stuhl um.

»Noch etwas Kaffee?«, fragt er.

Lollo schluckt schwer, starrt aus dem Fenster.

»Gern, danke. Der Kaffee ist superlecker«, erwidert Cassi.

Simon dreht ihnen den Rücken zu, und die Maschine beginnt wieder zu zischen.

»Mmm, der ist ja auch aus biologischem Anbau«, erläutert Lollo. Ihr Blick hat sich wieder vom Fenster gelöst. Lollo dreht nachdenklich den Teller mit den Zimtschnecken auf der Theke, ein unangenehmes Schaben ertönt.

»Such doch schon mal die Hockeysachen der Jungs raus, Liebling. Und vergiss nicht Biancas Reitkleidung. Du musst in zehn Minuten los.«

Simon reicht Cassi wortlos die Kaffeetasse und geht in den Flur.

»Simon hilft Max dabei, den Campingplatz zu einem Erlebniszentrum zu erweitern«, sagt Lollo. »Er ist ein waschechter Entrepreneur. Wir haben uns in einem Onlineforum für Jungunternehmer kennengelernt, da ist er mir schon wegen seines Namens aufgefallen … Ich wusste vom ersten Moment an, dass er der Richtige ist. Er brauchte nur etwas Motivation, weißt du, was sein Gewicht betraf. Du machst dir ja keine Vorstellung davon, wie dick er war, als wir uns zum ersten Mal trafen!«

Den letzten Teil sagt sie hinter vorgehaltener Hand, in einem dramatischen Flüsterton. Dann wieder mit normaler Stimme, begleitet von einem müden Blick aus dem Fenster: »Er war damals ein ganz anderer. Nicht nur vom Aussehen her.«

Doch weiter erläutert sie das nicht. Cassi schaut ebenfalls hinaus, beobachtet die Alpakas. Alida ist nicht mehr zu sehen.

»Ich kann dir sagen, das war ein hartes Stück Arbeit.«

Lollo öffnet wieder ihren Clip, lockert ihr Haar mit den Fingern. Der Geruch ihres Shampoos weht zu Cassi herüber.

»Es war ein Kampf. Das war es wirklich. Es war nicht immer leicht.«

Simon steht wieder in der Tür. Mit dem Autoschlüssel, den er zwischen die Zähne geklemmt hat, klopft er gegen den Türrahmen, um auf sich aufmerksam zu machen. Er hat die Arme voller Hockeyequipment und balanciert einen kleinen Reithelm auf dem Kopf. Lollo schaut kurz zu ihrem Mann, bevor sie sich wieder Cassi zuwendet. In ihrem Blick liegt eine neue Entschlossenheit.

»Nächsten Sonntag«, sagt Lollo. »Nächsten Sonntag streamen wir live. Die ganze Welt soll Cassiopeia kennenlernen.«

31

»Ist dein Leben so verlaufen, wie du es dir vorgestellt hast, Pavel?«, fragt Cassi ihn. Sie sitzen auf den Stufen vorm Haus, nachdem Pavel die Fenster, die klemmten, repariert hat – natürlich nicht, ohne dabei sein Liedchen zu summen. Sie ist froh und dankbar für seine Hilfe und seine Gesellschaft.

Er dreht die Tasse in seiner Hand und seufzt leicht.

»Ich weiß nicht, was ich mir vorgestellt habe, ich hatte keinen konkreten Plan. Aber ich bin in einer großen Familie aufgewachsen, hatte viele Freunde. Hatte einen Abschluss als Ingenieur. Natürlich hat sich alles verändert, als ich hierhergezogen bin. Aber das ist alles nicht mehr so wichtig. Wenigstens jetzt nicht mehr.«

Er verstummt.

»Und was ist mit dir? Ist das hier das, von dem du geträumt hast? Du bist ja noch jung.«

Cassi legt den Kopf schief. Macht sich nicht die Mühe, seine Fehleinschätzung über ihr Alter humorvoll zu kommentieren. Alles ist relativ.

»Ehrlich gesagt habe ich nie von dem hier geträumt, bis es … irgendwie passiert ist. Das letzte Jahr war scheußlich. Wirklich durch und durch scheußlich.«

Sie schüttelt den Kopf.

»Aber jetzt bin ich hier. Und jetzt ist es so, wie es ist.«

Cassi empfindet jede ehrliche Aussage über ihr Leben immer noch irgendwie als revolutionär. Die Tatsache, dass Worte formuliert und ausgesprochen werden können. Sie hat so lange alles für sich behalten, alles mit sich allein ausgemacht. Jeden Gedanken an ihr Scheitern, ihre Demütigung. Erst die Erkenntnis, dass jeder sein Päckchen zu tragen hat, hat ihr das Leben etwas leichter gemacht.

»Und meistens bin ich jetzt ganz zufrieden damit. Ich mag Bäcken. Aber mein Leben hat mal, vor ein paar Jahren, ganz anders ausgesehen. Du hättest mich nicht wiedererkannt. Es ist so, als wäre ich eine andere Person gewesen. Hätte in einer ganz anderen Welt gelebt.«

Die Worte bleiben ihr im Hals stecken. So ehrlich darüber zu reden ist trotz allem doch etwas beschwerlich. Sie räuspert sich und lächelt Pavel an. »Noch eine Tasse?«, fragt sie und steht auf.

»Gerne«, erwidert er und leert seine fast volle Tasse neben der Treppe aus, bevor er sie ihr reicht.

Cassi geht in die Küche. Setzt neues Kaffeewasser auf.

Durch das Fenster sieht sie, dass Pavel aufgestanden ist und ein Stöckchen wirft, um Maine zu animieren, sich zu bewegen. Maine schaut ihn nur an. Wedelt einmal mit dem Schwanz, legt sich dann aber auf die Seite, um sein Desinteresse zu unterstreichen. Rollt sich auf den Rücken, um zu signalisieren, dass eine Streicheleinheit am Bauch nicht schlecht wäre, falls Pavel unbedingt eine Beschäftigung braucht. Pavel tut ihm den Gefallen.

Cassi gießt Instantkaffee mit heißem Wasser auf, rührt um und geht wieder nach draußen.

Pavel sieht sie an, sagt aber nichts. Sie weiß, dass er es versteht. Was auch immer es ist.

»Manchmal ist es schwieriger«, bemerkt er, nachdem sie sich wieder hingesetzt hat. »Aber das heißt nicht, dass das Leben immer so sein wird. Dass das, was gerade unsere Realität ist, für immer so bleiben wird.«

Er krault den Hund weiter.

»Aber kann man sich jemals daran gewöhnen?«

Es ist nur so ein Gedanke, aber sie formuliert ihn unwillkürlich laut.

»Ich bin mir nicht sicher, ob das Leben etwas ist, an das man sich gewöhnen muss«, sagt Pavel und steht auf, um sich wieder neben sie auf die Stufen zu setzen. Er nimmt seine Tasse und pustet, um den Kaffee abzukühlen.

Nachdem eine Minute vergangen ist, wird klar, dass Pavel dem nichts mehr hinzufügen wird, sodass Cassi selbst überlegen muss, was er wohl damit gemeint hat. Das Leben ist nicht unendlich. Es hat Höhen und Tiefen. Man muss seinen Verlauf durch eigenes Zutun beeinflussen.

»Hast du denn nie darüber nachgedacht, von hier wegzugehen, ganz woanders neu anzufangen?«, fragt sie.

»Nein. Ich habe mich hierfür entschieden«, erwidert Pavel. »Kann sein, dass mir dieser Gedanke mal ganz am Anfang gekommen ist. Als ich frisch hierhergezogen war. Aber später nicht mehr. Und ich glaube nicht daran, dass man vor sich selber weglaufen kann.«

»Oh, ich weiß nicht. Ich finde eigentlich, dass das ganz gut funktioniert«, entgegnet sie mit einem ironischen Lächeln.

Pavels Mundwinkel zucken. Die Stimmung ändert sich.

»Aber du hättest doch jemand anders kennenlernen können«, sagt Cassi. »Jemanden, mit dem du offen hättest leben können.«

»Das habe ich nie so empfunden. Wir haben niemals mehr zusammengewohnt, nach der Zeit in Stockholm, aber uns waren viele gemeinsame Jahre vergönnt. Ich habe niemand anderen gebraucht.«

Pavel hält inne.

»Und so geheimniskrämerisch haben wir uns gar nicht verhalten«, fährt er fort. Blickt auf seinen Kaffee herunter. »Nicht wirklich. Es war eben nur eine Sache, die wir den Leuten nicht auf die Nase gebunden haben. Es war etwas zwischen uns beiden. Niemand brauchte es zu wissen. Und Karl-Adam war es am liebsten, wenn wir nur unter uns waren. Und das hatte ja nichts Heimliches an sich.«

Cassis Blick schweift zum Wald. Fragt sich, wie man ein Geheimnis vor sich selbst bewahren kann. Aber die Antwort darauf fühlt sich irgendwie zu nah, zu wohlbekannt an, weshalb sie lieber nicht mehr weiter darüber nachdenkt.

»Aber du wirkst so einsam. Es tut mir leid, das hört sich hart an, aber das ist mein Eindruck. Vielleicht weil du immer Zeit für mich hast. Obwohl ich neu hier bin.«

»Ich brauche nicht so viele Leute um mich rum. Es gefällt mir, hier in seinem Haus zu sein. Na ja, in deinem. Es fühlt sich vertraut an. Ich habe wunderbare Erinnerungen daran. Und wie sich herausgestellt hat, mag ich dich.«

Jetzt lächelt Pavel fast wieder.

»Zuerst dachte ich, dass es vielleicht daran liegt, dass du mich an jemanden erinnerst, den ich einmal kannte. Aber inzwischen halte ich es mit dir aus, weil du so bist, wie du bist.«

Cassi windet sich verlegen, stupst ihn mit der Schulter an. Selten hat sie so ein schönes Kompliment bekommen.

»O.k., weißt du, was«, sagt sie. »Ich beschließe einfach mal, dass wir bald einen Ausflug machen werden. Und ihn besuchen. Karl-Adam.«

32

Wenn es eine Sache gibt, an der nicht zu rütteln ist, dann die, dass das Leben weitergeht. Und so ist, ehe Cassi sich versieht, der Tag gekommen, an dem Lollo in Cassis Scheune Vorbereitungen für den Live-Yoga-Stream trifft.

Drinnen ist es dunkel, aber die Abendsonne dringt durch die Ritzen in den Wänden, und zusammen mit den Lichterketten, die Cassi zwischen die Dachsparren gehängt hat, und den wirbelnden Staubkörnchen ergibt das eine geradezu magische Atmosphäre.

Jedenfalls findet Cassi das.

Einmal, vielleicht zweimal, eventuell auch noch öfter hat Cassi einfach weggehört, wenn Lollo versucht hat, Cassi nahezulegen, doch lieber in Lollos lichtdurchflutetes Arbeitszimmer umzuziehen, mit den weißen Dielen und Wänden und der herrlichen Birke vor dem Fenster. Aber Cassi hat sich geweigert. Kategorisch.

Hat deutlich gemacht, dass sie unter keinen Umständen Abstriche bei ihrer Arbeitsweise machen wird, wenn sie das hier durchziehen soll. Mit jeder ihrer Yogastunden ist ihr Selbstbewusstsein gewachsen, und in Lollos Gegenwart hat sie sich in eine wahre Yoga-Domina verwandelt, wenn man das denn so nennen kann. Lollo traut sich nicht, ihr zu widersprechen. Die Frage ist, ob sie es überhaupt wollen würde.

Ob Lollo es je bereut hat, Cassis »Arbeitsweise« nicht selbst ausprobiert zu haben, bevor sie diese Idee mit dem Streaming angeregt hat? Sich gefragt hat, ob es vielleicht dumm von ihr war, keine »Reiki-Behandlung« probiert oder auch nur einen Blick in Cassis Scheune geworfen zu haben, bevor sie ihre gemeinsamen Pläne spruchreif gemacht hatte? Sehr wahrscheinlich. Aber in Lollos Vorstellungswelt existiert kein solch angestaubter, von Kiefernnadeln übersäter Ort. Für sie ist Yoga gleichbedeutend mit Gurkenwasser und pastellfarbenen Leggings, geschmeidigen Körpern und einem hellen Studio. Dass Cassi keinem dieser Dinge entspricht, scheint Lollos Eindruck von ihr nicht beeinflusst zu haben. Vielleicht hatte Lollo geglaubt, dass das helle Studiosetting und das Gurkenwasser automatisch serviert werden würden, sowie die Yogamatten ausgerollt wären.

Nicht dass das jetzt noch wichtig wäre. Die Pläne für heute stehen fest. Heute ist die Nacht der Nächte, und Cassi wird es durchziehen.

Lollo darf als Zugeständnis ihr Ringlicht mit Stativ mitbringen, an dem sie ihr Handy befestigen kann. Cassi weiß schmeichelhaftes Licht zu schätzen, sie ist keine unzivilisierte Barbarin.

Das Event, zu dem Lollo eingeladen hat, wurde in den sozialen Medien weithin geteilt. Fünftausend Menschen haben sich mittlerweile für die kostenlose Sitzung mit Cassiopeia, »dem kosmischen Superstar der Värmlandwälder«, angemeldet.

Lollo versucht, den schlimmsten Unrat von dem erdigen Boden zu fegen, aber das hat nur noch mehr aufgewirbelten Staub zur Folge. Wortlos nimmt Cassi ihr den Besen aus der Hand und stellt ihn beiseite. Vergebens versucht Lollo, die restlichen

Unebenheiten mit den Füßen festzutrampeln, will aber auch ihre weißen Sneakers nicht unnötig schmutzig machen.

Lollo trägt geblümte Trainingsleggings und ein passendes Bustier. Cassi hat sich noch nicht umgezogen, sie trägt ihre Alltagsklamotten, schmuddelige Jeansshorts und ein fleckiges Top, aber das wird sich natürlich ändern. Lollo hat es nicht gewagt, sie danach zu fragen, hat bloß ein Bündel Kleidung mitgebracht und ihr hingehalten.

»Ich habe etwas Zusätzliches dabei, nur für den Fall, dass deine Kleidung gerade in der Wäsche ist oder es vielleicht ganz lustig wäre, wenn wir was Passendes tragen. Wäre es nicht toll, wenn wir im Partnerlook auftreten?«

Cassi sieht Lollo nur an, legt ihr eine Hand auf die Schulter und hält sich den Zeigefinger in einer überdeutlichen Geste vor den Mund.

Sie hat Lollo gestern schon gesagt, dass sie in den Stunden vor der Sitzung nicht miteinander reden dürften. Cassi muss sich konzentrieren, sie braucht Zeit, um ihre Energien und Kraftfelder zu bündeln, mit denen sie sich später befassen werden. Sie hat Lollo außerdem gebeten, in der Stunde vor der Livesendung einen Waldspaziergang zu machen, um ihre »Aura zu reinigen«. Cassi »möchte nicht mit nervigen Beziehungsproblemen behelligt werden«, während sie ihre Vorbereitungen trifft. Außerdem braucht Cassi Zeit, um ihren selbst hergestellten Weihrauch in der Scheune zu verbrennen, um die Atmosphäre weiter zu reinigen und eine »eigen-heilige« – Cassis eigene Worte – Zeremonie durchzuführen, bei der sie vollkommen allein sein muss.

Falls Lollo ihr das übelnimmt, lässt sie sich zumindest nichts anmerken.

»Ich wollte sowieso noch zum Mini-Markt fahren, um Nüsse und Wasser zu besorgen«, setzt sie an, verstummt aber, als sie Cassis Blick sieht. »Ach nein, besser doch ein Spaziergang.«

Lollo frischt ihren Lipgloss auf und hält ihr Handy vor sich, während sie durch die Tore hinausgeht, die an diesem Abend offen stehen. Cassi hört, wie ihre Stimme leiser wird, während sie einen Beitrag filmt.

»In weniger als einer Stunde, meine Lieben, ist es so weit ...«

Cassi sieht sich noch einmal um und findet, dass alles an seinem Platz ist, bereit für die Show. Als sie Lollo nicht länger sehen kann, verlässt sie ebenfalls die Scheune und geht ins Haus. Sie hat sich diese Sache gut überlegt. Es hat ihr geschmeichelt, dass man sie gefragt hat, und die Herausforderung ist reizvoll, aber sie ist sich sehr wohl der Risiken bewusst, die sie mit einem öffentlichen Auftritt in ihrer neuen Rolle eingeht.

Cassi holt einen Becher zeremoniell gekühlten Wein aus dem Kühlschrank und nimmt ihn mit nach oben. Dort hat sie ihr Outfit für den Abend bereitgelegt.

Fünfzehn Minuten später geht sie wieder nach unten. Füllt ihren Becher erneut bis zum Rand, nippt daran. Sie bestreut einen Teller mit getrocknetem Estragon aus einem alten Gewürzglas, das sie hinten in der Speisekammer gefunden hat, und schnappt sich die Streichhölzer.

Zurück in der Scheune, schiebt sie die Kräuter zu einem Haufen zusammen und versucht, sie zu entzünden. Er knistert schön, und für eine Sekunde befürchtet sie, die Scheune in Brand zu setzen, aber so schnell, wie die Flammen emporgeschossen sind, erlöschen sie auch wieder und lassen nichts als eine Wolke erstickenden Rauchs zurück. Also genau so, wie es sein sollte, nicht wahr?

Dann setzt Cassi sich auf ihre Yogamatte, die Lollo für sie ausgerollt hat, und versucht ihre Gedanken zu sammeln. Oder vielmehr, sie loszulassen. Sie hat festgestellt, dass sie genau das braucht. Ihren Wunsch nach Kontrolle aufgeben und die persönlichen Erwartungen loslassen, die Dinge einfach geschehen lassen. Die Worte kommen lassen. Fängt sie erst an nachzudenken, kommt sie meistens schnell aus dem Konzept.

Der Becher ist leer. Cassi ist bereit. Lollo klopft an die Scheunenwand, bevor sie hereinkommt, mit geröteten Wangen und ein wenig verschwitzt. Sie zupft sich Baumnadeln aus dem Haar und schnuppert; riecht den Rauch des Gewürzfeuers.

»Sind wir startklar?«, fragt sie.

Cassi hat mit dem Rücken zu ihr gesessen, steht jetzt aber auf und nickt. Lollo zuckt zusammen. Cassi hat ihre Augen schwarz umrandet. Nicht das Party-Smokey-Eyes-Schwarz. Das ist ein Schwarz, wie die Schurken in Comicheften es tragen. Schurkenmasken-Schwarz. Ihr Outfit besteht aus schwarzen Leggings und einem schwarzen T-Shirt, und um ihre Schultern hat Cassi eine Boa aus Kiefernzweigen gelegt. In der Hand hält sie ein unbeschreibbares Etwas. Bei näherer Betrachtung würde man wahrscheinlich erkennen, dass es sich um ein Flaschenschutznetz aus Kunststoff handelt, das mit Preiselbeerblättern verziert ist, aber das wird Lollo hoffentlich nicht auffallen. Vorsichtig zieht sie es vor ihrem Gesicht herunter und richtet die Preiselbeerzweige, die dabei schief stehen, wieder auf.

»Ähm«, setzt Lollo an, aber hält dann inne.

Cassi entspricht in keiner Weise Lollos Vorstellung von einer Yogalehrerin. Und die Umgebung hat nichts mit Lollos Vorstellung von einem Yogastudio zu tun. Das weiß Cassi. Aber Lollo hat dem zugestimmt. Es war in Wirklichkeit sogar ihre Idee. Und Lollo weiß, dass sie das nicht anfechten kann.

»Sei allem gegenüber aufgeschlossen, Lollo«, sagt Cassi durch die Preiselbeerblätter hindurch und bricht damit ihre eigene Regel mit dem Redeverbot. Aber wer würde gegen diesen Appell protestieren? Wer will schon als verschlossen und zimperlich gelten? Lollo jedenfalls nicht, so viel ist sicher.

Also nickt Lollo schwach, geht zu ihrer Ringlampe, klemmt

ihr Handy ein und startet den Livestream. Als die Anzahl der Zuschauer steigt und sich der untere Rand des Bildschirms mit anfeuernden Kommentaren füllt – Marlene schreibt: »Go girlsss!«, Simon schickt ein Daumen-hoch-Emoji, gefolgt von Muskelarm und Lotuspose –, stellt Lollo sich vor und moderiert an, was gleich passieren wird.

»Und ich kann euch versichern, dass das nicht irgendeine Yogastunde sein wird. Ich habe die Ehre, euch unseren geliebten Guru, Coach und Yogi vorzustellen zu dürfen, hier ist sie, die international bekannte, kosmisch berühmte Queen Cassiopeia!«

Cassi tritt ins Bild. Lollo möchte sie umarmen, aber Cassi hebt abwehrend die Hand. Lollo tritt ein paar Schritte zurück und stellt sich stattdessen auf ihre Yogamatte. Die anspornenden Kommentare sind ein wenig verstummt, ersetzt durch »!!!!«, weinend-lachende Emojis und ein oder zwei Munch-Schreie.

Cassi schenkt dem keine Beachtung. Sie setzt sich hin, die Beine gekreuzt, schließt ihre Augen, fordert die Zuschauer auf, sich von ihrer Stimme leiten zu lassen.

»Ich möchte, dass ihr eure Augen schließt und euch auf eure Atmung konzentriert. Lasst uns für einen Moment still sein und die Gegenwart der anderen wahrnehmen. Chakra, liebe Leute.«

Sie kann fast Lollos erleichterten Seufzer hinter sich hören, dass endlich eine Spur von Normalität in dieses Event einzieht.

Dann beginnt die Sitzung.

33

Am nächsten Tag muss Cassi bei der Erinnerung an die Sitzung laut lachen.

Wie sie ausgesehen hat! Was sie getan hat! Wie es ausgegangen ist!

Wann hat sie zuletzt so gelacht? So unbeschwert, aus dem Bauch heraus? Daran kann sie sich nicht mal erinnern.

Und sie ist auch stolz und ob sie das ist! Zufrieden, dass sie es getan hat, glücklich, dass so viele Menschen teilgenommen haben. Sie empfindet unerwartete Liebe für sie alle.

Aber da ist auch Scham. Und Besorgnis.

So viele Gefühle, das ganze Spektrum, so weit weg von ihrem apathischen Dasein im Keller, wie man nur sein kann. Und dazu noch ein Gefühl: Dankbarkeit.

Sie war sich so sicher gewesen, dass nichts jemals besser werden würde. Es erschien ihr undenkbar, dass ihr Leben wieder die Kurve nach oben kriegen könnte; sie wusste nicht, wo sie hingehörte, noch hatte sie die Motivation, sich danach auf die Suche zu machen. Sie war von allen enttäuscht, nicht zuletzt von sich selbst. Was blieb, war nur eine einzige Aufgabe in ihrem Leben, die ihr noch etwas bedeutete: sich um einen albernen Hund zu kümmern.

Und so findet Lollo sie auch vor, als sie am späten Vormittag mit Geschenken für Cassi vorbeikommt: einer in Zellophan eingeschlagenen Topfrose und einer brandneuen Yogamatte. Sie erzählt, dass mindestens fünfzig Leute an sie herangetreten seien, die Cassis Dienste in Anspruch nehmen wollten. Lollo zweifelt Cassis Abwesenheit in den sozialen Medien und ihren Mangel an der Nutzung moderner Technik nicht an, weshalb sie ihr einen Stapel Direktnachrichten und E-Mails ausgedruckt hat.

Cassi war natürlich schon längst online. Sie hat Kommentare und alles, was sie über ihre Sitzung finden konnte, gelesen. Sie fand sogar Erwähnung in einem Zeitungskommentar über ländliche Kultur in einer der großen Tageszeitungen, mit spitzer Feder geschrieben von einem Kolumnisten, der kaum älter als zwanzig sein kann.

»Im Wald kann man sich leicht verirren«, lautet die Titelzeile. Der knappe Text über »den salbungsvollen Preiselbeer-Guru«, dessen Identität nicht weiter ausgeführt wird, ist schwer zu deuten. Cassi liest den Artikel mehrmals. Er könnte positiv, aber auch negativ gemeint sein.

Dass niemand sich ihrer Defizite mehr bewusst ist als Cassi selbst, ist das Gute daran, dass sie zufällig in einen Kontext gestellt wurde, den sie sich nie ersehnt hat. Das macht es ihr leichter, das Lob aufzusaugen und die Kritik an sich abprallen zu lassen. Sie weiß längst, dass das, was sie getan hat, besser hätte gemacht werden können. Sie kann weiter aus ihren Fehlern lernen, sich weiterentwickeln, ihr Handwerk verbessern. Den Traum leben, der – genau genommen – nicht ihrer ist, sondern der Traum eines anderen Menschen. Fragt sich nur: wessen?

Letztlich zählt für sie nur, dass niemand aus ihrem alten Leben sie wiedererkennt und auffliegen lässt. Und das scheint ihr gelungen zu sein: Offenbar hat niemand die echte Cassi hinter den Preiselbeerblättern erkannt.

Bei einem Einkauf im Mini-Markt fängt sie der Inhaber der Pizzeria ab, in ebendem Moment, als sie zum Ausgang gehen will, um Hans zu entkommen, der heute wieder an der Kasse sitzt und ihren Ausweis gerade so lange studiert hat, als ob er die Nummer darauf auswendig lernen wollte. Aber wenigstens hat er nichts gesagt und wortlos ihre Bestellung geholt. Cassi ist inzwischen ganz auf Kartonwein umgestiegen, um lärmendes Flaschenklirren zu vermeiden, und als der Pizzeriainhaber sie nun also aufhält, wird sie von den schweren Einkäufen fast wie von einem Anker zu Boden gezogen.

Sie möchte hier, vor Hans, nicht reden. Also versucht sie den Mann nach draußen zum Parkplatz zu lotsen, aber er ist gerade erst reingekommen und genießt die Abkühlung, die die Klimaanlage ihm bietet. Er will noch Zigaretten kaufen, bevor er den Laden wieder verlässt, und wegen der langen Warteschlange hat er es damit nicht gerade eilig.

»Ich habe deine Liveveranstaltung mit Lollo gesehen«, sagt er, eine Hand in die Hüfte gestützt. »Erzähl mir von deiner Philosophie. Wer war dein Lehrmeister?«

Der-Pizzabäcker lächelt, wirkt ehrlich interessiert. Cassi wirft einen Blick zu Hans an der Kasse hinüber; ihre Blicke treffen sich. Ihr ist klar, dass er nicht wegsehen wird. Dass er lieber langsam arbeiten und seine Kunden warten lassen würde, als jetzt das Zuhören einzustellen. Seine unverhohlene Verachtung ist erschreckend beständig.

»Ich finde es interessant, wie du die verschiedenen Einflüsse mischst«, fährt der Pizzabäcker fort. »Du bist mutig. Modern. Das gab es in meiner Kindheit nicht.«

Cassi erwidert sein Lächeln. Das kann Hans nur zu gerne hören. Der Inhaber der Pizzeria ist bei den Dorfbewohnern beliebt. Cassi kennt ihn nicht näher, aber sie hat viel von Marlene über ihn gehört, die ihn gelegentlich zu sich einlädt und einmal behauptete, dass sie von »asiatischen Männern besessen« sei. Bevor Cassi etwas entgegnen konnte, hatte Marlene den Finger gehoben und hinzugefügt, wenn man Komplimente mache, sei das kein Rassismus.

»Der Pizzabäcker ist außerdem ein Dichter«, hatte Marlene ihr erzählt. »Verstehen tue ich seine Gedichte nicht, aber sie sind unglaublich schön.«

Der Pizzabäcker lebt schon seit mehr als fünfzehn Jahren in Bäcken, gilt aber immer noch als Neuankömmling. Jeder nennt ihn Cook. Eigentlich liegen sie damit ja richtig, aber seine fehlenden Sprachkenntnisse bei seiner Bewerbung, kurz nachdem er hierher gezogen war, zwangen ihn zu diesem gleichermaßen ungeplanten wie dankbar angenommenen Jobwechsel im Alter von vierzig Jahren. Cook – sein wirklicher Name wird so ausgesprochen, aber nicht so geschrieben – hatte zuvor als Buchhalter gearbeitet. Er gehörte mal zu einem Flüchtlingsstrom, an den sich niemand mehr erinnert (abgesehen von denjenigen, die damals einwanderten), und hat sich seit seiner Einbürgerung einen größeren schwedischen Wortschatz angeeignet als der Großteil seiner Mitmenschen besitzt.

Cassi legt den Kopf schief. Sie sollte eine Antwort auf diese Frage parat haben, das weiß sie. Aber in Wahrheit ist es so, dass die Antwort immer davon abhängt, wer fragt. Und wo sie sich befindet, wenn sie gefragt wird. Sie schielt zu Hans hinüber. Bedenkt sorgfältig, was sie sagt.

»Meine Philosophie …«, beginnt sie, »nun, ich glaube an das Gute im Menschen, in uns allen. Ich denke, jeder hat eine zweite Chance verdient. Tief in seinem Herzen will der Mensch Gutes tun.«

Cook lächelt immer noch. Hans pult an der Kasse herum,

als ob dort etwas säße, was nicht abgeht und was er entfernen muss, bevor er den nächsten Kunden bedienen kann.

»Und ich glaube nicht an Regeln«, fügt Cassi mit einem Seitenblick auf Hans hinzu. »Es ist wichtig, eigenständig zu denken. Ich kann nur Wegweiser sein.«

Sie hätte jetzt gerne ein Nicken von Cook gesehen. Das wäre eine Gelegenheit gewesen zu zeigen, dass sie nicht irgendeine Sektenführerin ist. Warum sollte das überhaupt so falsch sein? Wären da nicht Hans und seine engstirnige Einstellung und die Angst, die er in ihr auslöst, könnte Cassi sich Schlimmeres vorstellen, als von einer Fangemeinde gleichzeitig bewundert und unkritisch respektiert zu werden. Vielleicht sogar ein bisschen gefürchtet.

»Da ist etwas dran«, sagt Cook und kratzt sich am Hals. »Du bist eine moderne Schamanin. Du gebrauchst Klischees, aber das macht etwas mit den Menschen. Eine spirituelle Erfahrung, die zugleich schwer und leicht anzunehmen ist.«

Schwer und leicht? Cassi weiß nicht, welches der beiden Wörter die schlimmere Beleidigung ist. Einen flüchtigen Moment lang hat sie das Bedürfnis, den Mund zusammenzupressen und einen hollywoodreifen Abgang hinzulegen, kommt aber wieder zur Besinnung. Außerdem hindern die schweren Weinpackungen sie daran, filmreif davonzustürmen.

»Ja, es ist ein durchdachtes Potpourri von verschiedenen Einflüssen«, sagt sie stattdessen. »Ich glaube, dass der moderne Mensch mehr braucht. Eine erneuerte Spiritualität, könnte man wohl sagen. Wir sind neuen Eindrücken gegenüber offen, aber zutiefst rastlos. Wir suchen Gelassenheit.«

Das saß! Mit Phrasen wie »Wir suchen Gelassenheit« kann niemand ihr vorwerfen, nicht ein Quell der Weisheit und Erkenntnis zu sein.

Und Cook stimmt ihr zu.

»Du hast recht«, sagt er. »Wir brauchen das Vertraute. Die Klischees. Die Sicherheit. Wie eine Pizza Margherita. Die gute alte Margherita wird nie von der Speisekarte verschwinden. Und dann belegst du sie mit Zutaten, von denen niemand vorher gehört hat. Mit Dingen, auf die man sich nicht richtig einen Reim machen kann. ›Chakra, liebe Leute‹, wie du gesagt hast.«

Klischees? Und hat er sie da gerade etwa mit einer simplen Pizza verglichen? In Cassi brodelt es.

Sie versucht, nicht zu Hans hinüberzusehen, kann es aber nicht lassen. Er lacht, es klingt wie ein hämisches Schnauben.

Sie muss sich beherrschen, auch wenn jetzt Wut in ihr aufwallt, die sich kaum unterdrücken lässt.

Heraus kommt ein steifes Lächeln.

»Das ist sicherlich der Dichter in dir, der da spricht«, sagt sie und versucht unbeschwert zu klingen. »Das ist ein Gleichnis, das mir selbst nicht in den Sinn gekommen wäre, aber vielleicht kann man das so betrachten: Deine Pizzen stillen eine bestimmte Art von Hunger. Den physischen. Ich trage mit etwas anderem bei. Etwas Tiefergehendem.«

Auch mit dieser Erwiderung ist sie höchst zufrieden. Sie wendet sich zum Gehen.

»Die Schlange hat sich aufgelöst«, sagt sie und zeigt zur Kasse. »Nama-fucking-ste, wie ich zu sagen pflege.«

JULI

34

In der Nacht hat es geregnet. Der Himmel ist tiefblau, das Gras leuchtend grün, die Sonne knallgelb, und der Asphalt glänzt wie ein frisch geputztes Katzenfell.

Endlich ist es ihr gelungen, Pavel zu überreden. Gleich wird sie ihn an seinem Haus abholen, wird ihn so zutexten, dass er abgelenkt ist, wird ihn ganz bis zum Eingang fahren, wird ihn hineinbegleiten. An seiner Seite sein.

Als Maine ins Auto hüpft und seine Leine sich am Hebel des Beifahrersitzes verheddert, fällt ihr auf, dass sich die Fußmatte wölbt. Cassi steckt die Hand darunter und zieht einen kleinen schwarzen Rahmen mit einem Schwarz-Weiß-Foto hervor. Bevor sie es verhindern kann, holen sie die Erinnerungen ein.

Jarmo wird nach mehreren Wochen auf Reisen endlich wieder nach Hause kommen. Cassi hat dafür gesorgt, diesen Abend freizuhaben. Eigentlich findet sie es anstrengender freizuhaben, als arbeiten zu gehen, muss sie doch zuerst jemanden, der sie vertritt, in alle Details einweisen und dann zu sämtlichen Fragen Stellung nehmen und gleichzeitig trotzdem an alles denken, wenn auch aus der Entfernung. »Alles gut, da kümmere ich mich schon drum«, sagen die Vertretungskräfte immer, aber

Cassi weiß es besser. Niemand kann das tun, was sie tut, jedenfalls nicht so wie sie.

Aber es ist ebenfalls wichtig, seine Beziehung zu pflegen. Cassi und Jarmo hatten zuletzt nicht viel Zeit miteinander, ihre Telefongespräche waren kurz gewesen, und wenn sie überhaupt darüber hatte nachdenken können, fand sie, dass er gestresst wirkte. Angespannt. Dieser Abend muss also gut verlaufen. Sie werden ein ganz normales perfektes Paar sein. Entspannt, verliebt, glücklich. Sie werden zum Abendessen ausgehen, mit zwei von seinen Freunden und drei von ihren. Alles wird perfekt sein, so wie es sein soll.

Cassi war es, die die Initiative dazu ergriffen hat. Sie hat all ihre Beziehungen in der Gastronomie genutzt, um einen guten Tisch für sieben Personen im neuesten Gourmettempel der Stadt zu bekommen: ein Laden, der für gewöhnliche Sterbliche Monate im Voraus ausgebucht ist, dessen Küchenchef und Oberkellner sie jedoch kennt. Sie nennt es ihr verspätetes Geburtstagsessen.

Deshalb hat es sie auch so überrascht, dass Maggie und Andrea beide sofort aus irgendwelchen familienlogistischen Gründen abgesagt haben. Aber Cassi akzeptierte kein Nein. Sie besorgte einen Babysitter für Andrea und verwendete viel Zeit darauf, Maggies Freund zu überreden, und dann war alles geregelt.

Das Gourmetrestaurant befindet sich in einem neu erbauten Glaskasten mit einer Terrasse, ganz oben in einem der höchsten Gebäude der Stadt, und das Menü wird als Modern Scandinavian Pure Fusion beschrieben. Weil Cassi sich nicht auf ihre Freunde verlassen will, hat sie ein weiteres Mal im Restaurant angerufen und sich als einer der Gäste ihrer Gesellschaft ausgegeben. Erzählt, dass sie Cassi feiern möchten, die Geburtstag hat, und dass Cassi es toll finden würde (wenn sie auch nach außen hin vermutlich heftig protestieren würde), wenn ein Dessert mit einer Funken sprühenden Wunderkerze zu ihr hinausgetragen würde. Sie hofft, dass jemand ein Foto von dieser Szene schießen wird, das festhält, wie selig sie dabei aussieht – oder vielmehr natürlich: wie selig sie *ist*.

Als der Tag gekommen ist, ist Cassi schon frühmorgens im Fitnessstudio. Sie hat sich das Haar und die Nägel machen lassen, die Küche und das Bad ein weiteres Mal geputzt, obwohl immer alles blitzblank ist, hat sich neue Dessous gekauft. Nicht dass ihre Dessous-Schublade nicht schon gut bestückt wäre, aber etwas Neues schadet ja nie! Es ist wichtig, sich in seiner Haut wohlzufühlen, sich rundum appetitlich zu fühlen.

Anschließend hat sie ihren Arbeitstag damit begonnen, Vertretungen für krankgeschriebene Kellner zu organisieren. Hat sechs Bierfässer, die irgendein unfähiger Schülerpraktikant an die falsche Stelle gestellt hat, beiseitegezogen, alles für den fünfzigsten Geburtstag eines erfolgreichen Musikproduzenten vorbereitet, der das gesamte Lokal mieten möchte, hat Jarmos Firma bei verspäteten Lieferungen unter die Arme gegriffen, versucht, eines Gemüsegroßhändlers habhaft zu werden, der Auberginen von schlechter Qualität geliefert hat, wo doch eine der neuen Speisen auf der Karte eine Variante einer Melanzane alla Parmigiana ist, hat herumtelefoniert, um einen Floristen zu finden, der Pfingstrosen im Angebot hat, obwohl es nicht die Jahreszeit dafür ist, hat ihre Mittagspause übersprungen und ihre Reservierung für das Abendessen auf vier Personen geändert, nachdem Jarmo sie benachrichtigt hatte, dass seine Freunde kurzfristig verhindert seien, und ihre Freundin Liza ihr eine Nachricht geschickt hatte, dass sie leider Fieber bekommen habe.

Cassi hat zudem noch ein Krisentreffen auf der Arbeit hinter sich gebracht – es ging um einen Koch mit Spielschulden und Mafiakontakten –, musste aufgebrachte Telefonate mit Handwerkern führen, die in ihrer Wohnung immer noch ein paar Fußbodenleisten verlegen müssen, und wegen der Feuchtigkeit im Keller des Restaurants musste sie sich mit dem Besitzer des Gebäudes über die kommenden Renovierungsvorhaben abstimmen.

Danach steht noch einen Termin mit einem Künstler an, der in den nächsten Monaten ein Motiv zum Thema »Stockholm aus der Vogelperspektive« für die Rückseite der Menükarte umsetzen soll sowie entsprechende Wand- und Fensterinstallationen, was zu einer langen Diskussion darüber ausartet, welcher Vogel denn am besten dafür geeignet wäre.

»Ein Spatz hat ja eine ganz andere Perspektive als eine Eule …«, sagt der Künstler, der es überhaupt nicht eilig hat. Er ist ein Jugendfreund des Restaurantinhabers und nimmt die Gelegenheit wahr, eine – wie er es nennt – Trinkorgel zu bestellen: einen Kaffee, eine Limo, ein Bier, ein Glas Sekt, einen Wodkashot. Er kippt die Limonade herunter und wischt sich mit der Handfläche über den Mund, bevor er sich damit über den Kopf fährt. Dann sieht er hoch zur Decke, streckt die Beine lang vor sich aus. Weiß behaarte Knöchel blitzen strumpflos zwischen seiner Chino und den Loafers auf, obwohl der Frühling kaum Einzug gehalten hat.

»Oder ein Vogel, der ursprünglich nicht in unseren Breiten beheimatet ist? Ein Flamingo? Oder was wäre, wenn man eine bereits ausgestorbene Art nähme – eine Dronte? Das könnte doch ein vielschichtiges Statement zur ökologischen Frage, den Tierrechten, der misslichen Lage der Menschheit sein. Wirklich relevant. Und von Interesse für die Medien, nicht wahr? Schau mal, ich kriege schon Gänsehaut!«

Er deutet auf seinen Arm. *Sooo* viel Gänsehaut ist darauf nicht zu sehen, wahrscheinlich will er nur mit seiner kostspieligen Uhr angeben.

Das Treffen ist reine Zeitverschwendung und wird von dem Künstler, dem es hier offenkundig vor allem um den freien Zugang zur Bar geht, schamlos in die Länge gezogen. Wenn die Formulierung im Briefing doch nur »von oben« gelautet hätte! Selbst wenn dieser Typ mit Sicherheit selbst daraus eine Erörterung hätte anstellen können, die für mehrere Drinks gereicht hätte.

Aber diesen bescheuerten Termin schneller vorantreiben kann Cassi auch nicht. Sie muss einen guten Eindruck hinterlassen, das gute Verhältnis pflegen, seine Fragen ernst nehmen. Es ist ihre Aufgabe, alles im Blick zu haben, ordnungsgemäße Abläufe zu garantieren, die Gäste bei Laune zu halten. Die Zeit läuft. Und läuft. Der Künstler kippt den Wodka, ordert einen weiteren. Redet lang und breit über seine Glutenintoleranz, während er sich ungeniert am Brotkorb bedient, der aus unerfindlichen Gründen auf dem Tisch gelandet ist, obwohl Cassi dem Personal eingeschärft hat, dass die Unterredung nicht lange dauern soll. Cassi muss los. Muss woanders sein. Cassi und Jarmo streiten sich nie, aber ihre jeweiligen vollen Terminkalender sorgen oft unterschwellig für Gereiztheit, wenn sie sich sehen, und sie weiß, dass jedes verspätete Eintreffen ihrerseits mit einem schnippischen Kommentar seinerseits gekontert wird.

Nichtsdestotrotz gelingt es ihr, als Erste vor Ort im Glaskasten zu sein. Der Speiseraum riecht nach frischem Holz, blankem Metall und ein wenig auch nach Scheibenreiniger. Dicke Teppichware sorgt für einen luxuriös dezenten Geräuschpegel, während der Ausblick auf die Lichter der Stadt durchaus als pompös bezeichnet werden kann. An der Bar erspäht Cassi eine blonde Kellnerin, deren Probezeit sie vor einem Monat nicht verlängert hat. Die Kellnerin scheint nicht zu merken, dass es Cassi auffällt, dass sie mit ihrer Kollegin über Cassi herzieht, während sie Barzubehör in diverse Gefäße sortieren, aber Cassi hat ihre stechenden Blicke aufgefangen. Sie lächelt in sich hinein, fährt sich durchs Haar, streckt den Rücken durch. Wenn es eine Sache gibt, die ihr so was von egal ist, dann das Gerede des Servicepersonals.

Cassi greift nach der Weinkarte. Wählt sorgfältig, stellt fest, dass die Auswahl ganz okay ist, aber auch nicht mehr als das. Da ist definitiv Luft nach oben. Sie bestellt eine Flasche Weißwein, damit sie schon im Eiskübel bereitsteht, wenn die anderen eintreffen. Schenkt sich selbst Wasser ein. Sie trinkt weder Wein noch Bier oder anderen Alkohol zum Vergnügen, sondern nimmt nur dann einen Drink, wenn es die Arbeit verlangt. Nach ihrer Kindheit mit Bea war ihr das kaum schwergefallen, im Gegenteil. Sich in einen Rauschzustand zu versetzen hatte, selbst als Teenie, nie einen speziellen Reiz auf sie ausgeübt. Cassi hat zwar Verständnis dafür, dass andere das anders betrachten mögen, aber sie assoziiert Alkohol in keiner Weise mit Genuss. Er ist etwas anderes. Ein Mittel zum Zweck. Ein Business. Eine Schwäche.

Ihre Freundinnen winken vom Eingang herüber. Andrea, klein und zierlich, mit glänzendem Haar und in Businesskluft und daneben die hochgewachsene Maggie, die vor ein paar Monaten ein Baby bekommen hat, in einem unförmigen grauen Kleid wie ein Zelt mit Knöpfen dran. Muss das so sein, wenn man Kinder hat? Ist es wirklich so schwer, ein gewisses Niveau zu halten? Cassi wird davon seltsam getriggert, will schon den Kopf schütteln, steht stattdessen aber auf, lächelt und zupft ihr enges weißes Top zurecht, als ob es dadurch noch perfekter sitzen würde, als es das ohnehin schon tut.

Plötzlich stellt sie fest, dass ihr nicht mehr einfällt, auf welchen Vogel der Künstler und sie sich letztendlich für das Kunstwerk geeinigt haben. Haben sie sich überhaupt für einen entschieden? Hat sie sich übrigens von dem Typen verabschiedet? Und wie ist sie eigentlich hergekommen?

Maggies und Andreas Wangen sind hektisch gerötet. Sie beide und Liza – die mit dem Fieber – sind Cassis engste Freundinnen seit der Grundschule. Sie haben so vieles zusammen erlebt, kennen die Eigenheiten und die Geschichten der anderen in- und auswendig. Aber inzwischen sehen sie sich nicht mehr so häufig, zumindest nicht mehr so oft wie früher. In den letzten Jahren scheinen die Tage immer kürzer geworden und schneller vergangen zu sein, sodass man kaum mithalten kann. Und in letzter Zeit scheint sich der Abstand zwischen ihnen vergrößert zu haben. Vielleicht ist das eben so, wenn man älter wird, denkt Cassi. Kinder kommen dazwischen, Partner, die Arbeit. Aber sie haben ihre Chatgruppe namens Rauchzeichen, benannt nach der Wohnung, die sie nach dem Abi zusammen bewohnt haben, und schreiben sich fast täglich. Na ja, *haben* sich jedenfalls so gut wie täglich geschrieben. In den letzten Wochen ist der Austausch ungewöhnlich erlahmt. Cassi hatte kaum Zeit, sich das bewusstzumachen, aber diese Erkenntnis kommt ihr flüchtig, als sie Maggie und Andrea angeregt miteinander plappern hört, noch fieberhafter als sonst, wenn überhaupt möglich. Wechselseitige Updates über ihr Leben. Maggies neuer Alltag als Mutter, Andreas neue Rolle als Partnerin in einer Anwaltskanzlei, die Diagnose von Maggies Vater, die Tatsache, dass Andrea und Cassi sich unabhängig voneinander die gleichen neuen Designertaschen gegönnt haben. Lizas Gesundheit – wann immer Cassi zuletzt versucht hat, sie zu treffen oder mit ihr zu telefonieren, hat immer irgendetwas Krankheitsbezogenes im Weg gestanden. Apropos, wie geht es ihr jetzt überhaupt? Maggie zeigt Fotos ihrer Tochter auf dem Handy. Cassi neigt den Kopf, kommentiert sie mit »Ohhhs« und »Ahhhs«, und legt sich die Hand aufs Herz. Viele dieser Bilder hat sie sicherlich schon gesehen, bedenkt man, wie viele davon ihren Gruppenchat überfluten. Andererseits – ganz sicher sein kann man sich da nicht. Ein Baby sieht aus wie das andere.

Maggie erzählt, dass ihr Freund und sie beschlossen haben, wieder zurück in ihre Heimatstadt zu ziehen, der sie alle nach dem Abi schnellstmöglich den Rücken gekehrt hatten.

»Wir möchten uns ein eigenes Haus kaufen, jetzt, wo die Kleine größer wird«, sagt Maggie beim Weiterscrollen durch die Bilder. »Mit Garten. Und dort gibt's gute Schulen. Da hab ich einfach ein sicheres Gefühl.«

»Ich würde es in einer kleineren Stadt nie aushalten«, bemerkt Andrea und trinkt einen Schluck von dem Wein, den Cassi ihr eingeschenkt hat. »Stockholm ist das Minimum für mich.«

Lächelnd prostet sie Cassi zu, die mit ihrem Wasser mit ihr anstößt.

»Ich kann mir auch nicht vorstellen zurückzugehen«, sagt Cassi kopfschüttelnd. »Man möchte doch mittendrin sein, dort, wo etwas passiert, oder nicht? Ich liebe Menschen. Und ein Haus? Nee, das reizt mich überhaupt nicht. Wenn meine – unsere – Wohnung fertig ist, will ich nie mehr umziehen.«

Sie lächelt, streicht sich eine Strähne ihres blonden Haares hinters Ohr. Das Apartment und alles, was es beinhaltet, gehört ihr, aber sie stellt sich eine Zukunft mit Jarmo vor, in der er nicht mehr so viel reist, in der sie dort zusammenleben und das miteinander geteilte Leben eine Selbstverständlichkeit ist, nicht nur, wie jetzt, ein Vorgeschmack darauf. Alles, was ihr gehört, gehört auch ihm. Maggie hat ihr Glas Wein praktisch inhaliert und sieht Cassi jetzt mit einem kleinen Lächeln an, streckt ihr die Hand entgegen.

»Aber wäre es nicht toll, wenn unsere Kinder zusammen aufwachsen könnten, so wie wir damals?«

Andrea starrt Maggie nur an, doch Maggie plappert weiter.

»Und ein Baby, das verändert dein ganzes Leben! Ich weiß, dass du letztes Mal gesagt hast, dass jetzt der falsche Zeitpunkt dafür ist, aber vielleicht demnächst?«

Den erbosten Blick, den Andrea Maggie zuwirft, bemerkt Cassi nicht mehr, weil in ebendiesem Moment Jarmo hereinkommt. Er lächelt Cassi zu, sieht aber nicht fröhlich aus. Cassi springt auf – wie lange das doch her ist! Wie sehr sie sich nach ihm gesehnt hat! –, aber Jarmo legt ihr nur seine Hände auf die Schultern und küsst sie flüchtig auf beide Wangen. Begrüßt dann kurz Maggie und Andrea. Maggie scheint sich unbehaglich zu fühlen und erhebt sich nur notgedrungen von ihrem Stuhl. Andrea winkt ihm von der anderen Seite des Tisches lasch zu.

»Entschuldigt die Verspätung«, sagt er, während er erneut eine Hand auf Cassis Schulter legt. »Ich muss mal kurz die Örtlichkeiten aufsuchen.«

Und schon ist er wieder weg. Maggie und Andrea sehen Cassi an, tauschen einen Blick. Cassi tut so, als wäre alles in bester Ordnung, schenkt ihnen nach.

In einer perfekten Welt hätten ihre Freundinnen und ihr Verlobter sich genauso gemocht, wie Cassi sie alle mag. Sie haben sich nur selten gesehen, da sollten sie doch wenigstens eine Spur Interesse füreinander bekunden? Aber heute Abend scheint die Atmosphäre schlimmer zu sein denn je.

»Huch, alles dreht sich!«, sagt Maggie nach einem weiteren Schluck Wein. »Der steigt mir inzwischen superschnell zu Kopf.«

Cassi lächelt ihr zu, erinnert sich an eine andere Maggie. Andrea textet irgendwas auf ihrem Handy.

»Die Babysitterin«, sagt sie, und verzieht kurz das Gesicht. »Anscheinend war der Ketchup alle. Chaotische Zustände.«

Jarmo kommt wieder, zieht seinen Stuhl heraus, setzt sich. Greift nach seinem Weinglas, leert die Hälfte in einem Zug. Cassi ist zerrissen. Irgendwas stimmt hier nicht, das spürt sie, es hängt in der Luft. Jarmo weicht ihrem Blick größtenteils aus und beteiligt sich nicht an der Unterhaltung. Maggie und Andrea reden fast ausschließlich miteinander, befasst mit ihren persönlichen Dingen. Die Weinflasche ist bereits geleert.

Jetzt wendet sich das Gespräch dem Essen zu.

»Ich muss mal in mich gehen, wonach es mich gelüstet«, sagt Maggie. Sie lehnt sich zurück, legt die Hände auf den Bauch, sieht nachdenklich aus, kneift die Augen zusammen. Das hat sie immer schon so gemacht, seit sie klein war. Manchmal ist das charmant, andere Male wirkt es wie eine Pose. Heute empfindet Cassi dabei nur Abscheu.

»Ich nehm den Knollensellerie«, sagt Andrea und legt das Menü – handgeschöpftes Büttenpapier an einem dünnen Kiefernholzbrett befestigt – nachdrücklich aufs Tischtuch. »Sollen wir noch einen Wein ordern? Ich muss die Gelegenheit nutzen. Spätestens um halb zehn muss ich los, länger kann die Babysitterin nicht.«

Sie betrachtet ihre Finger, ob nach der Berührung mit dem Menübrett auch kein Baumharz an ihnen klebt.

»Ich möchte die Seezunge«, sagt Cassi. »Aber ohne Kartoffeln, stattdessen gegrillten Schwarzkohl. Und wonach ist dir, Jarmo?«

Er sieht auf, schaut sie mit leerem Blick an. »Was?«

»Was möchtest du essen, Liebling?«, fragt sie. Obwohl sie eigentlich fragen will: »Ist etwas passiert?«, aber sie weiß, dass er es nicht leiden kann, so viel Aufmerksamkeit auf sich zu ziehen.

Alles, was sich eigentlich gut anfühlen sollte, ist heute nur seltsam. Sie hätte es begrüßt, wenn er von sich aus mit einer

Erklärung gekommen wäre. Vielleicht etwas wie: »Wir haben da gerade eine wahnsinnig schwierige Situation auf der Arbeit, und ich muss gleich wieder los.« *So* hat sie sich diesen Abend nicht vorgestellt.

Aber Jarmo sagt nichts von irgendeiner arbeitsrelevanten Krise. Sagt nur: »Essen, ach ja«, und senkt den Blick auf die Speisekarte. Cassi lächelt. Lächelt Maggie zu, lächelt Andrea zu.

Ein Kellner erscheint, um ihre Bestellung aufzunehmen. Andrea hebt die leere Weinflasche und hält einen Finger hoch. Cassi bittet um Mineralwasser.

Sie unterhalten sich über eine Fernsehserie. Und über eine neue Trainingsmethode, die Andrea ausprobiert hat: »Nur zwanzig Minuten Training, aber das Resultat kann sich sehen lassen!« Cassi erzählt von ihrem Treffen mit dem Künstler, verstummt aber nach ein paar Sätzen, weil sie bei der Wiedergabe ihres Gesprächs immer wieder durcheinanderkommt. Andrea reicht einen Entwurf herum, wie ihre Küche nach der Renovierung aussehen wird. Jarmo versucht interessiert zu erscheinen, sagt aber nichts. Sein Blick schweift ab, nicht selten verschwindet er im Handy.

Zufällig bekommt Cassi mit, wie Andrea Jarmo anstarrt, und fragt sich, wie sie das deuten soll. Liegt die Erklärung womöglich darin? Ist die frisch geschiedene Andrea vielleicht heimlich in Jarmo verliebt? Weiß sie etwas, das Cassi nicht weiß? Was ist hier überhaupt real? Vielleicht bildet sich Cassi das alles ja auch nur ein? Vielleicht muss sie nur einmal tief durchatmen. Ihr ist bewusst, dass die in letzter Zeit nicht immer ganz mit den Gedanken bei der Sache ist. Dass sie zu schnell herumschwirren. Manchmal kommt es ihr so vor, als sei ihr Kopf vom Körper abgeschnitten, als wäre sie selbst ganz woanders, nicht präsent. Es ist eine Art von Schwindel. Cassi vergisst Dinge, muss sich immer häufiger Notizen machen, vergisst dann, dass sie etwas aufgeschrieben hat. Sie versucht es zu verdrängen. Versucht es nicht damit in Verbindung zu bringen, dass sie in letzter Zeit häufig Nasenbluten hat. Seit mehr als einem Jahr war sie weder krank, noch hat sie sich freigenommen, und diese psychischen und physischen Aussetzer findet sie unangemessen, absurd. Ihr Leben ist doch perfekt! Schön, glücklich, erfolgreich, geordnet, voller Liebe. Nirgends ein Problem in Sicht. Sich so schwummrig zu fühlen passt nicht in ihr Selbstbild.

Man kämpft sich aus einer Krise heraus – so sagt man doch? –, also lächelt Cassi strahlend in die Runde und sagt: »Skål! Toll, dass wir uns endlich alle mal wiedersehen!«, während sie innerlich das Gefühl hat, als sei ihr Körper völlig auf links gedreht. Sie weiß kaum noch, wer sie ist. Wenn sie arbeitet, ist es leichter für sie, da muss sie einfach den Laden am Laufen halten.

Cassi lacht laut, als sie aufsteht, um die Toiletten aufzusuchen. Worüber lacht sie eigentlich? Hat jemand einen Scherz gemacht? Sie weiß es nicht, erinnert sich nicht. Fast rutscht sie auf ihren hohen Absätzen aus, als der dicke Teppich in Marmorboden übergeht. Auf der Toilette ist die Beleuchtung gedämpft, und die Musik aus versteckten Lautsprechern klingt melancholisch, schwebend, experimentell. Cassi hält ihre Handgelenke unter kaltes Wasser, betrachtet sich im Spiegel. Die Wand hinter ihr ist übersät mit gerahmten Schwarz-Weiß-Fotografien in Postkartengröße. Zwischen den bekannten Persönlichkeiten – alten gekrönten Häuptern, Künstlern und Artisten – taucht ein ihr noch vertrauteres Gesicht auf. »Mama!«, hört sie sich ausrufen, ein Wort, das sie nicht mal als Kind gebraucht hat. Sie hat ihre Mutter immer Bea genannt, darauf hatte Bea bestanden.

Cassi schnappt sich ein zusammengerolltes Frotteetuch vom Regal unter dem Spiegel, trocknet sich rasch die Hände, nimmt dann das Bild genauer unter die Lupe: Bea beim Aussteigen aus einem Taxi mit Pass, Zigarette und unförmiger Handtasche in der einen Hand; die andere liegt noch an der Autotür. Langes zerzaustes Haar, weiße Bluse, Minirock. Die Kette mit dem rosa Stein um den Hals. Ihr Blick ist selbstbewusst, unerschrocken. Wie alt mag sie da gewesen sein? Zwanzig? Plötzlich bekommt Cassi Herzrasen, Schweißausbrüche, als sie eine überraschende Sehnsucht nach ihrer Mutter überwältigt.

Schnell, ohne nachzudenken, nimmt sie das Bild vom Haken. Hängt ein anderes an die Stelle, das weiter am Rand hing, damit die Lücke nicht gleich so ins Auge sticht. Zuerst will sie Bea in den Papierkorb tun, besinnt sich aber anders und stopft sie mitsamt Rahmen in ihre neue Handtasche.

Als Cassi an den Tisch zurückkehrt, hält sich Maggie die Hände vor die Brüste.

»Die Milch leckt!«, sagt sie mit verzweifelter Stimme.

Jarmo erweckt den Eindruck, als wäre er am liebsten überall, nur nicht hier. Andrea lacht so, dass ihr die Tränen kommen.

Maggie muss nach Hause; als es Zeit für das Wunderkerzendessert ist, ist sie schon nicht mehr dabei. Andrea macht ein paar Fotos, nachdem Cassi ihr auffordernd das Handy herübergestreckt hat, aber Cassi muss die Aufnahmen nicht mal ansehen, um zu wissen, dass sie sie wieder löschen wird. Nichts an diesem Abend läuft so, wie es sollte.

Und das Foto von Bea ist in Vergessenheit geraten. Cassi wusste kaum, was sie da sah, als sie einige Wochen später ihre Handtasche leerte, um sie zum Secondhandladen zu bringen. Hätte sie zu jenem Zeitpunkt noch irgendwelche Gefühle übrig gehabt, hätte sie sich vielleicht einen Moment in das Bild vertieft. Doch stattdessen hat sie es nur geistesabwesend in eine der Umzugstüten gesteckt, beim ersten wie beim zweiten Umzug.

Wann genau es unter die Fußmatte des Beifahrersitzes geraten ist, weiß Cassi nicht, und es ist auch nicht weiter wichtig. Jetzt wischt sie den Rahmen mit den Fingern ab, gibt auf das Glas acht, über das sich ein Sprung zieht. Sie geht wieder ins Haus, legt das Bild auf ein Regal in der Küche. Spricht auf dem ganzen Weg zu Pavel laut vor sich hin.

35

Pavels Gesicht ist ganz grau. Er hat sich rasiert und ein frisch gebügeltes weißes – wenngleich etwas vergilbtes – Hemd angezogen. Und wiederholt, erneut, dass dieser Ausflug keine gute Idee sei.

»Oder aber es ist eine fabelhafte Idee!«, entgegnet Cassi. »Du hast dich nach ihm gesehnt. Bestimmt hat er sich auch nach dir gesehnt. Außerdem ist das doch nur ein Besuch. Bald bist du wieder zu Hause.«

Cassi braucht zwanzig Minuten, um ihn dazu zu überreden, sich ins Auto zu setzen. Die Überredung besteht eigentlich nur aus einer detaillierten Schilderung von Cassis und Maines letzter Tour in den Wald: was Maine gemacht hat, in welche Richtung sie gegangen sind und weshalb, welche Moosformationen Cassi gesehen hat, was ihr beim Hören verschiedener Geräusche durch den Kopf gegangen ist … Es ist gleichermaßen eine Methode, Pavel zu demonstrieren, dass sie nicht vorhat, ihr Vorhaben aufzugeben und unverrichteter Dinge wieder heimzufahren, wie eine Methode, ihren Kopf davon abzuhalten, über Dinge nachzudenken, an die sie nicht denken will.

Pavels Finger bewegen sich rastlos über einen Gegenstand, den er in der Hand hält. Cassi erkennt den Schlüsselanhänger, den er bei ihrer ersten Begegnung von ihrem Hausschlüssel gelöst hat.

»Was stellt das dar?«, fragt sie.

Pavels Hände kommen zur Ruhe. Er zeigt es ihr. Ein kleines, abgenutztes rundes Metallplättchen, gelb und grün, darauf das Bild eines Hirschs mitten im Sprung.

»Das ist nur ein altes Andenken. Der Anhänger ist Karl-Adam aus der Hosentasche gefallen, als wir uns gerade kennengelernt haben. Ich hob ihn auf, um ihn ihm wiederzugeben, aber er meinte, ich könne ihn behalten. Ich habe es so interpretiert, dass er mir damit etwas sagen wollte. Ein Hirsch, sein Sprung in die Freiheit … oder ins Ungewisse.«

Er lächelt über sich selbst.

»Man sieht, was man sehen will.«

Er schaut auf den Anhänger.

»Erst als ich hierherkam, erfuhr ich, dass dies das Logo einer Traktormarke ist.«

Sie schweigen.

Dann aber, wie auf ein gegebenes Signal hin, stehen sie auf, sind plötzlich abfahrbereit. Oder aber Pavel hat eingesehen, dass Cassi nicht vorhat lockerzulassen.

Cassi öffnet für Pavel die Beifahrertür und hilft ihm ins Wageninnere.

»Ich habe Kaffee dabei«, sagt sie und zeigt auf zwei PET-Flaschen in den Becherhaltern. »Deiner ist schwarz.«

Pavel hebt seine Flasche hoch, mustert sie, hält sie zwischen den Händen, wie um sich daran zu wärmen. Als sie losgefahren sind, war das Wasser kochend heiß. Jetzt ist es das nicht mehr.

Cassi plappert weiter drauflos, wie geplant, bis Pavel sagt, dass es okay sei, wenn sie jetzt schweigt. Dann fahren sie den Rest der Strecke, ohne zu reden. Pavels Finger, Pavels Beine, Pavels Kopf, alles bebt und zittert vor Nervosität.

Auf dem Parkplatz fällt es ihm schwer, das Auto zu verlassen. Sie bleiben noch einen Moment sitzen, bis Cassi aussteigt, den Wagen umrundet und zu Pavels Seite geht. Seine Tür öffnet, ihre Hand ausstreckt. Seine sonst so patent anpackenden Hände sind schlaff und eisig kalt. Mit Cassis Hilfe zieht Pavel sich mühsam hoch zum Stehen.

Dann gehen sie Hand in Hand zum Eingang des Seniorenwohnheims »Grüne Aue«. Treten durch die automatischen Türen, stehen in einem Flur mit pfirsichfarbenem Vinylboden. Hellgelbe Wände mit Texturtapete. Sie treffen auf einen jungen Mann, weiß gekleidet und mit rosa Strümpfen in weißen Kunststoffsandalen, der ihnen die Richtung weist, eine Zimmernummer nennt. Er streicht sich seinen dunklen Pagenkopf hinter die Ohren und fügt hinzu: »Ich glaube, dass Kalle gerade schläft, ich habe vor kurzem noch nach ihm gesehen.«

Zögern sie jetzt, war's das, dieses Gefühl durchströmt Cassi. Sie setzen einen Fuß vor den anderen, und es ist fast so, als würde Cassi Pavel das letzte Stück ziehen. Vor einer Tür bleiben sie stehen. Pavel zeigt auf Cassi, sie soll anklopfen.

Keine Antwort.

Sie öffnet die Tür einen Spaltbreit. Weiß nicht, was in solchen Heimen angebracht ist, wie man sich richtig verhält. War noch nie in einem. Wäre das wie ein Einbruch, einfach so hineinzugehen? Jetzt tun sie das jedenfalls.

Die Jalousien sind abgesenkt, aber so angewinkelt, dass noch Licht hindurchscheint. Und da – ein kleines Bündel unter der Bettdecke. Es ähnelt so gar nicht Pavels Schilderungen von einem energiegeladenen Karl Adam. Cassi bleibt hinter der Tür stehen, lehnt sich an die Wand, Pavel geht weiter ins Zimmer. Setzt sich auf einen Stuhl neben dem Bett, rührt sich nicht.

Er scheint es kaum zu wagen, den Kopf, der auf dem Kissen liegt, anzusehen. Streicht nur leicht mit den Fingern über das waffelartige Muster der Baumwolldecke direkt neben den Umrissen eines Arms.

»Soll ich euch allein lassen?«, fragt Cassi im Flüsterton. »Ich kann draußen warten.«

»Nein, bleib«, bittet Pavel.

Sie warten, schweigend. Nach einer Weile rührt sich das Bündel. Die Augenlider flattern, der Kopf dreht sich in Pavels Richtung.

Dann, plötzlich, ein lautes Brüllen, eine Schallwelle des Schocks. Karl-Adam setzt sich im Bett auf, schwenkt seine dünnen Arme, versucht, die Beine auf den Boden zu stellen, wie um zu fliehen. Cassi eilt zum Bett, kommt Pavel zu Hilfe, der Karl-Adam daran zu hindern versucht, aus dem Bett zu steigen, denn dass das übel ausgehen würde, scheint klar, und da kommt auch der weiß gekleidete Mann aus dem Flur und rennt zum Kopfende von Karl-Adams Bett. Er beruhigt ihn.

Karl-Adam hört auf zu schreien, aber eine lange Tirade an Flüchen folgt, ungehobeltes Geschwätz, das in einer Rezitation des Gedichts »Der Wichtel« mündet, samt allen elf Strophen. Pavel und Cassi können nichts weiter tun, als abzuwarten. Cassi ist aufgeregt und gleichzeitig schwer beeindruckt.

»... Der Wichtel, davon ganz betört, beschließt, dass er das Leben hört. Fragt sich, wohin es ginge und wo der Quell entspringe ...«

Als Karl-Adam fertig ist, sieht er alle drei an, sein Blick bleibt auf Pavel liegen. Pavel streckt ihm die Hände entgegen. Karl-Adam lässt zu, dass Pavel seine ergreift.

Ohne Pavels Hände loszulassen, dreht sich Karl-Adam zu Nathan, dem Pfleger in Weiß, um. Lächelt.

»Kann man hier Frühstück bekommen?«

Nathan nickt und erwidert, dass er es holen geht. Karl-Adam legt sich wieder hin.

»Danke für den Besuch«, sagt er an Pavel und Cassi gewandt. »Aber ich kaufe nichts. Habe gerade erst gebacken, der Gefrierschrank ist schon voll. Alles Gute für die Klassenfahrt!«

Pavel weicht zurück zur Tür. Cassi versucht ihn daran zu hindern, flüstert: »Willst du denn nichts sagen?«, sieht aber, dass Pavel Tränen in den Augen hat und er einfach nur weg will, raus aus dem Zimmer.

Sie gehen auf den Flur, setzen sich auf eine Bank. Pavel verbirgt sein Gesicht in den Händen, Cassi legt einen Arm um ihn. So sitzen sie da, bis Nathan mit einem kleinen Wagen mit Karl-Adams Essen angefahren kommt.

»Sie dürfen es ihm nicht übelnehmen, manchmal dauert es ein bisschen, bis die Medizin wirkt«, erklärt Nathan. »Seine Verwirrtheit legt sich meistens nach ein paar Stunden.«

»Er ist also nicht immer so?«, fragt Cassi, weil Pavel immer noch nicht hinter seinen Händen hervorsieht.

»Nein, dieser Harnwegsinfekt macht das alles erst so schlimm. Sind Sie mit ihm verwandt? Kalle bekommt eher selten Besuch. Ein Jammer, dass er gerade heute so drauf ist, wo Sie hier sind.«

Cassi sieht Pavel an, dann wieder Nathan.

»Alte Freunde. Na ja, ich nicht, aber Pavel hier. Nun, dann müssen wir wohl an einem anderen Tag wiederkommen und einen neuen Versuch starten. Oder was meinst du, Pavel?«

Sie legt ihm eine Hand auf den Rücken, doch Pavel rührt sich nach wie vor nicht, verharrt in seiner vorgebeugten Haltung, als sei er der älteste Baumstumpf des Waldes, den man auf eine Bank gesetzt hat. Er richtet sich leicht auf. Sagt nichts weiter, nur dass er nach Hause will, und geht wie blind in Richtung Ausgang.

36

Als sich Marlenes Haustür öffnet, sehen Cassi und Maine sich Berzan gegenüber, der gerade auf dem Sprung ist; er sitzt in der Hocke, schließt seine Rennradschuhe mit Klettband über dem Fußrücken. Berzan trägt Lycrakleidung in engen Schichten übereinander, sein Hosenboden ist verstärkt und ähnelt einem windelartigen Kissen.

Er grüßt fröhlich, bevor er sich mit einem – für Cassis Geschmack viel zu intensiven – Kuss von Marlene verabschiedet. Dann setzt er den Helm auf, nimmt sein spindeldürres Rennrad vom Rasen, schwingt sich in den Sattel und strampelt davon.

»Der Mann ist zu allem in der Lage«, sagt Marlene, und Cassi wappnet sich für weitere intime Details, die sie heute genauso wenig hören will wie neulich.

Marlene zeigt mit der Hand in Richtung Berzan, hält mit der anderen ihren roten seidigen Kimono zusammen. Er ist in der Taille mit einem Gürtel geschlossen, aber der Stoff ist so glatt, dass er verrutscht.

»Guck doch nur, wie schnell er fährt!«

Berzan saust den Kiesweg hinunter, biegt in Richtung Mini-Markt ab.

»Wusstest du, dass er auch Tattookünstler ist? Das ist vermutlich an und für sich das, worin er am schlechtesten ist. In seiner sogenannten Kunst.«

Marlene schüttelt den Kopf und wirft die Tür zu. Mit in die Hüften gestemmten Händen dreht sie sich zu Cassi um, wobei sich ihr Kimono wie ein Bühnenvorhang öffnet. Cassi visiert die Flurdecke an.

Dann beugt Marlene sich zu Maine herunter.

»Hallihallo! Hab's ja ganz versäumt, dich zu begrüßen!«

Fest rubbelt sie Maines Körper.

»Kommt er immer mit?«, fragt sie Cassi.

Cassi überlegt.

»Nein, aber wenn er das möchte, darf er's. Ich würde sagen, dass er meistens zu Hause bleibt, aber mir manchmal auf dem Weg zum Auto Gesellschaft leistet und dann entscheidet mitzukommen.«

»Ja, du bist ein ganz Tüchtiger, ein prima Assistent, Maine«, sagt Marlene und beugt sich erneut vor, rubbelt ihm ein weiteres Mal fest über das Fell.

Dann hebt sie einen Finger in die Luft.

»Ich zieh mich kurz um«, sagt sie und schwebt ins Schlafzimmer. Maine biegt in Richtung Küche ab, um den Fußboden näher zu erkunden. Ob da vielleicht was Interessantes unterm Tisch zu finden ist? Cassi bleibt im Flur stehen. An einer Wand stehen vier Einbauschranke nebeneinander, auf Taillenhöhe eines Erwachsenen hat ein Kind mit einem roten Stift versucht, für Ordnung zu sorgen. Jemand, vermutlich Josse, hat jede Tür beschriftet:

»PAPA«, »MAMA«, »LULLE« und »JOSSE = DIE BESTE«.

»Was arbeitet Berzan eigentlich?«, fragt Cassi. »Ich sehe ihn immer nur, wenn er freihat.«

»Er fährt die Linienfähre über den Fluss«, antwortet Marlene aus dem Schlafzimmer.

Cassi öffnet die Papa-Schranktür ein klein wenig. Leer. Bis auf eine einzige Mütze. Lulles und Josses Schränke sind auch leer. Der Mama-Schrank ist proppenvoll mit Jacken und Halstüchern in sämtlichen Farben, nur nichts in Schwarz.

Marlene erzählt weiter.

»Früher ist er eine Großfähre gefahren. Dann kam es zu einem großen Skandal, als er eine Affäre mit seiner Vorgesetzten begann. Er wurde gefeuert. Zwei Fähren zwischen Göteborg und Dänemark wären fast kollidiert, die Situation war also unhaltbar.«

Viele Informationen auf einmal, und keine davon enthält etwas, mit dem Cassi gerechnet hat.

An der Wand gegenüber von den Schränken hängt eine große mit Fotos übersäte Pinnwand aus Kork. Cassi lehnt sich vor, um sich die Familienfotos genauer anzuschauen.

»Fährt Fähre, sagst du«, nimmt Cassi den Faden wieder auf. »Noch ein Mann, der durchs Leben segelt.«

Ein heiseres, langgezogenes Lachen kommt aus dem Schlafzimmer.

»Ich mag dich, Cassi. Du bist cool. Wenn man's nicht besser wüsste, würde man dich nicht für einen Guru halten.«

Marlene kommt wieder heraus, jetzt in einen blauen eng sitzenden Gymnastikanzug gekleidet. Sie streckt sich, zupft im Schritt am Gewebe, um es zu richten.

»Wie nett ihr ausseht«, sagt Cassi, die immer noch die Fotos anschaut.

Marlene lehnt sich ebenfalls vor und guckt. Auf den Fotos, die ihren Ex-Mann zeigten, wurde sein Gesicht herausgeschnitten.

»Ja, wirklich«, erwidert sie. »Meine wunderbaren Kinder.«

Sie fährt mit dem Finger über zwei fröhliche Teenager.

»Aber mein Mann hatte – auch vorher – keine besonders einladende Visage.«

Ihr heiseres Lachen führt ins Wohnzimmer.

Aber Cassi bleibt noch stehen. Sie ist an einem Foto hängengeblieben, das eine lächelnde Marlene in einem langen roten Kleid mit einem Weinglas in der einen und Absatzschuhen in der anderen Hand zeigt. Auf ihrem Kopf sitzt eine Krone aus Goldpapier.

»Was für ein tolles Bild von dir, Marlene! Wer ist ›Berit 50‹, die ihr da feiert?«

Marlene kommt zurück. Mustert das Foto.

»Das bin ich«, sagt sie. »Berit. Ich habe nach der Scheidung meinen Vornamen geändert.«

Sie begegnet Cassis Blick.

»Ich wurde ich selbst«, stellt sie fest. »Nicht alle fanden das gut. Aber die Scheidung war das beste Geschenk, das ich mir je gemacht habe. Sie hat mir etwas abverlangt. Sie hat gekostet. Aber danach habe ich mich, nach langer Zeit, endlich wiedererkennen können.«

Sie seufzt leicht, es ist vielmehr ein Hauch.

»Marlene musste Marlene sein dürfen.«

»Wie lange warst du verheiratet?«, will Cassi wissen.

»Fünfundzwanzig Jahre. Ich habe geheiratet, weil ich aufgegeben hatte, das weiß ich im Nachhinein. Alle in meinem Umfeld hatten geheiratet. Ich hab mir wohl gedacht, dass es so sein muss. Und ich war eine gute Ehefrau, da würde mir, glaube ich, niemand widersprechen. Eine gute Mutter, wie es so schön heißt. Mein Angetrauter dagegen hat mich schon in der Hochzeitsnacht gelangweilt, aber ich hab's trotzdem lange mit ihm ausgehalten.«

Marlene wischt sich unsichtbaren Staub von der Brust.

»Warst du mal verheiratet?«, fragt sie Cassi, eine vollkommen einleuchtende Nachfrage, die Cassi aber überrumpelt.

»Nein.« Sie räuspert sich, fügt hinzu: »Nie«, als würde

»Nein« als Antwort nicht ausreichen, als bedürfe es noch einer Erläuterung.

Dann macht Marlene eine weit ausholende Geste, fordert Cassi damit auf, ihr zu folgen.

»Schau mal, ich habe das Zimmer neu gestaltet!«, sagt sie. »Es ist gerade erst fertig geworden. Ich brauchte mal was Neues. Lollo hatte angeboten, mir zu helfen.«

Das Wohnzimmer ist in Beigetönen gehalten und beherbergt einen weichen Teppich, einen niedrigen Couchtisch und ein niedriges Sofa, geziert von zwei hellbraunen Kissen. Cassi hätte angenommen, dass Marlenes Zuhause vielmehr ein Feuerwerk an Farben sei. Oder zumindest ein kleines Feuerchen – mit Tiermustern, zweideutiger Kunst, Bärenfällen, Krimskrams und nackten Männern.

Marlene rückt ein Bild gerade, das eine Orchidee in Nahaufnahme zeigt.

»Ich glaube, sie fand, dass es hier drinnen zu seltsam aussah«, fügt sie hinzu.

Cassi sieht sie fragend an. Marlene schiebt einen Kerzenhalter auf dem Couchtisch herum, bis er ganz mittig steht.

»Als wir uns scheiden ließen, war mein Mann erpicht darauf, dass sämtliches Eigentum sofort gerecht geteilt wurde. Für jeden die Hälfte von allem. Und zwar bis ins letzte Detail.«

Sie zieht an dem BH-Träger, der sich in ihr Schulterblatt gegraben hat.

»Er zählte die Wattepads im Bad ab, tat sie auf zwei Stapel. Nachdem er das Sofa in Angriff genommen hatte, musste ich die Säge verstecken. Ob er wohl damit zufrieden ist, da, wo er jetzt wohnt?!«

Sie schnaubt.

»Dass die Einbaumöbel noch hiergeblieben sind, lag sicherlich nur daran, dass er keinen Kuhfuß zur Hand hatte.«

Marlene sieht Cassi an.

»Er war nicht derjenige, der sich scheiden lassen wollte, wenn du verstehst. Für ihn war das Leben ja bequem. Ich war die Böse. Ich war es, gegen die alle sich wandten.«

Sie schüttelt sich. Schaut sich um.

»Aber jetzt, nach ein paar Jahren, wollte ich nicht länger für den Rest des Lebens ein halbes Sofa haben.«

Marlene blinzelt ein paarmal.

»Und so habe ich eingewilligt, als Lollo mit ihren Bildern und Vorschlägen daherkam. ›Gib mir etwas, das sich nach Marlene anfühlt‹, hab ich gesagt. ›Sexy. Attraktiv. Weltgewandt.‹«

Marlene lächelt.

Cassi nickt, sagt, dass es sehr schön geworden ist. Durch und durch Marlene ist. By Lollo.

Marlene zeigt zur Terrassentür.

»Ich hatte gedacht, dass ich mich hier drüben auf den Tisch legen könnte. Da kann man auch den Springbrunnen hören.«

Sie betreten die verglaste Veranda. Der Himmel ist heute bedeckt, aber die Luft ist warm, und die Tür zum Garten steht offen. Tatsächlich kann man das Plätschern des kleinen Plastikbrunnens hören, der im Blumenbeet steht. Eigentlich sollte er wenigstens teilweise im Boden versenkt sein, aber hier hat er seinen Platz über der Erde gefunden.

Marlene klettert auf einen Stuhl und von dort auf die Tischplatte. Ihre Yogamatte liegt darauf schon ausgerollt. Maine will es sich gerade unter dem Tisch bequem machen, doch Marlene scheucht ihn weg.

»Ich liebe dich, Maine, würde es aber vorziehen, wenn du dich jetzt nach draußen verziehst«, sagt sie. »Ich möchte nicht von deinen Fürzen gestört werden, alrighty?«

Cassi führt ihn zur Tür.

»Ich dachte erst, dass das an seinem Fressen liegt«, sagt

Cassi. »Aber inzwischen bekommt er wieder so ein Spezialfutter. Also liegt's wohl an etwas, das er im Wald frisst.«

»Nobody is perfect«, sagt Marlene. Dann legt sie sich zurecht und seufzt genießerisch. Ihre Füße ragen über den Tisch, schweben in der Luft. Cassi hatte noch nie etwas von Energieheilung gehört, bis Marlene das erwähnte, aber es ist wie mit fast allen Sachen: Im Internet gibt es tonnenweise Informationen darüber.

»Gut, dann legen wir mal los!«, sagt Cassi und knackt mit den Knöcheln. Dann beginnt sie die Luft über Marlenes Körper, etwa einen halben Meter über ihr, zu verwirbeln und zu kneten.

»Ich halte mich am Rand deiner Energiefelder«, sagt sie. »Jetzt muss ich hier am unteren Rücken etwas stärker rangehen.«

Marlene keucht und windet sich auf dem Tisch. Cassi massiert weiter die Luft. Arbeitet eine Zeit lang schweigend.

»Hier an den Schultern hast du eine Blockade, Marlene.«

Cassi knetet noch etwas weiter.

»Da frage ich mich …«, fährt sie dann fort, »wann warst du eigentlich zuletzt richtig glücklich?«

Marlene liegt schweigend da.

»Darf ich sagen, heute Morgen, mit Berzan?«, erwidert sie dann. »Nee, das war nur ein Scherz. Da muss ich nachdenken.«

Sie tut es.

»Was ist überhaupt Glück?«, sagt sie schließlich. »Ich bin ziemlich glücklich. Man kann nicht immer so viel mehr verlangen.«

Cassi sorgt mit ihren Händen für einen Luftwirbel in Richtung von Marlenes Schulterblättern.

»Aber du sagst doch immer, man muss sich selbst herausfordern. Tust du das denn auch genügend?«

»Du müsstest nur sehen, was Berzan und ich …«

Aber Cassi unterbricht sie.

»Das meine ich nicht, da geht es ja nur um deinen Körper. Wenn man sich mit etwas vollkommen wohlfühlt, ist das doch keine richtige Herausforderung. Ich meine, persönlich. Seelisch gesehen. Auf deine Entwicklung bezogen. Manchmal muss man seine Komfortzone verlassen. Etwas Neues ausprobieren, auch wenn einem dabei mulmig zumute ist.«

Marlene will etwas einflechten, aber Cassi lässt es nicht zu.

»Abgesehen von Sex, Marlene. Auf dich bezogen. Für jemand anderen könnte das Sex sein. Aber du kennst auf dem Gebiet keine Grenzen, die sind sowieso schon weggesprengt. Das wissen wir doch längst.«

Wieder Schweigen. Cassi boxt über Marlene in die Luft, als kämpfte sie gegen einen unsichtbaren Feind. Da kommt ihr eine Idee.

»Ich ziehe jetzt ein Seil aus deinem Rückgrat, Marlene«, sagt Cassi und macht Zieh- und Zerrbewegungen in der Luft. Das Seil ist lang.

»Es hat dich gefesselt. Aber jetzt fesselt dich nichts mehr.«

Marlene ächzt, wölbt den Rücken hoch.

»Grete und ich, wir haben uns immer herausgefordert«, sagt Marlene da auf einmal.

Cassi horcht auf. Marlene hat Grete noch nie von sich aus erwähnt, und noch nie hat sie ohne diesen feindlichen Unterton in der Stimme von ihr geredet.

»Wir haben um alles gewetteifert. Wer am schnellsten rennt. Die längsten Haare hat. Die meisten Blaubeeren gepflückt hat. Am weitesten auf den See rausgeschwommen ist. Wer den Mund am weitesten aufbekommen hat, um sich die längsten Dinger reinzuschieben.«

Sie hält kurz inne.

»Also, die längsten Knackwürstchen, meine ich, um nichts anderes ging es da.«

Marlene grinst zufrieden in die Yogamatte, jedenfalls glaubt Cassi das, es ist ihrer Stimme deutlich anzuhören.

»Vermisst du das?«, fragt Cassi. »Dass Grete dir die Stirn bietet wie früher, meine ich.«

Marlene schweigt erneut.

»Äh, darüber habe ich nie so richtig nachgedacht. Aber damals mochte ich es.«

Wieder wird es still. Nur das Plätschern vom Springbrunnen ist zu hören.

»Wir Menschen halten uns selbst auf verschiedene Art zurück, beschränken uns selbst, sowohl bewusst als auch unbewusst. Man muss genau hinschauen. Manchmal sieht man die Leerstellen nicht sofort.«

Cassi unterbricht kurz ihre Tätigkeit, als plötzlich eine Erinnerung an ihren ehemaligen Vorgesetzten Winzgesicht in ihr hochkommt, der sich übers Kinn fährt. Sie muss den Kopf schütteln, um das Bild loszuwerden.

Marlene seufzt.

»Ich habe wirklich versucht, mich zu befreien, aber das ist nicht so einfach«, sagt sie. »Ich hätte, ehrlich gesagt, nicht gedacht, dass das so schwer ist. Habe geglaubt, dass die Menschen mehr Verständnis hätten.«

Cassi wischt über Marlenes Körper durch die Luft, wieder und wieder, als würde sie Wasser von einem überschwemmten Boden schöpfen.

»Ich habe gedacht, dass man sich verändern dürfte, auch als Mutter. Das hat mir viel abverlangt. Meine Kinder haben sich gegen mich gewandt. Sie fanden mich peinlich.«

Cassi sagt nichts, gibt aber gleichmäßige, beruhigende Sch-Laute von sich.

»Sie kommen mich nicht besuchen, ich sehe sie also nie«, spricht Marlene weiter. »Sie rufen nicht an. Und ich wage es nicht, mich zu melden. Was wäre, wenn sie Nein sagen würden?«

Cassi verstummt.

»Dann ist es eben so. Betrachte es als eine Herausforderung. Wenn alle Tage gleich wären, hätten wir nichts, was in unserer Erinnerung hervorsticht.«

Cassi glaubt, dass ihre letzten Worte ein Zitat aus irgendeinem Film sind, weiß aber gerade nicht mehr, aus welchem.

Marlene seufzt.

»Die Realität«, sagt sie. »Die ist wirklich hart.«

Cassi nickt. Wartet dann einfach ab.

Lässt ihren Blick in den Garten schweifen. Sieht eine halbierte Gartenbank, die an einem Schuppen lehnt.

Moment mal! Sie kneift die Augen leicht zusammen, nimmt die Blumenbeete ins Visier, dieses prunkende Gestrüpp aus Blumen und Unkraut. Sind das etwa Cannabis-Pflanzen? Nein, das wäre doch wohl seltsam! Der Brunnen plätschert. Dann kommt es endlich. »Alrighty then!«

37

Cassi und Pavel stehen in Pavels Garage. Meistens sehen sie sich bei ihr, deshalb ist es das erste Mal, dass sie richtig bei ihm zu Hause ist, obwohl sie Pavel schon häufiger an seiner Auffahrt abgeholt oder auf seiner Vortreppe mit ihm ein Plauderstündchen gehalten hat.

Cassi hat sich nicht unbedingt ausgemalt, wie sein Zuhause aussieht – sie ist niemand, den so etwas noch schert –, aber als Pavel bedächtig ein großes Hängeschloss ausklinkt und die Garagentüren öffnet, scheinen sich gleichzeitig Türen zu einer neuen Facette seiner Persönlichkeit zu öffnen.

Kästen und Kisten überall, vollgestopfte Tüten, vollgequetschte Regale, Holzbretter, Reifen, Möbel, Farbtöpfe, Fahrradschrott, Krimskrams jeglicher Art. Nichts wirkt sortiert, der Anblick lässt an ein riesiges chaotisches Wimmelbild denken.

Festzustellen, dass jemand, den man zu kennen glaubt, eine Person ist, die nichts wegwerfen kann, ist erschütternd. Das hat etwas von einem Tabu, einer psychischen Störung. Darüber zu reden ist nicht leicht.

»Es muss schon ein Weilchen her sein, dass diese Garage Platz für ein Auto gehabt hat«, bemerkt Cassi und hofft, dass ihr Kommentar selbst in seinen Ohren diplomatisch klingt.

Pavel brummt nur irgendwas und ruckelt an einem Metallstab, der aus einer ramponierten Kiste mit einem Haufen Stoffe herausragt.

Pavel hat die Initiative dazu ergriffen, dass sie herkommt. Er war es, der Cassi vorgeschlagen hat, dass sie in seinem sogenannten »Fundus« vielleicht Dinge finden könnte, die ihr in ihrem Häuschen noch fehlen. Während er das sagte, erhob er sich mühsam vom Fußboden, wo sie notgedrungen Platz genommen hatten, weil der Regen es unmöglich gemacht hatte, draußen auf ihrem angestammten Platz auf der Treppe zu sitzen.

»Hier müssten auf jeden Fall auch noch Stühle sein …«, sagt er jetzt. »Und ich weiß auch, dass ich erst vor ein paar Jahren einige Kisten mit Küchenutensilien hier reingestellt habe.«

Pavel betrachtet seine Habseligkeiten jetzt mit einem fast zärtlichen Blick. Behutsam zieht er drei größtenteils heile Sprossenstühle hervor und trägt sie auf den Hof.

»Wir können ja zuerst alles hierherstellen, dann kannst du in dich gehen und überlegen, was du behalten und wovon du dich trennen willst«, schlägt Cassi vor, weil sie merkt, wie schwer es Pavel fällt, Cassi seine Sachen ansehen zu lassen. »Und dann ist es sowieso nur eine Leihgabe. Sieh es einfach so, dass ich die Sachen für dich verwahre. Damit du mehr Platz hast. Du kannst sie jederzeit wieder bei mir abholen.«

Pavels Hand streichelt über eine abgewetzte Stuhllehne.

»Schon gut, kein Problem«, sagt er. »Es ist nur ein Jammer, noch vollkommen funktionstüchtige Dinge wegzugeben. Man weiß ja nie, ob man sie nicht noch einmal gebrauchen kann.«

Er öffnet eine Tüte und zieht eine dünne Kette heraus, dann einen Puppenkopf. Von einer Dose löst sich der Deckel, ein Pulver rinnt heraus. Eine unbeschriftete Musikkassette dreht und wendet Pavel mehrmals in der Hand.

»Ich weiß gar nicht mehr, was da drauf ist«, sagt er und

sieht sich um, als wäre die Antwort in der Luft zu greifen. »Bestimmt ist das etwas, das ich irgendwann mal aus dem Radio aufgenommen habe. Ich hatte früher mal einen Kassettenrekorder, oder, besser gesagt, ich habe ihn immer noch, er muss nur repariert werden.«

Um die ihr in Aussicht gestellten Kisten mit Küchenutensilien zu lokalisieren, trägt Cassi Karton um Karton aus der Garage. Viele sind feucht und kurz davor zu zerreißen, aber Pavel springt ihr bei, und sie tragen sie vorsichtig gemeinsam. Aus einem anderen Speicher holt er leere Kartons, und in manche Kisten lässt er Cassi nicht einmal einen Blick hineinwerfen, sondern füllt den Inhalt – Papier, Stoffe, Verpackungen – einfach in eine andere um.

Schließlich arbeiten sie sich zu zwei Bananenkisten vor, die deutlich mit »Britta Küche I« und »Britta Küche II« beschriftet sind.

»Britta hat da drüben gewohnt«, sagt Pavel mit einer vagen Geste zum Wald. »Nach ihrem Tod wurde ihr Besitz versteigert. Was nicht unter den Hammer kam, habe ich übernommen. Um zu helfen. Und diese Dinge sind ja auch zu schade, um weggeworfen zu werden.«

Sie stellen die Kisten auf die Sprossenstühle. In einer liegen eine Kaffeemühle, ein Rührbesen mit Handkurbel und eine Zitronenpresse aus vergilbtem abgenutztem Porzellan. Darunter: ein Stapel Teller, elf in Küchenpapier eingewickelte Schnapsgläser und eine weiße Porzellanschüssel mit dem blauen Schriftzug POPCORN. In der anderen Kiste befinden sich ein Haufen stockfleckiger Stoffservietten, drei Schneidbretter aus Holz mit Rissen, eine Teekanne ohne Deckel und ein Bündel Besteck, von einer braunen Schnur zusammengehalten. Ganz unten, überraschend, ein kleiner Stoß gerahmter erotischer Darstellungen. Mit fragendem Blick zeigt Cassi sie Pavel.

»Shunga«, erläutert er. »Britta war eine Art Expertin für japanische Kultur.«

Dann überlegt Pavel noch einmal.

»Glaube ich jedenfalls. Oder aber sie stand einfach nur auf FKK? Hm, da bin ich mir jetzt nicht ganz sicher.«

»Die wären doch was für Marlene«, meint Cassi, und Pavel stimmt ihr zu.

Und Brittas restliches Zeug, denkt Cassi, wird sie heimlich zur Mülldeponie bringen.

Trotzdem löst sie den Knoten um das Besteck, um es zu sichten. Die Mischung ist genauso zusammengewürfelt wie der restliche Inhalt des Kartons: fünf Dessertgabeln, acht Teelöffel, ein gebogenes Messer, zwei geschnitzte Buttermesser, ein Tortenheber. Den Griff des Tortenhebers ziert eine zarte Gravur. Cassi hebt ihn hoch, versucht sie zu deuten. Auf einer Seite steht »Auf viele gute Jahre!« und auf der anderen »Britta & Morten 1969«. Ob der Tortenheber wohl ein Hochzeitsgeschenk war?

Pavel schaut ihr über die Schulter, und erst als er seine Hand auf ihre legt, merkt Cassi, dass sie zittert.

»Eine Inschrift«, sagt sie und zeigt auf die Worte. Sie hat keine Ahnung, weshalb ihre Stimme auf einmal so rau klingt und vor ihr alles verschwimmt, kennt sie doch weder Britta noch Morten, und auch Tortenhebergravuren hat sie schon hässlichere gesehen.

Sie seufzt. Ist sich selbst leid, ist diese urplötzlich aufwallenden Emotionen leid.

»Okay, ich erzähl's dir, ja? Es ist von Anfang bis Ende ein Graus, und eigentlich will ich das auch gar nicht, aber es ist ja lächerlich, dass du mir schon so vieles erzählt hast und ich kein bisschen von mir und meiner Geschichte. Und dass ich hier … urplötzlich zu weinen anfange.«

Pavel hebt eine Hand. »Du musst mir nichts sagen. Du musst mir wirklich nichts erklären.«

Mit Tränen in den Augen sieht Cassi ihn an, nickt. Richtet ihren Blick zu den Baumwipfeln, und ein halb ersticktes Brüllen entfährt ihr.

Dann hat sie sich wieder im Griff. Sagt in normalerem Ton: »Ich hab es so satt, so zu sein.«

Sie stapft wieder in die Garage. Blickt sich um. Will Pavels Kartonstapel, seine eingetüteten Erinnerungen vernichten, den ganzen Scheiß abfackeln. Weg damit!

Stattdessen trägt sie eine kaputte Plastikwanne mit Blumentöpfen heraus. Kann aus ihrem Anbauprojekt womöglich doch noch etwas werden? Oder soll sie am Fuß der Treppe vielleicht ein geschmackvolles Stillleben damit arrangieren?

Sie räuspert sich.

»Die würde ich auch gern von dir leihen, falls das okay ist.«

Pavel beugt sich über die Wanne, nimmt einen Topf nach dem anderen in die Hand. Sie sind erdverschmiert, und eine Wolke schwarzen Staubs wirbelt auf.

»Es ist nicht so, dass ich sie dir nicht ausleihen würde ... sondern eher, dass ich nicht weiß, ob ich sie nicht vielleicht irgendwann noch mal selbst gebrauchen könnte.« Er verstummt, denkt nach.

Cassi zeigt zur Garage. »Da drinnen ist noch ein ganzes Regal mit Pflanztöpfen. Du hast also noch welche.«

»Na gut, dann nimm sie. Aber den hier möchte ich behalten.« Pavel hebt einen der erdigen Töpfe hoch, bürstet ihn ab und stellt ihn beiseite.

»Sein Ring besaß keine Gravur.«

Die Worte purzeln ihr aus dem Mund.

»Als mir das auffiel, da begriff ich, dass etwas nicht stimmte. Wir hatten so lange darüber gesprochen, welche Gravur die

Ringe haben sollten. Es hatte Monate gedauert, bis wir uns entschieden hatten, und er hatte sich dann um alles Weitere kümmern wollen. Ganz glatte Goldringe, nichts weiter als ›Jarmo‹, ›Cassi‹ und ein Herz dazwischen in meinem und ›Cassi‹, ›Jarmo‹ und ein Herz dazwischen in seinem. Und das Datum. Wir wollten es so schlicht, so simpel. Ich bekam meinen Ring, aber mit seinem war anscheinend irgendetwas schiefgelaufen, wie er sagte, sodass er noch mehrere Wochen darauf warten musste. Und dann verging einfach die Zeit. Man sieht sich ja nicht bewusst anderer Leute Ringe an. Man nimmt sie ja nie ab. Und ich habe ihm vertraut, weshalb auch nicht? Als mir auffiel, dass sein Ring keine Gravur aufwies, waren wir schon sechs Jahre zusammen und drei davon verlobt. Na gut, es war eine Fernbeziehung, aber trotzdem. Trotzdem! Seine Erklärung lautete, dass er seinen Ring verloren hätte und es mir nicht hatte sagen wollen, sich einfach einen neuen besorgt hatte. Aber ich hatte so ein komisches Bauchgefühl, dass da etwas nicht stimmte. Hatte das schon länger gehabt. Irgendwas war anders. Manchmal weiß man es einfach, auch wenn man es nicht wahrhaben will.«

Pavel, der währenddessen Brittas Besteck in diverse Haufen aufgeteilt hat, sieht sie an. Cassi dreht sich um und holt einen weiteren Karton aus der Garage.

Nichts als alte Zeitschriften. Kreuzworträtselhefte, Jagdzeitschriften und Reisehefte. Sie hebt einen Stoß hoch und schaut Pavel vielsagend an.

»Na ja, ich muss vielleicht nicht unbedingt alle behalten«, sagt er. »Wir können sie sortieren.«

Cassi legt den Stoß beiseite und hebt einen weiteren hoch.

»Als ich erst mal anfing, in der Sache zu graben, war alles ganz leicht zu googeln, wie sich herausstellte«, fährt sie fort. »Als Erstes erfuhr ich, dass er immer noch bei seiner Ex gemeldet war. Der Ex, von der er, lange bevor aus uns ein Paar wurde, geschieden worden war, wie er behauptet hatte. Vor sechs Jahren. Sie hatten ein Kind zusammen, aber der Sohn war erst drei, als sie sich scheiden ließen – beziehungsweise nicht scheiden ließen –, und er blieb bei seiner Mutter. Und weil die beiden in einer anderen Stadt lebten, war es also nicht weiter seltsam, dass ich seinen Sohn nie zu Gesicht bekam. Jetzt im Nachhinein kann man sich natürlich fragen, was das für ein Vater war, der sein Kind so selten sah, aber was weiß ich schon. Nichts, wie sich rausgestellt hat.«

Puh, so viele Zeitschriften, so wenig, was aufgehoben werden müsste.

»Jarmo ist Handelsvertreter. Weinimporteur. Ist ständig auf Reisen. War ständig auf Reisen. So war das von Anfang an, schon als wir uns kennenlernten. Manchmal haben wir uns nur einmal in der Woche gesehen, aber ich war völlig besessen von ihm. So fühlte sich das zumindest an. Und ich glaubte, dass er genauso von mir besessen war.«

Sie wundert sich, wie gefasst sie ist. Als wäre das nicht ihre Geschichte, sondern die eines anderen, obwohl sie lange Zeit nicht einmal dazu in der Lage gewesen war, vollständige Gedanken dazu zu formulieren.

»Und nun frage ich mich, ob es nur darum ging, dass ich mich einer Vorstellung hingegeben habe, wie das Leben zu sein hätte, wie unsere Beziehung zu sein hätte. Aber das ändert natürlich nichts daran, wie es mir damals damit erging.«

Jetzt hat sie die Zeitschriften in zwei Stapel sortiert, einen mit Heften, die sich kaum mehr durchblättern lassen, und einen mit etwas passableren Exemplaren. Pavel hat inzwischen eine verrostete Schubkarre aus der Garage geschoben und schraubt jetzt den platten Reifen ab, um zu überprüfen, ob er sich noch reparieren lässt.

»Ich spare mir die Frage, ob wir die hier verbrennen sollen«, sagt Cassi.

Pavel blickt auf, sagt aber nichts. Cassi lässt beide Zeitschriftenstapel in die Feuertonne plumpsen, die etwas weiter entfernt steht, und holt einen neuen Karton aus der Garage.

»Ich hätte beinahe den Verstand verloren. Wir waren doch schon so lange zusammen! Verlobt sogar. Ich dachte, ich kenne ihn in- und auswendig. Als ich mir der Tatsachen bewusst wurde, hatte ich noch nicht mal mehr die Kraft, mit jemandem darüber zu reden. Ich meldete mich nicht mehr, wenn er anrief. Aber als ich schließlich meinen Freundeskreis einweihte, stellte sich heraus, dass sie längst Bescheid wussten! Sie wussten, dass er eine andere Familie hatte.«

Sie wirft einen weiteren Stoß Zeitschriften in die Tonne.

»Sie hatten es schon ein paar Wochen gewusst und mir nichts davon gesagt. Und um dem allen noch einen draufzusetzen – es war nicht nur diese eine Familie. Es gab noch eine weitere. Und diese Frau war schwanger! Und sie hatten schon ein kleines Kind zusammen!«

Cassi macht sich auf Tränen gefasst, aber es kommen keine.

»Hast du Zündhölzer?«, fragt sie Pavel. Er geht ins Haus, holt Zündhölzer und einen Anzünder, reicht sie ihr. Sie stellt fest, dass ihre Hände zittern.

Sie entfacht gleich drei Zündhölzer auf einmal und legt sie in die Tonne. Ein sofortiges aufflammendes Flammenmeer wäre jetzt nicht übel gewesen, aber die klammen Zeitschriftenseiten glimmen nur zaghaft vor sich hin. Der Qualm lässt Cassi husten.

»Hast du Spiritus?«

Pavel geht erneut ins Haus und kehrt mit einer Flasche zurück. Cassi schüttet etwas auf die Zeitschriften. Wartet ab, bis die Flüssigkeit alles durchtränkt hat.

»Dieses Arschloch hatte also drei Familien parallel. Wenn

wir beide überhaupt als solche zählten. Als ich schwanger wurde, meinte er, dass wir mit dem Kinderkriegen noch warten sollten, also habe ich abgetrieben. Dieses Kind wäre heute drei Jahre alt. Genauso alt wie sein eines Geschwisterchen.«

Sie schüttelt den Kopf, fährt sich über die Augen. Mann, wie der Qualm brennt!

»Möchtest du einen Kaffee? Ich würde mir jetzt eine Tasse machen«, sagt Pavel und richtet sich aus seiner gebückten Haltung neben der Schubkarre auf. Hat sie da etwa seine Knie knacken hören, oder hat sie sich das nur eingebildet?

»Furchtbar gern!«, erwidert Cassi. »Darf ich mit reinkommen und mir ansehen, wie du wohnst?«

Er winkt ihr, ihm zu folgen.

Ob er wohl auch ein Mülllager im Haus hat? Dann müsste sie ihren Eindruck von seinem Sinneszustand womöglich revidieren, aber sowie sie über die Schwelle tritt, ist offensichtlich, dass das nicht nötig ist. Das Haus macht einen mehr als gepflegten Eindruck. Dagegen erscheint ihres als Fall für den Sperrmüll. Wenn man bedenkt, wie heruntergekommen Pavels Kleidung aussieht, ist es überraschend, prunkende Geranien vor den staubfreien Fenstern zu sehen, den Geruch von Putzmitteln zu riechen, einen Küchentisch mit bestickter Tischdecke und einer Obstschale vorzufinden.

Pavel zieht sich im Flur die Schuhe aus und geht in die Küche. Sie tut es ihm nach.

»Hast du es aber gemütlich hier!«, sagt sie ganz aufrichtig, während er Kaffeebohnen aus dem Gefrierfach nimmt und in einen Kaffeeautomaten füllt. Zwar ist die Küche nicht neu, aber gepflegt und sauber, und die Kaffeemaschine ist so blitzeblank, dass man sich darin spiegeln kann.

»Dieses gute Stück habe ich letztes Jahr geschenkt bekommen«, erklärt Pavel und schaltet die Maschine ein. »Ich hatte den Desgoffes geholfen, ein paar Stromleitungen zu ziehen, und das war ihr Dankeschön. Der Kaffee ist richtig gut!«

Nie hätte sie geahnt, dass Pavel der Typ wäre, dem an einer guten Tasse Kaffee liegt. Ihr selbst ist Kaffee inzwischen völlig schnuppe. Sie kauft immer das preiswerteste Instantpulver und erkennt keinen Unterschied zwischen den Sorten. Nimmt das, was da ist. Aber jetzt fällt ihr ein, wie oft sie Pavel Kaffee bei sich daheim auf ihrer Treppe serviert hat. Und an die Gelegenheiten, zu denen sie ihm ihren PET-Flaschen-Kaffee angeboten hatte. PET-Kaffee ist praktisch, und sie persönlich findet ihn als Getränk ja auch völlig in Ordnung, aber vielleicht geht es doch nicht jedem so ... Wenn sie sich zurückbesinnt, hat Pavel nie eine von ihren Kaffeetassen ausgetrunken. Den PET-Kaffee im Auto auf der Fahrt zu Karl-Adam hat er nur als Handwärmer benutzt. Sie weiß noch, dass sie die ganze Flasche zu Hause entleert hat, als sie wieder von ihrem Ausflug zurückkamen.

Jetzt drückt Pavel eine Taste, und ein Espresso kommt heraus. Mit zufriedener Miene legt er ein Stückchen italienisches Gebäck aus einer Blechdose auf die Untertassen.

»Zucker?« Er hält ihr eine Schale mit braunem Kandiszucker hin.

Cassi lehnt ab, nippt aber an ihrem Espresso und steckt sich gleich den ganzen Keks auf einmal in den Mund. Sie geht wieder in den Flur, öffnet neugierig einen Spaltbreit die Tür zum Bad und stellt fest, dass auch dort alles frisch und sauber ist. Die Handtücher sind ordentlich am Handtuchwärmer aufgehängt, das Waschbecken glänzt, keinerlei Zahnpastareste sind zu sehen. Im Wohnzimmer liegt eine Fernsehzeitung auf dem Kieferncouchtisch, daneben eine Schachtel Pralinen mit leicht angehobenem Deckel.

»Du hast wirklich ein Auge für das gewisse Etwas, Pavel«, sagt sie in Richtung Küche. Hört ihn lachen.

Wieder in der Küche, begegnet Pavel ihrem Blick. Das passiert nur selten. Und es ist jedes Mal wieder etwas Besonderes.

»Was hat er gesagt?«, fragt er.

Das ist das erste Mal, dass er deutlich macht, dass er ihr vorhin zugehört hat, dass sie das nicht nur gedacht hat, und das bringt Cassi zum Husten. Oder liegt das nur an den Kekskrümeln? Sie schluckt die Krümel mit dem restlichen Kaffee hinunter.

»Tja. ›Es hat sich einfach so ergeben‹, und: ›Ich wollte dich nicht verletzen‹, war wohl das, was er gesagt hat. Viel mehr Erklärungen dafür gab's nicht. Ich weiß auch nicht, was er hätte sagen können, das irgendeinen Unterschied gemacht hätte. Oder wie er sein Verhalten so hätte erklären können, dass es irgendwie einleuchtend gewesen wäre. Und ich bin sofort abgehauen.«

Dass sie auch ihre Arbeit aufgegeben hat, erwähnt sie nicht. Dass sie bereits am selben Morgen, als alles ans Tageslicht gekommen ist, mit einer SMS gekündigt hat. Sie erwähnt auch nicht, dass sie das Telefon ausgestellt hat, sich von allem zurückgezogen hat, ihren Dauerauftrag für das Fitnessstudio, den Blumenlieferanten, den Hundehort, die Kältekammer gelöscht hat. Von allen und allem davongelaufen ist. Dass sie ihre Besitztümer verkauft hat, das Apartment. Sie erwähnt nicht die Flucht zurück in ihre Heimatstadt, in den Keller, wo niemand sie aufspüren konnte und den sie ein paar Monate lang kaum verlassen hat. Sagt auch nichts von der Zeit im Großmarkt. Das alles erscheint ihr wie eine erzwungene Nebensache in ihrem Leben, kommt ihr kaum noch real vor. Sie erzählt nicht, dass der Hauskauf in Bäcken eigentlich eine weitere Flucht darstellte.

Nicht dass Cassi irgendwas davon bereut. In dem jeweiligen Moment an dem jeweiligen Ort hat sie nie das Gefühl gehabt, eine Alternative zu haben. Nun aber kommt ihr, wenigstens manchmal, der vage Gedanke, dass sie nicht immer ganz besonnen reagiert hat. Aber dieser Gedanke wird sofort wieder unterdrückt, ganz schnell, und sie versucht sich auf anderes zu konzentrieren, was auch immer es ist.

Jetzt wendet sich Cassi wieder zur Tür, zieht ihre Schuhe an und geht hinaus. Als Pavel ihr mit einer großen Karaffe in der Hand folgt, lodert in der Tonne schon ein ordentliches Feuer.

»Liza war es, die Jarmo zufällig bei irgendeiner bescheuerten Tierparkeinweihung über den Weg lief. Er spazierte Hand in Hand mit einem Kind und einer Schwangeren dahin. Und dann ist Jarmo Liza nachgegangen und hat gesagt, dass sie mir nichts sagen solle. Dass er sich ›darum kümmern‹ würde.«

Jetzt verkohlen die Zeitschriftenseiten schon, kaum dass sie in der Tonne gelandet sind.

»Vielleicht fragst du dich ja, warum meine sogenannten Freundinnen nicht trotzdem etwas gesagt haben? Das habe ich mich auch gefragt. Wie man seiner Freundin so etwas antun kann, einer Person, die man sein ganzes Leben lang kennt.«

Cassi wirft einen ganzen Stoß Zeitschriften auf einmal in die Tonne.

»Die Antwort lautet, dass sie es für besser hielten, wenn Jarmo mir das selbst erzählte. Das haben sie gesagt. Liza hat es nur Andrea und Maggie erzählt, dann haben sie alle drei geschwiegen. Sie wollten nichts damit zu tun haben. Fanden es zu problematisch, und er hatte schließlich versprochen, es mir zu erzählen.«

Cassi wischt sich über die Augen, was aber natürlich wieder nur damit zu tun hat, dass der Qualm so verteufelt brennt.

»Und so ist mir im Nachhinein vieles klar geworden. Warum sie sich in den Wochen davor so seltsam verhalten haben. Ich habe jeden Kontakt zu ihnen abgebrochen. Zu meinen Freundinnen. Sie haben versucht, sich zu erklären, sich zu entschuldigen. Aber für alles gibt es Grenzen.«

Pavel wirft ein paar Zweige in die Feuertonne.

»Sie werden ihre Gründe dafür gehabt haben«, bemerkt er. »Alle Menschen haben ihre Probleme. Es ist nicht immer so einfach, wie es ausschaut.«

Cassi blickt auf, sieht ihn an.

»Ich sage damit nicht, dass ich Partei für sie ergreife«, fügt er hinzu. »Nicht, dass sie richtig gehandelt haben. Ich sage einfach nur, dass es so ist. Jeder hat sein Päckchen zu tragen. Man ist der Mittelpunkt von sich selbst, nichts weiter.«

Er beugt sich vor und greift nach der Kanne, die er neben sich abgestellt hatte. Verteilt Wasser um die Tonne herum, sodass keine davonfliegenden Funken Schaden anrichten können. Einen Moment lang schweigen sie; nur das Knacken des Feuers und das Gluckern der Wasserkanne sind zu hören.

»Aber es ist ganz furchtbar«, sagt Pavel dann und legt ihr eine Hand auf die Schulter. »Furchtbar, dass du so betrogen wurdest. Von Menschen, denen du vertraut hast.«

Cassi vergräbt ihr Gesicht in den Händen. Verharrt so.

»Wie fühlst du dich?«, fragt Pavel, nachdem ein Moment vergangen ist; seine Hand liegt immer noch auf ihrer Schulter.

Cassi sieht wieder hoch. Wiegt den Kopf hin und her. Resigniert? Oder vielmehr wütend? Oder nicht einmal das?

»Er ist immer noch mit der vom Tierpark zusammen, soweit ich weiß. Sie haben inzwischen zwei Kinder.«

Das sind nur die schlichten Fakten. Wie sie sich fühlt, weiß sie kaum. In diesem Augenblick verspürt sie keine Wut. Bemitleidet sich nicht einmal selbst. Es ist fast so, als würde etwas fehlen.

38

Pavel und Cassi sind wieder im Seniorenwohnheim. Cassi musste all ihre Überredungskunst dafür aufbieten – und sie musste im Vorhinein dort anrufen und sich vergewissern, dass es Karl-Adam insoweit gut geht, dass er Besuch empfangen kann.

Jetzt sitzen sie wieder auf der Bank im Flur. Die Stimmung hier drinnen ist fast so gedrückt wie draußen, wo sich ein Gewitter zusammenballt. Sie warten darauf, dass Karl-Adam wieder auf sein Zimmer zurückkehrt. Er könnte jeden Augenblick kommen. In welcher Verfassung er heute wohl sein wird? Ob ein anderes Medikament womöglich einen anderen Teil seines Gehirns außer Gefecht gesetzt hat?

Cassi greift nach Pavels Hand. Sie ist kalt, und sie umschließt sie mit ihren beiden Händen, lässt ihre Wärme hineinfließen, will ihm Mut machen.

Pavel hat sich angelehnt, sitzt aber aufrecht. Heute trägt er seine gewöhnliche Kleidung: das Karohemd und die schmuddeligen Hosen mit Seitentaschen. Seine Schirmmütze hat er in den Stoffbeutel gelegt, den er zwischen seine Füße gestellt hat. Cassi sieht, dass er sich das Haar gewaschen hat, weil die dünnen Strähnen fedrig von seinem Kopf abstehen, statt sich anzuschmiegen. Wie leichte Zirruswolken, im Widerspruch zu dem Sturm, der in seinem Inneren tobt. Auf der Fahrt hierher hat er sich wie immer mit ihr unterhalten, so als wären sie nur auf irgendeinem x-beliebigen Ausflug. Aber jetzt ist er still.

Hat Cassi jemals in ihrem Leben auf etwas so andachtsvoll gewartet? Ohne zu wissen, was passieren wird? Das Leben mit Jarmo war von ständigem Warten geprägt gewesen, aber das war ein Warten, das keine Fragen aufwarf. Man konnte Jarmo für so manches die Schuld geben, an seiner Verlässlichkeit gab's nichts auszusetzen. Er hat sich nur äußerst selten verspätet, ist immer am angekündigten Tag gekommen. Hat immer gehalten, was er versprach, jedenfalls, was Zeitpläne betraf.

Zwanzig Minuten warten sie nun schon, ohne dass auch nur ein einziger Mensch vorbeigekommen wäre, mit dem man ein paar Worte hätte wechseln können. Auch Pavel hat kein Wort gesagt, bis auf »Nee«, als Cassi ihn gefragt hat, ob er etwas trinken wolle. Was sie betrifft, so hätte sie gern einen kurzen Abstecher nach draußen gemacht, zu dem Supermarkt nebenan. Nachdem sie sich inzwischen nur noch selten in einer Stadt oder auch nur einer dichter besiedelten Gegend aufhält, üben Einkaufsläden jeglicher Art einen ganz neuen Reiz auf sie aus.

Mittlerweile könnte sie sich manchmal sogar wieder ein Leben jenseits von Haferflocken und Nudeln mit Tomatensoße vorstellen. Kann sich mittlerweile sogar manchmal mit einer Spur von Wehmut an ihr Leben im Restaurant erinnern. Verspürt beim Gedanken an die Delikatessentheke im Großmarkt sogar ein freudiges Kribbeln. Kann wieder Begeisterung für Dinge empfinden, die in ihrem früheren Leben ihr Interesse gefesselt haben: Olivenölpressungen und Roggenmehlbäckereien, die Kabeljau-Saison, Austernernten, hauchdünner Pata Negra, staubige Weinkeller.

Aber sie würde sich auch mit einem ganz gewöhnlichen Abstecher zu einem Supermarkt ohne Hans und Grete in dieser größeren, aber eigentlich kleinen Stadt, in der sie sich gerade befinden, begnügen.

Jetzt öffnen sich die automatischen Türen aus Milchglas am Ende des Flurs. Cassi erkennt den Pfleger Nathan von ihrem letzten Besuch hier wieder. Karl-Adam dagegen erkennt Cassi nicht wieder, begreift aber, dass er das sein muss, weil Pavel auf einmal den Atem anhält, ihre Hand loslässt und aufsteht.

Dann steht er reglos da. Lässt die Männer näher kommen. Nathan sieht sie und lächelt ihnen zu, ist aber noch auf Karl-Adam konzentriert, der irgendeine Geschichte zu erzählen scheint, während er mühsam seinen Rollator vorwärtsschiebt, langsam, Schritt für Schritt. Karl-Adam ist von etwas kleinerer Statur als Nathan, den Cassi voriges Mal als mittelgroß eingestuft hatte. Er hat graues feucht gekämmtes Haar, scheint frisch rasiert und ist – trotz der Sommerhitze – in Hemd, Strickpulli und dunkelbraune Cordhosen gekleidet. Erst als das Gespann Karl-Adams Zimmertür erreicht, macht Nathan ihn darauf aufmerksam, dass Besuch auf ihn wartet.

Karl-Adam dreht seinen Kopf. Schaut Cassi verwirrt an, stutzt, als er Pavel sieht. Pavel macht einen Schritt nach vorn. Karl-Adam steht schweigend da, starrt ihn an. Seine Augen füllen sich mit Tränen. Pavel tritt noch näher. Streckt seine Hände aus. Erkennt, dass Karl-Adam seinen Rollator nicht loslassen kann, und legt deshalb die Hände auf seine Oberarme, drückt sie liebevoll. Karl-Adam sieht ihn an.

»Ich …«, stammelt er. »Du … Wo?«

Eine Träne löst sich und kullert entlang der Falten im Zickzack über sein Gesicht.

Pavel hebt die Hand und wischt sie zärtlich weg. Lässt seine Hand an Karl-Adams Wange liegen, aber da sucht Karl-Adam beunruhigt Nathans Blick, sodass Pavel sie wieder wegnimmt.

»Möchtest du deine Gäste nicht hereinbitten?«, fragt Nathan Karl-Adam. »Ich kann einen Stuhl holen, dann können sich alle setzen.«

Wieder sieht Karl-Adam Pavel an – nur Pavel –, aber sein Nicken gilt Nathan. Nathan stellt den Rollator beiseite und hilft Karl-Adam zu einem schmalen Samtsessel neben einem Tischchen und einem weiteren Sessel, der am Fenster steht.

»Setzen Sie sich doch«, sagt Nathan dann zu Pavel und klopft auffordernd auf den danebenstehenden Sessel. Mit einem Blick zu Cassi verspricht er: »Ich hole noch einen Stuhl«.

Cassi steht noch an der Tür und kann ihre Augen nicht von den beiden Männern am Fenster losreißen. Pavel hat sich zu Karl-Adam vorgebeugt. Sie halten einander an den Händen.

»Ich …«, sagt Karl-Adam wieder, offenkundig verwirrt. »Ich kann mich nicht erinnern. Aber es … Etwas fühlt sich vertraut an.«

Erneut füllen sich seine Augen mit Tränen.

Pavel umschließt seine Hände, auch ihm stehen jetzt Tränen in den Augen.

»Ich hätte dich früher besuchen sollen. Ich war feige. Dachte, dass das vielleicht falsch wäre. Dass dein Sohn … Das war dumm. Verzeih mir. Es war so leer ohne dich.«

Karl-Adam sieht ihn nur fragend an. Nathan kehrt mit einem Stuhl für Cassi zurück. Er stellt ihn zu den Männern, aber Cassi zieht ihn weiter zurück ins Zimmer.

»Ich kann im Flur warten«, sagt sie zu Pavel.

»Du kannst gern bleiben«, erwidert er. Dann dreht er sich wieder zu Karl-Adam um und erklärt: »Cassi hat dein Haus gekauft. Sie lebt jetzt dort. In Bäcken.«

»Becken?«, fragt Karl-Adam. Er schaut Cassi an, versucht zu verstehen. »Welches Becken?«

»Ich bin im Frühjahr eingezogen«, sagt Cassi. »Ich fühle

mich so wohl dort. Und dann habe ich Pavel kennengelernt, und er hat mir bei so vielem geholfen. Hat die Fenster und das Dach repariert, dann gab's ein Problem mit den Rohren, mit einer Lampe. Und mit dem Wäscheständer. Und dann hat er von euch beiden erzählt, und wir haben beschlossen, herzukommen und Sie zu besuchen. Und uns ein Bild davon zu machen, wie es Ihnen geht.«

Sie merkt selbst, dass sie drauflosplappert. Die Zeit dieser beiden Männer verschwendet. Sie sollte die Klappe halten.

Karl-Adam sieht immer noch aus wie ein wandelndes Fragezeichen. Er nickt, und sein Blick schweift zwischen Cassi und Pavel hin und her, aber seine Erinnerung scheint nicht wiederzukehren. Doch diesmal ist Pavel vorbereitet. Aus seinem Stoffbeutel nimmt er einen kleinen Stoß Fotos. Reicht sie Karl-Adam. Das Haus im Hintergrund, Karl-Adam und sein Sohn, irgendwann im Grundschulalter, im Vordergrund. Es ist ein Sommertag, sie scheinen einen Geburtstag zu feiern, denn der Sohn hält ein Paket im Arm. Karl-Adam hält das Foto fest, summt etwas. Er lächelt.

»Das da, bin das ich? Schneidig, das muss man schon sagen.«

Pavel lächelt ebenfalls. Auch Cassi lächelt. Kann nur zustimmen.

Pavel reicht Karl-Adam ein weiteres Foto. Ein noch jüngerer Karl-Adam und ein ebenso junger Pavel stehen mit bloßen Oberkörpern, die Arme um die Schultern des anderen geschlungen, vor einem riesigen erlegten Wildschwein. So ganz wohl scheinen sie sich in ihrer Pose nicht zu fühlen, aber glücklich sind sie. Und wirklich schneidig.

»Das Bild hat deine Frau gemacht. Käthe.«

Ein gerahmtes Foto einer lächelnden Käthe steht auf Karl-Adams Nachttisch. Pavel zeigt darauf. Karl-Adam aber sieht nur auf das Foto in seiner Hand.

»Wie ich sehen kann, sind wir gute Freunde«, sagt Karl-Adam. »Wie war noch gleich dein Name?«

»Pavel«, erwidert Pavel ruhig. »Ich heiße Pavel. Wir waren sehr gute Freunde. Wir haben uns in Stockholm kennengelernt. Beim Ingenieurstudium.«

Lange mustert Karl-Adam das Bild. Sieht sich noch einmal das mit seinem Sohn an. Zeigt auf das Haus.

»Das ist ein schönes Haus, aber ich kann mich nicht daran erinnern. Aber das hier ist mein tüchtiger Lars. Er wird jetzt in der Schule sein. Nur mein geliebter Ludvig ... Diese Sorge wird nie vorübergehen. Wie spät ist es?«

Schweigend sitzen sie da. Karl-Adam sieht immer noch die Fotos an. Sollte man ihm sagen, dass sein Sohn nicht länger in die Schule geht, sondern mittlerweile ein erwachsener Mann mit einer eigenen Familie ist? Oder wäre das nicht ratsam? Cassi will Nathan fragen, doch er hat sich längst taktvoll zurückgezogen und das Zimmer verlassen.

Sie sehen sich noch weitere Fotos an, versuchen irgendeine Erinnerung zu wecken, aber Karl-Adam ist wieder unkonzentrierter und sagt kaum etwas. Schließlich schaut er Pavel an und teilt mit, dass er müde sei.

»Schön, dass ihr vorbeigekommen seid«, sagt Karl-Adam. »Ich bedanke mich für den Besuch. Aber ich glaube, ich muss mich jetzt mal ein Weilchen ausruhen.«

Pavel steht auf, legt die beiden Fotos auf den Tisch. Er fasst nach Karl-Adams Händen und hilft ihm auf, um ihn hinüber zum Bett zu begleiten. Karl-Adam hält inne, ohne Pavels Hände loszulassen. Pavel beugt sich vor, um Karl-Adam zu umarmen. Plötzlich legt Karl-Adam seinen Kopf auf Pavels Schulter. Sein Gesicht liegt an Pavels Hals. So stehen sie da.

»Jetzt weiß ich es wieder«, sagt Karl-Adam gedämpft. »Ich erinnere mich an dich.«

Mit mageren Händen umschließt er Pavels Rücken.

Pavel sagt nichts. Er steht nur still, hält Karl-Adam weiter umarmt.

Cassi nimmt dies zum Anlass, um aus dem Zimmer zu huschen. Sie setzt sich auf die Bank im Flur und wartet, bis Pavel herauskommt.

Er fährt sich über die Augen. Cassi steht auf. Cassi und Pavel umarmen sich ebenfalls, es ist ihre allererste Umarmung. Reglos stehen sie so auf dem Flur.

Dann gehen sie Hand in Hand hinaus. Unterwegs treffen sie auf Nathan, aber weder Pavel noch Cassi gelingt es, das eben Erlebte in Worte zu fassen. Cassi winkt ihm nur kurz, dann gehen sie im lauwarmen Regen geduckt zum Auto.

39

Cassi sitzt übersättigt auf der Bank vor der Pizzeria. Sie hat Cook verziehen. Sie will nicht weiter so kleinlich sein, darf es nicht riskieren, sich Feinde zu machen. Außerdem liebt sie seine Quattro Stagioni und wie exakt er den Belag auf die vier Viertel verteilt. Er ist ein Perfektionist, das muss man ihm lassen.

Sie zupft Kletten und kleine Zweige aus Maines Fell. Vielleicht vor allem als Vorwand, um noch länger hierzubleiben. Sind sie wieder zu Hause, wird sie sich sein Fell noch einmal von Neuem vornehmen müssen, weil sie durch den Wald hierhergekommen sind und denselben Weg zurücknehmen werden. Maine lehnt seinen Kopf an ihr Knie, hechelt. Genießt.

In der Ferne kommt eine neonpinke Windjacke in Sicht, die sich joggend nähert. Cassi folgt ihr mit den Augen, bis Fia vor ihr haltmacht, die Kopfhörer aus den Ohren nimmt und auf der Stelle weitertrabt.

»How you doin'?«, fragt Fia und schaut auf ihre Smartwatch, bevor sie sich zu Maine vorbeugt und ihn tätschelt, die Beine immer noch in Bewegung. »Muss. Die Minuten. Dieser Woche. Noch abarbeiten.«

Cassi weiß noch, wie das war, vermisst es aber nicht.

»Wie ist es dir denn nach unserem letzten Treffen so gegangen?«, will sie wissen.

Jetzt hüpft Fia mit hochgezogenen Knien auf der Stelle. Trotzdem wirkt sie ganz fröhlich und unbeschwert.

»Hm, ich finde, dass du da viel Kluges gesagt hast«, keucht sie. »Das hat für mich Dinge angeschoben. Du hast mich zum Nachdenken gebracht. Das war super.«

Sie steckt sich die Kopfhörer wieder in die Ohren.

»Ich muss weiter, man sieht sich«, sagt sie, winkt und joggt weiter in Richtung des beleuchteten Joggingpfades unterhalb der Pizzeria, der einst eine Zugtrasse war.

Cassi bleibt sitzen. Findet eigentlich nicht, dass »super« das Wort ist, das korrekt beschreibt, was sie tut. Sie hätte gern »lebensverändernd« gehört. Sich notgedrungen auch mit »lohnend« zufriedengegeben. »Super« klingt irgendwie armselig. Na, Fia wird sie's zeigen! Wenn sie das nächste Mal zu ihr kommt, kann sie was erleben!

Cassi krault weiter Maines dichtes Fell, aber ein lauter Ausruf vom Joggingpfad lässt sie aufsehen. Fia erhebt die Hand zu einem High Five und begrüßt jemanden in Neoprenanzug und Badekappe, der in die entgegengesetzte Richtung läuft. Wie sich herausstellt, ist das Berzan, der jetzt zum Parkplatz hochspurtet und in gebeugter Haltung vor Cassi stehen bleibt.

»Was tust du?«, ist die einzige vernünftige Frage, die ihr einfallen will.

»SwimRun«, schnauft Berzan. »Abwechselnd Schwimmen und Laufen«, fügt er hinzu, als er Cassis fragenden Gesichtsausdruck bemerkt.

Berzan nimmt die Kappe ab. Sein schwarzes Haar liegt ihm platt und glänzend am Kopf. In seinem Bart glitzern Wassertropfen.

»Und du?«

Cassi schaut sich um.

»Ich war mit Maine auf …«, sie denkt kurz nach, »Seelenwanderung. So nenne ich das. Wenn man der Seele freien Lauf lässt. Im Wald.«

Sie holt tief Luft, schließt beim Ausatmen die Augen.

»Mmmm, man fühlt sich danach so erfüllt. Ganz mit sich selbst im Einklang!«

Dass auch die Pizza nicht unerheblich zu ihrem Wohlgefühl beigetragen hat, lässt sie unerwähnt.

»Herrlich!«, findet Berzan. »Herrlich. Weißt du, ich wollte dir sowieso eine Nachricht schicken. Das Yoga war ja … denkwürdig. Hast du zufällig gerade Zeit?«

»Aber ja!«, sagt sie.

Berzan deutet mit einem Kopfnicken auf das dreistöckige Haus gegenüber der Pizzeria und zupft an seinem Neo.

»Den würde ich gern loswerden. Kannst du mit hochkommen?«

»Aber ja«, erwidert Cassi erneut. Sie steht auf und klopft sich die Pizzakrümel vom Pulli.

Sie überqueren die Straße, Maine trottet ihnen hinterher. Im Treppenhaus riecht es nach vergammeltem Müll, und das Info-Schild der Hausverwaltung wird von einer Weihnachtsgirlande geziert, die sicher nicht erst letztes Jahr dort aufgehängt wurde. Berzan überwindet die Treppenstufen in den zweiten Stock mit drei großen Schritten, Cassi eilt hinterher.

Berzan wohnt in einer Zweizimmerwohnung mit einer vollständigen Küche, haust aber darin, als wäre es eine Einzimmerbude mit Kochnische und er selbst auf der Durchreise. In der Ecke eine Matratze auf dem Boden. Vor dem Fenster mit schief hängenden Jalousien ein Schemel, an der Wand Nägel, die als Kleiderhaken fungieren. Die Garderobe im Flur scheint nur für Fitnessgeräte und Sportkleidung da zu sein – offensichtlich die einzigen Besitztümer, denen hier drinnen gebührende Beachtung gezollt wird.

Tisch und Stühle fehlen in der Küche, aber auf der Küchenarbeitsplatte liegen drei Fertignudelgerichte nebst einer Packung Proteinpulver. An der Kühlschranktür sitzt eine Karte, die »Herzlichen Glückwunsch zum 25. Geburtstag!« proklamiert. Berzan bemerkt, dass Cassi sie ansieht.

»Die hat mir letzte Woche meine Mutter geschickt«, sagt er. »Ich bin inzwischen siebenundzwanzig. Und ich hab im Februar Geburtstag.«

Er greift nach der Karte.

»Kann ich dir etwas anbieten?«, fragt er. »Wasser? Einen Energydrink? Einen Proteinshake?«

Proteinshake sagt er mit einem Grinsen. Cassi schüttelt den Kopf. Berzan bereitet einen für sich zu und trinkt ihn in einem Zug aus.

Dann wirft er die Geburtstagskarte in einen Müllbeutel, der an der Schranktür hängt und nichts anderes als Bananenschalen und Energydrink-Dosen zu enthalten scheint. Kleine Fliegen umschwirren die Tüte, als wäre sie ein Delikatessenbüfett.

»Darf ich mir mal im Bad die Hände waschen?«, fragt Cassi. Berzan zeigt in Richtung Flur und füllt einen leeren Plastikbehälter – ein Überbleibsel von irgendeinem Fast-Food-Gericht – für Maine mit Wasser.

Das Bad ist klein und feucht. Auf zwei Regalen über der Toilette stehen Haut- und Haarpflegeprodukte in peniblen Reihen. Die Handseife ist keine gewöhnliche Handseife, sie verströmt einen teuren Kiefernnadelduft, und Cassi schnuppert immer noch an ihren Händen, als sie in die Küche zurückkehrt.

»Gut, oder?«, sagt Berzan, der sich inzwischen den Neoprenanzug vom Oberkörper geschält hat. »Die kaufe ich im Internet.«

»Düfte erweitern die Sinne«, sagt Cassi. »Sie können uns in eine andere Zeit und an andere Orte zurückversetzen, Dinge wieder in uns wachrufen, die wir vergessen geglaubt haben.«

Sie hört selbst, dass das gestelzt klingt, kann sich aber nicht beherrschen. Was tut sie hier eigentlich?

»Ich gehe kurz duschen, bin in einer Minute wieder da«, sagt Berzan und verschwindet im Bad.

Cassi späht aus dem Fenster und erhascht zufällig einen Blick auf Alidas Transporter, der vor der Pizzeria hält, sieht sie hineingehen, eine Bestellung abholen und wieder herauskommen. Alida schaut auf, begegnet Cassis Blick, setzt sich ins Auto und ist wieder davongefahren, bevor Berzan – nach kaum einer Minute, da hat er nicht übertrieben – mit einem um die Hüften geschlungenen Handtuch zurückkehrt. Der Geruch von Aftershave breitet sich im Raum aus.

Cassis Handy vibriert in der Gesäßtasche. Froh, ihren Blick auf etwas anderes als Berzan richten zu können, schaut sie auf ihr Telefon, nur um festzustellen, dass Alida die Anruferin ist. Gespräche mit Alida haben leider die Tendenz, schwierig und umständlich zu sein, sowohl wenn man ihr direkt gegenübersteht als auch am Telefon. Als Alida Cassi das erste Mal anrief, entwickelte sich eine unangenehme stockende Konversation mit langen Pausen, die sich über eine Viertelstunde erstreckte, bis Cassi sich erdreistete zu fragen: »Hattest du ein bestimmtes Anliegen, Alida?«, was diese mit einem gereizten »Hast du es eilig, oder was?« konterte.

Inzwischen filtert Cassi Anrufe, von denen es in den letzten vierundzwanzig Stunden mehrere gab. Sie drückt das Gespräch weg und macht sich eine gedankliche Notiz, dass sie nicht vergessen darf, Alida später zurückzurufen.

Berzan hängt seine Badekappe an einen leeren Haken im Flur und stellt seine Zehenschuhe darunter.

»Also, worüber willst du reden?«, fragt Cassi.

Berzan sieht sie mit hochgezogenen Augenbrauen an. Er streift sich ein T-Shirt über.

»Klare Ansage, was! Aber da hab ich nichts gegen. Man soll ja auch nicht unnötig Zeit verplempern.«

Von einem Nagel an der Wand nimmt er ein Paar schwarze Jeans und schlüpft hinein.

Cassi setzt sich auf den Schemel am Fenster. Auf der Fensterbank liegt ein Skizzenblock mit Zeichnungen, die aussehen wie von Kindern gemalt, die gerade erst das Kopffüßler-Alter hinter sich gelassen haben. Daneben befindet sich ein avanciertes Tattoo-Kit, und diese Kombi veranlasst Cassi unwillkürlich dazu, die Arme aus Selbstschutz in die Pulliärmel einzuziehen.

Maine legt sich neben sie auf den Fußboden. Irgendwo im Haus klimpert eine Person auf einem Klavier, die gerade erst lernt zu spielen. Wieder und wieder erklingt dieselbe zögernde Melodie, und nicht selten klingt es schief.

»Die Pastorin«, erklärt Berzan mit einer Geste nach unten. »Sie übt bei ihrer Freundin, sagt, dass sie Gottes Orgel nicht unnötig strapazieren will. Ich glaube eher, dass es ihr in der Kirche zu kalt ist.«

Er rückt seinen Fahrradhelm am Haken gerade.

»Auf meine Ohren muss man anscheinend nicht solche Rücksicht nehmen.«

Berzan fährt mit der Hand über seinen Hockeyschläger, der neben dem Helm baumelt, und sorgt auch dafür, dass seine Taekwondoausrüstung – die Cassi beim Hereinkommen irrtümlich als »Karatekleidung« bezeichnet und abgenommen hatte – ordentlich am Haken hängt. Er schließt den Reißverschluss des Padelschläger-Futterals. Beginnt im Raum auf und ab zu gehen.

»Wie geht's eigentlich Pavel?«, fragt er dann. »Ich habe ihn vorhin beim Einkaufen getroffen. Er klang richtig fröhlich. Sonst ist er immer so reserviert.«

Das zu hören freut Cassi.

»Pavel ist der Beste. Er ist ein wahrer Freund. Du weißt schon, wenn man jemanden trifft, der einem das Gefühl gibt, ihn oder sie schon immer gekannt zu haben? Wenn alles ganz selbstverständlich ist, man auf derselben Wellenlänge ist? So ergeht's mir mit ihm.«

Sie hält kurz inne und überlegt, ob sie noch mehr sagen soll, etwas, das mehr nach Cassiopeia klingt, beschließt dann aber, dass das so reicht. Dass die Wahrheit genügt.

Berzan wirkt ergriffen.

»Ich weiß, was du meinst. Genau darüber wollte ich mit dir sprechen.«

Und dann fängt er an zu erzählen. Cassi hat schon Bruchteile seiner Geschichte von Marlene erfahren, aber das zeigt sie nicht. Als Berzan Tränen in die Augen treten, was schon nach wenigen Sätzen der Fall ist, bittet sie ihn, sich doch auf dem Fußboden auf eine Decke zu legen. Mittlerweile ist Cassi es gewohnt, mit starken Gefühlen konfrontiert zu werden, aber sie fühlt sich wohler damit, wenn solche Gefühlsäußerungen in einer horizontalen Lage erfolgen. Da kann sich der Blick des Hilfesuchenden an die Zimmerdecke richten oder die Augen werden geschlossen, landen jedenfalls nicht so oft auf ihr. Und sie muss sich nicht so fühlen, als würde sie unter Beobachtung stehen. Wenn Berzan liegt, fühlt Cassi sich souveräner, sicherer, als hätte sie einen Vorsprung, einen potenziellen Fluchtweg.

Er streckt sich auf der Decke aus. Maine kuschelt sich augenblicklich an ihn. Seufzt tief. Cassi hockt sich an Berzans Kopfende und vollführt mit den Händen wirbelnde Gesten über seinem Oberkörper.

Berzan ist unglücklich in seine ehemalige Vorgesetzte verliebt, eine fünfzehn Jahre ältere, verheiratete Frau. Eigentlich ist seine Geschichte die eines ganz gewöhnlichen gebrochenen Herzens. Etwas, das in der Weltgeschichte bereits milliardenfach geschehen ist und auch noch milliardenfach geschehen wird.

»Es hat sich ganz allmählich entwickelt«, sagt Berzan. »Es war die Art, wie sie mich angesehen hat. Ich hätte nicht gedacht, dass es so kommen würde, aber es schien irgendwie unvermeidlich – nicht dass ich es hätte vermeiden wollen, das auch nicht. Aber dann hat die ganze Sache mein ganzes Leben bestimmt. Sie hat auf mich gewirkt wie ein Magnet. Bis alles von einem Tag auf den anderen vorbei war.«

Seine Stimme bricht.

Was damals genau vorgefallen war, bevor die besagten zwei Schiffe auf See zusammenstießen – Marlene zufolge war es ein heißes Intermezzo im Steuerhaus, Berzan zufolge eine SMS, durch die er seine Konzentration verlor –, blieb im Unklaren, verleitete die Boulevardpresse jedoch dazu, das Unglück zu einer *Titanic*-Katastrophe doppelten Ausmaßes aufzublasen. Nach einem unglücklichen Krisenmanagement der Reederei wurde der Chefetage des Unternehmens bewusst, dass Köpfe rollen mussten.

Die Frau wurde versetzt. Berzan gefeuert. Jetzt steuert er eine kleine Fähre, da sind die Herausforderungen auf emotionaler Ebene geringer.

»Sie hat mich gebeten, mich nicht mehr zu melden«, sagt er. »Sagt, dass sie die Sache mit ihrem Mann wieder einrenken will.«

Cassi legt ihm die Hände auf die Achseln. Ist plötzlich hochmotiviert. *Damit* kennt sie sich aus.

»Ich sehe dich, Berzan. Du bist nicht hier. Du bist ganz woanders. Du bist dort, aber gleichzeitig auch noch unterwegs.«

Berzan schließt die Augen. Tränen lösen sich aus seinen Augenwinkeln, rinnen ihm über die Schläfen.

»Ich weiß nicht, was ich machen soll. Ich habe das Gefühl, es zerreißt mich von innen.«

Cassi redet ganz langsam.

»Ich sehe dich, Berzan«, wiederholt sie. »Du schwankst wie Seegras im Wind. Suchst nach einem Anker. Ich sehe, dass du verloren bist. Dass du nicht in dir ruhst, nicht ganz bist. Ich sehe deine losen Enden, sie sind wie Fäden.«

Sie gibt vor, unsichtbare Fäden über seiner Brust zusammenzuklauben.

»Ich nehme jetzt diese Fäden in meine Hände und verknote sie miteinander. Spürst du das?«

Berzan wirft aus zusammengekniffenen Augen einen Blick nach oben, nickt.

»Ja, das tue ich.«

»Lockere Knoten«, sagt Cassi. »Nichts, was beengt oder Druck ausübt. Aber sie halten dich zusammen. Du wirst nicht zerfasern, nicht zerbrechen. Du bist ganz. Ich sehe dich.« Sie bindet Schleifen in der Luft über ihm; große Schleifen, kleine Schleifen.

»Mach einen Schritt zurück, Berzan. Gib ihr Raum. Hältst du lockerer, hältst du beharrlicher.«

Berzan seufzt tief auf. Fährt sich über die Augen. Legt seine Hand auf Maines Fell. Stille kehrt ein.

Da gibt sein Handy in der Küche einen Piepton von sich. Berzan erstarrt.

»Sorry«, sagt er.

Cassi legt die Handflächen vor ihrer Brust aneinander.

»Das ist das Zeichen dafür, dass wir für heute fertig sind«, sagt sie und richtet sich auf. »Aber du darfst dich gern melden, falls du mehr reden möchtest. Mehr in die Tiefe tauchen möchtest. Du hast Sorgen in dir, Berzan. Ich kann dir weiterhelfen.«

Sie stehen auf, er geht in die Küche. Cassi nimmt die Gelegenheit wahr, währenddessen auf ihr eigenes Handy zu schauen. Eine Nachricht von Lollo, die sie im August zu einem Sommerfest auf ihrem Hof einlädt.

»Eine Party bei den Desgoffes!«, sagt Berzan, der dieselbe Einladung bekommen hat. »Endlich passiert hier mal was Tolles!«

40

Cassi putzt nicht und duscht höchst selten, aber heute zieht sie sich um.

Den Wickelrock, den sie aus einem von Pavels alten Kartons hervorgezogen hat und bei dem selbst ihm kein Grund dafür eingefallen ist, weshalb er ihn behalten sollte, hat sie ausgeschüttelt und ausgelüftet. Jetzt haftet ihm nur noch ein schwacher Geruch von feuchter Pappe an, als sie ihn sich um ihre Hüfte wickelt. Der knielange Rock ist weit, in einem intensiven Blau mit einem unregelmäßigen weißen Batikmuster, und hat eine große aufgenähte Tasche mit aufgestickten Blumen. Jemand sehr Kreatives muss ihn selbst gemacht haben. Pavel kann sich nicht mehr erinnern, wer ihm den Rock gegeben hat. »Muss wohl mit irgendeinem Karton gekommen sein«, war alles, was ihm dazu einfiel, als Cassi ihn danach gefragt hat.

Cassi kann sich nicht so richtig entscheiden, ob sie ihn nun schön oder hässlich findet, aber es ist jedenfalls kein Kleidungsstück, das einen kaltlässt. Mit diesem Rock erregt man Aufmerksamkeit. Er stellt eine Abwechslung zu ihren normalen Jeansshorts und ihren Leggings dar, und wer weiß, was so alles passiert, wenn man mal etwas Neues wagt. Sie hat anderen mittlerweile schon so oft das Zitat: »Schon der Flügelschlag eines Schmetterlings kann am anderen Ende der Welt einen Tornado auslösen«, aufgetischt, dass ihr die Idee dahinter in Fleisch und Blut übergegangen ist.

Der neue Rock ist tatsächlich so weit, dass sich ein Stück davon zwischen Autotür und Rahmen geklemmt hat und nun auf dem Weg zum Mini-Markt wie ein Wimpel im Wind flattert. Cassi erledigt ihre Einkäufe neuerdings konsequenterweise gleich frühmorgens bei Ladenöffnung, weil Hans dann meistens noch nicht an der Kasse sitzt.

Drinnen ist die Luft kühl im Vergleich zu der angenehmen Wärme draußen. Die Kälte des Steinfußbodens dringt durch die Sohlen ihrer Flip-Flops. Leise geht Cassi durch die Gänge, zieht Waren aus den Regalen und packt sie in ihren Korb, in der stillen Hoffnung, das Geschäft unbemerkt von Hans oder Grete verlassen zu können.

Doch leider, leider steht Grete in der Molkereiabteilung und wischt Wasser vom Boden auf.

Cassi möchte sich nicht bemerkbar machen, aber sie muss an die Milchkartons, und Grete steht im Weg.

Gretes Blick ist auf das Wasser auf dem Boden gerichtet. Als sie aufschaut, sieht Cassi, dass sie ihren Rock anstarrt, bevor sie sich zwingt, ihr ins Gesicht zu sehen. Dann mustert sie Cassi noch einmal von Kopf bis Fuß.

»Bin ich im Weg?«, fragt Grete. Sie seufzt ein wenig, als sie den Mopp wieder in den Eimer taucht, aber nicht auf eine unfreundliche Art. Es ist ihre Art zu atmen. Sie schiebt den Eimer zur Seite und macht Platz, sodass Cassi an die Milch kommen kann.

»Tut mir leid, dass ich hier mittenrein latsche«, sagt Cassi unterwürfig. Etwas nervös.

»Wir haben ein Problem mit einem Wasserleck«, entgegnet Grete schlicht. Ihr Blick wandert wieder zu Cassis Rock.

Cassi dreht sich um und geht zu den Tomatenkonserven.

»Übrigens«, sagt Grete hinter ihr.

Cassi schnellt herum. »Ja, bitte?«

»Ich möchte Sie nur warnen, drüben, in der Käseecke, ist auch Wasser auf dem Boden. Ich hatte noch nicht die Zeit, es aufzuwischen. Seien Sie bitte vorsichtig, damit Sie nicht ausrutschen.«

Cassi nickt, übertrieben eifrig. Macht sogar das Daumenhoch-Zeichen. Sie möchte unter allen Umständen, dass Grete sie mag. Vielleicht würde das ja etwas auf ihren Mann abfärben. Es wäre so eine Erleichterung, wenn Hans und Grete ihre Skepsis aufgeben würden.

»Danke, ich werde aufpassen!«, sagt sie und macht sich extrem vorsichtig wieder auf den Weg, setzt jeden Schritt mit Bedacht.

»Wo haben Sie den Rock her?«

Die Worte sind für Gretes Verhältnisse ungewöhnlich schnell aus ihrem Mund geschossen und hören sich barsch an. Cassi dreht sich überrascht wieder zu ihr um.

»Ich habe ihn von Pavel bekommen«, sagt sie. »Wir haben ihn gefunden, als wir seine Garage aufgeräumt haben. Er hat eine Menge Gerümpel gesammelt, der gute Mann.«

Grete schmunzelt. Hat Cassi sie jemals lächeln sehen? Nicht, soweit sie sich erinnern kann.

Hastig fügt Cassi hinzu: »Aber er hat auch viele schöne Dinge! Ist dieser Rock nicht unglaublich? Der weite Schnitt! Die Farben!«

Sie dreht sich einmal im Kreis.

»Sie werden mir nicht glauben …«, sagt Grete, »aber den Rock haben Berit und ich mal geschneidert.«

Stille.

»Oder nicht Berit, Marlene, meine ich natürlich«, korrigiert sie sich.

Cassi starrt sie an.

»Was, wirklich?«, bricht es aus ihr hervor. »Das wusste ich nicht. Und Pavel sicherlich auch nicht.«

Grete ist auf sie zugegangen und befühlt jetzt den Stoff des Wickelrocks.

»Wir haben früher Kleidung entworfen. Wollten sogar mit unserem eigenen Label durchstarten. Wir dachten, uns würde die Welt zu Füßen liegen. So ist das, wenn man jung und naiv ist, wissen Sie.«

Sie lächelt Cassi erneut an.

»Das ist phantastisch!«, sagt Cassi. »Ich liebe diesen Rock.«

»Ich freue mich, ihn zu sehen und dass er Ihnen gefällt«, erwidert Grete. »Ich dachte, dass alles, was wir jemals angefertigt haben, schon vor langer Zeit verschwunden ist. Das ruft viele Erinnerungen in mir wach.«

»Unglaublich«, sagt Cassi. »Aber warum haben Sie und Marlene damit aufgehört?«

Sie muss Grete ja nicht unbedingt auf die Nase binden, dass Marlene ihr bereits von dem Zerwürfnis der beiden Freundinnen erzählt hat, denkt Cassi.

Grete lässt ihren Blick schweifen, rückt ein paar Marmeladengläser auf dem Regal zurecht.

»Oh, es gab viele Gründe. Wir ... haben uns verkracht. Aber vor allem lag es daran, dass Hans und ich zusammen diesen Markt hier übernahmen. Danach hatte ich einfach keine Zeit mehr für etwas anderes. Und es gab noch andere Gründe. Manchmal entwickeln sich Freundschaften eben einfach auseinander.«

Den letzten Satz sagt sie mit einem verstohlenen Blick zum Lagerraum.

»Wie schade«, bemerkt Cassi. »Aber Sie und Marlene haben beide weiterhin ein großes Interesse an Design, das ist offensichtlich. Sie haben beide Ihren eigenen unverwechselbaren Stil, könnte man sagen. Haben Sie nie darüber nachgedacht, wieder etwas zusammen zu kreieren?«

Cassi ahnt die Antwort bereits, aber jetzt will sie auf etwas ganz Bestimmtes hinaus.

Grete wirkt niedergeschlagen.

»Marlene hat schon vor langer Zeit aufgehört, mit mir zu reden«, sagt sie schließlich. »Ich weiß nicht, wie gut Sie sie kennen, aber da sind viele Gefühle im Spiel. Ich kenne keinen Menschen, der so nachtragend ist wie Marlene.«

Jemand läutet die Glocke an der Kasse. Grete schaut auf, rückt ihre Brille zurecht.

»Trotzdem war es schön, Sie in dem Rock zu sehen. Es hat viel Spaß gemacht, zusammen daran zu arbeiten.«

Dann geht sie zur Kasse, und Cassi bleibt zurück.

Sie greift sich ein paar Nudelpackungen und schlendert zum Regal mit den Tacos. Als sie Hans' Umrisse hinter der Milchglasscheibe zum Lagerraum sieht, dreht sie sich schnell um und entfernt sich.

Grete sitzt an der Kasse und starrt hinaus durch die automatische Tür, die sich nach dem Kunden noch nicht wieder geschlossen hat.

»Wissen Sie, was …«, sagt Cassi zu ihr, als sie ihre Waren aufs Band legt.

Grete blickt sie an.

»Ich habe inzwischen viel Zeit mit Marlene verbracht, und ohne meine Schweigepflicht zu verletzen, würde ich sagen, dass sie offen dafür ist, einen Schlussstrich unter die Vergangenheit zu ziehen. Wäre es nicht wunderbar, wenn Sie beide den Kontakt zueinander wieder aufnehmen könnten? Das Leben ist zu kurz, um alter Kränkungen willen eine Freundschaft aufs Spiel zu setzen.«

Wie immer sind Cassis Äußerungen nicht ganz unproblematisch. Marlene hat nicht gesagt, dass sie einen Schlussstrich unter die Vergangenheit ziehen will, und sie, Cassi, sollte besser nicht das Wort Schweigepflicht in den Mund nehmen.

Und sollte nicht gerade Cassi vorsichtig damit sein, anderen Leuten Verständnis und Vergebung zu predigen?

Aber Grete weiß nichts von alldem.

Die Tür zum Lager wird geöffnet, und Hans zieht auf einem Wagen eine Palette mit Kisten voller Gläser in den Supermarkt. Er wirft Cassi noch einen missbilligenden Blick zu, bevor er mit seinem Gefährt in einem Gang verschwindet.

Grete scannt Cassis Einkäufe und sagt nichts mehr. Cassi versucht noch einmal, Augenkontakt zu ihr herzustellen, während sie bezahlt, aber Grete schaut weg. Es scheint undenkbar, dass sie noch vor wenigen Minuten eine normale, fast entspannte Unterhaltung geführt haben, zumindest was Grete angeht.

»Haben Sie einen schönen Tag, Grete«, sagt Cassi, die ihre Einkaufstasche im Auto vergessen hat und das Transportproblem löst, indem sie ihre Waren ganz altmodisch in ihren Rock sammelt, als seien es Äpfel, die sie gerade gepflückt hat.

Doch Grete schaut sie nicht mal mehr an, steht einfach auf und geht zu Hans, um ihm zu helfen.

Erst als Cassi zum Auto kommt und auf ihren Kassenbon schaut, bemerkt sie, dass die Schlacht noch nicht verloren ist. Grete hat ihr einen Personalrabatt gewährt.

41

Da Cassi nun also etwas tut, das sie beschäftigt hält, braucht sie nicht länger darüber nachzugrübeln, wie wohl sie sich fühlt. Sie fühlt sich einfach wohl.

Fast jeden Tag wendet sich jemand an sie, der sie zum Reden braucht oder nach einer Art »Heilung« fragt. Sie erfindet etwas mit dem Namen Atemtherapie und bescheinigt ihren Klienten »einen großen Durchbruch«, wenn ihnen dabei schwummrig wird. »*Moos*-sage« hat sie erfunden, als sie von der Sonne getrocknetes Moos zerkrümelte und einem Bauarbeiter damit über den Rücken rieb. Ein anderes Mal liest sie ihren Klienten aus Teeblättern – eine besondere Herausforderung, wenn der Tee nur aus matschigen Earl-Grey-Teebeuteln besteht! Alldieweil arbeiten andere Teeblattleser ja auch nicht unbedingt mit anderem, wer also ist sie, dass sie sich über die Arbeitsbedingungen beklagt?

Einen norwegischen Campinggast bringt sie zu einem »befreienden Tanz« in den Wald, was allerdings schiefgeht, als er mit verbundenen Augen über eine Wurzel stolpert, über einen Baumstumpf fällt und sich fast beide Beine bricht. Cassi argumentiert, dass er offensichtlich nicht »präsent genug« war. Ihr Disput endet erst, nachdem sie angeboten hat, ihm kostenlos die Tarotkarten zu legen und ihn mit Marlene bekannt zu machen.

Aber in den allermeisten Fällen geht alles gut. Die anfänglich gefürchteten Konsequenzen bleiben aus. Sogar Geld für ihre Dienstleistungen anzunehmen fühlt sich nicht mehr seltsam an. Da ist nur noch diese kleine nagende Stimme in ihrem Hinterkopf … aber um ehrlich zu sein, quengelt die so konstant, dass Cassi sie kaum noch hört.

Und manchmal nimmt sie sich einen Tag frei. Wenn Cassi und Pavel dann nicht Karl-Adam besuchen, erkunden sie die Umgebung mit dem Auto, und Pavel zeigt ihr ein paar Sehenswürdigkeiten oder jedenfalls das, was er für sehenswert hält.

Jetzt will sie ihn gerade zu so einer ziellosen Spritztour abholen, als Alida anruft. Cassi seufzt, steigt aber wieder aus dem Auto. Wenn man mit Alida redet, braucht man frische Luft. Cassis schlechtes Gewissen macht sich bemerkbar, weil sie Alida noch nicht zurückgerufen hat. Seitdem sie das letzte Mal von ihr gehört hat, ist schon fast eine Woche vergangen. Maine, der sich gerade auf dem Rücksitz niedergelassen hat, schaut kurz auf, um zu sehen, was vor sich geht, bleibt aber liegen.

»Hallo, Alida. Tut mir leid, dass ich gerade nicht sprechen konnte, als du angerufen hast.«

Alida schweigt am anderen Ende der Leitung. Nur lautes Atmen ist zu hören.

»So, so«, sagt sie schließlich.

Es klingt, als ob Alida sich durch das Telefonat gestört fühlt, obwohl sie selbst es doch war, die angerufen hat.

»Ja, du warst wohl mit anderen Dingen beschäftigt. Wie man sehen konnte«, fügt sie hinzu. »Mit dem Loverboy.«

Dann schweigt sie wieder.

»Ja, ich hatte viel zu tun«, sagt Cassi. »Und ich bin gerade auf dem Sprung. Ist alles in Ordnung mit dir?«

Cassi hofft, dass Alina den Wink versteht und nun endlich mit ihrem Anliegen herausrückt. Aber sie hört nur Alidas Atemzüge in der Leitung.

»Alida?«, hakt Cassi nach ein paar Sekunden nach. »Was hast du auf dem Herzen?«

Es klingt so, als ob Alida etwas sagen will, sich ihr Mund aber sofort wieder schließt. Das Schweigen dehnt sich aus.

»Mhmm«, sagt sie endlich. »Es gibt da etwas, worüber ich mit dir reden muss. Es ist wichtig.«

Cassi schaut sich verzweifelt um, als ob sie hier draußen, mitten im Wald, etwas retten könnte.

»Ich bin gerade auf dem Sprung, wir müssen uns also leider später damit befassen. Aber erinnerst du dich an unsere Übungen, die du machen kannst, wenn du dich schlecht fühlst? Deine Hand über einen Ameisenhaufen halten? Hinter den Ohren eines Alpakas schnuppern? Oder ein paar Sternenatmungen machen? Hast du das ausprobiert?«

Alidas Atmung klingt aufgebracht.

»Um so was geht es nicht«, erwidert sie giftig. »Mir sind da ein paar Erkenntnisse gekommen. Ich weiß jetzt Bescheid.«

»Aha«, sagt Cassi. »Aber ich muss jetzt wirklich los. Du weißt, was ich von Stress halte. Zeit ist ein Geschenk, mit dem man achtsam umgehen muss. Tschüss, wir reden später. Pass auf dich auf.«

Sie legt auf, bevor Alida noch etwas erwidern kann. Ob Alida jetzt wütend auf sie ist? Oder eifersüchtig? Cassi weiß von Alidas komplizierten Gefühlen für Berzan. Aber Alida trifft ihre Lebensentscheidungen frei nach dem Motto »Wen interessiert's«, und dazu gehört auch eine aggressive Anmachtechnik, die selten unproblematisch ist. Fia zufolge war Alida einmal nackt bis auf ein Paar Gummistiefel und einen Regenponcho zu Berzan gefahren, den sie wie eine Zeltklappe hochgehoben hatte, als er an die Tür kam. Ein anderes Mal soll sie eine Plastiktüte mit Alpakawolle vor seine Tür gestellt haben, versehen mit der handgeschriebenen Notiz: »Die Alpakas beißen nicht, aber ich schon.« Was sie damit sagen wollte, blieb unaufgeklärt, hatte Berzan doch nicht die Nummer angerufen, die in kantigen Ziffern unten auf der Tüte prangte.

Wahrscheinlich hatte Alida Cassi bei Berzan gesehen und in dieses Treffen mehr hineininterpretiert, als es damit auf sich hatte. Bei diesem Gedanken fühlt Cassi sich unwohl; sie möchte nicht zu dem überfüllten Dorfharem gezählt werden. Aber es gibt nicht viel, was sie dagegen tun kann. Und es ist ja nicht so, als ob Alina einen großen Freundeskreis hätte, an den sie Sachen weitertratschen könnte.

Cassi steigt wieder ins Auto und fährt den Schotterweg herunter. Auf halbem Weg zur großen Straße kommt ihr ein Auto entgegen. Es ist Grete.

Vor lauter Überraschung fährt Cassi zurück zum Haus. Falls Maine sich wundert, dass es diesmal so lange dauert, bis sie vom Acker kommen, protestiert er zumindest nicht.

Cassi und Grete parken beide und steigen aus. Sie grüßen sich so, als ob keine von ihnen wüsste, warum sie ausgerechnet jetzt hier sind. So seltsam es war, Grete einmal im Laden lächeln gesehen zu haben – sie einmal außerhalb des Mini-Marktes zu sehen, ist noch viel seltsamer. Grete trägt eine fließende dunkellila Leinenhose und eine ebenso fließende dunkellila Leinentunika. Ihre Brille hat einen normalen Lilaton, könnte man sagen.

»Entschuldigen Sie die Störung«, sagt Grete. »Sie haben ja anscheinend etwas vor.«

Grete schaut verlegen auf ihre Fingernägel. Sie sind in einem leichten Fliederton lackiert.

»Machen Sie sich keine Gedanken, Grete«, sagt Cassi. »Ich habe alle Zeit der Welt.«

Das hat sie nicht, Pavel wartet schon auf sie, aber in Cassis weitverzweigtem Geflecht aus glatten Lügen, falschen Tatsachen und Übertreibungen kann eine Falschbehauptung über die Zeit ja kaum zählen, findet sie.

»Ich habe darüber nachgedacht, was Sie gesagt haben«, beginnt Grete. Sie sieht kurz zu Cassi, bevor sie wieder nach unten schaut.

»Ich habe über mein Verhältnis zu Berit, ich meine Marlene, nachgedacht. Irgendwie wäre es doch schön, wenn wir uns treffen und aussprechen könnten.«

Nervös knabbert sie an ihrem Daumennagel.

»Aber ich glaube nicht, dass wir es ohne Hilfe schaffen können. Wann immer ich es in den letzten Jahren versucht habe, ist der Streit nur noch mehr ausgeufert. Es endete immer damit, dass wir uns nur noch stritten und weiter voneinander entfernten. Aber da sie Ihnen vertraut, habe ich gedacht, dass es vielleicht mit einer neutralen, außenstehenden Person, die bei dem Gespräch dabei ist, besser laufen könnte. Mit einem Mediator, heißt das nicht so?«

Grete sieht wieder hoch.

Cassi legt sich die Hand aufs Herz. »Das zu hören, bewegt mich tief, Grete.« Das meint sie ganz ehrlich. Dass Grete ihr so ein Vertrauen entgegenbringt, darauf hat sie nie zu hoffen gewagt.

»Wie könnte man das angehen, was meinen Sie?«, fragt Grete. »Ich möchte Hans zu diesem Zeitpunkt nämlich noch nicht einweihen. Deshalb kann ich nicht zu Marlene fahren, sie wohnt viel zu nahe an unserem Geschäft. Und hier bei Ihnen möchte ich es auch nicht machen.«

Sie schaut sich um, als ob sie etwas an Cassis etwas rumpeligem Vorplatz auszusetzen hätte.

»Ich wollte gerade vorschlagen, dass wir uns am See treffen«, sagt Cassi und versucht, so gut es geht, zu verbergen, wie nervig sie es findet, dass jeder meint, es sich erlauben zu können, eine Meinung über ihr Zuhause zu haben. »Die Kraft des Wassers wirkt nicht nur reinigend auf den Körper, sondern auch auf die Psyche; das Seelenleben. Und der beruhigende Effekt der Wellen, die gegen das Ufer schlagen, kann wahre Wunder vollbringen.«

Und schon lässt Cassi sich wieder hinreißen. Gestikuliert lebhaft, während sie spricht.

»Wellen würden sich niemals von einem Streit abhalten lassen. Der Wind hält bei Meinungsverschiedenheiten nicht inne. Die Natur, das Leben, alles passiert unaufhörlich um uns herum. In uns. Niemand kann die Zeit aufhalten. Es ist gut, sich daran zu erinnern, wenn Gefühle hochkochen.«

Grete sieht aus, als wünschte sie sich jetzt schon weit weg, aber wahrscheinlich wird ihr klar, dass dies nicht der richtige Zeitpunkt ist, die Person, die sie um einen Gefallen gebeten hat, in Zweifel zu ziehen.

»Ja, vielleicht ist das so«, stimmt sie schließlich zu.

Sie nimmt ihre Brille ab und poliert sie mit dem Saum ihrer Tunika. Dann schaut sie hinüber zur Haustür, blinzelt.

»Dass dies das Haus meiner älteren Schwester war, ist der eigentliche Grund dafür, dass ich mich hier nicht treffen möchte. Käthe war die Frau von Karl-Adam, und sie war hier nie richtig glücklich. Es gibt mir ein ungutes Gefühl.«

»Das tut mir leid«, sagt Cassi. »Für mich sind dieses Haus und seine Umgebung wie ein sicherer Hafen. Aber natürlich sehe ich ein, dass mit Erinnerungen und Orten manchmal komplizierte Gefühle verbunden sind. Habe ich es richtig verstanden, dass ihre Schwester krank war?«

Grete schnaubt.

»Sicher, der Krebs hat sie umgebracht, aber das war nicht

der Grund dafür, dass sie ihr Leben lang so unglücklich war. Einer ihrer Söhne, Ludvig, starb im Alter von drei Jahren an Leukämie. Sie hat sich nie wieder davon erholt.«

Cassi erinnert sich, dass Karl-Adam mal einen Ludvig erwähnt hatte, aber davon hatte sie nichts gewusst. Sie schaut zum Haus, denkt an den schrecklichen Schmerz, den das verursacht haben musste. Grete spricht weiter.

»Und ihr Mann … Ihre Ehe war keine gute Ehe. Er hat sie betrogen. Und das sehr lange.«

Cassis Blick schweift zum Wald. Es ist ihr immer schwergefallen, irgendwelche Gefühle für Käthe aufzubringen. Über ihre Situation hat sie sich nie Gedanken gemacht, hat immer eindeutig Pavels Seite eingenommen.

Jetzt fühlt sie sich verunsichert. In ihren Ohren klingelt es, eine vage Übelkeit macht sich in ihr breit. Sie versucht, das Gefühl abzuschütteln.

»Das tut mir aufrichtig leid«, sagt sie noch einmal. »Ich habe bei meinem Einzug gespürt, dass es hier belastende Erinnerungen gibt, habe sie aber seitdem gründlich hinausgekehrt. Wenn Sie hereinkommen mögen, würden Sie sicherlich spüren, dass nur die positiven Energien übrig geblieben sind.«

Grete schüttelt den Kopf.

»Ich bin mir sicher, dass Sie sich hier wohlfühlen, aber ich nehme das einfach anders wahr.«

Cassi überlegt, ihr ihre Dienste als Medium anzubieten, falls Grete in Kontakt zu ihrer Schwester treten will. Der Schritt vom Mediator zum Medium ist ja nicht besonders groß. Eigentlich ist es fast das gleiche Wort. Aber das muss warten. Mit Grete muss sie es langsam angehen lassen.

»Ich werde mit Marlene sprechen«, sagt Cassi. »Ich bin mir sicher, dass sich etwas arrangieren lässt, zu dem Sie sich beide bereit erklären können.«

Sie legt ihre Handflächen aneinander und deutet eine Verbeugung an.

Grete geht zu ihrem Auto und öffnet die Tür. Cassi folgt ihr.

»Ich hoffe so sehr, dass das funktioniert«, sagt Grete.

Sie verstummt und sieht zu Boden. Als sie weiterspricht, ist es fast so, als würde sie laut denken.

»Selbst wenn es zwischen Berit und mir nicht mehr so wie früher wird, als wir noch jünger waren, wäre ich trotzdem froh, wenn wir nicht mehr mit diesem Konflikt leben müssten. Wenn wir diesen Schmerz nicht mehr spüren müssten. Als meine Schwester starb, waren in ihrem Leben noch so viele Dinge ungelöst.«

Sie sieht zu Cassis Haus.

»Ich möchte nicht, dass mein Leben so endet«, sagt sie.

Schnieft. Wischt sich über die Nasenspitze. Cassi ist im Begriff, behutsam einen Arm um sie zu legen, da schlingt Grete direkt beide Arme um sie und legt ihren Kopf auf Cassis Schulter. Sie riecht nach Vanille.

»Es ist ein Risiko«, schluchzt sie. »Aber das will ich eingehen, das ist es mir wert.«

Der Leinenstoff fühlt sich rau unter Cassis Fingern an, als sie Gretes Rücken tätschelt.

»Ich hoffe, du weißt, welche Hochachtung ich vor dir habe, dass du diese Sache angehst, Grete«, sagt sie. »Das Leben ist zu kurz, um am Unrecht der Vergangenheit festzuhalten.«

Grete lässt an Cassis Schulter ihren Tränen freien Lauf. Ihr Atem ist heiß und feucht an Cassis Hals, während sie spricht.

»Sie war so sehr mit sich selbst beschäftigt«, sagt Grete. »Mit ihrem Kummer. Sie hat nichts davon gewusst. Dass er ein Doppelleben geführt hat. Auf welche Art er sie betrogen hat. Wie lange das so ging. Und es tut mir so leid für sie. So schrecklich leid.«

Das Klingeln in Cassis Ohren schwillt an. Jäh wird sie von einem Gefühlstumult überwältigt, es ist wie ein Erdrutsch. Sie kann nicht anders, sie muss Grete loslassen. Sich aus der Umarmung befreien. Sich hinkauern. Ihren Kopf zwischen die Beine beugen. »Es tut mir leid«, sagt sie. »Entschuldige bitte.«

Cassi umschlingt sich selbst mit den Armen. Das kam unerwartet. So sollte es nicht sein. *Sie* sollte doch nicht zusammenbrechen. Cassi fühlt sich wieder in den Pausenraum des Großmarkts zurückversetzt, als sie sich einfach nur so klein wie möglich machen, sich zusammenfalten und verschwinden wollte.

Grete steht neben ihr, anscheinend genauso überrascht über diese Wendung wie Cassi. Sie wischt sich in Ermangelung eines Taschentuchs mit einem Ärmel ihrer Tunika die Wangen trocken und hockt sich dann zu Cassi auf den Boden.

»Was ist los?«, fragt sie. »Bist du okay? Ist alles gut?«

Zuerst fühlt Cassi sich nicht in der Lage zu antworten. Sie weiß nicht, was sie sagen soll. Nichts ist gut. Alles ist gut.

»Ja«, sagt sie dann. Bemüht sich, ihr Gesicht zu so etwas wie einem Lächeln zu zwingen, und sieht Grete an, die angesichts Cassis starrer Miene instinktiv zurückzuckt.

»Mich haben nur gerade die Gefühle überwältigt«, fährt sie fort. »Das passiert mir manchmal, wenn wahrhaft große Mächte am Werk sind.«

Sie hat immer noch die Arme um sich geschlungen. Atmet zweimal tief ein und aus. Versucht sich zu sammeln.

»Ich bin so sensibel; es ist so, als ob ich alles, was du erzählst, in mich aufsauge. Puh.«

Cassi legt sich auf den Boden. Hat nicht vor, ihren seelischen Zustand, ihre eigene Geschichte verantwortlich für das zu machen, was gerade passiert ist. Es ist einfacher, weiter an der Lüge festzuhalten.

»Das passiert mir manchmal«, sagt sie. »Du bist jetzt viele deiner belastenden Gefühle los. So als hättest du einen Eimer davon in einen leeren umgeschüttet, den ich dir hingehalten habe. Und nun fühlst du dich besser. Du hast alles bei mir abgeladen, sodass du Frieden finden kannst. Und nur das zählt, Grete.«

Gretes Blick wandert umher; sie sieht aus, als ob sie über etwas nachgrübelt.

»Hmm, eigentlich fühle ich mich durch deine Reaktion ja eher aufgewühlt. Aber du kannst natürlich recht haben. Ich habe so etwas noch nie erlebt. Vielleicht bin ich es, die um Entschuldigung bitten sollte?«

Cassi setzt sich auf. Steht wieder auf. Nun ist es an Grete, ihr eine Hand zu reichen, sie zu halten, bis Cassi sicher steht. Aber Cassi ist schwindelig. Sie bürstet ein paar Kiefernnadeln von ihren Händen.

»Nicht nötig. Ich kenne das schon.«

»Ich muss jetzt los«, sagt Grete. »Aber danke dafür, Cassi. Ich fühle mich ein bisschen durcheinander, vielleicht liegt das ja daran, dass ich meine Gefühle auf dich übertragen habe. Es fühlt sich ungewohnt an. Aber nicht schlecht.«

»Ich danke *dir*, Grete«, erwidert Cassi. Sie fühlt sich schon fast wieder normal. »Und vergiss nicht, viel Wasser zu trinken.«

42

Und so trifft sie viel später bei Pavel ein, als sie ausgemacht haben. Sie hupt. Pavel ist damit beschäftigt, seine Himbeersträucher hochzubinden, und schaut zögernd auf seine Uhr, als Cassi trotz der Verspätung einen Ausflug vorschlägt.

»Es ist doch erst halb fünf. Ich verspreche dir, dass wir rechtzeitig zum Abendessen zurück sind!«, sagt sie, weil Pavel strikt an Routinen festhält und sie weiß, wie er denkt.

»Nur ein kurzer Ausflug. Dafür ist Zeit.«

Sie hupt noch einmal. Pavel lächelt. Wenige Dinge lösen so ein wohliges Gefühl in ihr aus wie dieser Anblick. Ein fröhlicher alter Mann in Arbeitshosen, der immer bereit ist, für sie alles stehen und liegen zu lassen, wenn auch in einem strikten Zeitrahmen.

»Gut«, sagt er, »ich wasche mir nur noch kurz die Hände.«

Er schlüpft durch die Haustür und kommt einen Moment später schon wieder heraus.

Als er im Auto sitzt und angeschnallt ist, schlägt er sich auf die Schenkel und fragt: »Und, wie sieht dein Plan aus?«

Er sieht glücklich aus. Schaut sie sogar direkt an.

Sie lacht.

»Wie immer habe ich keinen Plan«, erwidert sie. »Aber ich

wollte vorschlagen, dass wir mit der Fähre fahren. Das habe ich immer noch nicht gemacht, seit ich hier wohne.«

»Hört sich gut an«, sagt Pavel, schlägt sich ein weiteres Mal auf die Schenkel und schaut jetzt aufbruchbereit nach vorn.

Inmitten der landschaftlichen Idylle nimmt sich das gelbrote Warnschild für den Fähranleger irgendwie fehl am Platz aus. Aber Pavel zeigt darauf, und so biegen sie bei einer roten Scheune ab. Weiter unten, am Ende eines Kieswegs, versperrt ein Schlagbaum den Weg. Die leere Fähre wartet am anderen Flussufer und legt ab, als sie sich nähern.

Nun, wo sie die Fähre sieht, kann sie gar nicht fassen, dass sie noch nicht früher hier gewesen ist. Dass es in ihrem Ort eine kleine winzige Fähre gibt, hat irgendwie Charme. Die Fähre kann zwei oder drei Autos auf einmal transportieren und ihre Aufgabe ist es, zwei Schotterstraßen miteinander zu verbinden. Der Fluss wirkt kaum wie ein richtiger Fluss.

Cassi kann zwei Gestalten im Steuerhaus erahnen, aber sie sind nicht mehr als Silhouetten, bis ein Seitenfenster geöffnet wird und Berzan seinen Kopf herausstreckt und winkt. Schwere Bässe dröhnen über das Wasser.

Sie winkt zurück.

Schranken heben und senken sich, und sie fahren vorsichtig an Bord des kleinen Schiffs. Ob man während der Überfahrt aussteigen darf? Sie ist sich nicht sicher, aber in diesem Fall, bei diesem Ausflug scheint das in Ordnung zu sein. Um sich kurz die Beine zu vertreten. Und wer sollte sie beide daran hindern?

Die Spätnachmittagssonne brennt vom Himmel. Weiter unten am Fluss sieht sie Kinder, die an einem Steg schwimmen. Cassi und Pavel laufen nach vorn zum Bug, legen ihre Hände auf die heruntergelassene Schranke. Die Fähre gleitet wieder hinaus aufs Wasser.

Berzan steckt erneut seinen Kopf aus dem Fenster und ruft:

»Wie geht's euch?« Sein schwarzer Bart ist ordentlich gestutzt und sein Lächeln strahlend weiß, passend zu dem Hemd, das sich über seinen Schultern spannt. Von dem seelischen Wrack, das sie beim letzten Mal zu Gesicht bekommen hat, ist nichts mehr zu spüren.

»Wir machen einen Ausflug«, bemerkt Pavel. Seine Körpersprache ist offen, und er wirkt glücklich.

»Ein perfekter Tag dafür«, erwidert Berzan.

Dann wendet er sich der anderen Person im Steuerhaus zu. Cassi sieht langes schwarzes Haar. Sie kann nicht hören, was die beiden sagen, aber sie hört Berzan lachen.

Das wäre die perfekte Partylocation, sinniert Cassi. Zwischen den beiden Ufern hin- und herfahren, von der Fähre aus schwimmen, Cocktails trinken. Sie erzählt Pavel von ihrer Idee. Er lacht, so als ob es die verrückteste Idee wäre, die er je gehört hat, aber dann stimmt er ihr zu. Sie beschließen, so etwas so bald wie möglich zu verwirklichen. Vielleicht mit Karl-Adam, nur für einen Tagesausflug. Sie besuchen ihn inzwischen regelmäßig mindestens zweimal die Woche im Heim.

»Nicht zu wissen, wie es ihm ging, was er machte, das war schlimm«, sagt Pavel. »Zu sehen, dass er in guten Händen ist, beruhigt mich sehr.«

Pavel hat dank Nathan auch eine Sondererlaubnis bekommen, über Nacht bei ihm zu bleiben. Gerade das hat bei Cassi Fragen darüber ausgelöst, wie es wirklich um Karl-Adam steht. Ist das so zu deuten, dass ihm nicht mehr viel Zeit bleibt, dass sie ihm im Heim ein paar letzte schöne Erinnerungen bescheren wollen?

Die Überfahrt zum anderen Ufer dauert nur ein paar Minuten. Sie fahren wieder los und winken Berzan zum Abschied. Maine ist auf den Beifahrersitz gesprungen und sitzt jetzt auf Pavels Schoß. Sie fahren weiter. Aus dem Auto zeigt Pavel ihr einen kleinen Pfad, der seiner Meinung nach zur besten Pilzsammelstelle in der ganzen Umgebung führt. An einer anderen Stelle erwähnt er, dass sich hier vor dreißig Jahren ein dramatischer Lkw-Unfall ereignet habe. Danach sei die ganze Straße mit Mehl bedeckt gewesen. Dahinten, auf einer weiter entfernten Wiese, habe einmal eine große Schlägerei stattgefunden, aber es sei niemand darin verwickelt gewesen, den er gekannt habe. Und da drüben, bevor das Haus dort gebaut wurde, habe früher ein anderes gestanden. Einmal habe er dort einen Bären gesehen. Oder, Moment mal, nicht da, aber einen Kilometer oder zwei von hier entfernt im Wald. Und es war in der Dämmerung, deshalb habe er ihn nicht ganz deutlich erkennen können. Aber es könne schon ein Bär gewesen sein …

AUGUST

43

Es war Fias Idee. Lollo hörte von dem Plan, als sie im Landhandel einen neuen Sprinkler kaufte, und dann überredeten sie Cassi dazu: zu einer Séance – oder was sie so unter Séance verstehen. Wie immer weiß Cassi nicht so richtig, was sie von ihr erwarten, aber wie immer werden sie das bekommen, was Cassi ihnen geben kann. Sie können es nennen, wie sie wollen, aber Cassi kann entscheiden, wie sie es interpretiert.

Sie werden insgesamt zu siebt sein: Fia, Lollo und Simon, der Max, den Makler, eingeladen hat, der wiederum eine Frau namens Nadia mitbringen will, die Cassi nicht kennt. Und natürlich ist Marlene mit von der Partie.

Cassi hat, was ihre neue Persönlichkeit betrifft, an Sicherheit gewonnen. Sie hat ein Selbstvertrauen, das nicht mal ins Wanken gerät, wenn neue Leute zu ihren Veranstaltungen dazukommen. Inzwischen hat sie wochenlang keinen Albtraum mehr gehabt, in dem sie als Betrügerin entlarvt wird. In diesem Albtraum – den sie sich immer noch lebhaft vor Augen führen kann und der sie erschauern lässt – servierte ihr das Unterbewusstsein einen investigativen Reporter, der ihr mit einer versteckten Kamera auflauerte. Der von ihm angefertigte Filmclip zeigte Cassi, wie sie von der heiligen Kraft der Kiefernnadeln, innerlichen LEDs und den magnetischen Nervenenden des menschlichen Körpers schwärmte, und wurde mit ihrem vollen Namen und einer Nahaufnahme von ihr im Netz veröffentlicht. Erbarmungslos schnitt der Traum abrupt zu früheren Arbeitskollegen und Freunden, wie sie über sie lachten, zeigte enttäuschte Einwohner von Bäcken. Hans, der mit dem Finger auf sie zeigte. Cassi wachte schweißgebadet auf.

Aber über diese Séance macht sie sich überhaupt keine Sorgen. Sie hat bereits einen Plan und wird sich an ihn halten, wenngleich sie offen für Ideen ist, die ihr spontan kommen. Schon heute Morgen hat Cassi im Wald Fackeln aufgestellt, bei deren Anfertigung Pavel ihr geholfen hat, und als es nun Abend wird, schlüpft sie in die Kleidung, die sie sich vorher zurechtgelegt hat.

Der Aufzug, den sie bei der live übertragenen Yogastunde anhatte, hatte den Zweck, anonym zu bleiben. Diesmal geht es um etwas, was Cassi *showmanship* nennt. Man muss sich selbst antreiben, den Teilnehmern etwas Neues bieten, etwas, von dem sie bisher nicht gewusst haben, dass sie es brauchen. Zuerst zieht Cassi ein schwarzes Top und schwarze Leggings an. Anstelle der Kiefernzweigboa, die sie beim Streaming trug, wählt sie diesmal einen selbst gemachten Rock aus Zweigen, damit sie ihre Arme freier bewegen kann. Außerdem hat sie ihre Augenmaske verbessert, da ihr beim letzten Mal die Preiselbeerzweige das Gesicht zerkratzt haben und die Schrammen noch tagelang sichtbar gewesen sind. Diesmal wird sie eine schwarze Kunststoffmaske benutzen, an der sie Zweige befestigt hat, so kann sie sich auch das zeitraubende Auftragen der schwarzen Schminke sparen. Das nun durch die Augenschlitze der Maske eingeschränkte Sichtfeld deutet sie beherzt zu einem Vorteil um. Es wird ihr helfen, ihre Energie besser auszurichten.

Spätsommerliche Dämmerung senkt sich über die Lichtung, und gerade als sie eine Schachtel mit Teelichtern auf die Stufen vor ihrem Haus stellt, kommt die erste Teilnehmerin mit schaukelndem Scheinwerfer auf dem Fahrrad angefahren – Marlene.

Lollo folgt in ihrem Land Rover. Sie hat Simon, Max und eine Frau mit langen schwarzen Haaren mitgenommen, die sich Cassi als Nadia vorstellt. Nadia kommt ihr irgendwie bekannt vor und ist offensichtlich betrunken. Cassi ärgert sich ein bisschen über das despektierliche Verhalten ihr als Schamanin gegenüber. Muss man denn unbedingt berauscht sein, wenn man an einer Veranstaltung wie dieser teilnimmt? Cassi hat den ganzen Tag noch keinen Alkohol angerührt, und auch gestern war die Menge verschwindend gering. Ihr Leben nimmt wieder Form an. Sie ist angekommen. Wenn jemand das bezweifeln sollte, zeigt sie einfach auf die Pflanze im Wohnzimmer, die an der Schwelle des Todes stand und nun wieder große gesunde Blätter bekommen hat.

Nadia schwebt zu Cassi herüber und streckt ihr die Hände entgegen.

»Oh, ist das schön hier«, schwärmt sie. »Ich liebe die Natur. Ist es nicht erstaunlich, wie alles wächst und gedeiht? Sollen wir alle eine Maske tragen?«

Nadia erdreistet sich, über Cassis Gesicht zu tasten, und ihre Hände wandern noch tiefer. Bewundernd berührt sie Cassis Rock aus Zweigen, ruft aus: »Forsythie!«, und fährt über Cassis Beine bis hinunter zu den Zehen.

Es ist eine bunte Schar, die sich hier versammelt hat. Cassi in ihrem speziellen Rock und Leggings, Maine mit Zweigen am Halsband, Simon in Jagdmontur, Fia von Kopf bis Fuß weiß gekleidet und Marlene in einem bodenlangen roten Kleid mit grünem Gürtel, die mit einem Augenzwinkern erklärt, dass sie »sexy und sektenartig« rüberkommen wollte. Dann Lollo in geblümten Leggings und weitem Strickpulli, Max in Jeans und weißem T-Shirt, beides hauteng, im Gegensatz zu Nadia, die das gleiche Outfit trägt, nur weit geschnitten. Die Stimmung ist feierlich und die Unterhaltung gedämpft. Sogar Marlene spricht leise, auch wenn ihr Parfüm dafür umso aufdringlicher ist.

»Erinnerst du dich nicht daran, dass wir uns schon einmal begegnet sind?«, fragt Nadia vom Fuß der Treppe her. Das lockige Haar fällt ihr wie ein Wasserfall über den Rücken. »In der Pizzeria, kurz nachdem du hergezogen bist«, fährt sie fort, bevor Cassi etwas erwidern kann. »Seitdem wollte ich dich unbedingt wiedersehen.«

»Ja, Cassi, wir sind so froh, dass du zugestimmt hast, das hier heute mit uns zu machen«, meldet sich Max zu Wort. »Nadia macht gerade eine Beziehungskrise durch, aber vielleicht kann ihr eine gelungene Séance wieder Orientierung geben.«

Nadia nickt zustimmend. »Ich war mit einem Mann zusammen, der mich dazu gebracht hat, mein Leben in Frage zu stellen, meine Ziele«, sagt sie verunsichert.

»Der Berzan-Effekt«, sagt Marlene augenzwinkernd. »Diesen Weg gehen wir alle früher oder später.«

Lollo entfährt ein überraschend lautes Glucksen. »Die Hoffnung stirbt zuletzt«, sagt sie, schüttelt aber den Kopf, als Simon sie fragend anschaut.

Aber jetzt ist es an der Zeit, mit der Séance zu beginnen. Cassi hat die Teelichter angezündet und verteilt sie. Dann hebt sie die Arme hoch über den Kopf und führt die Gruppe in die Scheune, die innen nur schwach von den Lichterketten an der Decke beleuchtet ist. Sie stellt sich in die Mitte des Raumes, die anderen stellen sich im Halbkreis um sie herum.

»Wir leben in einer Zeit, in der wir unsere innersten Sehnsüchte vergessen haben. Uns selbst vergessen haben.«

Cassi klopft sich mit der Faust auf die Brust.

»An diesem Abend wird es darum gehen, unsere Selbstliebe wiederzuentdecken und zu ehren. Selfebration!«

Marlene kichert, aber Cassi wirft ihr einen strengen Blick zu.

»Wir werden tief in uns eintauchen, um unseren inneren Wesenskern zu finden, ihn hervorzuholen und ihn auf den Thron zu heben, den er verdient. Indem wir zu uns selbst finden, finden wir die Welt.«

Cassi nimmt mit jedem Einzelnen Augenkontakt auf. Sie erklärt ihnen die Regeln. Alle Handys müssen in einen Behälter gelegt und in der Scheune zurückgelassen werden. Jeder geht einzeln in den Wald. Kein Körperkontakt.

»Wenn ihr den Weg nicht findet, dann soll es so sein«, sagt sie. »Und wenn ihr auf dem Weg stolpert, heißt das, dass euch Orientierung fehlt. Wenn ihr nicht ankommt, werden wir nach euch suchen. Setzt euch dann einfach auf den Boden und wartet.«

Als Cassi sieht, dass Nadia etwas sagen will, fügt sie hinzu: »Und ich will niemanden reden hören. Denkt darüber nach, ob die Fragen, die ihr habt, wirklich gestellt werden müssen. Alle Antworten sind in euch selbst. Das Leben ist ein Experiment, das erlebt werden will.«

Nadia sieht zur Decke.

»Ihr sollt diesen Abend einfach bewusst erleben und euch nicht in Gedanken verlieren. Seid präsent im Hier und Jetzt.«

Cassi fordert sie auf, sich großzügiger in der Scheune zu verteilen, und schlüpft dann selbst mit Maine durch das Scheunentor in den Wald.

Maine geht voran, und Cassi, die barfuß läuft, wie sie es schon den langen Sommer hindurch getan hat, folgt dem Pfad, den sie schon unzählige Male gegangen sind. Als sie sicher hinter Bäumen verborgen ist, nimmt sie ihre Maske ab und schaltet die Taschenlampe ihres Handys ein – das sie nicht in der Scheune zurückgelassen hat –, um besser sehen und schneller laufen zu können. Wenige Minuten später hat sie den Ort erreicht, den sie für die Séance vorgesehen hat.

Die Fackeln sind leicht zu entzünden, und als das erledigt ist, setzt sie die Maske wieder auf, steckt das Handy in den Bund ihrer Leggings und setzt sich in die Mitte des Fackelkreises auf einen Baumstumpf. Maine legt sich neben sie. Cassi wartet.

Marlene kommt als Erste an. Direkt danach Simon, gefolgt von Fia. Lollo und Max stoßen dazu, und dann warten sie nur noch auf Nadia. Die Minuten vergehen, und die Dunkelheit um sie herum wird immer dichter. Dann hören sie ein Schluchzen und sehen einen schwachen Lichtpunkt, der sich nähert.

Nadia setzt sich an den Rand des Kreises, zieht die Knie unters Kinn und umarmt sie.

Cassi sitzt stumm mit verschränkten Beinen da, ihre Arme sind ausgebreitet, die Handflächen zeigen nach oben. Im Wald raschelt etwas, das Moos duftet, Splitter aus dem Baumstumpf bohren sich in ihre Leggings.

Cassi lässt Zeit verstreichen. Nadias Schluchzer sind verstummt.

Nun erhebt Cassi sich. Windet sich wie eine Schlange, läuft über die Lichtung, umkreist jede Fackel, macht große kreisende Hüftbewegungen, erhebt die Hände wieder über dem Kopf.

Eigentlich tut sie das nur, um die Splitter abzuschütteln und die an der Haut klebende Leggings zu lockern, ohne etwas so Profanes tun zu müssen, wie an dem Stoff am Po zu ziehen. Das erscheint ihr einer Schamanin nicht würdig, insbesondere mitten in einer Séance.

Schließlich bleibt Cassi in der Mitte des unregelmäßigen Kreises, den die Teilnehmer bilden, stehen. Spreizt weit die Beine und streckt die Arme gen Himmel. Durch die Augenschlitze ihrer Maske erhascht sie einen Blick auf ein paar Sterne und Baumwipfel. Sie spricht staccatoartig, inspiriert von Pavel. Die Worte, die sie spricht, davon ist sie in diesem Moment überzeugt, stammen von ihr selbst.

»Manchmal findet man die Leerstellen erst, wenn man nach ihnen sucht. Findet sie. Erfüllt sie mit Leben.«

Cassi stampft energisch mit dem Fuß auf.

»Keiner. Ist so. Wie du. Du bist einzigartig. Erschaffst dich selbst.«

Mist, denkt sie da, sie hat vergessen, ihr Handy in den Flugmodus zu versetzen. Jetzt spürt sie es an ihren Rippen vibrieren. Glücklicherweise hat sie es auf lautlos gestellt.

Sie schlingt die Arme um ihre Taille.

»Wenn du etwas haben möchtest, was du niemals hattest, dann musst du etwas wagen, was du nie zuvor gewagt hast.«

Sie predigt. Sie marschiert. Sie legt jedem kleine Steinchen auf den Kopf. Sie wirbelt einen großen Ast herum. Schlägt damit auf den Baumstumpf, dass die Holzstückchen in alle Richtungen fliegen. Sie steht zwei volle Minuten reglos und stumm da. Sie verbrennt ein Stück Papier. Sie weist die anderen an, auf einem Bein zu stehen und das andere Bein und die Arme von sich zu strecken, so als seien sie Sterne.

Aber dann vibriert das Telefon erneut. Das Brummen an ihrer Taille ist lang anhaltend und hartnäckig. Jemand ruft an. Cassi schlingt wieder die Arme um sich, um nicht zu riskieren, dass das Licht vom Display durch ihren Pulli scheint. Sie fängt wieder an zu predigen, diesmal laut und unzusammenhängend. Unverständliche Geräusche, zusammenhanglose Worte, wildes Grunzen und Heulen. Sie kann sich nicht genügend konzentrieren, um sinnvolle Sätze zu bilden. Sie macht große Ausfallschritte, wirbelt erst den einen, dann den anderen Arm herum. Alles nur, um die Aufmerksamkeit von ihrem Bauch abzulenken.

Aber der Anrufer gibt nicht auf.

Sobald das Handy sein Brummen eingestellt hat, geht es direkt wieder los, sodass sie kaum Sprechpausen machen kann.

»Legt euch mit dem Gesicht nach unten auf den Boden«, befiehlt Cassi. »Spürt das Moos. Erkennt euer Innerstes! Schreit, so laut ihr könnt!«

Das löst einen heillosen Lärm aus, und sobald alle auf dem Boden liegen, schielt sie unter ihr Oberteil, um zu sehen, wer der Störenfried ist. Gleichzeitig stampft sie mit festen Schritten auf und singt krumm und schief. An so viele Dinge gleichzeitig zu denken macht sie ganz verrückt.

Es ist Alida. Immer wieder diese nervige Alida. Immer muss sie so penetrant sein.

Cassi schreit; ein Urschrei zu den Sternen. Maine stimmt ein, zu vielleicht seinem ersten Heulen überhaupt. Das bringt sie aus dem Konzept. Sie schaut ihn an, stopft dann aber ihr Telefon zurück in ihren Bund, versucht sich auf alles andere zu konzentrieren.

Als Alida zum vierten Mal anruft, sind Cassis Beine müde und ihre Stimme heiser.

»Folgt eurem Gefühl«, fordert sie die anderen auf, »lasst die Geister ein, lasst eure Vorfahren in euch aufleben. Findet zu euch selbst, wenn ihr euch zwischen ihren Seelen verirrt habt. Tarot! Tarot! Tarot!«

Was sie da redet, ist sogar ihr selbst völlig unergründlich, aber die Teilnehmer verstehen es als Erlaubnis aufzustehen. Cassi schwenkt die Arme durch die Luft wie eine Dirigentin, wie ein Kind, das eine Handvoll Laub in die Luft wirft. Die anderen nehmen das zum Anlass, sich ebenfalls zu bewegen. Zu lärmen. Cassi sieht, dass Marlene – erneut – an ihrer Kleidung zupft.

Sie aber setzt sich wieder auf den Baumstumpf, wiegt sich vor und zurück, abwechselnd summend und fauchend.

Und da sieht sie das Licht. Ein blendendes Licht tanzt in der Ferne über dem Boden. Es kommt näher. Cassi hält den Atem an. Wer ist das? Hat sie einen Geist beschworen, ist es eine der verlorenen Seelen?

Schließlich bemerken die anderen, dass sie verstummt ist, dass sie reglos dasitzt und in den Wald starrt. Sie folgen ihrem Blick.

Eine von ihnen, wahrscheinlich Nadia, stößt ein ängstliches, zitterndes »Ahhh!« aus. Marlene erstarrt in der Bewegung, das Kleid halb über den Kopf gezogen.

»Ja, seid ihr denn völlig verrückt geworden?«, brüllt der Lichtpunkt, der sie inzwischen erreicht hat und sich als Stirnlampe am Kopf einer Person mit vorgebeugter Haltung entpuppt. »Die Wälder sind knochentrocken, und ihr tanzt hier mit brennenden Fackeln rum!«

Im Schein der Fackeln sieht man, wie ihm beim Brüllen kleine Spucketröpfchen aus dem Mund fliegen, so aufgebracht ist Hans.

»Tauben haben größere Gehirne als ihr! Mäuse! Erbsen!«

Er zeigt auf die Flammen.

»Ein winziger Funke nur, und es macht *Whoosh*!, und das wäre das Ende dieses Waldes.«

Jetzt zeigt er auf Cassi. Er brüllt nicht mehr, aber seine Stimme dröhnt.

»Seitdem du nach Bäcken gekommen bist, haben hier alle komplett den Verstand verloren. Sie kommen in meinen Laden und möchten Weihrauch. Verlangen nach ›heilenden Kräutern‹. Fragen mich nach dem Weg ›zum Guru‹. Es ist ABSOLUTER Humbug, von Anfang bis Ende. Betet ihr einen Gott an, oder was? Ist das Satanismus? Brennt ihr den Wald nieder, weil euch das irgendeinen irren KICK verschafft?! Wenn ich könnte, dann würde ich jetzt sofort die Polizei rufen.«

Stille. Cassi ist plötzlich dankbar für Hans' Abneigung gegen alle neuen Technologien, abgesehen von der Kasse im Laden. Er hat kein eigenes Handy, hat noch einen Autoschlüssel, den man ins Schloss steckt und herumdreht, und ihm ist es zu verdanken, dass die Gegend nur 3G hat – behauptet jedenfalls Marlene.

Cassi hat das Gefühl, dass es das jetzt war. Dass dies der Punkt ist, an dem alles endet. Sowie Hans wieder zu Hause in Reichweite seines Festnetztelefons ist, ist das Spiel aus. Rechts von ihr seufzt Fia laut auf.

»Boah, ich halte das nicht länger aus. Verschwinde einfach, Papa!«

Hans, der gerade eine neue Schimpftirade loslassen wollte, verliert den Faden. Späht in die Dunkelheit, wo Fia ihr Gesicht gegen das Licht abschirmt. Ihre weiße Kleidung scheint im Schein seiner Stirnlampe zu fluoreszieren.

»Geh einfach«, sagt sie. »Geh nach Hause.«

Hans starrt sie an; er sieht verloren aus.

»Fia«, sagt er. »Ich wusste gar nicht, dass du hier bist.«

Seine Wut ist verflogen. Seine Stimme klingt unterwürfig.

Er lässt seinen Blick über die seltsame, stumme Versammlung im Schein der Fackeln schweifen. Simon nickt ihm zu. Lollo schaut auf den Zweig herunter, den sie in der Hand hält. Marlene legt sich wieder ihren Gürtel um, schaut demonstrativ in die andere Richtung. Als Hans Maine anschaut, reagiert der mit einem aufmunternden Schwanzwedeln. Hans wendet sich wieder Fia zu.

»Äh«, sagt er. »Ich …«

Aber das ist alles, was er herausbringt.

Fia würdigt Hans nicht mal eines Blickes. Sie macht ein paar Schritte vorwärts, zieht ihr Handy aus der Gesäßtasche, das sie offenbar trotz Cassis Verbot bei sich behalten hat, und Cassi, die nun hinter ihr steht, kann sehen, dass sie die Karten-App aufruft. Als sie ihre Position geortet hat, macht Fia die Taschenlampe an, dreht der Gruppe wortlos den Rücken zu und verschwindet in der Dunkelheit. Hans' Stirnlampe ist auf sie gerichtet, bis ihr Schein sie nicht länger erfasst.

Resigniert dreht er sich zu den anderen um.

»Feuer im Wald zu machen. Zu dieser Jahreszeit …«, sagt er, aber der Nachdruck, der gerade noch in seiner Stimme gelegen hat, ist fort.

Da erlöschen die Fackeln. Eine nach der anderen, so wie es Pavel vorhergesagt hatte: »Sie brennen ungefähr eine Stunde.« Cassi hatte sich ein großes Finale ausgemalt, wollte als Herrscherin über das Feuer posieren, aber nun steht sie bloß da und sieht sich um. Versucht, wieder Oberhand über die Situation zu gewinnen.

Als Hans erneut sein Licht auf sie richtet, kneift Cassi blinzelnd die Augen zusammen.

»Sei gegrüßt, Hans«, sagt sie. In einer Hand hält sie ein paar Kiefernnadeln, die sie unbewusst aufgesammelt hat, die andere Hand liegt auf Maines Kopf. »Es wäre einfacher gewesen, du hättest eine Familientherapiestunde während der Bürozeiten gebucht.«

Cassi sollte das wirklich nicht tun. Sie hat nichts davon, Hans zu reizen, aber in diesem Augenblick hat sie das Gefühl, nichts mehr zu verlieren zu haben. Sie lässt die Kiefernnadeln fallen. Bürstet sich die Hände ab. Hinter ihr kichert Marlene. Die Situation ist, wie sie ist. Es ist sehr wahrscheinlich, dass Hans seine Drohung mit der Polizei wahrmachen wird, sobald er wieder zu Hause ist.

Aber vor allem muss Cassis Gehirn immer noch die Tatsache verarbeiten, dass Fia Hans' Tochter ist. Dass Hans und Grete Fias Eltern sind. Warum ist sie nicht selbst darauf gekommen? Und was hat sie darüber hinaus nicht mitgekriegt?

Hans schaut betreten auf seine Füße. Er hat offensichtlich nicht mal mehr die Energie, mit ihr zu streiten.

»Ich habe gedacht, dass da ein Feuer war«, ist alles, was er sagt. »Ich war in der Küche und sah die Flammen. Ich dachte, es brennt.«

Erst jetzt fällt Cassi der rote Feuerlöscher in seiner Hand auf.

»Vielleicht könnten Sie uns ja wieder aus dem Wald herausführen?«, bittet ihn Nadia und macht einen Schritt nach vorn. »Es ist wirklich sehr dunkel hier.«

Sie wendet sich an Cassi.

»Die Séance ist doch wohl vorbei, richtig?«

»Ja«, sagt Cassi. »Das ist sie wohl. Das Ende war ein bisschen abrupt. Aber die Energien haben ihren eigenen Willen. Wie sie es sollen. Es ist nicht ihre Aufgabe, uns Sachen zu sagen. Es ist unsere Aufgabe, sie zu deuten.«

Hans sagt nichts mehr, läuft einfach los. Die anderen folgen, fassen sich an den Händen. Cassi bildet die Nachhut. Fragt sich, was Alida wohl von ihr wollte, was so dringend war. Sie verspürt eine vage Besorgnis und beschließt, sie gleich morgen früh anzurufen, damit eventuelle Missverständnisse zwischen ihnen ausgeräumt sind, bevor sie sich abends notgedrungen auf der Party der Desgoffes begegnen werden.

Aber als sie zu Hause ankommt, hat sie das längst vergessen.

44

Der See liegt ruhig da, und die Wasseroberfläche ist stumpf wie ein blinder Spiegel. Das seichte Wasser ist lauwarm, nachdem die Sonne den ganzen Tag geschienen hat – und so manche Kinder hineingepinkelt haben. Cassi breitet in Ufernähe auf dem Gras einen großen Bettüberwurf aus, dem – wie so vielen ihrer Besitztümer – noch der Geruch nach Pappkartons aus Pavels Garage anhaftet. Sie hat außerdem Mineralwasser und ein Obstkörbchen mit Erdbeeren dabei und stellt alles in die Mitte der improvisierten Picknickdecke.

Ein paar Teenager liegen noch auf der Badeplattform im See, alle anderen Badegäste haben sich bereits auf den Weg gemacht. Die Familien sind nach Hause gegangen und legen jetzt das Abendessen auf den Grill.

Marlene kommt mit einem Netzbeutel über der Schulter herangeschlendert. Sie trägt eine hauchdünne pinke Tunika über ihrem Bikini.

»Na, keinen Besuch von Kling und Klang gehabt?«, fragt sie mit einem ironischen Lächeln.

Cassi versucht zu überspielen, wie besorgt sie seit der Séance tatsächlich ist, und streckt ihre Hände in die Luft, als wolle sie sich ergeben.

Marlene grinst und schüttelt gleichzeitig den Kopf bei der Erinnerung.

»Der Typ ist doch nicht ganz richtig im Kopf«, sagt sie. »Und trotzdem bestehst du darauf, dass ich mich mit seiner Frau versöhne.«

Marlene hat dem heutigen Treffen zugestimmt, wirkt aber skeptisch.

Cassi bemüht sich, ihr breitestes Lächeln aufzusetzen.

»Es wird alles gut werden, Marlene«, versichert sie ihr. Was das betrifft, ist Cassi sich wirklich sicher. »Grete liegt viel daran, dass ihr zwei euch wieder vertragt. Und wäre es nicht schön, wenn wieder Freundinnen aus euch werden könnten? Das Leben ist nicht dazu da, an alten Querelen festzuhalten.«

Marlene sagt nichts, wirft nur ihren Beutel auf die Decke und zieht ihre Tunika aus.

»You're a lover, not a fighter, Marlene«, versucht Cassi sie zu überzeugen.

»In diesem Punkt hast du recht, Cassi. Aber auch für eine Marlene gibt es Grenzen«, erwidert sie. »Ich werde mir anhören, was sie zu sagen hat, weiß aber nicht, ob ich antworten werde.«

Marlene watet ins Wasser und wirft sich dann rücklings hinein, als es ihr bis zu den Oberschenkeln reicht. Dann schwimmt sie zur Badeplattform und zieht sich geschmeidig hinauf, woraufhin sich die Teenieschar wie das Rote Meer teilt. Die Plattform schaukelt auf und ab. Marlene steht auf und macht einen perfekten Kopfsprung. Die Teenager pfeifen und klatschen.

Marlene ignoriert sie und schwimmt zurück ans Ufer.

Dann zieht sie ein Handtuch aus ihrem Netzbeutel, wickelt es sich um die Hüfte, setzt sich auf die Decke und schiebt sich eine Erdbeere mitsamt Blättern und Stiel in den Mund. Kaut genüsslich und streicht sich das nasse Haar aus der Stirn.

Wahrscheinlich merkt sie gar nicht, dass sie von Cassi beobachtet wird. Cassi versucht sich vorzustellen, wie es wohl wäre, wie Marlene zu sein. Sich in seinem eigenen Körper so wohlzufühlen, ganz im Einklang mit sich zu sein. Keinen Zweifel daran zu haben, wer man ist und was man denkt, einfach instinktiv auf alles zu reagieren, was um einen herum geschieht. Nichts darauf zu geben, was andere Leute über einen denken.

Nun lässt Marlene ein Schnauben hören.

Cassi sieht, dass Grete sich nähert. Sie läuft am Ufersaum entlang, hat die Sandalen in der Hand und die Füße im Wasser. Sie läuft langsam, als hätte sie Schmerzen beim Gehen oder als wolle sie ihre Ankunft noch etwas hinauszögern.

Marlene wendet den Kopf ab.

Cassi steht auf, breitet die Arme aus.

»Hallo, Grete, schön, dass du da bist!«

Grete winkt und bleibt im Wasser stehen, als sie auf Höhe der Picknickdecke angekommen ist.

»Ich bin mir nicht sicher, ob ich wieder hochkomme, wenn ich mich erst einmal hingesetzt habe, ich bleibe lieber stehen«, sagt sie. »Meine Hüfte, wisst ihr.«

Sofort verschränkt Marlene die Beine im Schneidersitz. Ihre Knie berühren fast den Boden. Sie streckt die Arme nach oben; dehnt den Oberkörper erst zur einen, dann zur anderen Seite.

»Ganz, wie ihr wollt: Ihr könnt sitzen oder stehen, so wie es bequem für euch ist«, sagt Cassi. Sie bietet Grete die Erdbeeren an. Die nimmt sich eine, isst sie aber nicht, sondern hält sie nur in der Hand. Cassi positioniert sich zwischen den beiden Frauen, sodass sie sich ihnen abwechselnd zuwenden kann. Es wäre wohl das Beste, gleich loszulegen, denkt sie, bevor Marlene noch kalte Füße bekommt und geht.

»Wir sind heute hier, um herauszufinden, ob es nicht einen Weg zurück zu der wunderbaren Freundschaft gibt, die euch einst verbunden hat«, sagt Cassi feierlich.

»Ich weiß, dass ihr euch in der Vergangenheit von der jeweils anderen verraten gefühlt habt, aber jetzt müssen wir nach vorne schauen. Um zu vergeben, die Vergangenheit hinter uns zu lassen und weiterzugehen.«

Sie schaut erst Marlene an. Dann Grete. Cassi hat sich in dieser Sache schlaugemacht. Diesen Auftrag nimmt sie sehr ernst.

»Jemand anderem die Vergebung zu versagen, kann auch eine Form der Rache sein. Für manche Menschen ist es ein Verteidigungsmechanismus. Für sie ist das Festhalten an einem alten Zwist eine Garantie dafür, dass sie nicht noch einmal verletzt werden.«

Marlene schürzt die Lippen. Scheint widersprechen oder zumindest etwas sagen zu wollen, aber Cassi hebt entschieden die Hand, um sie daran zu hindern. Sie schließt kurz die Augen. Dann nimmt sie den Faden mit neuer Vehemenz wieder auf.

»Weil dies eine emotional heikle Angelegenheit ist, beginnen wir vielleicht damit, der anderen von unserem Alltag zu erzählen. Wenn wir wissen, wo die andere im Leben steht und wie es ihr geht, hilft es uns, einander besser zu verstehen. Ich kann anfangen, um euch eine Idee von dem zu geben, was mir vorschwebt.«

Sie macht einen Schritt zurück, dann wieder einen nach vorn, so als wollte sie alles noch mal auf Anfang drehen.

»Ich bin Cassi«, sagt sie und legt sich eine Hand aufs Herz. So weit, so wahr. »Ich bin heute früh aufgewacht und zum Meditieren in den Wald gegangen, wie fast jeden Tag. Der Wald tut mir gut, aber heute habe ich darüber hinaus viel über eine Freundschaft nachgedacht, die ich wiederbeleben möchte. Heute Nachmittag hatte ich einen ziemlich vollen Terminkalender. Zuerst habe ich eine junge Klientin gecoacht, die in alten Gewohnheiten feststeckte, dann habe ich einen Tantra-Tanz geleitet, was sehr herausfordernd sein kann. Aber ich bin dankbar, ich selbst zu sein. Ich liebe es, die mir gegebene Kraft zu nutzen, um Menschen Orientierung zu geben. Menschen zu helfen, die mich brauchen.«

»Es war Fia, oder?«, fragt Marlene.

Grete zuckt bei dem Namen ihrer Tochter zusammen.

»Ich kann natürlich nichts über meine Klienten preisgeben, Marlene«, sagt Cassi. »Wer von euch möchte als Nächstes?«

Grete starrt sie an. Schaut überhaupt nicht so aus, als würde sie das gern tun, aber sieht wahrscheinlich ein, dass sie nicht drumherum kommt.

»Na gut, ich mach's«, sagt sie schließlich. »Ich bin Grete.« Grete macht Anstalten, sich ebenfalls die Hand aufs Herz zu legen, lässt sie dann aber wieder sinken. »Ich habe heute den ganzen Tag lang gearbeitet. In diesem Jahr haben wir viele Touristen hier, also auch viele Kunden im Laden. Als es gerade besonders voll war, hat jemand im Eingangsbereich eine Glasflasche mit Obstsaft fallen lassen. Und ich habe letzte Nacht schlecht geschlafen, weshalb ich ziemlich müde bin. Und nervös vor diesem Treffen.«

Cassi nickt ihr zu.

»Danke, Grete. Wie schön, dass du das mit uns geteilt hast. Machst du weiter, Marlene?«

Marlene sieht Cassi an.

»Ehrlich gesagt finde ich das hier total albern.« Sie hört sich ziemlich feindselig an. »Aber was soll's, okay.«

Sie steht auf.

»Ich bin Marlene. Ich bin aufgewacht, als Berzan mein Bett verlassen hat, um zur Arbeit zu fahren. Ich habe also auch nicht viel *geschlafen, Grete*!«

Grete seufzt. »Klar. Es ist hart, du zu sein. Das war es schon immer.«

Marlene fährt fort.

»Ich bin *jeden* Tag dankbar dafür, dass ich nicht mit einem so langweiligen alten Knacker wie Hans zusammenleben muss. Und nicht tagein, tagaus Dosen stapeln, das gibt mir wahnsinnige *Energie.*«

Cassi mischt sich ein.

»Ich merke, dass du viel Aggressivität in etwas hineinbringst, was als offener Austausch gedacht war, Marlene.«

Grete hat ihnen inzwischen den Rücken zugekehrt und schaut auf den See. Die Teenager kreischen noch immer fröhlich auf der Plattform, schubsen sich reihum ins Wasser.

Marlene zuckt mit den Schultern. Zieht die Tunika wieder über ihren Bikini.

»Ich habe doch gesagt, dass ich das hier albern finde.«

»Aber was macht dich so wütend?«, will Cassi wissen.

»Das sollte ja wohl nicht schwer zu verstehen sein: Ich bin wütend, weil Grete meine beste Freundin war und sie nicht eine Sekunde gezögert hat, diesen todlangweiligen Typen gegen mich einzutauschen. Sie hat jede Tür hinter sich geschlossen, hat sich nie wieder bei mir gemeldet.«

Grete dreht sich wieder zu ihnen um.

»So einfach lag die Sache nicht, und das weißt du auch. Du hattest diese verrückten Ideen, dass wir zusammen nach London gehen und große Künstlerinnen werden, dass wir nach Paris ziehen und Modedesignerinnen werden. Du wolltest nach Moskau und auf dem Roten Platz tanzen und sahst dich auf dem Machu Picchu neue Tempelanlagen bauen. Dann wolltest du eine Zeit lang Krokodiljägerin in Florida werden! Was sollte das überhaupt?! Du warst wie besessen, Marlene. Und ich war verheiratet. Ich wollte Kinder haben. Ich musste mein Leben ordnen. Du dagegen hast versucht, mich und Hans zu entzweien.«

»Was heißt schon besessen …?«, murmelt Marlene. Dann

wird ihre Stimme noch lauter als zuvor. »Wir waren jung! Junge Leute *machen solche Sachen*! Partys feiern! Die Welt entdecken!«

Die Jugendlichen auf der Plattform schauen nun neugierig zu ihnen herüber.

»In Machu Picchu?« Grete ist nicht überzeugt. »Aber du bist doch selbst nie aus Värmland herausgekommen!«

»Meine Art zu leben war in keiner Weise verwerflich. Es ist dein Leben, das so scheißöde ist.«

»Das nennt sich Wirklichkeit«, entgegnet Grete, aber das geht unter, weil Cassi erneut mit erhobener Stimme einschreitet.

»Marlene!«, donnert sie. »Lass uns bitte nicht zu solchen Kraftausdrücken greifen! Lass uns niveauvoller miteinander sprechen.«

Cassi gefällt sich in der Rolle der Vermittlerin. Sie muss nur mit strenger Hand führen, die beiden zum Reden bringen. Sie muss sich nicht verstellen, muss nichts weiter tun, als den Konflikt zu entschärfen, statt ihn anzufachen. Auch wenn eine handfeste Auseinandersetzung hier am Ufer des Sees bestimmt aufmunternd gewesen wäre. Da wären selbst die brüllenden Teenies auf der Plattform verstummt.

Grete seufzt erneut. Lässt ihre Sandalen ins Gras fallen. Macht eine ausladende Geste mit den Händen.

»Marlene, ich glaube, wir kommen nicht weiter, wenn wir immer wieder die Vergangenheit durchkauen. Was ich dir sagen wollte, ist, dass es mir schrecklich leidtut, wie alles gekommen ist. Dass das jetzt schon Jahrzehnte so geht. Du warst meine allerbeste Freundin. Ich habe nie wieder jemanden wie dich getroffen. Und es tut mir von Herzen leid, dass du dich im Stich gelassen gefühlt hast. Ich strecke die Waffen.«

Marlene nimmt sich noch eine Erdbeere und stopft sich auch

diese wieder mitsamt Blättern und Stiel in den Mund. Roter Saft läuft ihr am Kinn herunter. Sie wischt ihn ärgerlich mit dem Handrücken weg.

»Wenn du die Waffen streckst, kann ich nicht weiter herumbrüllen«, sagt sie. »Aber ich bin immer noch wütend. Ich weiß es zu schätzen, dass du dich entschuldigst, aber das sind doch bloß Worte. Wenn dir wirklich etwas an mir liegen würde, würdest du bei Hans durchsetzen, dass wir wieder Zeit miteinander verbringen können. Dass er nichts von unserem Treffen erfahren soll, hat ja den Ausschlag für diesen Treffpunkt hier gegeben, das ist mir schon klar!«

Marlene sieht Grete trotzig an.

Cassi erkennt ihre Dynamik, erahnt, wie sie früher miteinander umgegangen sind und dass sich keine von beiden sonderlich verändert hat. Da müsste doch eine Versöhnung möglich sein. Marlene wünscht sich insgeheim mehr Stabilität, Grete mehr Impulsivität. Keine von beiden hat sich weiterentwickelt, sie vermissen sich immer noch gegenseitig.

»Vergebung geschieht in einem selbst«, erläutert Cassi. »Es geht darum, inneren Frieden zu finden. Und das kann auch heißen, sich selbst zu verzeihen.«

Marlene und Grete schauen sie verständnislos an. Für dieses Gerede haben sie beide nichts mehr übrig.

»Komm am Freitag zu mir und wir machen ein abendfüllendes Treffen daraus«, schlägt Marlene vor. »So wie früher. Cassi kann auch kommen. Falls du eine ›Mediatorin‹ brauchst, um dich wohlzufühlen.«

Sie deutet mit den Fingern Anführungszeichen an.

Grete lässt ein Lachen hören.

»Okay. Abgemacht. Aber ich trinke keinen Schwarzgebrannten mehr.«

Sie lächelt. Cassi lächelt. Marlene lächelt nicht.

»Schwarzgebrannten? Denkst du etwa, *ich* trinke das?« Marlene schiebt sich eine frische Portion Snus unter ihre Lippe. »Obwohl ich nicht ablehne, wenn er mir angeboten wird. Ich mache aus so was kein großes Ding.«

Die Stimmung schlägt schon wieder in Gereiztheit um. Aber Cassi sieht eine Möglichkeit, die Situation zu retten.

»Alrighty then?«

Marlene prustet los. Grete hält sich die Hand vor den Mund und verdreht die Augen, sieht aber ziemlich glücklich dabei aus. Cassi verspürt ein warmes Gefühl. Wenn sie es geschafft hat, dass diese beiden zusammen lachen, dann hat sie immerhin etwas erreicht. Vielleicht ist sie ja wirklich gut in dem, was sie tut. Vielleicht ist das ein Zeichen dafür, dass alles wieder gut ist. Und zwar richtig gut.

45

Cassi wird munter – wobei »munter« eigentlich überhaupt keine treffende Beschreibung für ihren Zustand ist, so wie sie da verdreht und mit steifem Nacken auf der Yogamatte im Wohnzimmer liegt. Ihr Mund ist rau und trocken, ihre Augenlider sind verklebt, und als sie ihren Kopf abtastet, sind die Haare verschwitzt und strähnig.

Gestern war die Party bei den Desgoffes.

Das ist alles, woran sie sich noch erinnern kann. Aber sie hat keine Ahnung, wann sie nach Hause gekommen ist. Oder wie. Ihre hellblau gestreifte Bluse hat gelbe und rote Stellen und Flecken an den Manschetten. Wenn ihr nicht sowieso schon der ganze Körper wehtäte, dann müssten die Knie und die Handflächen auf jeden Fall pochen, so zerkratzt und geschwollen, wie sie aussehen.

Ihr Handy liegt mit zersplittertem Display auf dem Boden.

Trotzdem gelingt es ihr, auf Pavels *»Guten Morgen, mein Stern«* mit einem Herz-Emoji zu antworten.

Cassi versucht sich aufzurichten, obwohl ihr Kopf und ihr Rumpf protestieren. Sie nimmt einen Schluck aus dem Glas, das neben ihr steht, ohne zu wissen, was es enthält. Es ist Wein. Offenbar hat sie zu Hause weitergetrunken.

Sie stolpert zum Bett und legt sich auf den Rücken, legt den Kopf auf das Kissen, den Arm über ihr Gesicht. Schließt die Augen. Irgendetwas fühlt sich falsch an. Nein, *alles* fühlt sich falsch an.

Als sie das nächste Mal wach wird, sind mehrere Stunden vergangen. In ihr ertönt eine ganze Symphonie des Unbehagens. Ihr Herz zittert vor Angst. An der Bettwäsche haftet Dreck.

Irgendwie gelingt es ihr zu duschen, sich umzuziehen, ihr Haar hochzubinden. Es gelingt ihr, zwei Schmerztabletten herunterzuschlucken und dem Hund Futter zu geben. Sie geht hinaus, setzt sich auf den Sonnenstuhl, nimmt Maine auf den Schoß und versucht sich auf den Podcast über einen charismatischen Sektenführer zu konzentrieren, in den sie schon reingehört hat. Versucht sich auf nichts anderes zu fokussieren als auf die Kiefernwipfel und die Wolkenformationen über ihr.

Aber dann fährt ein rostiger roter Pick-up auf ihre Auffahrt. Fia winkt vom Fahrersitz.

Cassi kann sich nicht daran erinnern, einen Termin vereinbart zu haben. Dass die vergangene Nacht eine deutliche Zäsur bildet, das spürt sie mit jeder Faser ihres Körpers, aber sie weiß noch nicht, wie es dazu kam, und will um keinen Preis darüber nachdenken. Sie weiß kaum noch, wer sie ist. Sie bleibt sitzen, klammert sich ein wenig stärker an den Hund, aber der möchte aufstehen, möchte den Neuankömmling begrüßen, weshalb sie ihn loslässt und stattdessen die Strickjacke fester um sich wickelt. Sie steht ebenfalls auf.

Maine tänzelt schon um Fia herum, die jetzt ausgestiegen ist und sich zu ihm herunterbeugt, sich sogar von ihm das Gesicht lecken lässt.

»Hallo auch«, sagt sie, als sie sich wieder aufgerichtet hat und Maine zurück zu Cassi gelaufen ist. »Wie geht es dir?«

»Och … gut, danke«, antwortet Cassi und bemüht sich nach

Kräften, auch so zu empfinden. »War schon eine Wahnsinnsnacht, gestern.«

»Ja, ich kann mir vorstellen, dass es für viele spät geworden ist. Ich bin schon früh gegangen. Ehrlich gesagt mag ich diese wilden Saufpartys nicht so. Die Leute drehen total durch. Bist du lange geblieben?«

Cassi fühlt sich überhaupt nicht in der Lage, jetzt Small Talk zu halten. Maine rückt ganz dicht an sie heran, als ahnte er, dass sie seinen emotionalen, moralischen und physischen Beistand braucht.

Sie schüttelt nur ganz leicht den Kopf. Wenn sie doch auch nur früh gegangen wäre! Sie hatte es vorgehabt, scheint den Plan aber verworfen zu haben. Wenn man sich dazu entschlossen hat, eine Lüge zu leben, muss man strikt bei dieser Lüge bleiben und nicht in seiner Wachsamkeit nachlassen, aber heute ist sie sich nicht mehr sicher, was gestern wirklich passiert ist. Sie weiß nur, dass ihr gleich der Kopf platzt, sie sich völlig klapprig fühlt und einen unangenehmen Druck auf der Brust verspürt.

»Gib mir eine Minute, dann bin ich bereit«, sagt sie und verschwindet in der Küche. Ein kleines Schnäpschen wäre ja vielleicht nicht schlecht, um den Kater zu vertreiben?

Fia erwidert: »Ich hab's nicht eilig, bloß keinen Stress.« Sie sammelt einen Stock vom Boden auf und wirft ihn in Richtung Wald. Maine sieht erst zu dem Stöckchen, dann zu Fia. Dann legt er sich hin.

»Ich ärgere mich, dass ich mein Handy auf der Party vergessen habe«, sagt sie durch die geöffnete Tür zu Cassi. »Ich fühle mich von der Außenwelt komplett abgeschnitten! Ich muss gleich noch mal zu den Desgoffes – vor der Arbeit konnte ich die ja schlecht stören.«

Cassi kommt mit der Yogamatte wieder und rollt sie auf dem Rasen aus. Draußen an der frischen Luft geht es ihr besser.

Fia macht es sich auf der Matte bequem. Das Gras riecht frisch gemäht, und die Sonne wärmt, ohne zu heiß zu sein. Fia schließt die Augen, verschränkt die Hände auf dem Bauch, lächelt breit. Ihr Shirt rutscht ein bisschen hoch und entblößt ein neues Tattoo, ein schiefes Smiley-Gesicht, das einen mit großen Augen von Fias Bauch her anlächelt. Die Haut ringsum ist rot und gereizt.

»Lass uns beginnen, indem wir einen Moment schweigen«, sagt Cassi.

Sie muss sich erst in die richtige Stimmung versetzen und nachdenken, worüber sie beim letzten Mal gesprochen haben. Das war irgendetwas mit Fias Umzug nach Oslo und den Leuten, mit denen sie dort zusammengewohnt hat. Cassi hat sich schon mehrfach vorgenommen, sich nach den Sitzungen Notizen zu machen, damit sie sich besser erinnern kann, jetzt, wo ihr Kundenkreis so wächst. Aber es ist bei der Idee geblieben.

Abgesehen davon kann sie das alles eigentlich auch locker im Kopf behalten. Vor über einem Jahr war sie schließlich noch für ihr herausragendes Gedächtnis bekannt, ihr entging nichts. Das gehörte zu ihrem Job. Und vielleicht gehört es auch zu diesem Job, aber jetzt ist's nun mal so, wie es ist.

Cassi geht ein paarmal um Fia herum. Gegen den Uhrzeigersinn, im Uhrzeigersinn, bis ihr plötzlich schwindelig wird. Sie öffnet und schließt die Hände. Als sie bemerkt, dass Fia sie beobachtet, beendet sie ihren Rundgang mit großen kreisenden Armbewegungen und setzt sich dann hinter Fias Kopf. Sie bedeckt Fias Augen mit ihrer Hand und zählt murmelnd von zwanzig abwärts.

Dann beginnt sie eine improvisierte Melodie zu summen. Wie lange kann sie das noch so machen, bevor ihre Verzögerungstechnik offensichtlich wird?

»Okay«, sagt sie schließlich und legt ihre Hände auf Fias Schultern zum Zeichen, dass sie beginnen kann.

»Ich habe mit meinem magischen Stein gesprochen«, sagt Fia und klopft auf ihre Jeanstasche.

Ach ja, richtig. Der Stein. Cassi kann die Ausbuchtung an Fias Hüfte sehen, unter dem schiefen Tattoo.

»Hm-mhm«, brummt Cassi. »Und, hat dir der Stein geholfen? Hat er seinen Dienst erfüllt und dich geleitet?«

Fia verzieht das Gesicht ein wenig, lässt die Augen aber geschlossen.

»Ehrlich gesagt, ja, er hat mir geholfen, kein Blatt mehr vor den Mund zu nehmen.«

Cassi gibt wieder ein Brummen von sich. Es gelingt ihr kaum zuzuhören, denn das Gefühl, dass etwas absolut nicht in Ordnung ist, lässt sie nicht los. Das kann nicht nur am Kater liegen. Das Gefühl scheint mit etwas zu tun zu haben, an das sie sich nicht erinnern kann – eine Erinnerung, die sich ihr widersetzt, wie sehr sie sich auch bemüht, sie heraufzubeschwören.

Irgendetwas in ihr fühlt sich anders an.

Hat sie letzte Nacht etwas Dummes getan? Etwas Unpassendes gesagt? War Hans auch da?

Fia redet weiter. Cassi versucht sich zu konzentrieren. Fia spricht wieder über Oslo, über die Arbeit und über Beziehungen. Sie hat einmal eine Reportage über ihre Freunde gedreht, hat einen Typen gedatet, der sie ins Fernsehen bringen wollte, bla, bla.

Cassi merkt, wie sie geistig wegtritt. Ihre Gedanken kehren zum gestrigen Abend zurück.

46

Sie hat sich nie besser gefühlt.

Gerade ertönt »The Real Slim Shady« in ihren Kopfhörern, als sie ihr Fahrrad aus dem Ständer an der Hauswand nimmt und zur Party radelt. Normalerweise hört sie beim Radfahren keine Musik. Nicht mehr seit dem Vorfall in der Oberstufe, als ein Klassenkamerad von einem Müllwagen erfasst worden ist, während er den Gewinner des Grand Prix in Endlosschleife im Ohr hatte – das zeigte der nach dem Unfall noch intakte MP3-Player. Aber heute Abend macht Cassi eine Ausnahme. Sie fühlt sich praktisch unbesiegbar. Eine Reihe erfolgreicher Tage liegen hinter ihr. Und die Zukunft verheißt ihr noch mehr. Sie muss kaum in die Pedale treten, ihr Selbstvertrauen lässt sie dahinsegeln. Seit sie Pavel ihre Geschichte erzählt hat, hat diese keine Macht mehr über sie. Sie kann jetzt nach vorne schauen. Sie ist ein anderer Mensch geworden. Fühlt sich frei. Wie neu geboren. Hat sich sogar wieder in dem Gruppenchat ihres alten Freundinnenkreises zu Wort gemeldet. Andrea hat etwas über ein missglücktes Date geschrieben, das sie gerade hinter sich hatte, und Cassi hat urplötzlich ihr Schweigen gebrochen und ein idyllisches Bild ihres Häuschens in der Sonne mit Maine auf den Stufen gepostet. Das hat zu einer Flut von Nachrichten der anderen drei Mädels geführt. Sie hat sie alle gelesen, aber noch nicht geantwortet. Alles zu seiner Zeit. Ihr Zorn hat sich gelegt.

Der Ort zeigt seine ganze Spätsommerpracht, und die gesamte Wegstrecke über fühlt es sich so an, als würde sie mit Rückenwind bergab fahren. Der Wald duftet süß, die Temperaturen sind mild, und die Straßen sind leer, wie sie es nicht selten freitagabends sind.

Kinder winken ihr vom Trampolin zu, Rentner grüßen sie hinter Küchenvorhängen, und mit der Musik im Hintergrund ähneln selbst die wild bellenden Wachhunde auf dem Schrottplatz hinter dem Maschendrahtzaun vielmehr graziösen Tänzern als zähnefletschenden Angreifern.

Als sie die Auffahrt der Desgoffes erreicht, empfindet sie die Blicke der übrigen Gäste wie tosenden Applaus. Alle haben sie sich in Schale geworfen, aber Cassi ist sich treu geblieben, trägt ihre gewöhnlichen Jeansshorts und Sandalen. Die Baumwollbluse hat sie, wie so vieles andere, aus Pavels Garage gerettet. Zwar trägt sie einen Blumenkranz im Haar, aber der besteht aus Überresten des Straußes für die Gastgeber, und nur ein milde gestimmter und ziemlich betrunkener Zuschauer würde ihn als »frisch und sommerlich« durchgehen lassen.

Aber was das betrifft, ist Cassi auf der richtigen Party gelandet.

Sie schließt ihr Fahrrad am Alpaka-Gehege an. Nimmt den Strauß vom Gepäckträger und rückt noch einmal ihren Haarkranz zurecht. Die Stimmung scheint schon ziemlich munter zu sein. Sommerhits dröhnen aus einem Lautsprecher im Küchenfenster. Simon steht in einem Hawaiihemd und einer beigen Leinenhose am Grill und wiegt sich in den Hüften, umgeben von einer Gruppe Männer, die Cassi, glaubt sie zumindest, noch nie getroffen hat. Sie schauen sie an. Sie zwinkert ihnen zu. Weiter oben am Haus ist unter einem Pavillonzelt ein Büfetttisch mit Getränken und Knabberzeug aufgestellt, lange Tische mit Papierdecken und Servietten stehen bereit. Pappteller sind in die Höhe gestapelt, riesige Schüsseln mit Kartoffelsalat sind aufgebaut, die noch niemand angerührt hat. Grüne Zweige zieren die Zeltstangen, kleine Sträußchen mit frisch gepflückten Spätsommerblumen stehen auf den Tischen.

Cassi läuft Marlene in die Arme, die sie mit einem überschwappenden Kunststoffglas in jeder Hand begrüßt. Sie küsst Cassi wortlos auf beide Wangen, hebt die Getränke in die Luft und schüttelt ihren Körper zur Musik, dass die Fransen ihres kurzen roten Kleides um sie herumflattern.

»Coole Musik, oder?«, sagt sie und lächelt.

Sie reicht Cassi ein Glas und lupft ihre große Sonnenbrille.

»Weißt du, was passiert ist?«, sagt sie. »Nach unserem Treffen am See habe ich mich so mutig gefühlt, dass ich meine Tochter angerufen und ihr zu ihrer neuen Stelle gratuliert habe. Und sie hat sich gefreut! Ich dachte, sie wäre total wütend. Stattdessen hat sie mich zu sich eingeladen.«

Cassi reißt die Augen auf. »Das ist ja unglaublich, Marlene! Ich freu mich so für dich!«

Und das tut sie wirklich. Aber das ist nichts im Vergleich zu Marlenes euphorischem Zustand. Marlene führt einen kleinen Tanz auf und verzieht die Lippen zu einem Schmollmund, winkt zwei vorbeigehenden Männern zu.

Lollo kommt zu ihnen und umarmt Cassi enthusiastisch. Sie trägt ein pink geblümtes langes Kleid und hat Margeritenblüten in ihrem langen Haar, das sie ganz bewusst halb hochgesteckt und halb offen gestylt hat.

»Da bist du ja endlich!«, sagt sie, umfasst Cassis Schultern und schaut ihr tief in die Augen. Sie scheint Probleme beim Fokussieren zu haben.

Cassi gibt Lollo das Gastgeschenk. Der Strauß aus Zweigen wird von einer Paketschnur zusammengehalten.

»Ein zeremonielles Sommerbouquet«, sagt sie. »Es bringt Erfolg, Fruchtbarkeit und Glück, und wenn es trocken ist, musst du es verbrennen und in den Rauchschwaden tanzen.«

Cassi verbeugt sich.

Lollo besieht sich den Strauß von allen Seiten und strahlt. Sie berührt die Blätter, pflückt ein paar und steckt sie sich in den Mund, lächelt verschmitzt. Dann nimmt sie Cassis Hand und zieht sie zum Büfetttisch.

»Was möchtest du haben? Ein Drink ist Pflicht. Das ist Tradition.«

Ohne eine Antwort abzuwarten, nimmt Lollo ein Glas und füllt es bis zur Hälfte mit einer Flüssigkeit aus einem großen Plastikkrug. Sie gibt etwas Limo dazu und reicht Cassi das Getränk.

»Skål! Auf den Erfolg und die Freundschaft!«

»Oder genau andersherum«, sagt Cassi, denn sie kann es nicht lassen, Lollo zu korrigieren. Lollo nickt, schaut aber nicht beschämt, was sie getan hätte, wenn sie noch nüchtern gewesen wäre.

Cassi nippt an ihrem Getränk; der Alkoholgehalt lässt sie husten. Mit einem Mal wird ihr klar, dass sie schon seit Tagen nichts getrunken hat. Das nun zu tun, widerstrebt ihr, aber sie weiß, dass es auf dieser Party unausweichlich ist. Früh nach Hause gehen will sie jedoch definitiv. Sie fühlt sich nicht wohl damit, Alkohol in Gesellschaft zu trinken. Das ist etwas, das sie normalerweise alleine macht.

»Ich möchte dich hier mit einem Haufen Leute bekanntmachen!«, ruft Lollo. »Ich habe allen schon so viel von dir erzählt!«

Alidas Kopf lugt um die Hausecke. Cassi hat ein schlechtes

Gewissen, weil sie sie immer noch nicht zurückgerufen hat. Sie hatte es ja vor, aber irgendwas ist immer dazwischengekommen. Ob Alida ihr hier aufgelauert hat, schon auf sie gewartet hat? Cassi möchte sich am liebsten hinter Lollo verstecken, aber sie sieht an Alidas finsterem Blick, dass jetzt keine Zeit für Spielchen ist.

Da kommt Alida auch schon zu ihnen herüber. Sie kaut Erdnüsse, die sie in einem Schälchen in der Hand hält.

»Ich habe ein Fühnchen mit dir zu rupfen«, lallt sie, was Komplikationen erahnen lässt, nicht nur weil Cassis Pläne für einen sorglosen Abend drohen durchkreuzt zu werden, sondern auch vor dem Hintergrund von Alidas Drogengeschichte und ihrer gerade erst erreichten Abstinenz. Hat sie einen Rückfall? Alida ballt eine Hand zur Faust und zeigt mit dem Finger auf sie, um klarzumachen, mit wem sie ein »Fühnchen« zu rupfen hat.

»Aber erst mal muss ich aufs Klo.«

Alida macht auf dem Absatz kehrt und stolziert zur geöffneten Haustür.

»Sollte sie wirklich wieder …?«, beginnt Cassi, bemerkt aber, dass Lollo nichts Ungewöhnliches an Alida aufgefallen ist. Lollo hat an wichtigere Dinge zu denken. Sie legt Cassi einen Arm um die Schultern und zeigt auf jemanden in einer Gruppe, den Cassi nicht sehen kann.

Cassi kippt ihren Drink in einem Zug runter und nimmt sich vor, es ab jetzt langsamer angehen zu lassen. Vielleicht kann sie ja nach Hause fahren, bevor Alida sie erneut aufstöbert.

Da taucht Marlene wieder auf, diesmal ohne Getränke. Sie legt einen Arm um Cassis Taille, küsst sie auf die Schulter und hinterlässt Lippenstiftabdrücke auf Cassis Bluse. Sie lacht.

»Ist es nicht seltsam, dass Straßburg in Frankreich liegt, wo es doch so deutsch klingt? SCHTRASSBURRG!«

Dann ist sie schon wieder verschwunden, auf dem Weg zum Grill, und ruft: »Siiimon, ist das da ein Feuerzeug in deiner Hose, oder freust du dich einfach, mich zu sehen?«

Ein Stück entfernt sieht Cassi Fia, die ihr winkt und ihr Glas zu einem Toast erhebt.

Cassi erwidert den Toast mit ihrem leeren Glas. Ihr Kopf sprüht Funken. Es ist lange her, dass sie auf einer Party war. Die Atmosphäre gibt ihr Energie. Es ist so, als ob sie die Realität durch ein Kaleidoskop sieht: bunt, funkelnd, ein wechselndes Farbenspiel. Na ja, der Alkohol kann natürlich auch etwas damit zu tun haben.

Lollo hakt sich bei Cassi unter und zieht sie mit sich zum Pavillon und einer Gruppe von Leuten, die ganz am Ende des langen Tisches sitzen. Es ist Lollos »alte Kollegengang« aus der Stadt, eine formelle Kleidung tragende, reservierte Truppe, die unter sich bleibt und etwas abseits sitzt. Lollo stellt Cassi als »meine phantastische Yogalehrerin und Lebensberaterin« vor. »Ihr hättet das magische Bouquet sehen sollen, das sie mir mitgebracht hat, unglaublich! Sie ist hier die Dorfschamanin!«

Cassi verzieht die Lippen zu einem Lächeln, das, wie sie hofft, zugleich verbindlich und mystisch wirkt.

»Ich habe Ihren Live-Yoga-Stream gesehen«, sagt eine Frau in einer ordentlich geknöpften Bluse und mit einem kegelförmigen Partyhut auf dem Kopf. »Das hatte was! War wirklich … mal etwas anderes.«

Sie lächelt Cassi an.

Cassi fühlt sich herausgefordert. Mal etwas anderes? Was soll das denn bitte heißen? Aber sie verbeugt sich.

»Es ist mir eine Ehre, Lollos Freunde kennenzulernen«, sagt sie sanft. »Es ist schön zu sehen, dass Sie so weit gereist sind, um eine alte Freundschaft zu bewahren.«

Die anderen lächeln geschmeichelt, wirken aber unsicher,

was sie darauf erwidern sollen. So kann es einem gehen, wenn man Schamanin ist – manche Leute schrecken zurück, wenn sie mit Kräften wie diesen konfrontiert werden. Eine der Herausforderungen dieses Berufs, denkt Cassi, ist eben genau das: möglichst geschickt mit den Erwartungen und Vorurteilen im eigenen Umfeld umzugehen.

»Noch etwas Wein?«, fragt jemand, der bemerkt hat, dass ihr Glas leer ist, und hält eine mitgebrachte Flasche hoch.

»Ja, bitte, aber nur einen winzigen Schluck«, hört sie sich sagen. »Ich bin kein so großer Fan von Alkohol.«

Ihr Vorhaben, es zurückhaltend angehen zu lassen, hat also nicht mal eine Minute gehalten. Aber hier geht es jetzt schließlich um reinen Selbstschutz. Betrunken zu sein ist jetzt keine Überlebensstrategie, sondern eine Anpassungsstrategie. Aber sie *wird* früh aufbrechen, das wird sie!

Am Nebentisch scheint ein Saufwettbewerb stattzufinden, und drüben bei der Reifenschaukel ist Simon gerade dabei, eine Prügelei abzuwenden. Marlene tanzt eng umschlungen mit einem Mann, den Cassi nicht kennt, und Alida geht vorsichtig, zwei Paletten Bier balancierend, die Stufen vor der Haustür herunter und schafft es, sie zum Büfetttisch zu bringen, ohne eine Dose fallen zu lassen.

Cassi versucht sich auf Lollos Freunde zu konzentrieren. Der Wein hat sie lockerer werden lassen, und nun fragen sie Cassi, ob sie ihnen aus der Hand lesen könnte.

»Aber ja«, sagt Cassi, weil sie das lieber tut, als krampfhaft Small Talk zu betreiben. Sie leert ihr Weinglas und legt los.

Als Simon sich mit einer großen Platte Grillwürstchen nähert, hat Cassi schon drei Leuten aus der Hand gelesen und eine kleine Gruppe Schaulustiger um sich herum versammelt. Simon stellt die Würstchen neben den Kartoffelsalat und legt einen Arm um Lollo, die mit einem Mikrophon an ihn herangetanzt ist, glücklich, im Zentrum der Aufmerksamkeit zu stehen. Lollo befreit ihr Haar, das unter seinem Arm eingeklemmt wurde, dann klatscht sie in die Hände und stößt einen lauten Pfiff aus. Sie räuspert sich und setzt zu einer Willkommensansprache an.

»Liebe Freunde und Nachbarn, herzlich willkommen zu unserer Sommerparty! Es ist schon so etwas wie eine Tradition geworden, woohoo! Wir freuen uns, dass ihr alle da seid! Neu in diesem Jahr ist unser Karaoke-Mikro, wie ihr seht! Do-re-mi-fa-so-la-ti-dooooo!«

Lollo tut so, als würde sie nur zum Spaß singen, aber sie gibt wirklich alles.

»Fia, du musst uns versprechen, uns eine Kostprobe deiner Wahnsinnsstimme zu geben! Und ich verspreche, dass ich Simon vom Rappen abhalte.«

Lollo zwinkert in die Runde und erhebt ihr Glas vielsagend zu Simon, der mit den Fingern ein holperiges Victory-Zeichen vor seiner Brust formt.

»Ich möchte euch außerdem daran erinnern, dass ihr durch die Haustür nach RECHTS zu den Toiletten kommt, nicht nach links. Im letzten Jahr hat sich jemand geirrt, und ich möchte keine Wiederholung. Nach RECHTS! Aber nun würde ich sagen, das Fest hat begonnen. Haut rein! Heute Abend wird gegessen, getrunken, getanzt und geküsst, auf geht's! Woohooo!«

Lollo hebt ihr Glas zu einer übertriebenen Triumphgeste, und alle jubeln mit ihr. Wein, Bier und Cocktails werden in die Höhe gehoben, und die Gäste strömen zum Pavillon und nehmen auf den Bänken und Stühlen Platz. Marlene läuft zu Lollo hinüber und erbittet sich kurz das Mikrophon.

»Ist hier ein Arzt?«, fragt sie in das Mikro, das sie so dicht vor den Mund hält, dass ihre Lippen das Metall berühren. »Ist hier vielleicht ein Arzt auf der Party?«

Dann dreht Alida die Musik wieder auf, und das Intro von »Money for Nothing« wummert so laut über das Gelände, dass die Alpakas an das entgegengesetzte Ende ihres Geheges flüchten. Alida spielt Luftgitarre.

Cassi sieht Marlene fragend an.

»Was sollte das denn? Was ist passiert?«

Marlene zuckt mit den Schultern, kippt ihr Glas Wein herunter.

»Nichts, das ist es ja. Ich hab es noch nie mit einem Arzt getrieben. Könnte doch Spaß machen, wenn ein Mann sich mit der weiblichen Anatomie so richtig auskennt.«

Sie tanzt wieder davon, in Richtung Büfett.

Schließlich steht Cassi bei Berzan und Max, die sich über Krafttraining unterhalten.

»Wir sitzen auf dem Trockenen«, bemerkt Max.

Oder hat Cassi das gesagt? Sie dreht sich zum Getränketisch um und entdeckt eine Flasche Wodka, die noch ausreichend gefüllt ist. Kunststoffgläser gibt es dagegen keine mehr, oder sie stehen woanders.

»Dann wird es eben ein Mischgetränk«, sagt sie.

Sie hält die Wodkaflasche in der einen, eine Limo in der anderen und nimmt hintereinander einen kräftigen Schluck aus der einen, dann aus der anderen Flasche.

Berzan sieht sie amüsiert an, dann nimmt er die Flaschen und tut es ihr nach. Max lacht. Berzan reicht die Flaschen an ihn weiter, anschließend gehen sie wieder an Cassi zurück.

»Und jetzt probiert das mal – das Mischgetränk der Mischgetränke!«

Ein Schluck Wodka, ein Schluck Limo, dann umfasst Cassi Berzans Kopf, presst ihre Lippen auf seine und gibt den prickelnden Inhalt an seinen Mund weiter. Er nimmt ihn auf, macht dann aber einen Satz zurück und lehnt sich vor, als die sprudelnde Flüssigkeit herausblubbert; er will nicht seine Jacke bekleckern. Er lacht.

Im selben Moment, als ihre Lippen sich berühren, bereut Cassi die Aktion, denn sie hat ihre Toleranzgrenze schon lange überschritten. Sie ist Alkohol einfach nicht mehr gewohnt.

Max hält sich bereit und nimmt Cassi ins Visier, aber sie weicht ihm aus, sodass er seinen Mundinhalt herunterschlucken muss. Sie zeigt zum Büfett.

»Wollen wir mal was essen?«

Wie auch immer es zugeht, auf dem kurzen Weg zum Tisch schlagen sie alle verschiedene Richtungen ein. Cassi nimmt Kurs auf Marlene, die allein vor sich hin tanzt, während sie genussvoll Kartoffelsalat direkt aus der großen Schüssel löffelt.

»Marlene! Du, allein?!«, sagt Cassi und greift nach einem verlassenen Hotdog vom Tisch, schüttet ordentlich Ketchup und Röstzwiebeln darauf.

Marlene leckt den Löffel ab und nickt zu der immer noch sitzenden Gruppe hinüber.

»Enttäuschende Auswahl, um ehrlich zu sein. Been there, done that«, sagt sie und zeigt vage auf mehrere Leute. »Es sei denn, einige von Lollos alten Kollegen taugen zu mehr, als man glauben würde.«

Cassi verschlingt ihren Hotdog mit drei Bissen; der Boden unter ihr scheint zu schwanken. Marlene nimmt sich noch eine Portion Kartoffelsalat aus der Schale und willigt ein, als Cassi ihr eine Flasche Wein und Gläser hinhält, die sie irgendwie aufgetrieben hat. Sie stoßen an, trinken. Nanu, denkt Cassi, sie muss wohl nur einen Spritzer in ihr Glas getan haben, denn es ist schon wieder leer. Sie schenkt sich nach.

Dann legt Marlene einen Arm um Cassi, die einen heißen Hauch ihres Atems an ihrem Ohr spürt.

»Aber, Cassi, sag mir nur eines …«

Cassi schaut Marlene an. Marlenes Augen füllen sich plötzlich mit Tränen.

»Woher soll ich bloß den Mut nehmen, nach Frankreich zu fahren? Woher?«

»Das schaffst du. Das wird gut gehen, glaub mir«, erwidert Cassi. »Alle möglichen Leute fahren andauernd ins Ausland. Ich kann dir helfen.«

Marlene greift nach Cassis Hand, legt sie an ihre Wange. »Ich mag dich so sehr, Cassi. Du bist eine echte Freundin.« Sie legt den Kopf schief. »Aber warum starrt Alida dich so an?«

Cassi blickt nicht in Alidas Richtung, dreht ihr den Rücken zu. Sie hat ein ungutes Gefühl. Sie sollte jetzt wohl doch lieber aufbrechen. Aber trotz dieses Gedankens trinkt sie weiter, schenkt sich aus der Flasche nach.

»Pata Pata« wird gespielt. Marlene lässt einen Juchzer hören und ist nach ihrem nur kurz währenden Tief wieder obenauf. Sie sieht einen Bekannten auf der Tanzfläche und verabschiedet sich von Cassi mit einem »So long, Sister«, bevor sie mit wiegenden Hüften davonschwebt.

Lollo ruft von ihrem Platz weiter unten am Tisch nach Cassi, wo sie mit Leuten zusammensitzt, die Cassi nicht kennt.

»Komm rüber, Cassi! Wir haben Großes mit dir vor!«

Cassi stürzt den Rest ihres Weins hinunter. Füllt sich wieder nach. Geht hinüber. Das Kaleidoskop dreht sich immer schneller, die Farben werden greller. Alles in Cassi jubelt, sie hat das Gefühl, die ganze Party dreht sich nur um sie. Sie ist der strahlende Mittelpunkt.

Sind Stunden vergangen? Cassi rettet eine Beziehung. Sie nimmt etwas vor, was sie einen »Energietransfer« nennt. Sie liest aus Essensresten die Zukunft. Sie spürt Auren auf. Sie tanzt Swing mit Simon, der alle Songs mitsingt. Sie initiiert einen Tanzkreis, in welchem jeder sich mal in der Mitte dreht und etwas aufführt, und der Jubel schwillt an, wann immer Cassi an der Reihe ist. Sie tanzt Klammerblues mit Marlene. Max will mit ihr eine Art Walzer tanzen, aber als seine Hände beginnen über ihren Körper zu wandern, entschuldigt sie sich, sagt, dass sie aufs Klo muss.

Cassi denkt, dass sie jetzt wirklich *wirklich* zu ihrem Fahrrad gehen sollte, biegt dann aber doch ab zum Haus, zur Toilette. Nach rechts.

Aber bevor sie das WC erreicht, wird sie von einem »He!« gestoppt, das ihr bekannt vorkommt.

Alida sitzt im Flur und lehnt an der Wand. Sie hält eine halbe Wurst in der Hand, ihr Mund ist senfverschmiert.

»Du blöde Kuh!«, zischt Alida. »Du weichst mir aus, Cassi. Ich habe dich angerufen. Dir geschrieben. Warum antwortest du nicht? Du Bitch. Wer weiß, ob das überhaupt dein richtiger Name ist.«

Cassi will schon erwidern, dass sie niemals behauptet habe, »Bitch« zu heißen. Sie ist sauer auf Alida; warum muss die ihr die gute Stimmung vermiesen! Bestimmt ist sie eifersüchtig, vermutet Cassi. Alida hat sich irgendeine abenteuerliche Beziehung zwischen Cassi und Berzan zusammenphantasiert, und ihr Rückfall zur Flasche hat ihre Aggression nur noch mehr befeuert. Cassi möchte ihren schönen Partyabend retten.

Also geht sie neben Alida in die Hocke. Schwankt dabei leicht, versucht aber, verständnisvoll und streng zugleich rüberzukommen.

»Das klingt jetzt vielleicht hart, Alida. Aber du musst dich zusammenreißen.«

Wenigstens muss sie sich nicht verstellen, um das zu sagen. Das meint sie mit jeder Faser ihres Körpers. Cassi reicht Alida die Hand, um ihr aufzuhelfen.

»Steh auf, wisch dir das Gesicht ab und iss deine Wurst.«

Plötzlich kommt ihr ein Szenario wie im Film *Sie liebt ihn – sie liebt ihn nicht* mit Gwyneth Paltrow in den Sinn: Wenn sie die Schwangerschaft vor drei Jahren durchgezogen hätte, dann hätte sie diese Worte jetzt vielleicht auch gesagt. Aber diejenige, die sie vor sich hat, sieht nicht wie eine trotzige Dreijährige aus.

Alida steht überraschend schnell auf und wischt sich den Mund mit ihrem T-Shirt ab.

»Ich habe dir so oft gesagt, dass ich mit dir sprechen muss«, sagt sie, »und jedes Mal hast du mich ignoriert.«

Sie holt ihr Telefon heraus und fuchtelt damit vor Cassis Nase herum.

»Das ist jetzt wirklich nicht der richtige Zeitpunkt, Alida«, unterbricht Cassi sie. »Wie wäre es morgen früh? Willst du bei mir vorbeikommen?«

»Immer schiebst du es auf und vertröstest mich«, empört sich Alida. »Du hörst mir gar nicht zu! Aber wenn du dich weigerst, mich anzuhören, dann werde ich es eben den anderen sagen. Sie verdienen es, Bescheid zu wissen.«

Sie lässt den Rest ihrer Wurst fallen und verlässt das Haus.

»Aber da ist nichts zwischen Berzan und mir!«, ruft Cassi ihr hinterher. »Wir sind nur Freunde. Da gibt's nichts zu erzählen.«

Doch Alida ist schon draußen, und Cassi hat keine Lust ihr nachzulaufen. Es wäre so würdelos. Sie müssen diese Angelegenheit morgen klären.

Cassi hebt den Wurstrest vom Boden auf und geht in die Küche, um ihn in den Müll zu werfen. Auf dem Küchentresen stehen Weinflaschen und Gläser, und ehe sie sich versieht, hat sie sich schon ein Glas eingegossen und prostet sich selbst zu. Obstkuchen und Schüsseln mit Sahne warten darauf, nach draußen getragen zu werden. Kichernd nimmt sich Cassi einen Löffel, sticht in eine Kuchenform und löffelt ein großes Stück heraus. Mit vollem Mund geht sie zum Fenster und betrachtet das bunte Treiben. Die lange Tafel sieht aus wie eine etwas entgleiste Version vom *Letzten Abendmahl* von Leonardo da Vinci – mit Lollo in der Mitte, die jetzt auf einen Stuhl steigt und Trinklieder singt, während sie ihre lange Mähne von links nach rechts wirft. Mit dem Mikro in der einen Hand und dem Handy in der anderen filmt sie sich und ihr Publikum. Es ist eine herrliche Szene.

Cassi wird fast sentimental, als ihr plötzlich bewusst wird, wie sehr sich ihr Leben doch verändert hat. Wie gut es ihr geht. Welche Wendung alles genommen hat, wie natürlich sich alles gefügt hat. Kaum zu fassen, dass alle diese Menschen ihre Freunde sind. Dass dies jetzt ihr Leben ist. Oft problematisch, nicht immer leicht, aber ausnahmslos inspirierend und abwechslungsreich.

Lollo nimmt den Applaus ihrer Gäste entgegen. Cassi lacht vor sich hin und hebt ihr Glas zum nächsten Toast.

Dann sucht sie in ihrer Gesäßtasche nach ihrem Telefon. Sie möchte ein Foto von dem Jubel machen und es Lollo schicken. Diese Stimmung verewigt zu sehen wird Lollo freuen. Als Cassi auf das Display blickt, entdeckt sie eine Nachricht von Alida, die schon mehr als eine Stunde alt ist. Es ist ein Bild, und Cassi sieht es im selben Moment, als die Musik unterbrochen wird.

»Gib schon her«, hört sie Alida in Richtung des Mikrophons sagen, das Lollo aber behalten möchte. Es kommt zu einem kleinen Handgemenge. Alida geht als Siegerin daraus hervor.

Das ungute Gefühl, das Cassi vorhin wegen Alida verspürt hat, hat sich gelegt.

An seine Stelle ist reine Panik getreten.

Als Cassi die Treppe vor dem Haus heruntergeht, hat Alida gerade ihre Balance wieder erlangt, nachdem sie von einem Klappstuhl auf den Tisch gestiegen ist. Breitbeinig steht sie da, von hinten beleuchtet, und ihr Haar bauscht sich wie radioaktive Zuckerwatte um ihren Kopf. Alida zeigt auf Cassi, sodass sich alle Partygäste zu ihr umdrehen und sie ansehen. Cassi wartet reglos. Bekommt keine Luft mehr. Ihr Leben steht kurz davor, wieder zu einem Scherbenhaufen zu werden.

47

Sie hat sich nie schlechter gefühlt.

Als die Erinnerung wieder über sie hereinbricht, richtet Cassi sich jäh auf. Ihr ist zugleich heiß und kalt. Ein heftiger Brechreiz erfasst sie, gleichzeitig ist ihre Kehle wie zugeschnürt. Sie will sich in Luft auflösen. Auf der Stelle, sofort.

Fia bekommt von alldem nichts mit. Sie redet weiter.

»Aber mein Kumpel, für den ich Gefühle hatte, hat mich zu einem Spaziergang abgeholt. Er hat mir geholfen, mich wieder besser zu fühlen, hat mir geholfen zu erkennen, was wirklich wichtig ist. ›Das ist alles, was wir brauchen‹, hat er gesagt. ›Ein paar Kippen, einen Kaffee und ein paar Gespräche. Du und ich und fünfzig Kronen.‹«

Nee, hier stimmt doch was nicht – das stimmt nicht. Cassi ist wie gelähmt, aber offensichtlich funktioniert ihr Gehirn auf mehreren Ebenen parallel oder wenigstens in bestimmten Bereichen, und nun signalisiert es ihr, dass da partout etwas nicht stimmen kann. Nirgends in Oslo kann man für fünfzig Kronen Kaffee *und* Zigaretten bekommen.

Außerdem hat Cassi diese Geschichte schon mal gehört. Kann sie jetzt etwa auch noch hellsehen? Wie kann sie Fias Geschichte schon kennen? Was passiert hier gerade? Ihr Hirn versucht sich verzweifelt an einer Erklärung. Gräbt in den Erinnerungen. Fia erzählt weiter, von etwas, das ihr Kumpel getan hatte.

»Und dann ist sein Vater gestorben?«, sagt Cassi. »Und du bist hingefahren?«

Fia verstummt. Schaut zu Cassi hoch. Hebt die Augenbrauen, lächelt zögernd.

Es ist nicht das erste Mal, dass ihr bei Fia etwas komisch vorkommt. Nicht wirklich falsch, nicht richtig bizarr, es ist nur wie eine leichte Schieflage. Cassi hat bisher noch nicht so richtig in Worte fassen können, was es ist. Sie hat überlegt, ob es am Altersunterschied oder an ihrer unterschiedlichen Herkunft liegt. Oder aber einfach an Cassis völligem Mangel an Arbeitserfahrung als Psychologin.

Dass sich auch hier etwas nicht richtig anfühlt, ist tatsächlich das einzige Normale, das heute geschehen ist.

Fia setzt sich auf. Die Stimmung auf der Lichtung ist plötzlich ernüchtert.

»Na ja«, gesteht Fia. »Das war nicht ganz wahr.«

Cassi fühlt sich einfach nur leer, wie betäubt. »*Reality Bites – Voll das Leben*, was? Vielleicht der falsche Film, wenn man mit einer Frau meines Alters spricht«, sagt sie. Sie hat nicht mehr die Kraft, sich zu verstellen. Ist weder sauer noch enttäuscht. Nicht mehr lange, und auch Fia wird alles über letzte Nacht wissen, warum also sollte sie sich da überhaupt noch anstrengen?

»War alles, was du mir erzählt hast, aus irgendwelchen Kinofilmen?«

Fia wendet den Blick ab. »Nein«, sagt sie und schaut Cassi an. Zieht die Schultern hoch. »Auch aus Fernsehserien.«

Cassi nickt nur. Ihr Gefühlsleben ist gerade mit anderem beschäftigt. Natürlich lügt Fia. Die ganze Welt ist eine Lüge.

Nichts ist wahr. Und sie selbst ist die schlimmste Lügnerin von allen.

Fia spricht weiter.

»Ich dachte einfach, dass heute jeder eine Therapie macht und mit jemandem redet. Alle tun das. Aber mein Leben ist so ereignislos, ich habe nichts zu erzählen. Im Geschäft passiert nichts, überhaupt passiert nie wirklich was. Bevor ich zu dir kam, habe ich überlegt, welche ›inneren Wunden‹ ich haben könnte, was mich beeinträchtigt, du weißt schon. Nenn mich schräg, aber ich habe nichts, was ich verarbeiten müsste. Keine Narben. Keine Ängste. Deshalb habe ich einfach von anderen Sachen erzählt.«

Fia verstummt kurz. Dann spricht sie weiter.

»Es ist einfach so gemütlich, hier zu liegen und zu quatschen. Es ist so leicht und anspruchslos, ich muss mich nicht darstellen, ich kann mich entspannen. Und ich mag es, mit dir zu reden. Du sagst so kluge Dinge. Oftmals Dinge, die ich auch schon mal gedacht habe.«

Cassi würde am liebsten weinen. Wenn ihr nicht eben wieder eingefallen wäre, dass ihr ganzes Leben ein Scherbenhaufen ist, wäre sie geschmeichelt. Komplimente über ihren Intellekt waren ihr immer die liebsten. Die Angst, als ungebildet zu gelten, sitzt ihr immer im Nacken.

»Erst hab ich überlegt, ob ich über meine Beziehung zu Berzan sprechen sollte oder zu meinem Vater, aber diese Dinge interessieren mich nicht«, fährt Fia fort. »Ich weiß, dass es ein Gesprächsthema sein könnte, wenn ich mich mit einem Typen treffe, der mit jeder Frau im Dorf schläft, aber das wusste ich ja von Anfang an. Wenn irgendjemand Komplexe hat, dann Berzan. Aber warum muss immer alles so ernst sein? Warum können die Menschen nicht einfach tun, wozu sie Lust haben, und jeden Tag so nehmen, wie er ist?«

Cassi findet, dass das vernünftig klingt. Aber Fia ist noch nicht fertig. Vielleicht hat sie geahnt, dass ihre Märchen nicht ewig unaufgedeckt bleiben würden. Vielleicht haben die Wörter schon in ihr geschlummert, haben sich nach diesem Moment gesehnt. Die Sätze strömen nur so aus ihr heraus.

»Ich bin am liebsten drinnen und schaue Filme. Filme, in denen es zu brenzligen Situationen kommt, bei denen aber am Ende immer alles gut ausgeht. Gerichtsdramen zum Beispiel. Tom Cruise. Keine reinen Actionfilme, aber mit ein bisschen Action. Ich möchte tun können, wozu ich Lust habe. Mich nicht an jemand anderen anpassen müssen, es sei denn, ich will das selbst.«

Sie pausiert kurz.

»Als ich klein war, ging es so oft immer nur darum, sich anzupassen. In der Schule die richtige Frisur zu tragen. Sich mit anderen Menschen gutzustellen. Zu Hause immer aufzupassen, dass Papa nicht böse wurde. – Nein, zieh nicht so ein Gesicht, Cassi, ich meine nicht auf eine schlimme Weise, so war er nie, er ist nur mürrisch, weißt du. Das mag ich nicht. Ich mag es, wenn die Dinge einfach sind. Angenehm.«

»Er scheint ein bisschen ... kompliziert zu sein, dein Vater«, sagt Cassi. »Ich kann mir gut vorstellen, dass es zu Reibungen zwischen euch gekommen ist.«

Fia schaut skeptisch, neigt ihren Kopf zur Seite.

»Ja. Aber das spielt keine große Rolle für mich. Von außen sieht es vermutlich dramatischer aus, als es ist. Oh, ein Vater, der den Kontakt zu seiner Tochter abgebrochen hat! Es ist etwas, worüber die Leute gern tratschen, das weiß ich. Aber das ist in meiner Realität anders. Er ist einfach schwer zufriedenzustellen. Er will immer, dass alles so läuft, wie er sich das vorstellt. Er hat mir den Namen Sofia gegeben, weil das ›Weisheit‹ bedeutet. Das hat er mir dauernd eingebläut, als ich klein war.

Aber es ist nicht an ihm, mir vorzuschreiben, wie ich zu sein habe, ob ich klug oder dumm bin. Als ich dreizehn wurde, habe ich deshalb beschlossen, mich ›Fia‹ zu nennen. Warum sollte dieser alte Griesgram mein Leben bestimmen? Ich finde nicht, dass dies ein Problem ist, das irgendwelche Anstrengungen wert wäre. Aber ich werde auch nicht vor ihm einknicken. Es gibt nichts, wofür ich mich entschuldigen muss.«

Sie steht auf. Cassi will auch aufstehen, schwankt aber und muss sich wieder hinsetzen.

»Wie geht's dir eigentlich?«, fragt Fia. »Du siehst ein bisschen blass aus.«

Sie streckt ihre Hand aus, hilft Cassi wieder auf die Beine.

»Hat meine Flunkerei dir so zugesetzt?«, fährt sie mit einem Lächeln fort. »Bitte, nimm das nicht persönlich. Ich bin schließlich hier, weil ich dich mag. Weil ich gerne mit dir rede. Es tut mir leid, dass ich so viel erfundenes Zeug erzählt habe.«

Cassi versucht ihr Lächeln zu erwidern, schüttelt den Kopf.

»Nein, nein, das ist es nicht«, sagt sie. »Aber ich fühle mich tatsächlich nicht wohl. Vielleicht brüte ich etwas aus. Ich denke, wir lassen es gut sein für heute.«

Zusammen gehen sie zu Fias Auto. Es ist alles gesagt. Fia steigt ein und fährt davon.

Hoch oben über den Baumwipfeln zwitschern die Schwalben.

Maine liegt immer noch auf den Stufen. Neben ihm das Handy mit dem zersplitterten Bildschirm. Vorher war das Display leer, nun zeigt es Mitteilungen über verpasste Anrufe und Textnachrichten an. Cassi macht sich gar nicht erst die Mühe, sie zu lesen. Sie setzt sich wieder in den Sonnenstuhl. Wartet wie betäubt auf das, was kommen wird.

48

Die Feiernden sind verstummt. Alida steht inmitten von Tellern, Flaschen und Gläsern auf dem Tisch.

»Dreht die Musik leiser«, sagt sie ins Mikro. Sie wartet ein paar Sekunden, aber nichts passiert. Dann schreit sie noch einmal das Gleiche, so laut, dass ihre Stimme bricht und der Lautsprecher dröhnt.

Simon eilt zur Anlage, um den Song »Dancing Queen« zu stoppen, der gerade anfängt.

Jetzt schauen wieder alle Alida an. Sie sieht unschlüssig aus. Ist es nicht gewohnt, im Rampenlicht zu stehen, scheint sich damit unwohl zu fühlen. Aber dann reißt sie sich zusammen. Tippt leicht ans Mikrophon, um sicherzustellen, dass es noch funktioniert. Sie richtet sich auf und nimmt Cassi ins Visier.

»Die da«, sagt Alida und deutet auf sie, »Cassi. Sie ist nicht diejenige, die sie zu sein vorgibt. Sie ist eine verdammte Lügnerin.«

Lollo versucht, Alida das Mikrophon zu entreißen, aber sie reicht nicht heran. Stattdessen umfasst sie Alidas Knöchel und sagt: »Komm da runter, wie können das drinnen besprechen«, aber Alida tritt ihre Hand weg und trifft dabei auch noch ein Kunststoffglas mit Rotwein. Jeder Tropfen landet auf Lollos

Kleid. Und als ob das nicht genug wäre, faucht sie Lollo auch noch an.

Dann sagt sie: »Hör auf! Das hier müssen alle hören.«

Es ist jetzt so still, dass man eine Stecknadel zu Boden fallen hören könnte. Cassis steht wie festgewachsen auf den Stufen. Nur deshalb steht sie überhaupt noch.

»Leute«, sagt Cassi mit einer Stimme, die sie nicht wiedererkennt, einer Stimme, die schrill und schwach zugleich klingt, einer Stimme, mit der sie nicht assoziiert werden will. »Alida hat heute zum ersten Mal wieder getrunken, sie hat, glaube ich, einen Rückfall erlitten.«

Es ist ein verzweifelter Versuch, die Aufmerksamkeit von dem abzulenken, was Alida enthüllen will. Aber es ist ja auch irgendwie wahr. Jeder auf dieser Party ist doch wohl betrunken?

Alida starrt sie aus aufgerissenen Augen an.

»Du bist wirklich zum Kotzen, Cassi. Wovon redest du eigentlich? Ich bin seit neun Monaten trocken. Das ist der Grund, warum ich überhaupt in der Lage bin, heute hier zu stehen.«

Sie sehen sich an. Cassi muss sich eingestehen, dass Alida die Wahrheit sagt. Dass die Trunkenheit, die sie in Alidas Verhalten bemerkt haben will, nur eine Kopfgeburt war, dass sie die Realität so verdreht hat, wie es ihr in den Kram gepasst hat.

Cassi will etwas sagen, wird aber von Marlene unterbrochen, die, ganz wie es ihre Art ist, ungeduldig wird.

»Was hat sie denn getan, Alida? Hör auf rumzulabern. Einige von uns wollen hier feiern.«

Marlene hält das wieder nur für eine von Alidas fixen Ideen, findet es nicht wichtig. Lächelnd wendet sie sich wieder dem Mann zu, der neben ihr steht, einer von Lollos einstigen Kollegen, und erhebt mit einem vieldeutigen Zwinkern das Glas.

Alida nimmt das Mikro erneut zum Mund.

»Jeder verdient zu erfahren, wer sie wirklich ist.«

Cassi geht eine Stufe nach unten. Wer sie wirklich ist. Wer ist sie denn? In diesem Moment weiß sie das nicht mal mehr selbst. Hat sie es überhaupt jemals gewusst? Wer weiß das von sich? Man ist doch einfach die Person, die man in diesem oder jenem Moment ist. Und die Zeit steht nicht still. Jeder Moment kann anders sein. Jeder Moment ist neu. Warum sollte man sich nicht verändern?

Alida schaut Cassi an. Cassi sagt nichts. Glaubt, dass es nicht mehr viel zu sagen gibt.

»Die Cassi da drüben, die ist kein Guru«, fährt Alida fort. »Sie ist keine Therapeutin. Sie hat keine Ahnung von den Dingen, über die sie spricht. Sie hat uns alle für dumm verkauft. Sie hat in einem Restaurant gearbeitet. Ist nichts weiter als eine ganz gewöhnliche Kellnerin.«

Geht da ein Raunen durch die Menge? Nein, anscheinend nicht, es ist nur das Klingeln in Cassis Ohren, das immer lauter wird, sodass sie meint, ihr Kopf würde explodieren. Sie geht noch eine Stufe nach unten, und das hilft ihr zu begreifen, dass sie nicht festgewachsen ist: Sie kann sich fortbewegen.

Also rennt sie davon. Rennt über die Auffahrt und den Zufahrtsweg entlang. Es ist keine würdige Erfahrung. Cassi fällt hin, rappelt sich wieder auf, rennt weiter. Wie bei ihrer Ankunft spürt sie die Blicke der anderen auf sich, und erst in diesem Augenblick fällt ihr ein, dass sie ja mit dem Fahrrad hier ist. Aber was soll's. Sie wird jetzt auf keinen Fall wieder umkehren und es holen. Und ebenso unmöglich ist es, dass sie Alidas Falschaussage vor versammelter Menge korrigiert – nämlich dass sie keine Kellnerin, sondern Restaurantmanagerin war.

49

Als Fia gefahren ist, hat Cassi das Gefühl, dass die bisherige Wirklichkeit, wie sie sie kannte, nicht mehr existiert.

Ehe sie sich versieht, steht sie wieder am Vorratsschrank, wo sie seit ihrem Einzug den Wein aufbewahrt. Der Alkohol war ihr schon einmal eine Hilfe und kann es wieder sein.

Sie schließt sich mit Maine ein, und falls irgendwer in den folgenden Tagen vorbeischaut (was unklar ist, weil Phantasie und Wirklichkeit sich für sie vermischen), dann tut sie so, als wäre sie nicht zu Hause. Die Klinke der Haustür wird nur heruntergedrückt, wenn Maine an der Tür scharrt, weil er rausmuss. Die einzigen Textnachrichten, die Cassi öffnet und beantwortet, sind Pavels *Guten Morgen, mein Stern.*

Ihre Gedanken jagen einander wie in einem Fiebertraum oder so, als hätte man innerhalb kurzer Zeit mehrere Staffeln einer Reality-TV-Show gesehen. Charaktere und Ereignisse blenden ineinander über, Konfrontationen und Konflikte verschmelzen in einer Endlosschleife miteinander. Sie ist kurz davor, sich im Labyrinth ihres eigenen Gefühlslebens zu verirren.

Vor allem denkt sie, dass sie wegmuss. Einfach abhauen. Alles hinter sich lassen. Es ist ein vertrauter Impuls. So hat sie es normalerweise gemacht. Es wäre ganz einfach. Weit weggehen, und das schnell, bevor alle, die sie kennengelernt hat, brüllend und schluchzend vor ihrer Tür stehen und vielleicht sogar ihr Geld zurückverlangen. Könnte man sie bei der Polizei anzeigen? Sollte sie über die Grenze nach Norwegen fliehen, und wenn ja, was ist mit den Auslieferungsbestimmungen? Wie weit käme sie, bis die Polizei sie fände? Sie kann es schon vor ihrem geistigen Auge sehen: sie und Maine im Wagen, die durch den Wald rasen, hinter ihnen eine Reihe Polizeiwagen wie ein sich schlängelnder im Blaulicht blinkender Bandwurm.

Aber letztendlich sind es nicht die potenziellen Einsatzwagen, die sie am meisten beunruhigen. Die elendigsten Gefühle hat sie Pavel gegenüber. Was er wohl über sie denken wird, wenn er es erfährt? Ob er es schon weiß? Was macht er gerade? Sollte sie ihn anrufen? Warum hat er sie nicht angerufen? Hätte er nicht mal bei ihr vorbeischauen müssen? Heißt das, dass er noch nicht weiß, was passiert ist? Oder dass er wütend auf sie ist? Enttäuscht? Aber was, wenn niemand es ihm bisher gesagt hat? Sollte sie ihr Handy noch mehr zertrümmern, damit niemand mehr sie erreichen kann? Wäre das gut oder schlecht? So viele offene Fragen. Sie weiß es einfach nicht. Alles ist ein gewaltiges Durcheinander.

Sie denkt an alle, die sie seit ihrer Ankunft in Bäcken kennengelernt hat, alle, die ihr vertraut haben, die sich ihr anvertraut haben. Es ist wie einer dieser Albträume, die sie früher hatte, nur dass dieser hier noch viel, viel schlimmer ist. Diesmal gibt es kein Aufwachen. Das Einzige, was sie jetzt noch tun kann, ist, ins Auto zu steigen, das Gaspedal durchdrücken und alles hinter sich zu lassen. Sie erträgt den Gedanken nicht, ihnen noch einmal in die Augen sehen zu müssen.

Die Tage vergehen, und sie lässt das Rollo heruntergezogen. Manchmal hört sie Reifengeräusche draußen auf dem Kies vor dem Haus, aber dann liegt sie nur noch erstarrter im Bett. Sie bleibt in ihrem Schlafzimmer und verlässt es nur, um sich mehr Wein zu holen. Aber sie hatte ihren Alkoholkonsum eingeschränkt, und deshalb sind ihre Vorräte nicht aufgefüllt. Schon bald wird der Zeitpunkt kommen, da der Wein zur Neige geht. Diesen Gedanken verdrängt sie.

Es muss gehen, bis es nicht mehr weitergeht.

Hasenherz. Zitternde Hände. Cassi wischt sich den Rotz von der Nase und die Tränen von den Wangen. Diese ungeheure Schande. Ihr Selbstekel wird nicht dadurch geringer, dass sie so gierig trinkt, dass sie ihre Nase fast in den Becher taucht, der noch alte Kaffeeränder eines anderen Tages hat.

Es gibt so viele Dinge, an die sie denken muss, so viele Dinge zu klären. Ob sie Pavel wohl überreden könnte, mit ihr wegzuziehen, jetzt, wo sie wieder fliehen muss? Würde er für sie das alles hier verlassen? Könnten sie woanders friedlich und harmonisch zusammenleben? Nein, ihr wird klar, dass das nicht gehen würde. Er würde nicht mitkommen. Nicht solange Karl-Adam noch am Leben ist.

Aber vielleicht danach? Karl-Adam ist schon sehr alt. Von zweifelhafter Gesundheit. Wenn Cassi einfach noch ein bisschen durchhält, zu Hause bleibt, sich ruhig verhält, vielleicht regelt sich dann alles von selbst. Sie ist es von früher her gewohnt, allein zu sein, kann es auch jetzt wieder sein. Sie kann auf Pavel warten. Dann würde er sich vielleicht darauf einlassen, mit ihr woanders ein neues Leben anzufangen. Wenn sie ihren Vorschlag in der richtigen Weise zur Sprache bringt. Vielleicht irgendwo am Meer? Sie können in den Süden gehen. In ein anderes Land? Irgendwohin, wo es wärmer ist?

Augenblicklich überfällt sie die Scham. Hier sitzt sie also und phantasiert über … ja, ersehnt sich gar den Tod von Karl-Adam. Ein weiterer Beweis dafür, was für eine schreckliche Person sie ist.

Cassi quetscht den letzten Tropfen Wein aus dem Karton. Verflucht sich dafür, dass sie ihre Vorräte nicht rechtzeitig aufgefüllt hat. Sie hat gedacht, sich ein neues Leben aufgebaut zu haben, sich von ganz unten hochgearbeitet zu haben, hin zu etwas Neuem, Besseren. Aber jetzt ist sie wieder sie selbst. Einsam. Ausgeliefert. Schlechter dran. Und das ist ganz allein ihre Schuld.

Sie muss auf die letzte Reserve zurückgreifen, den silbernen Flachmann von ihrer Mutter aus ihrem Versteck im Übertopf. Es ist so, als ob sie auf einen Abgrund zusteuert. Die Flasche ist voller Blumenerde. Der Korken hat sich verklemmt, und der Stopfen kommt nicht heraus. Sie müht sich ab, sie zu öffnen, bis sie sie frustriert von sich schleudert. Sie trifft die Wand, hinterlässt einen Abdruck auf der Tapete, und dann flutscht der Korken endlich heraus. Der Wodka ergießt sich über den Fußboden.

50

Cassi wird in aller Herrgottsfrühe vom durchdringenden Klingeln ihres Handys geweckt. Überrascht geht sie ans Telefon, weil sie noch zu benommen ist, um sich an ihre Lage zu erinnern.

Der Mann am anderen Ende der Leitung stellt sich als Nathan von der »Grünen Aue« vor. Sie braucht ein paar Sekunden, bis sie schaltet, versteht den Zusammenhang erst, als Karl-Adams Name fällt. Sie muss Nathan bitten, alles, was er schon gesagt hat, noch einmal zu wiederholen. Dann setzt sie sich auf, weil sie das Gefühl hat, dass ihr Gehirn so die Information besser behalten kann.

»Ich rufe bei Ihnen an, weil wir Herrn Paleckis' Telefonnummer nicht haben«, sagt Nathan. »Kalles Zustand hat sich über Nacht verschlechtert, es sieht nicht gut aus, und ich glaube, es wäre gut, wenn Sie beide, oder Herr Paleckis, vorbeikommen könnten. Es ist vielleicht an der Zeit, sich zu verabschieden.«

Eine wachsende Panik überfällt Cassi. Eine andere Art von Panik als die, die sie in den letzten Tagen erlebt hat (wie viele sind überhaupt vergangen?) seit der Party bei den Desgoffes. Diese Panik ist unverfälscht, steigert sich, es geht buchstäblich um Leben und Tod.

»Ich hole Pavel ab, wir sind gleich da«, ist alles, was sie hervorbringt, dann legt sie auf und hastet ins Bad, weil sie sich übergeben muss.

Sie versucht Pavel zu erreichen, aber er geht nicht ans Telefon, weshalb sie ihm schreibt, dass er sich bereit machen solle, sie müssen zu Karl-Adam fahren. Irgendwie schafft sie es, ihre Shorts anzuziehen, schnappt sich ein Oberteil vom Fußboden, verfrachtet den Hund mit Halsband und Leine auf den Rücksitz, übergibt sich noch einmal draußen neben dem Auto. Dann fährt sie los.

Es ist ein herrlicher Morgen, die Farben sind satt, und die Luft ist klar. Cassis Kopfschmerzen sind unerträglich. Sie kann kaum atmen. Dreht alle Fenster herunter, lässt sich den Wind um die Nase wehen. Für Cassi ist die Frischluft schlicht lebensnotwendig, für Maine dagegen ein richtiger Genuss, als er während der Fahrt den Kopf aus dem Fenster stecken darf.

Sie hat keine Ahnung, ob Pavel weiß, was über sie ans Licht gekommen ist. Vielleicht weiß er ja auch gar nichts? Vielleicht war er nur zu Hause und hat mit niemandem gesprochen, seine Himbeersträucher und sein Gemüsebeet gepflegt oder vielleicht auch in der Tür seiner bis zum Bersten gefüllten Garage gestanden und gedacht: »Nein, damit befasse ich mich an einem anderen Tag.«

Sie versucht diese Gedanken beiseitezuschieben. Sie wird es zu gegebener Zeit erfahren. Sehr wahrscheinlich in wenigen Minuten. Aber sie wird es von sich aus nicht zur Sprache bringen. Er kann es ansprechen, wenn er möchte, und vielleicht wäre es von Vorteil für ihn: Besser, er ist auf sie wütend, als traurig über das, was mit Karl-Adam geschehen wird – wenn man den Tod als etwas bezeichnen kann, das geschieht, und nicht als etwas, das einfach ist. Es gibt eine klare Zäsur, ein Davor und ein Danach. So wie wenn eine Wahrheit aufgedeckt wird. Der Tod als letzte Offenbarung.

Ihr Gehirn läuft Amok. Es gibt keinen logischen Zusammenhang, nichts, woran sie sich halten könnte, nur einen Strom durcheinandergewürfelter Gedanken, die aufeinanderfolgen, um ja keinen Platz für irgendetwas Reales, Wichtiges übrig zu lassen, und ... hoppla! Sie will gerade auf Pavels Auffahrt biegen, aber er steht schon vorne am Straßenrand, sodass sie ihn fast über den Haufen fährt. Er springt zur Seite, sie bremst scharf und hält an. Wortlos steigt er ein, wortlos schließt er die Tür. Auch sie sagt nichts und braust direkt wieder los.

Viele Minuten vergehen. Sie sind schon auf der Autobahn, als Pavel sie fragt, ob sie die Fenster schließen könnte. Sie nickt und betätigt die elektronischen Fensterheber. Jetzt kann sie mehr über den Anruf erzählen. Pavel fragt, was passiert sei, aber Cassi merkt, dass sie nichts von dem, was Nathan ihr gesagt hat, wirklich aufgenommen hat. Sie weiß es nicht. Sie müssen abwarten, bis sie vor Ort sind.

Sie sind nur noch fünf Minuten von dem Seniorenheim entfernt, als Nathan erneut anruft. Cassi wagt es nicht, ans Telefon zu gehen, aber Pavel wischt über das zersprungene Display und hält das Handy vorsichtig an sein Ohr.

Sie wagt kaum zu atmen, aber nach kurzer Zeit lächelt Pavel sie mit Tränen in den Augen an, und sie weiß, es ist nicht so schlimm. Er legt auf.

»Es sieht wieder besser aus«, sagt er. »Nathan hat wohl ein bisschen überreagiert. Er hat sich entschuldigt. Karl-Adam sitzt gerade beim Frühstück.«

Cassi hält sich schluchzend die Hand vor den Mund. Sie fährt auf den Parkplatz des Seniorenheims, hält an, stellt den Motor aus. »Geh ruhig schon mal vor, ich komme gleich nach«, sagt sie zu Pavel. Er schaut sie an, legt seine Hand kurz auf ihre, dann steigt er aus. Sie sieht ihn mit unsicherem Gang durch die Tür verschwinden, bevor sie über dem Lenkrad zusammenbricht.

Sie heult drauflos, bemitleidet sich selbst zutiefst. Es ist zu viel auf einmal: die Scham, das schlechte Gewissen, weil sie über Karl-Adams Tod nachgedacht hat, die Kopfschmerzen, der Kater. Warum ist sie überhaupt noch am Leben? Sie stützt den hämmernden Kopf auf den Unterarmen ab, als es an der Scheibe klopft. Nathan steht draußen, wie immer hat er sein dunkles Haar hinters Ohr geklemmt. Sie öffnet das Fenster und sieht aus rot verquollenen Augen zu ihm hoch.

»Pavel hat gesagt, dass Sie hier warten.« Nathan hält ihr ein Glas Wasser hin. »Er meinte, Sie könnten vielleicht durstig sein.«

Sie nimmt das Glas und trinkt es in einem Zug aus.

»Es tut mir leid, dass ich Sie unnötigerweise beunruhigt habe«, spricht er weiter. »Aber heute Morgen, als ich zu Kalle reinschaute, sah die Sache sehr schlecht aus. Er hat nicht auf Ansprache reagiert und sein Puls war schwach.«

Cassi wischt sich mit dem Ärmel die Nase ab.

»Ich bin froh, dass Sie angerufen haben. Und ich bin so erleichtert, dass es ihm besser geht.«

Ein Schauer erfasst sie, wie ein Nachbeben der Heulattacke. Sie lehnt sich zurück, blickt zur Decke.

»Ich schaffe es, glaube ich, nicht, jetzt da reinzugehen«, sagt sie. »Und ich glaube auch nicht, dass ich da drinnen gerade gebraucht werde. Würden Sie Pavel bitte sagen, dass ich hier auf ihn warte, bis er so weit ist? Er muss sich nicht beeilen. Und danke für das Wasser!«

Nathan tippt mit dem Glas gegen das zur Hälfte heruntergelassene Fenster.

»Seien Sie unbesorgt. Bleiben Sie ruhig hier draußen. Bis später.«

Es ist gut möglich, dass sie eingenickt ist. Als sie auf die Uhr sieht, ist eine halbe Stunde vergangen. Anstelle der Panik hat Erschöpfung von ihr Besitz ergriffen.

Sie versucht, ruhig zu atmen. Geht mit Maine eine Runde im Park gegenüber spazieren und kauft dort an einem Kiosk Kaffee für Pavel und sich. Als sie zurück zum Auto kommt, wartet Pavel schon auf sie. Cassi stellt die Becher auf das Autodach und schlingt die Arme um ihn. Sie sagen nichts, stehen einfach nur da.

Erst als sie wieder im Wagen sitzen, brechen sie das Schweigen.

»Wie war es?«, will Cassi wissen.

Sie setzt aus der Parklücke zurück, dann machen sie sich wieder auf den Heimweg.

Pavel überlegt.

»Ich finde, dass Karl-Adam so war wie immer«, sagt er schließlich. »Vielleicht ein bisschen müder. Aber er hat geredet und gelacht. Und er wusste, wer ich war. Das hat sich gut angefühlt. Ich bin froh, dass wir hergefahren sind. Danke schön.«

Cassi schüttelt den Kopf.

»Du brauchst mir wirklich nicht dafür zu danken. Das ist doch selbstverständlich. Ich fahr dich überallhin, jederzeit.«

Sie lächelt matt. Pavel erwidert das Lächeln.

Als er sich zu Maine auf dem Rücksitz umdreht, sich mit der Hand Luft zufächelt und sagt: »Boah, Maine, das war wohl dein übelster Furz bisher«, scheint alles fast wie immer zu sein.

Aber nicht ganz. Sie ist sich mittlerweile sicher, dass er Bescheid weiß.

Und schließlich bestätigt er es ihr.

»Marlene hat mich angerufen«, sagt er. »Sie hat mir von der Party erzählt. Was Alida gesagt hat.«

Tränen treten Cassi in die Augen. Wenigstens muss sie es ihm nicht selbst erzählen; die Schande, ihm selbst ihre Lügen zu enthüllen, bleibt ihr erspart. Es wird still.

»Ich schäme mich fürchterlich«, sagt sie endlich. »Es war nie beabsichtigt, dass es so kommen sollte. Eines hat zum anderen geführt, und plötzlich war es so, als ob ein anderer Mensch aus mir geworden wäre. Ein Mensch, den ich mochte.«

Sie zwingt sich, ihn anzuschauen. Ein kurzer Blick, dann sieht sie wieder auf die Straße.

»Aber das betrifft nicht dich, Pavel. Dir habe ich nichts vorgemacht. Ich kann mir vorstellen, dass du mir nicht glaubst, aber dir gegenüber bin ich so gewesen, wie ich wirklich bin.«

Pavel sagt nichts. Cassi seufzt.

»Ich habe mich wirklich blamiert, oder?«

Sie wünscht sich, dass er ihr widerspricht, sagt, dass es nicht so schlimm ist.

»Ja, das hast du wohl«, erwidert er.

Erneute Stille. Normalerweise können sie gut zusammen schweigen, aber heute ist das Schweigen unangenehm. Obwohl es weniger schmerzhaft ist, als wenn sie reden.

Da taucht vor ihnen ein Rastplatz auf. Cassi fährt ab und hält den Wagen an. Wendet sich Pavel zu.

»Ich halte es nicht aus, dich enttäuscht zu haben, Pavel. Ich werde alles tun, um es wiedergutzumachen, wenn ich kann.«

Fast verwundert sieht er sie an.

»Aber, liebe Cassi, mich brauchst du doch nicht um Entschuldigung zu bitten. Ich kann nicht sagen, dass ich verstehe, warum du es getan hast. Aber zwischen uns spielt das doch, glaube ich, keine Rolle. Für mich bist du einfach Cassi. Wir unternehmen … na, eben solche Sachen wie das hier.«

Pavel atmet tief durch. »Und eines steht fest. Dass du meine Freundin bist.« Er streckt seine Hand aus, streicht ihr über die Wange. »Lebenslügen hin oder her.«

Das sagt er mit einem Lächeln, um ihr zu signalisieren, dass alles in Ordnung ist. Sie glaubt ihm nicht, lehnt sich aber an ihn und legt ihren Kopf an seine Brust.

»Es tut mir leid«, sagt sie und bricht wieder in Tränen aus.

Er berührt ihren Arm.

»Um mich brauchst du dir keine Sorgen zu machen«, sagt er. »Zwischen uns ist alles gut. Aber wie die anderen darauf reagieren, da bin ich mir nicht sicher. Marlene war ... verärgert. Du solltest mir ihr reden.«

Oh nein, denkt sie bei sich. Nein, nein, nein.

»Ja, ich muss mich der Sache stellen«, sagt sie. »Du musst mir glauben, wenn ich sage, dass ich schreckliche Angst habe. Das war alles überhaupt nicht geplant, es ist einfach passiert. Ich wollte nur ein Haus kaufen und dort allein sein, nur ich und Maine. Aber dann haben die Leute einfach Sachen über mich angenommen. Und dann hat sich alles verselbstständigt, und zuletzt ist es so gut gelaufen, dass ich gedacht habe, dass das alles vielleicht auch gar nicht so schlimm ist.«

Jetzt fängt sie an zu schwafeln. Versucht sich zu rechtfertigen, merkt aber, dass das gar nicht so einfach ist. Pavel legt den Kopf schief, sagt aber nichts. Cassi seufzt und startet wieder den Motor, fährt zurück auf die Hauptstraße. Sie fühlt sich zittrig. Zum ersten Mal seit sie eingezogen ist, fürchtet sie sich davor, nach Hause zurückzukehren.

Sie fahren eine Weile, ohne ein Wort zu sprechen.

»Es hat mich überrascht, dass es ausgerechnet Alida war«, sagt sie. »Dass sie es war, die den alten Dreck ausgegraben hat.«

Pavel schaut sie an.

»Na ja, o.k., kein Dreck«, korrigiert sie sich. »Die Wahrheit.«

51

Als Cassi Pavel bei seinem Haus absetzt, machen sie alles so wie immer. Sie beobachtet ihn durch den Rückspiegel, sieht, wie er auf der Treppe innehält und sich zu ihr umschaut, dann startet sie den Motor und fährt mit einem Kavaliersstart los, während sie noch einmal aus dem Fenster winkt und er die Tür aufschließt und hineingeht.

Wenn Pavel an ihrer Seite ist, ist sie nicht allein.

Dieser Tag fühlt sich an, als ob er schon seit Monaten andauert. Als ob Ewigkeiten dazwischenliegen, seit sie das letzte Mal zu Hause war.

Nachdem sie zu Hause den Motor ausgeschaltet hat, umgibt sie Stille. Alles, was man hört, ist das Rauschen des Waldes. Alles sieht aus wie immer.

Sie öffnet die Wagentür. Maine wittert. Sie verlassen das Auto. Cassi schließt leise die Tür. Es ist, als würde sie kein einziges lautes Geräusch ertragen können. Der süße, gesättigte Duft von Kiefernnadeln und Moos und dem Heidekraut am Waldrand umhüllt sie wie eine Decke.

Sie stolpert zur Haustür, schafft es ins Bett und fällt in einen tiefen, komatösen Schlaf.

52

Pavel steigt die drei Stufen zu seiner Haustür hoch. Oben dreht er sich zu Cassi um, seine Hand umschließt den Schlüssel in der Tür. Normalerweise spritzt der Kies bei ihrer Abfahrt in alle Richtungen, und auch dieses Mal macht sie keine Ausnahme. Sie streckt die Hand aus dem Fenster und winkt ihm, vermutlich wieder mit einem Blick in den Rückspiegel. Er erwidert das Winken, lächelt. Dann öffnet er die Tür und geht hinein.

Er ist aufgewühlt und müde. Aber auch erleichtert. Das Sofa sieht ungewöhnlich einladend aus; vielleicht sollte er sich vor dem Abendessen kurz ausruhen. Pavel mag seine Routinen, aber wenn er das Essen ausnahmsweise mal verschiebt, ist das auch kein Beinbruch. Und es ist schon alles vorbereitet. Drei Kartoffeln sind geschält und liegen in einem Topf mit Salzwasser. Das Stück Lachs, das er aus dem Tiefkühlfach herausgenommen hat, kann auf der Arbeitsplatte auftauen.

Pavel geht zurück in den Flur, stellt seine Schuhe ins Regal und zieht seine ausgetretenen Pantoffeln an. Er hängt das Flanellhemd an den Haken, das ihm als Jacke dient. Geht zurück ins Wohnzimmer. Zupft zwei trockene Blätter von der Geranie und legt sie auf den Sofatisch. Er wird sie nachher wegwerfen, erst muss er sich ausruhen.

Das Sofa hat er schon seit mehr als zwanzig Jahren, und es war bereits gebraucht, als er es bekam. Aber der braune Cordstoff hat immer noch einen gewissen Glanz, und weil er abwechselnd alle drei Sitze gleichmäßig benutzt, hängt kein Polster mehr durch als die anderen. Wenn er seinen Kopf auf die Armlehne legt, die gerade die richtige Höhe hat, landen seine Füße exakt vor der gegenüberliegenden Lehne. Wie gemacht für ein kleines Nickerchen. Er hat noch nie die ganze Nacht hier verbracht – denn, wie gesagt, er legt Wert auf seine Routinen, und seine Bettroutine ist ihm genauso wichtig wie seine Essensroutine –, aber viele Male hat er hier bereits kurze Schläfchen gehalten. In der Küche hört er die Uhr ticken. Laster rumpeln vorbei. Im Fenster fliegt eine Hummel gegen die Scheibe.

Seine Schirmmütze hat er auf den Tisch gelegt. Die Pantoffeln stehen vor dem Sofa. Die rechte Hand liegt auf seinem Bauch, eingehakt hinter seinem Gürtel. Seine linke ruht auf seinem Herzen. Es klopft heftig, wird nun aber langsamer. Er schließt die Augen.

Er sitzt auf dem Schoß seiner Mutter in einem Bus, irgendwo auf dem Land; gelbe Felder ziehen vor dem Fenster vorbei, er isst Kekse.

Sein kleiner Bruder und er entdecken eine Katze und ihre Jungen in einem Schrank im Keller des Hauses, in dem sie wohnen.

Er ist in der Schule, übt hochkonzentriert Schreibschrift mit einem Bleistift, sein Lehrer sieht zu und lobt ihn.

Er läuft Schlittschuh, schneller als alle anderen, sie laufen ihm hinterher, aber sie können ihn nicht einholen.

Er macht einen Schulausflug mit der Abschlussklasse, steht auf einer Sanddüne zwischen einem See und dem offenen Meer, der Wind bläst ihm um die Nase.

Er zeltet mit seinem besten Freund im Wald.

Er nimmt die Fähre hinüber nach Schweden mit dem Mädchen, mit dem er sich verlobt hat, das Mädchen, das Cassi so ähnlich sieht. Er wird nie wieder nach Hause zurückkehren.

Zu dem Mädchen, das Cassi so ähnlich sieht, wird er auch nicht zurückkehren. Im Hafen sagt er ihr, dass er zur Toilette muss, nimmt aber stattdessen einen Bus und dann einen Zug nach Stockholm. Niemals hat er sich freier gefühlt, niemals war er glücklicher als in jenem Moment.

Bis zu dem Zeitpunkt, an dem er an seinem ersten Tag an der Technischen Hochschule Karl-Adam erblickt.

Bis seine Hand in der Dunkelheit des Draken-Kinos nach Karl-Adams Hand fasst, irgendwann im Februar.

Da, wieder Karl-Adam, der ihn unter den Zweigen einer grünen Weide küsst.

All die Tage, Nächte, Stunden, Minuten, alle Momente, die sie geteilt haben … Er sieht sie alle vor sich. Lächelt.

Er war halb, aber er wurde ganz, und sein Leben wurde so, wie es sein sollte. Nicht perfekt, aber wer erwartet schon Perfektion? Wer verdient sie überhaupt? Er hat Liebe erfahren, er hat Freundschaften geschlossen, er hatte gute Tage und sicher auch schlechte, aber was sollte er am Ende bereuen? Seine Entscheidungen im Leben hat er getroffen, viele Puzzleteile fielen an ihren Platz, einige gingen verloren. Er hätte Dinge anders machen können, aber es ist unmöglich zu wissen, ob dies das Leben besser gemacht hätte. Als Pavel in einen tiefen Schlaf fällt, aus dem er nicht mehr erwachen wird, fühlt er sich zufrieden. Das Glück war relativ und flüchtig, aber es war da. Seine Kreise haben sich geschlossen, es gibt nicht viel, was er ungeschehen machen möchte.

53

Zum ersten Mal seit sie die Tradition etabliert haben, kommt morgens keine *Guten Morgen, mein Stern*-Nachricht von Pavel.

Auch den gesamten Vormittag über nicht.

Schließlich schreibt Cassi ihm, doch Pavel antwortet nicht.

Mittags ist sie davon überzeugt, dass er wütend auf sie ist. Dass er es bereut, was er gestern zu ihr gesagt hat. Dass er sein Verständnis für sie revidiert hat. Sie ruft ihn an. Er nimmt nicht ab.

Am Nachmittag beschließt sie, zu ihm nach Hause zu gehen. Sich mit ihm auszusprechen. Zu tun, was getan werden muss. Sich noch einmal zu entschuldigen, Abbitte zu leisten, einen Weg zu finden, wie sie Freunde bleiben können. Sie ruft Maine, und zusammen nehmen sie den Pfad, den sie schon so viele Male gegangen sind.

Alles ist wie immer, bis sie aus dem Wald kommen.

Maine, dessen lauteste Äußerung normalerweise sein Schnarchen ist, bellt und knurrt, als sie sich Pavels Haus nähern. Cassi merkt, dass etwas nicht stimmt, aber es ist zu spät, um wieder umzukehren. Es gibt nichts, was sie noch tun kann, um dem, was bereits geschehen ist, zu entfliehen.

Die Tür war unverschlossen. Sie hat angeklopft, war hineingegangen, als er nicht öffnete. Im Flur sah alles normal aus. Die Schuhe und die Jacken waren an ihrem Platz. Ein Stück Fisch lag auf der Arbeitsplatte, was den üblen Geruch erklärte. Sonst duftete es in Pavels Haus immer nach Kaffee.

Er lag auf dem Sofa. Von weitem gesehen schien er friedlich zu schlafen. Von nahem war er steif und kalt.

Der Schock ließ sie neben ihm auf die Knie gehen, zu seinen Füßen, ließ sie nach seiner Hand greifen, ihn mit einer Decke zudecken und brachte sie irgendwie wieder hinaus auf die Treppe. Irgendwie, auch wenn sie später nicht mehr weiß, wie es zugegangen ist, schaffte sie es, einen Arzt zu rufen. Ein Krankenwagen kam und nahm den Leichnam mit.

»Haben Sie jemanden, den sie anrufen können, jemanden, der Ihnen Gesellschaft leisten kann?«, fragte der Arzt sie, bevor er fuhr, und Cassi erwiderte »Ja«, obwohl Pavel derjenige war, den sie meinte.

Dann war das Haus leer und alles wieder vertraut. Als ob Cassi und Maine einfach so zu Besuch gekommen wären. Alles war so, wie es gewesen war, als sie ein paar Stunden zuvor aus dem Wald gekommen waren. Und gleichzeitig hatte sich alles verändert.

Was, wenn sie sich das alles nur eingebildet hat? Hat sie es vielleicht nur geträumt? Vielleicht ist Pavel ja nur in die Küche gegangen, um sich einen Kaffee zu machen. Vielleicht durchsucht er gerade seinen Schrank nach einem passenden Hemd, das er bei seinem nächsten Besuch bei Karl-Adam tragen könnte. Vielleicht steht er auch in der Garage und starrt auf fünfzehn verschiedene alte Keksdosen, um zu entscheiden, welche er in nächster Zeit entbehren und ihr deshalb leihen kann.

Sie räumte auf. Stellte die Möbel wieder an ihren Platz zurück, die die Sanitäter verrückt hatten. Warf den Lachs in den

Müll. Ein Topf mit drei Kartoffeln in Salzwasser stand auf dem Herd. Sie kochte sie, aß sie und weinte dabei, weil Pavel sie in den Händen gehalten hatte, sie sorgfältig von seinen Fingern geschält worden waren, auch wenn er ein wenig zu großzügig mit dem Salz umgegangen war.

Sie drehte den Handtuchheizkörper im Bad ab, zog den Fernsehstecker, goss die Blumen im Fenster und leerte den Inhalt seines Kühlschranks in einen Stoffbeutel, um die Vorräte mitzunehmen. So lange, wie sie seine Fruchtjoghurts aß, lebte er weiter.

Sie sammelte zwei trockene Geranienblätter auf, die auf dem Sofatisch lagen, und warf sie in den Abfall.

Als es zu dämmern begann, legte sie sich sein schmuddeliges Hemd, das er immer als Jacke benutzte, über die Schultern. Sie nahm den Beutel mit Lebensmitteln in die eine Hand und packte den kleinen Stapel Bilder in einen anderen. Sie zog die Tür hinter sich zu und schloss ab. Dachte: *Gute Nacht, mein Stern.*

Dann muss sie nach Hause gegangen sein.

54

Die folgenden Tage ist alles wie im Nebel. Sie schläft viel, weil sie den Schmerz dann am wenigsten spürt, und wenn sie nicht schläft, geht sie mit Maine im Wald spazieren. Trägt dabei Pavels Hemd. In der Brusttasche hat sie seinen Schlüsselanhänger gefunden. Der Hirsch, der den Sprung in die Freiheit wagt. Cassi hält ihn fest umklammert. So lange, bis sie von der scharfen Metallkante rote Striemen in der Handfläche hat. Einmal vibriert ihr Handy wegen einer eingehenden Textnachricht, aber das bewegt sie nur dazu, es auszuschalten und unter das Bett zu legen. Sie will nicht daran erinnert werden, dass es nie wieder Pavel sein wird, der sich meldet.

Eines Abends, als Cassi und Maine von einem weiteren langen, gewundenen Spaziergang zurückkommen, fällt ihr Blick auf den Stoffbeutel, den sie an der Haustür fallen lassen hat, als sie das letzte Mal von Pavel nach Hause kam. Sie nimmt die Bilder heraus, schaut sie sich an und legt sie beiseite.

Aber der Beutel ist noch nicht leer. In ihm liegen noch einzelne Schnappschüsse und eine Kunststoffhülle. Als sie die Bilder hineingelegt hat, hat sie sie gar nicht bemerkt, aber nun erkennt sie die Fotos wieder: Pavel hat sie vor ein paar Wochen Karl-Adam mitgebracht, um sie ihm zu zeigen. Cassi setzt sich an den Küchentisch, den Pavel ihr geliehen hat, und studiert die Fotos. Hält sie weit genug von sich weg, damit keine Tränen darauf fallen. Die Plastikhülle hat sie noch nie vorher gesehen. Sie enthält einen Umschlag.

Pavels Name und eine Stockholmer Adresse stehen in blasser Tinte darauf. Das Papier ist ganz vergilbt. Die Briefmarke hat sich gelöst. Vorsichtig nimmt sie den Brief aus dem Umschlag. Sie weiß schon, was das für ein Schreiben ist, bevor sie zu lesen beginnt.

Lieber Pavel,

ich dachte neulich, dass ich dich gesehen hätte, als ich schwimmen gegangen bin, aber es war nur jemand, der dir von weitem ähnlich sah. Doch das hat mich dazu bewogen, dir zu schreiben. Du bist in meinen Gedanken, das sollst du wissen. Ich hoffe, dass es dir gut geht. Ich denke viel an die Zeit in Stockholm zurück.
Hier geht das Leben weiter seinen Gang. Ludvig ist erneut aus dem Krankenhaus entlassen worden, und nun hoffen wir auf das Beste. Ich habe im Obergeschoss Schränke gebaut und einen neuen Fußboden in der Küche verlegt. Ich arbeite für meinen verwitweten Schwager, vielleicht erinnerst du dich noch, dass er das Eisenwarengeschäft führt, und helfe ihm bei allen möglichen Sachen. (Kürzlich habe ich einen Traktormotor repariert. Stell dir mal vor, die an der TH wüssten das!) Käthe hatte meinen Neffen Hans in der Schule. Sie meint, dass er sich ganz gut mache, aber ein in sich gekehrter Junge sei.
Jetzt ist bald Elchsaison. Warst du schon mal auf der Jagd? Ich möchte dich nämlich gerne fragen, ob du dir vorstellen könntest, zu uns zu kommen und dich meiner Jagdgesell-

schaft anzuschließen. Das sind immer herrliche Tage! Ich sorge für das Zelt und die Feldküche. Auf diese Weise könntest du die Gegend hier kennenlernen, dir ein Bild von meiner Heimat machen. Es ist wirklich wunderschön hier, kann ich dir versichern.
Ich habe auch darüber nachgedacht, dass du gerne ein eigenes Haus hättest, wie du gesagt hast. Hier in der Nähe gibt es ein paar schöne Häuschen zu verkaufen, wo man gut allein für sich wirtschaften kann, und die Preise sind viel günstiger als in Stockholm.
In diesem Augenblick sitze ich auf der Treppe vor dem Haus. Die kleine Glocke, die du zur Taufe geschickt hast, habe ich über der Tür angebracht. Käthe nennt sie »Ludvigs Glöckchen«, aber ich muss jedes Mal an dich denken, wenn es bimmelt. Hast du noch den Schlüsselanhänger?

Mit den herzlichsten Grüßen

Karl-Adam

55

Eine Woche ist seit der Party vergangen, drei Tage seit dem Unaussprechlichen, als Cassi nach einem zweistündigen Waldspaziergang heimkehrt und Alida in ihrem Sonnenstuhl vorfindet.

»Du bist spät dran«, sagt Alida und schaut auf ihr Handgelenk, so als säße da eine Armbanduhr. »Ich warte schon seit fünfzehn Minuten. Und dieser Stuhl muss mal repariert werden.«

Cassi kann sie nur anstarren. Maine trottet zu Alida und lässt sich von ihr hinter den Ohren kraulen.

»Was ist los mit dir?«, fragt Alida. Wieder sieht sie auf ihre nicht vorhandene Uhr. »Können wir jetzt anfangen? Ich muss die Tiere in einer Stunde füttern.«

Cassis Beine geben unter ihr nach. Sie setzt sich auf die Stufen. Ihr Körper fühlt sich an wie Wackelpudding.

»Was …«, fragt sie zögernd. »Was tust du hier?«

Alida runzelt die Stirn. »Warum sollte ich nicht hier sein? Ich habe im Voraus bezahlt. Es sind noch zwei Stunden offen.«

»Aber ich dachte …«, beginnt Cassi. Worte wie diese liegen ihr auf der Zunge: *Du hast mich verraten. Du hältst mich für eine Lügnerin. Du hast mich vor allen bloßgestellt, die ich kenne. Ich bin eine schreckliche, wertlose Person, und es gibt niemanden mehr, der sich für mich interessiert, denn mein einziger Freund ist tot.*

Aber nichts davon sagt sie laut.

»Ja, und?«, sagt Alida. »Das ist doch nicht weiter seltsam? Glaubst du, ich würde wegen der Sache auf der Party nicht mehr kommen? Pah!«

Alida steht auf und wirft Maine ein Stöckchen zu – ein Stöckchen, das Maine hochachtungsvoll ignoriert.

»Ich war sauer auf dich!«, bricht es aus Alida hervor. »Und die Leute hatten ein Recht darauf, die Wahrheit zu erfahren. Als ich diese Fotos gefunden habe, wollte ich ja mit dir darüber reden. Aber du bist mir ausgewichen! Es war wichtiger für dich, bei Berzan rumzuhängen. Ficki-ficki.«

Das Letzte untermalt Alida mit einer entsprechenden Bewegung der Hüften, worauf Cassi angewidert wegschaut. Sie stützt die Ellenbogen auf die Knie und vergräbt ihr Gesicht in den Händen.

»Und immer dieses Tuscheln mit Marlene! Und mit Grete. Und sogar mit Fia, dieser dummen Göre. Aber für Alida – nope. Für die ist keine Zeit!«

Alida kickt verärgert einen Kiefernzapfen weg.

»Ich hab dir doch gesagt, dass wir uns schon mal begegnet sind! Und alles, was du darauf zu sagen hattest, war, dass ich mich irren würde. Aber ich hatte recht! Wir sind uns begegnet! Ich war Stammgast in deinem verfickten Restaurant! Mit der Menge an Kokain, die ich in den Toilettenräumen von eurem Laden geschnupft habe, hätte ich die ganze Kirche von Bäcken weißen können. Dein Häuschen ist zum großen Teil von meinen Rechnungen und Trinkgeldern bezahlt worden, schätz ich mal!«

Cassi hebt wieder den Kopf. Sie schaut in Alidas rotes zorniges Gesicht. Jetzt streicht sich Alida ihr bauschiges Haar zurück.

»Na, klingelt's? Mit zurückgegelten Haaren? Man hat mich Allan genannt.«

Und da erinnert Cassi sich. Erinnert sich an einen regelmäßigen Gast von früher. Eine Frau, die oft Scherereien machte, aber großzügige Trinkgelder gab. Eine Frau, die immer Hosenanzüge trug, dazu jede Menge Make-up und zurückgekämmte Haare. Sie war immer in Gesellschaft von mindestens drei männlichen Kollegen mit den gleichen Frisuren, den gleichen Klamotten. Reihum hatten sie einander bei Ladenschluss hinaustragen müssen.

»Als ich erst einmal angefangen habe, die alten Fotos auf meinem Handy zu sichten, fand ich Dutzende von Bildern mit dir im Hintergrund«, erklärt Alida.

Sie schweigt wieder. Setzt sich auf den Schemel.

»Wir haben fast immer am selben Tisch gesessen, dem runden an der linken Seite. Erinnerst du dich? Aber dann warst du plötzlich von heute auf morgen verschwunden. Keiner wusste warum. Wo bist du hingegangen?«

Cassi antwortet ihr nicht. Fährt sich mit den Händen durch die Haare. Schüttelt den Kopf.

»Es tut mir leid«, sagt sie. »Aber ich kann das jetzt nicht machen …«

Weiter kommt sie nicht. Tränen überwältigen sie. Die Tränen der letzten Tage waren eher still, wie ein Extrafilm auf den Augen oder ein leises Rieseln, aber jetzt, in Gesellschaft, kann sie die Flut nicht mehr zurückhalten. Ihr ganzer Körper bebt, lautes Schluchzen dringt aus ihrer Kehle.

Alida ist wieder aufgestanden, Cassis Reaktion verunsichert sie; offensichtlich weiß sie nicht, wie sie sich verhalten soll. Verlagert ihr Gewicht von einem Fuß auf den anderen. Dann geht sie zu ihrem Auto.

Soll sie doch fahren, durchzuckt es Cassi. Aber Alida öffnet nur die Tür und kommt mit einer Packung Taschentücher wieder. Reicht Cassi eines.

»Ist es wegen Pavel?«, fragt sie, aber erwartet zum Glück keine Antwort, denn es kommt auch keine. »Ich habe im Landhandel davon gehört.«

Alida setzt sich neben Cassi auf die Stufen – mit etwas Abstand. Nicht so nah, dass sie einander berühren. Sie dreht und wendet raschelnd das Paket Taschentücher in den Händen. Mit steifen Bewegungen legt sie Cassi eine Hand auf die Schulter. Sie bleiben einen Moment so sitzen.

»Es tut mir sehr leid«, sagt sie schließlich. »Ich weiß, dass ihr befreundet wart. Er war ein anständiger alter Kerl.«

Cassi schluchzt hemmungslos.

»Er hat mir geholfen, als letzten Winter die Wasserleitungen im Stall geplatzt sind«, fährt Alida fort. »Und vergangenen Sommer mit den Zäunen. Er war kein großer Redner. Hat kein unnötiges Wort vergeudet. Das mochte ich an ihm.«

Sie verstummt. Scheint nachzudenken.

»Aber was ich sicher weiß, ist, dass du ihn glücklicher gemacht hast«, sagt sie nach einiger Zeit. »Manchmal hat er mir erzählt, was ihr zusammen unternommen habt. Das sollst du wissen.«

Alida nimmt ihre Hand von Cassis Schulter. Sie bleibt noch einen Moment schweigend sitzen, dann steht sie auf. Legt die Taschentücher neben Cassi auf die Treppe.

»Ich komme an einem anderen Tag wieder«, sagt sie. »Wir vereinbaren einen neuen Termin, wenn es dir besser geht.«

Cassi schaut sie an.

»Danke, Alida«, sagt sie. »Und mir tut es leid, dass ich dir nicht früher zugehört habe. Das hätte ich tun sollen. Ich … habe keine gute Erklärung dafür. Es ist einfach passiert.«

Falls Alida die Entschuldigung gehört hat, lässt sie es sich nicht anmerken, aber sie schaut Cassi besorgt an.

»Trotzdem bleibt es seltsam …«, sagt sie nach einem Moment des Nachdenkens. »Ich hatte dich immer als so gutaussehend in Erinnerung. Immer perfekt gestylt.«

Sie deutet mit dem Zeigefinger auf ihr Gesicht.

»Du siehst ziemlich verquollen aus. Eine kalte Kompresse würde sicher nicht schaden.«

Cassi fährt sich durchs Haar.

Alida gibt Maine einen Kuss auf den Kopf und geht zurück zum Auto.

»Übrigens, dein Fahrrad …«, ruft sie über ihre Schulter. »Das ist immer noch am Zaun festgemacht. Du solltest es abholen. Bald.«

56

Am nächsten Morgen wacht Cassi in dem Wissen auf, dass sie sich zusammenreißen muss. Ihre Augen sind ganz und gar nicht einverstanden – sie haben sich von den Ergüssen der letzten Tage noch nicht erholt –, weshalb sie sich blinzelnd aus dem Bett und in die Küche schleppt, wo sie sich ihr braunes Wasser kocht, sich einen wässrigen Kaffee zubereitet.

Sie setzt sich auf die Stufen. Maine geht zum Waldrand, um zu pinkeln.

Es ist ein bisschen so wie an ihrem allerersten Morgen hier. Einsamkeit, ein leerer Kühlschrank, Menschen, die sie meidet. Nur dass diesmal der Abenteuerfaktor entfällt. Kein Neuanfang, nichts, auf das man sich freuen könnte. Die Luft ist raus, alles ist abgenutzt, der Reiz verschwunden.

Cassi trinkt den Kaffee in einem Zug aus. Sie mag viele Fehler haben, aber sie ist – meistens – kein Mensch, der Dinge lange aufschiebt. Bevor sie diesen Flecken verlässt, an dem alle sie hassen, muss sie noch ein paar Sachen regeln. Muss mit der Pastorin reden. Eine Beerdigung arrangieren. Sie muss tun, was getan werden muss, was Pavels Haus angeht. Sogar wenn das heißt, seine elende Garage auszuräumen. Solange sie von seinem Zeug umgeben ist, ist er immer noch da.

Auf dem Weg zur Kirche fährt Cassi im Kriechtempo an Marlenes Haus vorbei und späht zum Fenster hoch; vielleicht steht Marlene ja da und guckt zufällig hinaus. Aber es ist keine Spur von ihr zu sehen, weder halbnackt auf einer Sonnenliege noch splitternackt im Wohnzimmer.

Die Pastorin wischt gerade den Vorraum der Kirche mit einem Putzmittel, das nach Chlor riecht, als Cassi kommt. Aus irgendeinem Grund, den Cassi nicht kennt, oder vielleicht einfach so, hat sie sich eine Melone aufgesetzt, und das, zusammen mit ihrem strengen Gesichtsausdruck, hilft Cassi, ihr Anliegen vorzubringen, ohne dabei gleich in Tränen auszubrechen. Sie gehen in das Pfarrbüro, und die Pastorin deutet auffordernd auf ein Fläschchen mit Handdesinfektion auf ihrem Schreibtisch, bevor sie in einem ihrer übervollen Schränke herumwühlt.

»Er muss hier irgendwo sein«, sagt sie. »Schon seltsam, erst vor ein, zwei Monaten kam Pavel bei mir vorbei, um mir einen Umschlag zu geben. Vielleicht hat er es kommen sehen.«

Cassi reibt ihre Hände mit der Desinfektionslösung ein. Setzt sich auf die äußerste Kante eines Besucherstuhls.

»So wird das normalerweise nicht gemacht, aber wir sind nun mal eine kleine Gemeinde«, sagt die Pastorin, als sie den Umschlag in einer Plastikhülle findet. Sie nimmt das Kuvert heraus und entnimmt ihm zwei Blätter.

»Ach, sieh an«, sagt sie und vertieft sich in die Blätter.

Cassi wartet ab. Will ihren zerbrechlichen emotionalen Zustand lieber nicht gefährden, indem sie etwas sagt. Stattdessen konzentriert sie sich auf die Eigenarten der Pastorin. Die Kleiderhaken an der Tür offenbaren eine stattliche Hutsammlung. Auf dem obersten Regalbrett steht eine Sammlung Putzmittel aus aller Welt, wie zur Schau gestellt. Am Kamin lehnen unzählige Gemälde. Auf dem Tisch: ein Haufen verschiedener Lakritzsorten.

Die Pastorin ist mit dem Lesen fertig.

»Der Mann wusste, was er wollte«, stellt sie fest. »Ich habe hier sowohl ein Testament als auch Anweisungen für seine Beerdigung vor mir.«

Sie legt die Dokumente wieder auf den Tisch. Cassi hat Pavels Handschrift noch nie zuvor gesehen, aber die sorgfältige Schrift passt zu ihm.

Was die Beerdigung angeht, hat Pavel bescheidene Wünsche. Die Pastorin liest aus seiner Liste vor. Die Zeremonie soll in der Kirche von Bäcken abgehalten werden. Sie soll möglichst kurz sein. Er will keine großen Reden, sondern eine Schweigeminute. Die Dekoration soll ausschließlich grün sein, keine Blumen. Er möchte, dass Karl-Adam teilnimmt, wenn er dazu in der Lage ist und es dem Seniorenheim nicht zu viele Umstände macht. Er wünscht sich, dass ein bestimmtes Musikstück – »Palangos jūroj« von Danielius Dolskis – gespielt wird, und die Trauergäste sollen Schwarz tragen.

Nach dem Gottesdienst soll es Fanta und Schwarzwälder Kirschtorte geben, weil er das mit »einem der schönsten Momente seines Lebens« verbindet.

Das Testament ist genauso schlicht gehalten. Ein Datum oben, das, wie Cassi später feststellen wird, der Tag nach dem ist, an dem sie Karl-Adam zum zweiten Mal besucht haben, und darunter ein paar Zeilen.

Ich hinterlasse mein Haus und alles an Wert darin (Ausnahmen sind unten genannt) Giedrė Žvirblytė. Ihr Nachname kann heute anders lauten. Geboren wurde sie am 29. April 1950 in Pajūris, Litauen. Bitte lassen Sie sie wissen, dass es mir leidtut.
Ich hinterlasse meine Kaffeemaschine und alles, was dazu gehört (Bohnen, Tassen etc.), meiner Freundin Cassi. Danke

dir für alles. Dein Kaffee ist das Einzige, was ich an dir in Zweifel ziehe. Du bist wunderbar und hast das Leben eines alten Mannes in vieler Hinsicht so viel besser gemacht. Auf diese Weise möchte ich dir weiterhin »Guten Morgen, mein Stern« *sagen.*

57

Auf dem Heimweg fasst Cassi sich ein Herz und biegt in Marlenes Auffahrt ein. Sie rechnet damit, dass die Haustür mit einem wütenden »Hau ab!« aufgerissen wird, bevor ihr Auto überhaupt zum Stehen gekommen ist, aber die Tür bleibt zu. Wie kann es nur sein, dass man jemandes Feindseligkeiten vermissen kann?

Cassi steigt aus, lässt Maine mitkommen. Klopft an die Tür. Kein Laut dringt heraus. Sie umrundet das Haus, geht zur Terrasse auf der Rückseite. Auch da ist niemand. Maine untersucht den weißen Haufen mit Spalierstäben an der Pforte. Der Rasen darum herum wurde länger nicht gemäht.

Wieder vor dem Hauseingang, legt Cassi den kleinen Stapel mit erotischen Darstellungen aus Pavels Garage auf die Türmatte. Sie hatte erst einen Tag vor der Party mit Marlene über die Bilder gesprochen. Cassi hatte sich ausgemalt, wie sie beim Vorbeibringen der Bilder das Plauderstündchen bei Kaffee und Kuchen aus dem Frühsommer bei Marlene wiederholten. Marlene, Pavel und sie, gemeinsam kichernd auf den weichen Kissen der Hollywoodschaukel.

Ohne Marlenes Anwesenheit hat ihr Haus etwas Gespenstisches. Als sie zum Auto geht, versucht Cassi – erfolglos – den

Gedanken beiseitezuschieben, dass Marlene womöglich auch tot auf dem Sofa liegen könnte. Erst als sie merkt, dass Marlenes Garage offen steht und ihr Wagen fehlt, kann sie aufatmen. Obwohl auch das irgendwie seltsam ist. Marlene fährt nur selten Auto, sie zieht es vor, mit dem E-Bike zu fahren, solange der Regen nicht horizontal fällt oder Minustemperaturen herrschen.

»Der Körper braucht Frischluft, Cassi«, hat sie mehr als einmal gesagt. »Es ist herrlich, den Windzug zwischen den Schenkeln zu spüren.«

Auch wenn sie das mit *etwas* anderen Worten ausgedrückt hat.

Cassi fährt nach Hause. Sie isst die letzten Überbleibsel aus Pavels Kühlschrank. Denkt, dass sie nicht vergessen darf, ihr Fahrrad zu holen – nein, *sein* Fahrrad. An dem Tag, an dem Pavel es ihr geliehen hat, hat sie noch nicht gewusst, welche Überwindung es ihn gekostet haben muss, sich davon zu trennen. Welches Geschenk er ihr damit gemacht hat, und zwar nicht mit dem Fahrrad an sich, sondern mit dem Vertrauen, das er ihr damit entgegengebracht hat.

Als es Abend wird an diesem Augusttag, bricht sie auf. Schlägt dieselben Wege ein wie vor ein paar Tagen, als sie zur Party aufgebrochen ist. Zu Fuß dauert die Strecke viel länger. Sie weiß noch, wie glücklich sie sich in dem Moment gefühlt hat, auch wenn sie es jetzt nicht mehr nachvollziehen kann. Wie hat sie nur glauben können, das Leben könnte so unbeschwert, so unkompliziert sein?

In jener Nacht muss sie denselben Weg nach Hause genommen haben. Dass sie ihn überhaupt gefunden hat! Schmerz durchzuckt sie, aus Liebe zu diesem Ort, aus Trauer um Pavel, vor Scham, wegen dem, was sie angerichtet hat.

Als sie an die Abzweigung kommt, die zu den Desgoffes

führt, beschließt sie, neben dem Kiesweg durch das Gras am Grabenrand zu schleichen. Sie sieht, dass in allen Fenstern des Hauses Licht brennt. Auch die Lichterkette auf der Terrasse ist eingeschaltet. Sogar um den Kunststoffflamingo hat sich jemand gekümmert – ihn aufgerichtet und an die Steckdose angeschlossen. Der rosafarbene Schein passt irgendwie gar nicht zu dieser ländlichen Idylle.

Cassi hat das Fahrrad erreicht und versucht, den Schlüssel ins Schloss zu bekommen. Sie möchte ihre Handylampe nicht einschalten, weil sie dann jemand bemerken könnte.

»Ich kann dich sehen, nur dass du's weißt«, sagt da eine Stimme hinter ihr, so als wären auch ihre Gedanken sichtbar.

Ihr bleibt nichts anderes übrig, als sich umzudrehen. Jetzt kann Cassi Lollos Umrisse in der Dunkelheit unter dem Baum erahnen. Lollo schwingt hin und her. Sie sitzt auf der Schaukel. Ihr langer weißer Rock schleift wie ein Gespenst über den Boden.

»Hallo«, sagt Cassi. »Ich wollte nicht stören, deshalb …«

»Du wolltest dich wohl eher fernhalten«, fällt Lollo ihr ins Wort. »Wolltest versuchen, dich weiterhin zu verstecken, und hast gehofft, dass wir einfach alles vergessen, hm?«

Das Zischen von einer Getränkedose, die geöffnet wird, ist zu hören.

»Es ist gar nicht mal, dass ich mich betrogen fühle«, fährt Lollo fort. »Ich weiß bloß nicht mehr, was ich glauben soll.«

Schluckgeräusche. Gefolgt von einem langen kohlensäuregesättigten Rülpser.

»Denn ich verstehe nicht mal, warum du das getan hast«, spricht sie weiter. »War das nur so was wie ein Experiment? Die dummen Landeier ein bisschen an der Nase herumführen?«

Cassi schüttelt den Kopf, sucht nach Worten.

»Marlene hat am Tag danach mit Pavel gesprochen«, sagt Lollo. »Er hat erzählt, dass du ein hartes Jahr hinter dir hast.«

Sie lacht auf. Spöttisch.

»Inwiefern ein hartes Jahr? Soll das etwa irgendwas entschuldigen? Ich weiß nicht mal mehr, wer du bist. Ich habe auch harte Jahre hinter mir. Habe ich deshalb gelogen? Nein, das habe ich nicht. Ich habe vielleicht niemandem davon erzählt, habe mir vielleicht nichts anmerken lassen, aber man ist ja auch nicht verpflichtet, allen Rechenschaft darüber abzulegen, oder?! Das ist man doch nicht!«

Cassi wird klar, dass Lollo betrunken ist. So richtig betrunken. Nicht so wie Alida auf der Party, die nur so rüberkam. Cassi stellt das noch abgeschlossene Fahrrad vor sich in den Kies. Lollo wirft eine Bierdose nach ihr. Leer kann sie nicht gewesen sein, dann wäre sie nicht so weit geflogen. Die Dose landet zu Cassis Füßen.

»Lauf lieber nicht da drüben längs, dann schalten sich die Bewegungsmelder ein«, sagt Lollo und zeigt auf die Kiesauffahrt. »Dann wird es hier zu hell. Und die Lampen gehen zehn Minuten lang nicht wieder aus. Das läuft alles automatisch. Wie das meiste hier im Haus.«

Cassi geht einen Schritt zurück. Lollo lehnt sich vor, hebt etwas vom Boden auf und öffnet mit einem Zischen eine neue Dose.

»Und die Party …«, sagt sie zwischen den Schlucken. »Die ist nach Alidas Auftritt völlig aus dem Ruder gelaufen. Und nicht im positiven Sinn. Die Stimmung war kaputt, und du bist einfach abgehauen. Hast dich davongeschlichen wie der Feigling, der du bist. Danach wurde über nichts anderes mehr geredet. Ich hatte schließlich noch ein paar Dinge geplant! Aber wir konnten nicht mal mehr das Dessert servieren. Tagelang mussten wir den verdammten krümeligen Obstkuchen essen.«

Lollo seufzt. Schlägt gegen einen herunterhängenden Zweig, sodass ein paar Blätter zu Boden schweben.

»Ich hab's so satt, das sag ich dir! Ich hab's satt, einfach alles: die blöden Kinder, meinen Mann, dieses Weichei, die verdammten Follower, die jeden Fitzel meines Lebens kommentieren. Die bekackten Algorithmen, die sich ständig ändern, die anstrengenden Kooperationspartner, die nie zufrieden sind. Ich hab's satt, dass drei beschissene Stunden nötig sind, um diese dämlichen Hairextensions einzusetzen, und ich hab's so verdammt satt, immer, ständig, einen auf happy machen zu müssen.«

Lollo legt den Kopf in den Nacken und trinkt.

»Aber dann hör doch damit auf«, sagt Cassi. »Hör einfach auf.«

Das Geräusch einer leeren Dose, die zusammengeknüllt wird, ist zu hören. Gefolgt von einer langen Tirade Flüche.

»Shit, jetzt hab ich mir auch noch die ganze Handfläche aufgeschnitten!«

Lollo steht auf. Schwankt hin und her, ganz ohne Schaukel.

Sie dreht sich um und geht in Richtung Tür. Die Bewegungsmelder leuchten auf. Blut tropft von der Hand, die Lollo hoch über den Kopf hält; es rinnt ihren Arm herunter, besprenkelt den weißen Rock, der im Gegenlicht fast durchsichtig erscheint. Es hätte so etwas wie eine Triumphgeste sein können.

Erst als Lollo ihr zuruft: »Das heißt was anderes auf Sanskrit«, erkennt Cassi, dass sie ihr den Mittelfinger entgegenstreckt.

Weil die Lampen jetzt sowieso an sind, trägt Cassi das Fahrrad zur Auffahrt und lenkt es Richtung Hauptstraße. Sie überprüft die Luft in den Reifen, fummelt an der Fahrradlampe herum. Sie wird noch von einem alten Dynamo angetrieben, so einem, der beim Kontakt mit dem Reifen Strom erzeugt. So einem, dessen Funktionsweise man nicht vertraut. Aber als sie davonradelt, merkt sie, dass er seinen Dienst erfüllt. Beim Treten wird der Lichtschein stärker und erhellt den Weg vor ihr. Pavel, denkt sie. Solange sie von seiner Fürsorge umgeben ist, ist er immer noch da.

58

Die Pastorin teilt ihr mit, dass Hans sich angeboten hat, den Leichenschmaus zu organisieren.

»Er meint, dass Pavel darüber mit ihm gesprochen habe«, sagt sie. »Und da Hans nicht vorhat, am Gottesdienst teilzunehmen, ist das so etwas wie seine Art, Abschied zu nehmen.«

Eigentlich will Cassi Einspruch erheben, aber ihr fehlt die Kraft. Soll Hans das eben machen. Sie selbst wird nicht zum Begräbniskaffee gehen. Jeder macht das Seine.

Am Tag der Beisetzung ist Cassi schon früh vor Ort und hilft bei den Vorbereitungen in der Kirche.

»Er hat immerhin Glück mit dem Wetter«, sagt die Pastorin über diesen sonnigen, warmen Spätsommertag, als könnten die angenehmen Temperaturen die Stimmung der Trauergäste beeinflussen.

Unmittelbar bevor die Trauergemeinde eintrifft, bricht Cassi mit Maine auf. Sie hat vor, sich wieder in die Kirche zu schleichen, wenn die Trauerfeier beginnt. Sie wird sich mit Maine ganz hinten im Kirchenschiff niederlassen und wieder hinausschlüpfen, bevor man sie sieht und sich über ihre Anwesenheit empören kann. Sie möchte keinen Aufstand. Pavels Begräbnis soll eine würdevolle Feier sein.

Als Cassi zurückkehrt, ist die Kirche nahezu voll, was sie überrascht. Sie wusste gar nicht, dass Pavel mit so vielen bekannt gewesen ist, nimmt aber an, dass es in einer so dünnbesiedelten Gegend wie dieser auch so etwas wie ein Zeichen der Anerkennung für einen langen, treuen Dienst an der Gemeinschaft sein kann.

Als sie jetzt in die letzte Reihe schlüpft, fühlt sich das falsch an. Ein bisschen so, als ob sie nicht teilnehmen würde. Wenn es etwas gibt, worauf Cassi stolz ist, dann ist das ihre Freundschaft zu Pavel. Da kann sie doch nicht hier hinten sitzen und sich ducken, nur weil sie Angst hat! Also steht sie wieder auf und geht mit Maine zur ersten Bank, wo eine ganze Reihe leer ist.

Vorne stellt sie fest, dass Marlene zwei Reihen hinter ihr sitzt. Sie trägt einen kleinen Hut mit schwarzem Flor und ein dramatisch ausgeschnittenes schwarzes Kleid. Wäre die Atmosphäre anders zwischen ihnen beiden, hätten sie Witze darüber reißen können, dass sie aussieht wie die trauernde Witwe in einer Seifenoper, die den Mann, den sie selbst ermordet hat, zu Grabe trägt.

Cassis Blusenkragen sitzt locker, sie selbst ist dünner als je zuvor. Ihr Nacken fühlt sich steif an, wie er da aus dem großen schwarzen Anzug ragt, den sie sich aus Pavels Schrank geliehen hat.

Sie hat auch ein Bad in seiner Wanne genommen und sich das Haar mit seinem Shampoo gewaschen. Solange sie so riecht, wie er es etwa jede zweite Woche getan hat, ist er immer noch da.

Als Cassi den Anzug anprobiert hat, steckte noch das Programmheft von Käthes Beerdigung in der Anzugtasche. Cassi hat es nicht herausgenommen, und jetzt raschelt das Papier unter ihren Fingern, als sie nach Pavels Schlüsselanhänger tastet, den sie dabeihat.

Cassi hofft fast, dass Marlene, weil sie so dicht hinter ihr sitzt, ihr irgendetwas an den Kopf schleudert. Dass sie Marlene immerhin so wichtig ist, dass sie einen kleinen Papierball in ihre Richtung pusten würde. Einen Kieselstein zu ihr schnippen. Sogar ein Giftpfeil wäre diesem Nichts, diesem Vakuum vorzuziehen.

Aber da fliegt nichts durch die Luft. Eine weitere feindliche Geste, die ausbleibt und die Cassi vermisst.

Die Pastorin hält sich an Pavels Anweisungen. Cassi nimmt kein Wort ihrer Predigt in sich auf, denn bei dem Versuch, gegen die Tränen anzukämpfen, versucht sie krampfhaft, sich dieses Trauergedicht von den Uhren ins Gedächtnis zu rufen, die anhalten müssten, und den Handys, die ausgestellt werden müssten, darüber, dass nichts je wieder gut sein wird. Als sie sich das Gesicht mit dem Anzugärmel trocknet, bemerkt sie, dass sie am ganzen Leib zittert.

Dass sich jemand zu ihr auf die Bank gesellt hat, merkt Cassi erst, als sie die Körperwärme einer schwarz gekleideten Person neben sich spürt. Eine intensive Parfümwolke hüllt sie ein, eine Hand mit rot lackierten Nägeln legt sich auf ihre.

Die Pastorin, die nun vor dem Sarg steht, fährt fort.

»Nimm ihn in deinen Frieden auf und schenke ihm, um Jesu Christi willen, eine freudige Auferstehung.«

Marlenes Hand umschließt Cassis fester.

»Alrighty then«, zischt sie.

Cassi lacht unter Tränen und lehnt dankbar den Kopf an Marlenes Schulter. Legt ihre Hand auf Marlenes.

Dann ist es Zeit für die Schweigeminute.

Im Kirchenschiff ist es still. Die Köpfe sind gesenkt. Nur hier und da ist ein leises Scharren zu hören oder Kleidung, die raschelt, und ganz am Ende hört man an eine brüchige Stimme fragen: »Ist das meine Beerdigung?« Cassi hört, wie Nathan

Karl-Adam antwortet: »Nein, alles ist gut.« Sie kann fast spüren, ohne es zu sehen, wie Nathan seine Hand in einer beruhigenden Geste auf Kalles legt.

Dann wird Pavels Wunschmusik gespielt. Als die Pastorin den Titel des Stücks erwähnte, kannte Cassi es nicht, aber als sie nun die Melodie hört, weiß Cassi sofort, um welches Lied es sich handelt. Es ist das Lied, das Pavel immer gesummt hat, wenn er an ihrem Haus gearbeitet hat, als er Auto gefahren ist, die Kaffeemaschine repariert hat, vergeblich Stöckchen für Maine geworfen hat, wenn er gut gelaunt sein nächstes Projekt ins Visier genommen hat. Und so summt sie mit, vielleicht etwas zu laut, hinter einem Schleier von Tränen.

59

Der Gemeindesaal ist mit Gemälden der Pastorin dekoriert, die verschiedene Ansichten von Bäcken zeigen – was sich nur erschließt, weil unter den Motiven Schildchen Aufschluss über den Ort, den Namen der Künstlerin und das Datum der Entstehung geben.

Die Trauernden, wenn man das so nennen kann, stehen in schwarzen Grüppchen zusammen, und Cassi ist froh, wenn man das so nennen kann, dass für einen Moment des Gedenkens andere soziale Umgangsregeln gelten. Man kann, ohne dass irgendetwas seltsam daran wäre, einfach nur leer vor sich hin starren und so aussehen, als könnte man nie wieder glücklich werden. Also tut sie das.

Marlene kommt erneut zu ihr, legt einen Arm um sie. Cassi geht nicht davon aus, dass das heißt, dass sie ihr verziehen hat, dass alles zwischen ihnen wieder in Ordnung ist. Diese Stunden spielen sich in einem Paralleluniversum ab. Sie sind für Pavel, sonst nichts. Alles andere muss warten.

Grete kommt auch zu ihnen herüber, umarmt Marlene. Sie sieht Cassi mit einem Blick an, der nicht eindeutig zu interpretieren ist, aber auch sie erwähnt nichts von der Enthüllung auf der Party.

»Pavel hat erst vor ein paar Wochen mit Hans darüber gesprochen, wie sein Abschied aussehen sollte«, sagt Grete gedämpft. »Er hat ja nie viele Worte verloren, der Mann, aber Hans hat mir erzählt, dass er so wortreich beschrieben hat, wie er sich die Torte vorstellte, wie er es zuvor noch nie von Pavel gehört hat.«

Alle drei schauen zu dem langen Tisch, an dem Hans alles vorbereitet hat und hinter dem er nun steht und serviert. Die Schwarzwälder Kirschtorte ist von einer fluffigen Sahneschicht bedeckt und mit hauchdünnen Schokoladenblättchen verziert.

»Pavel muss Sahne wirklich geliebt haben«, sagt Grete und tupft sich die Augenwinkel. Sie geht zum Tisch, um Kuchenteller zu holen und an die Trauergesellschaft zu verteilen.

Cassi weiß, was dahintersteckt. Pavel war es wichtig, dass die Torte genauso aussah wie die, die Karl-Adam und er im Herbst 1968 in der Nähe der Technischen Hochschule in Stockholm gegessen hatten, als sie sich zum ersten Mal zum Kaffeetrinken verabredet hatten.

Sie hat keinen Hunger, weiß kaum noch, wann sie zuletzt welchen hatte, isst aber trotzdem ein Stück. Und da ist es fast so, als würde sie mit den beiden gemeinsam am Kaffeetisch sitzen, damals, vor langer Zeit. Sie nimmt ihre Freude, ihre Nervosität wahr. Sieht das Funkeln in Karl-Adams Blick. Pavels zaghaftes Lächeln. Wie Karl-Adams Hand Pavels Knie unter dem Tisch streift.

Cassi entschuldigt sich und geht mit Maine nach draußen. Auf dem Parkplatz steht der Immobilienmakler Max in der Sonne an sein Auto gelehnt und raucht. Er zeigt ihr den ausgestreckten Mittelfinger, als er sie auf der Treppe des Gemeindezentrums sieht.

»Das heißt etwas anderes auf Sanskrit«, sagt er sarkastisch.

Cassi ist sich bewusst, dass man sich über sie das Maul zerrissen hat. Dass die Gerüchteküche in der Gegend übergekocht ist. Das ist nur natürlich und nicht weiter verwunderlich. Sie nickt ihm nur zu und geht in die entgegengesetzte Richtung. Lässt den Hund pinkeln. Ob sie die Zusammenkunft frühzeitig verlassen soll? Nein. Es geht hier um Pavel. Sie berührt seinen Schlüsselanhänger in der Anzugtasche. Geht wieder hinein. Setzt sich auf einen der Stühle, die entlang der Wand aufgestellt wurden. Sie kann die Blicke der Leute auf sich spüren. Sollen sie doch glotzen.

Auf der anderen Seite des Raumes sitzen Lollo, Simon und ihre drei Kinder mit Torte und Limo an einem Tisch. Simon versucht vergeblich, seinen Nachwuchs davon abzuhalten, sich Sahne ins Gesicht zu schmieren. Lollo wirkt gereizt.

Fia kommt herüber und setzt sich neben Cassi. Heute trägt sie ihr blondes Haar offen, und jetzt streicht sie es sich über die Schulter. Sie trägt ein schwarzes Top und einen langen schwarzen Rock.

»Wie geht's dir?«, fragt sie.

Cassi hebt die Arme und nötigt Fia eine Umarmung auf. Fia erwidert sie.

»Entschuldigung, Fia«, sagt Cassi. Weiß nicht so richtig, was sie noch hinzufügen könnte.

»He, denkst du etwa, mir macht das was aus?«, sagt Fia auf ihre so typische träge Art und lacht. »Ich hab doch die ganze Zeit über schon geahnt, dass da irgendwas faul an der Sache war. Aber was habe ich neulich erst gesagt? Ich mag gern mit dir reden, Cassi. Und das allein zählt doch, oder?«

Sie lehnt sich zurück und lässt ihren Blick durch den Raum schweifen.

»Natürlich hat's mich überrascht, als ich gehört habe, was Alida auf der Party über dich enthüllt hat, aber auch nicht *so sehr.*«

An diesem Tag ist Cassi voller Trauer, aber die Scham spürt sie trotz allem. Und Verblüffung darüber, dass Fia sie nie für ganz glaubwürdig gehalten hat. Cassi versucht den Kopf zu heben und Fia ins Gesicht zu blicken, bringt es aber nicht über sich.

»Erinnerst du dich noch an dieses eine Mal, als wir uns über Meditation unterhielten und ich TM erwähnte?«, fährt Fia fort. Sie lacht erneut auf. »Und du hast gedacht, ich würde von Trademarks sprechen! Das hat mich stutzen lassen. Jemand wie du hätte doch wissen müssen, was Transzendentale Meditation ist. Und dann noch die vielen anderen Dinge, die dazukamen. Das mit dieser Fuck-off-Geste war so lustig! Meine Mutter, glaube ich, hat ein paar Leuten davon erzählt, als es sozusagen Gesprächsthema wurde.«

Fia legt Cassi eine Hand auf die Schulter.

»Aber, mal ehrlich, spielt das eine Rolle? Sogar die Séance war doch super, bis mein Alter aufgekreuzt ist!«

Fia redet ziemlich laut, jedenfalls dafür, dass sie sich auf einer Gedenkfeier befindet. Cassis Blick wandert zu Hans. Er steht noch am Tortentisch, hat gerade ein paar Worte mit Karl-Adam gewechselt. Ihre Blicke treffen sich.

»Er sehnt sich nach dir«, sagt Cassi. »Das kannst du doch hoffentlich erkennen, oder? Wie traurig er darüber ist, dass es so zwischen euch gekommen ist?«

Fia zupft an ihren Wimpern. Eine Wimper löst sich, und sie rollt sie zwischen den Fingerspitzen hin und her, betrachtet sie, bevor sie sie von ihrem Finger pustet.

»Tja, aber dann muss er mir das einfach nur sagen.«

Cassi bemerkt, dass Nathan und Karl-Adam aufbrechen wollen. Sie legt Fia eine Hand aufs Knie.

»Ich verabschiede mich mal kurz von Karl-Adam«, sagt sie und steht auf.

Als sie Karl-Adam die Hand reicht, scheint er sie nicht zu erkennen. Aber er sieht glücklich aus.

»Hast du ein Stück Torte gegessen, Karl-Adam?«, fragt sie, während sie seine Hand mit beiden Händen umschlossen hält.

Er nickt, lächelt. »Schwarzwälder Kirsch«, erwidert er. »Das war immer meine Lieblingssorte.«

Cassi lächelt ihn an, lächelt Nathan an, der hinter dem Rollstuhl steht. »Ich möchte euch danken, dass ihr euch die Zeit genommen habt herzukommen«, sagt sie. »Das bedeutet mir viel.«

»Es war uns eine Freude«, sagt Karl-Adam mit munterer Stimme. »Schließlich macht man nicht jeden Tag einen Ausflug und bekommt obendrein Torte. Wo sind wir hier noch gleich?«

Nathan kommt Cassi zuvor. »Wir sind in Bäcken, Kalle«, sagt er. »Wir waren auf einer Beerdigung.« Karl-Adam wirkt nachdenklich.

»Eine leckere Torte«, sagt er. Dann wendet er sich an Cassi. »Fährst du mit uns zurück?«

Sie schüttelt den Kopf. Legt ihm eine Hand auf die Schulter. »Nein, ich bleibe hier. Aber ich werde dich bald wieder besuchen.« Das meint sie wirklich.

Er schaut sie an. »Warum? Kennen wir uns? Und wo sind wir hier noch mal?«

Nathans Blick begegnet Cassis.

»Es hat mich gefreut, dich zu sehen, Karl-Adam«, sagt Cassi. Aus einem plötzlichen Impuls zieht sie Pavels Schlüsselanhänger aus der Tasche hervor. Streckt ihn Karl-Adam entgegen.

Er nimmt ihn und mustert ihn auf seinem Handteller. Als er wieder aufsieht, ist sein Blick ganz ruhig.

»Pavel?«

Cassi atmet tief ein. »Pavel«, sagt sie.

Karl-Adams Hand schließt sich um den Schlüsselanhänger. Er legt sie auf sein Knie, seine andere darauf. Senkt den Blick.

Nathan schaut Cassi an. »Das war eine schöne Zeremonie«, sagt er und streicht ihr über die Schulter. »Passen Sie auf sich auf.«

Cassi kann nur nicken, hofft einfach, dass er versteht, dass sie damit dasselbe sagen will, aber der Kloß in ihrem Hals einer Antwort im Weg steht.

Nathan schiebt Karl-Adam hinaus, durch die Tür, die Rampe herunter und zu dem bereits wartenden Behindertentransport. Der Fahrer und Nathan helfen dem alten Mann gemeinsam ins Auto und schnallen ihn an. Dann klappen sie den Rollstuhl zusammen und legen ihn in den Kofferraum. Karl-Adam schaut nicht noch einmal auf, sein Blick verharrt auf seinem Knie. Cassi blickt ihnen nach, bis der Wagen nicht mehr zu sehen ist.

Nun müsste die Feier doch bald zu Ende sein?

Hans umkreist den Tortentisch und arrangiert die Gläser um. Cassi geht zu ihm. Was auch immer zwischen ihnen war, so möchte sie ihm doch für seine Bemühungen danken. Pavel hätte sich darüber gefreut.

Hans' Augen schimmern feucht, und bevor Cassi irgendetwas sagen kann, bietet er ihr eine Limo an.

»Pavel hat sich die Fanta gut gekühlt gewünscht, und sie sollte möglichst mit zwei Eiswürfeln im Glas serviert werden«, sagt Hans mit einem Zittern in der Stimme. »Aber ohne Strohhalm, darauf kam es an. Er wollte keinesfalls Strohhalme.«

Hans trocknet sich die Augen. Die Limoflaschen stehen in einem Eisbad und daneben eine große Schale mit Eiswürfeln und eine Zange. Auf einem kleinen etwas feucht gewordenen Zettel steht: »Nehmt bitte zwei Eiswürfel. Pavel«.

Sogar das, was zwischen ihnen war, hat eine Pause eingelegt, denkt Cassi. Eine Beerdigung als eine Art Atempause des Lebens.

Hans schenkt ihr ein Glas ein und reicht es ihr.

Hier so mit ihm Small Talk zu halten ist weniger seltsam, als sie gedacht hätte. In diesem Moment sind keinerlei Spannungen zwischen ihnen zu spüren. Es ist schwer zu begreifen, dass dies derselbe Hans ist, vor dem sie sich den ganzen Sommer über gefürchtet hat. Hat dieser Mann sie wirklich beschimpft? Ist sie wirklich vor ihm im Mini-Markt geflohen, sowie sie ihn nur von weitem sah? Haben sie sich wirklich nicht mal per Handzeichen gegrüßt, wenn sie auf einem leeren Waldweg aneinander vorbeigefahren sind?

Jetzt scheint es nichts mehr zu geben, wovor sie sich fürchten müsste. Das Schlimmste, was passieren konnte, ist schon passiert. Und das, was zwischen Hans und ihr war, war nichts im Vergleich zu dem Unvorstellbaren.

»Er war ein feiner Kerl«, sagt Hans. »Ihm hätte mehr Zeit vergönnt sein sollen. Das Leben ... Es ist viel zu kurz.«

Cassi würde ihn am liebsten umarmen.

»Er hatte ein langes Leben. Und ich glaube, dass er glücklich war, als er starb. Als ich ihn fand, sah er ganz friedlich aus«, sagt sie, und es gelingt ihr, die Gefühle nicht zu nah an sich heranzulassen. »Es sah aus, als schliefe er bloß.«

Es ist fast so, als würde sie von jemand anderem als Pavel sprechen, so sachlich, wie ihr diese Worte über die Lippen kommen.

»Aber er hatte doch noch so viel vor«, sagt Hans und fährt sich mit dem Finger über die Augen. »Die vielen Menschen, die er geliebt hat. Und er hat so hart gearbeitet.«

Es klingt so, als ob auch Hans gar nicht von Pavel spricht.

»Pavel hatte nichts, was er bereut hätte«, sagt sie und muss schlucken. »Er war zufrieden. Er hatte sein Leben in die Hand genommen.«

Fia läuft an ihnen vorbei, aber Cassi fasst nach ihrem Arm. Fia bleibt stehen.

Hans sieht Fia an. Fia sieht Hans an. Er streckt seine Hände nach ihren aus, ergreift sie. Flüstert: »Entschuldigung!«, und zieht Fia an sich. Schluchzt in ihr Haar.

»Entschuldigung! Verzeih mir! Ich hab mich so dumm benommen.«

Auch Grete kommt dazu und wird in die Umarmung mit eingeschlossen.

Cassis steht daneben. Sie sieht sich, trotz ihrer Trauer, wie von außen, in einer neuen Rolle: als Hebamme, die eine Familie zur Welt bringt.

Die Umarmung hält mehrere Minuten lang an. Sie hat Auswirkungen auf die Atmosphäre im Saal. Wurde vorher schon gedämpft gesprochen, wird nun praktisch geflüstert. Als sich die Eltern und die Tochter voneinander lösen, legt Hans einen Arm um seine Tochter und einen um seine Frau; er ist noch nicht bereit, sie loszulassen. Er räuspert sich.

»Ich möchte gern ein paar Worte sagen«, wendet er sich an die Anwesenden im Saal.

Sein Gesicht ist geschwollen und gerötet, aber in seiner Stimme liegt kein Zittern mehr. Jegliches Wispern verstummt. Hans holt tief Luft.

»Wir sind heute hier, um unseren lieben Pavel zu ehren. Er war uns allen in Bäcken gut bekannt. Er war das, was ich einen Stützpfeiler der Gemeinde nennen würde.«

Sosehr Cassi früher diese Eigenschaft von Hans verachtet hat – sich selbstverständlich als Sprachrohr aller zu begreifen, seine Überzeugung, dass nur er allein weiß, wie alles ist, er die Deutungshoheit besitzt und deshalb allen sagen muss, wie die Dinge liegen –, begrüßt sie seine Initiative. Sie hätte gern selbst eine Rede für Pavel gehalten, es in dieser Situation aber nicht gewagt.

»Solange ich denken kann, hat es hier Pavel gegeben«, fährt

Hans fort. »Pavel hatte viel Geschick. War verlässlich. Hat gelebt, wie man das tun sollte – hat sich um sein Haus gekümmert und seine Nase nicht in die Angelegenheiten anderer Leute gesteckt. Jeder schätzte ihn. Er hat vielleicht mit Worten gegeizt, aber nie mit seiner Hilfsbereitschaft.«

Überall im Saal nicken die Anwesenden. Sicherlich so gut wie allen im Dorf hat Pavel irgendwann einmal geholfen.

»Mein Onkel Karl-Adam lernte Pavel während seines Studiums in Stockholm kennen und muss ihm Gutes über diese Gegend erzählt haben, weil Pavel später hierhergezogen ist. Heute weiß wohl kaum jemand, wie es hier ohne Pavel gewesen ist. Er war in meiner ganzen Kindheit präsent, war wie ein enger Verwandter für mich. Karl-Adams und Pavels Freundschaft war etwas ganz Besonderes. Man hat sie oft zusammen gesehen, wie sie miteinander geredet und gelacht haben. Der Höhepunkt des Jahres, das war für sie die Elchjagd. Ich kann mich noch daran erinnern, wie sie schon Tage vorher richtig aufblühten. Und später dann, nach Käthes Tod, hat Pavel Karl-Adam so sehr geholfen, war immer für ihn da.«

Cassi sieht sich vorsichtig um. Haben denn nicht alle über Pavels und Karl-Adams Beziehung Bescheid gewusst? Die Mienen zu deuten fällt ihr schwer – bis auf Fias. Sie steht neben Hans und wirkt eindeutig amüsiert. Grete sieht zu Boden.

»Pavel hat sein ganzes Leben allein verbracht. Aber in diesem Sommer wirkte er so froh wie schon seit Jahren nicht mehr. Und der Grund dafür war Cassi.«

Cassi hält den Atem an. Es ist noch nicht lange her, dass sie Gegenstand einer spontanen Rede gewesen ist. Auch diesmal hätte sie das gerne vermieden. Soll sie gehen? Dann aber zwingt sie sich dazu zu bleiben. In der Tasche von Pavels Anzugjacke ballt sie die Faust, schließt die Augen.

»Ich war ihr gegenüber immer skeptisch«, spricht Hans weiter. »Von Anfang an. Ich erinnere mich noch an jenen Tag im Frühjahr, als Max in den Supermarkt kam und erzählte, dass ein ›Selbsthilfe-Guru‹, wie er es nannte, in Karl-Adams Haus einziehen würde. Ich wusste sofort, dass sie jede Menge Humbug und dummes Zeug mit in unser schönes Dorf bringen würde, Tantrafestivals … So was hat man ja schon von den Nachbargemeinden gehört. So etwas wollen wir hier nicht. Und dann hätte sie während einer ihrer Riten auch noch beinahe einen Waldbrand entfacht.«

Er schüttelt den Kopf, als hätte er sich immer noch nicht von dieser gigantischen Dummheit erholt.

»Und jetzt also hat sich herausgestellt, dass sie die ganze Zeit über das war, als was ich sie bezeichnet habe: eine Scharlatanin.«

Er hebt den Zeigefinger. Sieht wieder aus wie der gewohnte Hans.

»Ich entschuldige ihre Lügen nicht. Das alles war schäbig.« Hans betont das letzte Wort besonders.

»Und ihre Methoden sind natürlich von Anfang bis Ende erstunken und erlogen. Wie hieß das noch gleich? Seiltherapie?«

Er wendet sich an Grete.

»Und wovon hast du neulich gesprochen, Grete? Irgendwas mit Moos …?«

»Moos-sage«, flüstert Grete.

»Moos-sage, genau. Und Psychoaurasynthese?«

Grete nickt, schüttelt dann aber den Kopf. Sie möchte nicht Teil dieser Rede sein.

Fia verpasst Hans einen Knuff.

»Aber darauf wollte ich ja gar nicht hinaus. In der Tat ist das alles verwerflich, aber ich kann sehen, was Cassi bewirkt hat, was ihr gelungen ist.«

Diese Wendung hat Cassi nicht erwartet. Erstaunt hebt sie den Kopf.

»Es hat nicht nur Auswirkungen auf Pavel gehabt. Auch meine Frau ist, tja, wie könnte man das nennen ... ist aufgeblüht. Und sie hat mir erzählt, dass Cassi auch anderen von euch geholfen hat. Und da frage ich mich: Kann man da wirklich von Scharlatanerie sprechen, wenn ihr das, was sie versprochen hat, gelungen ist?«

Cassi erkennt ihre eigene Argumentationsweise wieder. Gerade hat sie begonnen, daran zu zweifeln, aber als sie nun hört, dass Hans, dem gegenüber ihre Gefühle so heftig schwanken, dasselbe sagt, klingt es wieder völlig vernünftig. Hans will gerade weitersprechen, als er unterbrochen wird.

»Nun gut, jetzt reicht es aber. Sollte es in dieser Rede nicht um unseren werten Pavel gehen?«

Marlene ist nach vorn getreten.

»Mal wieder typisch für dich, dass du hier große Reden schwingst und uns allen sagen musst, was Sache ist. Aber wir – oder ich, denn ich will es nicht so machen wie du und davon ausgehen, für andere als nur für mich selbst zu sprechen – brauchen ganz bestimmt nicht deine Hilfe.«

Hans sieht Grete wie um Unterstützung heischend an, aber die zuckt nur mit den Achseln.

»Ihr könnt euch jetzt alle wieder eurer Torte widmen«, fährt Marlene fort. »Du hast das schön organisiert, Hans. Danke. Pavel hätte es gefallen.«

Sie schwenkt eine Hand durch die Luft, und im Raum regt sich wieder Stimmengewirr. Fia klopft Hans spielerisch auf den Rücken, lächelt ihm zu. Er sieht Marlene hinterher und schüttelt den Kopf, wendet sich dann aber wieder seiner Tochter zu.

Marlene dagegen wendet sich Cassi zu und streckt ihr die Hand entgegen. Cassi bleibt stehen, sie weiß nicht richtig, welche Reaktion von ihr erwartet wird. Was wird passieren? Bei Marlene ist das unvorhersehbar. Es könnte genauso gut eine

Aufforderung zum Tanz wie zu einem Duell sein. Aber dann kommt Marlene ein paar Schritte näher, ohne irgendwelche Aggressivität auszustrahlen.

»Ahhh, ich habe ihn so satt! Erdreistet sich zu bewerten, wie die Dinge stehen und wie alle reagieren sollen. Thanks, but no thanks, Hans! Kümmere du dich um deinen Kram, dann kümmere ich mich um meinen.« In Marlenes Trauerflor sitzen Sahnereste, so als hätte sie vor lauter Eifer, sich die Torte schmecken zu lassen, ganz seine Existenz vergessen. Jetzt hebt sie das hauchdünne Netz an.

»Weißt du, Cassi, ich war so fuchsteufelswütend auf dich! Und traurig war ich! Ich hatte nicht vor, jemals wieder mit dir auch nur ein Wort zu wechseln.«

Marlene hat die Hände in die Hüften gestemmt, wie um zu demonstrieren, dass sie ernst meint, was sie da sagt.

Cassi nickt.

»Das verstehe ich, Marlene. Es tut mir wirklich schrecklich leid, wie alles gekommen ist.«

Marlene hebt protestierend die Hand.

»Nee, nee, komm mir nicht damit, ›wie alles gekommen ist‹, da werde ich bloß wieder wütend. Nichts ist so oder so ›gekommen‹, das waren ausschließlich deine eigenen Entscheidungen.«

Marlene sieht aus, als ob bei ihr wieder neue Wut im Anmarsch wäre, lässt dann jedoch ihre Hand sinken.

»Aber wie immer es auch zugegangen ist, hast du doch viel für mich getan. Ich habe Grete wieder. Ich habe den Mut aufgebracht, mich bei meiner Tochter zu melden. Und wir beide, du und ich, wir hatten so viel Spaß miteinander.«

Cassi nickt. Grete kommt zu ihnen. Dafür, dass sie sich so langsam bewegt, gelingt es ihr wirklich, auf dieser Feier überall zu sein. Marlene lächelt ihrer Freundin zu.

»Und ich möchte dir von unserer Reise erzählen«, spricht

Marlene weiter. »Nächste Woche fahren Grete und ich nach Straßburg. Hast du das gehört?! Marlene fährt ins Ausland!«

Marlene fasst nach Gretes Hand und reißt sie in einer Jubelgeste hoch über ihre Köpfe.

»Und ich kümmere mich um die Buchungen, es könnte also sein, dass der Zug über Berlin fährt. Ich hab mir den ersten Reisepass meines Lebens beschafft.«

Marlene zwinkert Grete zu. Grete lacht sie an. Cassi kann nicht reden. Sie lächelt den beiden nur zu, sieht alles durch einen Tränenschleier.

»Großartig!«, bringt sie schließlich hervor. »Großartig!«

Sie wischt sich über die Stirn, stellt fest, dass sie in dem warmen Raum in Pavels Polyesteranzug gleichzeitig fröstelt und schwitzt. Cassi streckt die Arme nach Marlene und Grete aus, möchte, dass sie verstehen, was dieser Moment für sie bedeutet, was *sie* ihr bedeuten, doch sie kann nichts weiter tun, als nach ihren Armen zu fassen und sie feste zu drücken. Sie bringt kein Wort heraus. Aber die beiden scheinen es zu verstehen. Cassi lächelt, legt die Hände vor der Brust zusammen und geht rückwärts Richtung Ausgang. Maine, der es sich auf dem Fußboden bequem gemacht hat, folgt ihr. An der Tür läuft ihr Cook über den Weg, der nach einer Zigarettenpause gerade wieder den Saal betreten will.

Er zeigt ihr den Mittelfinger. »Das heißt etwas anderes auf Sans…«

Sie kann nur nicken.

60

Cassi und Maine tapsen dahin. Maine merkt vermutlich nicht, dass sein Leben so viel anders ist als vorher, aber für Cassi fühlt es sich an, als befänden sie sich in einer Blase. Sie schlafen lange, unternehmen ausgedehnte Waldspaziergänge, gehen zu Pavels Haus und ernten das, was noch in seinem Gemüsebeet wächst. Sie wässern seine Blumen, pflücken seine Himbeeren und sorgen dafür, dass dort draußen alles so aussieht, wie es das immer getan hat.

Jetzt sind sie am See. Sitzen still auf einer Bank und lassen den Blick über das Wasser schweifen. Es ist Spätnachmittag, und vom See her weht ein Wind; nicht mehr lange, und es wird kühl. Lollo kommt zu ihnen und bleibt vor ihnen stehen, um ihre Kinder im Auge zu behalten, die am Ufer spielen.

Cassi sieht sofort, dass Lollo auch heute nicht die Lollo ist, die sie früher war. Dass sie Cassi nie mehr mit diesem untertänigen Blick anschauen wird, den man erst zu schätzen weiß, wenn er verschwunden ist. Lollo trägt ein unförmiges Kleid und ihr Haar in einem Zopf; aber nicht von der Art, wie sie ihn früher hatte, ordentlich frisiert, sondern einfach ein nachlässiger Pferdeschwanz, bei dem das Haar durch ein Gummiband gezogen und mit mehrmaligen Umdrehungen befestigt wurde.

Einen Zopf, wie Cassi ihn früher immer trug. Der rosa Nagellack auf Lollos Nägeln ist abgesplittert. Ein Windstoß trägt einen unverkennbaren Schweißgeruch herüber.

»Ich wollte dich etwas fragen«, sagt Lollo und dreht sich zu ihr um.

Sie lächelt nicht, ihr Gesicht ist vollkommen ausdruckslos. Cassi kommt nicht dazu, etwas zu erwidern, bevor Lollo weiterspricht.

»Oder, na ja, nichts fragen, dir eher einen Auftrag anbieten.«

Inzwischen scheint niemand mehr Cassi direkt böse zu sein, aber es hat sich bisher auch niemand wieder mit dem Wunsch an sie gewandt, ihre Meinung zu etwas zu hören. Cassis Aufgabe besteht nun darin, wie sie gemerkt hat, Menschen zuzuhören. Sie wird nicht länger dafür bezahlt, und die Leute sind kaum noch an ihrer Reaktion interessiert. Trotzdem möchten sie ihr gerne noch erzählen, was sie beschäftigt. Nicht selten mit ausgestrecktem Mittelfinger und einem fröhlichen Lächeln, stolz über die Originalität ihrer Abschiedsgeste.

Als Cassi sich neulich eine Pizza holte, hat Cook ihr erzählt, dass er einen Verlagsvertrag für seine erste Gedichtsammlung bekommen hat. Er meinte, dass er mit seiner Veröffentlichung einen Nerv getroffen und exakt den richtigen Zeitpunkt erwischt habe, nämlich unmittelbar anschließend an diese Debatte über Kultur im ländlichen Raum, die nach dem Live-Yoga-Stream aufgekommen war. Fia ist dieser Tage im Wald an ihr vorbeigejoggt, stehen geblieben, hat sie umarmt und verkündet, dass sie den Mini-Markt übernehmen würde, dass Hans und Grete planten, sich in den Ruhestand zu verabschieden. Cassi hatte außerdem eine Nachricht von Nadia erhalten, die an Cassis Séance teilgenommen hat. Sie teilte ihr mit, dass sie trotz allem nicht ihre Partnerin verlassen werde. »Ich bin dankbar, dass die Séance mir die Augen geöffnet hat und mir bewusstgemacht hat, mit wie viel sinnlosen Dingen man sich doch beschäftigt. Es geht darum, sich auf das Wichtige zu konzentrieren.«

Und vor ein paar Tagen kam Alida vorbei, nur um Cassi zu erzählen, dass Max und sie sich seit kurzem träfen. »Makler und Finanzmaklerin, das ist doch wie füreinander gemacht«, hat sie gesagt. »Er ist also tabu für dich. Hands off!«

Cassi hat es ihr versprochen.

»Ich habe festgestellt, dass meine Follower positiv darauf reagieren, wenn man seinen ganzen Scheiß mit ihnen teilt. Also auch die richtig dreckigen Seiten«, sagt Lollo jetzt, eine Hand in die Hüfte gestemmt und den Blick wieder auf die Kinder geheftet. Sie füllen Eimer mit Sand und Wasser, entleeren den Inhalt in den See und fangen erneut von vorne an.

»Also habe ich eine neue Vorgehensweise kreiert; ich nenne sie ›reinen Scheiß‹. Sie stellt andere Anforderungen an mich als früher, aber meine neuen Follower-Zahlen gehen durch die Decke.«

Sie hebt einen Fuß auf die Bank, kratzt sich an der Hacke. Cassi bemerkt, wie schmutzig ihre Zehen sind. Wenn Lollo sich etwas verschreibt, dann voll und ganz.

»Du warst also wenigstens für eine Sache gut.«

Auch jetzt lächelt Lollo nicht. Ein kleiner Teil von Cassi kann Lollos Haltung in Frage stellen. Ob dieser aggressive Stil wirklich nötig ist? Haben sie dieses Stadium nicht hinter sich gelassen? Aber Cassi ist kein streitlustiger Typ, das war sie noch nie. Und so schweigt sie.

»Ich dachte mir, dass du mir deine Weisheiten vielleicht aufschreiben könntest, sodass ich davon Gebrauch machen kann? Sie passen so gut zu dieser sogenannten ›Natürlichkeit‹. Und du hast ja keine Verwendung mehr dafür, nehme ich mal an. Du kannst mir das Ganze in Rechnung stellen.«

Cassi blickt auf ihre Hände hinab. Lollos Vorschlag klingt gar nicht so übel. Momentan hat Cassi keine hohen Kosten, aber irgendwie muss sie ja für ihren Unterhalt sorgen. Für jemand anderen Texte zu formulieren klingt nach einem guten Job. Völlig machbar. Kann sie sich dann Texterin nennen? Vielleicht sogar Autorin? Hätte der Auftrag gelautet, ein Foto von Lollo zu machen, das danach veröffentlicht werden würde, wäre sie ja auch eine völlig legitime Fotografin gewesen.

Cassi will gerade einwilligen, als Lollo weiterredet.

»Na ja, du kannst ja mal darüber nachdenken. Mir ist es egal. Ich erinnere mich auch noch an so einiges, ich werde es also sowieso machen.«

61

Ein paar Tage sind vergangen. Cassi steht an der großen Straße, nimmt die Werbeprospekte aus ihrem Briefkasten, stampft die Buckel flach, die nach dem Entfernen ihres Schildes noch im Erdreich zu sehen gewesen sind. Maine läuft schnüffelnd über das Stoppelfeld, frisst etwas, das er vorsichtig mit dem Maul aufgelesen hat.

Cassi schaut die Straße hinunter, zuerst in Richtung Dorf, dann in die andere Richtung. Kein Auto ist unterwegs. Aber bei Hans' und Gretes Haus sieht sie eine grüne Gestalt auf einem Fahrrad, die näher kommt. Wieder rinnen Cassi Tränen über das Gesicht – das passiert zurzeit ganz ohne Vorwarnung –, aber sie trocknet sich mit einem Zipfel ihres T-Shirts Augen und Wangen. Dann winkt sie Marlene zu, der grün gekleideten Gestalt, die jetzt die große Straße erreicht hat und auf sie zufährt.

»So, so, und du heulst dir mal wieder die Augen aus dem Kopf, was?«, konstatiert Marlene, als sie anhält. »Das muss jetzt aber bald mal aufhören!«

Marlene trägt enge Jeans mit niedrigem Bund und ein grünes T-Shirt mit Batikmuster. Cassi lächelt mit feuchten Augen.

»Es macht mir nichts aus zu weinen«, erwidert sie. »Weißt

du, es kommt mir vor, als seien das Tränen der Liebe, die ich für ihn empfunden habe, aber nicht mehr ausdrücken konnte.«

Marlene schaut sie an und zieht eine fast angewiderte Miene.

»Das ist das Dümmste, was ich je gehört habe! Hör auf, dich in deinem Kummer zu suhlen, Cassi. Ja, Pavel lebt nicht mehr, aber es gibt immer noch ein Leben zu leben.«

Marlene nimmt ihren Snus aus dem Mund und schnipst ihn energisch weg.

»Lass jemand Neues in dein Leben. Rede wieder mit anderen Menschen. Es ist Zeit.«

Dann steckt Marlene sich eine neue Portion Snus in den Mund; sie ist ganz offensichtlich der Ansicht, genug zu dem Thema gesagt zu haben.

»Ich war gerade bei Grete und habe mich wegen des Reisegepäcks mit ihr besprochen«, fährt sie stattdessen fort. »Übermorgen fahren wir.«

»Wie lange werdet ihr wegbleiben?«, fragt Cassi. Sie hat angefangen, das Leben in Abschnitte zu unterteilen. Das, was jetzt gerade geschieht, wird bald vorbei sein. Oder ist schon vorbei, so fühlt es sich jedenfalls an.

»Zwei Wochen, so der Plan«, sagt Marlene. »Ein Teil von mir geht davon aus, dass wir uns schon darüber streiten werden, dass sie mich immer noch Berit nennt, bevor wir überhaupt in den Zug steigen. Aber es kommt, wie es kommt. Alles kann man nicht planen.«

Cassi nickt anerkennend.

»Einsichtig von dir«, erwidert sie. »Wirklich sehr Zen.«

Marlene lacht, breitet die Arme aus, schließt die Augen und steht da wie eine Buddhastatue.

»Das Leben muss ein bisschen verrückt sein«, leiert sie in monotonem Singsang herunter. »Manchmal muss man die Dinge einfach geschehen lassen.«

Sie öffnet wieder die Augen und sieht Cassi an. »Eine kluge Frau hat mal zu mir gesagt: ›Wenn alle Tage gleich wären, hätten wir nichts, was in unserer Erinnerung hervorsticht.‹«

Marlene sieht sie aus zusammengekniffenen Augen an, bis Cassi ihren Blick senkt.

»Hast du eigentlich das von Berzan gehört?«, fragt Marlene stattdessen und reibt mit dem Daumen über den Fahrradlenker. »Er ist nach Norwegen gegangen. Seine Ex hat sich gemeldet und ihm eine Stelle bei der Reederei Hurtigruten angeboten.«

Cassi beugt sich zu Maine herunter, der wieder zu ihr gekommen ist, und sammelt ein paar Halme aus seinem Fell. Er legt sich am Straßenrand ins Gras. Seufzt.

»Und wie hast du dich da gefühlt?«, fragt Cassi. Sie kann sich nicht zurückhalten. Die Worte sind der Situation zwar vollkommen angemessen, aber es könnte auch so aufgefasst werden, als würde sie sie aus alter Gewohnheit automatisch abspulen.

Marlene schnaubt, genau deshalb.

»Ha, wie soll ich mich denn da gefühlt haben, meinst du? Ich freue mich natürlich für ihn. Immerhin sollen die Hurtigruten ja etwas ganz Einzigartiges sein.«

Nachdenklich schaut sie zum Wald, hebt eine Augenbraue.

»Alrighty then?«

Cassi kichert. Zuerst ist es nur ein leises Kichern, aber dann schwillt es an, kommt tief aus ihrem Inneren, wird zu lautem Lachen. Marlene mustert sie amüsiert. Dann geht sie in die Hocke und krault Maine am Kopf.

»Was soll nur aus dir werden, Maine … mit so einer Irren als Lebensgefährtin?«

Maine rollt sich auf den Rücken. Marlene krault und krault.

Cassi trocknet sich die Augen. Betrachtet diese beiden vor sich, die wissen, wie man das Leben genießt. Die eine trägt, selbst heute, einen schwarzen String, der aus ihrem Hosenbund hervorlugt. Noch nicht mal aus dieser Nähe lassen sich die Worte entziffern, die darüber eintätowiert sind.

»Sag mal, dein Tattoo ...«, beginnt Cassi. »Das hab ich mich schon länger gefragt ... Was soll das eigentlich sein?«

Marlene sieht sich über die Schulter, als könnte sie so ihren eigenen Rücken betrachten, während sie weiter unablässig Maine liebkost.

»Das ist das chinesische Zeichen für Glück«, erwidert sie.

Jetzt ist es Cassi, die eine Augenbraue hebt. Marlene ahnt die unausgesprochene Frage dahinter.

»Also, die Sache ist die ...«, erklärt sie. »Ich habe Berzan gesagt, dass ich *das chinesische Zeichen für Glück* möchte, aber er hat nicht verstanden, dass ich nur das Zeichen an sich meinte. Das Schriftzeichen.«

Marlene zuckt mit den Schultern.

»Und ich konnte ja nicht sehen, was er da tat, ich fand nur, dass es sich ganz schön lange hinzog. Aber ich hatte mich vorher ja noch nie tätowieren lassen. Ich konnte nicht wissen, wie lange so was dauert, und außerdem hatte er sich das Tätowieren ja erst kürzlich beigebracht, da dachte ich, dass es ihm eben noch ein bisschen an Routine fehlte. Manchmal ist es, wie es ist. Irrtümer haben auch ihren Sinn.«

Marlene beugt sich vor und vergräbt das Gesicht in Maines Hals, tut so, als würde sie ihn beißen.

»Und wenn man pingelig sein will, hat Berzan sich anscheinend auch nicht mit der Rechtschreibung ausgekannt«, klingt es etwas dumpf aus dem Hundefell.

Dann hebt sie den Kopf und sieht Cassi an.

»Ganz wortwörtlich steht da ›das kinesische Zeichen für Glück‹.«

Marlene steht auf. Klopft sich die Erde von den Knien.

»So, ich muss jetzt nach Hause und packen. Aber komm doch morgen mal auf einen Kaffee vorbei, wenn du Lust hast. Denn danach bin ich weg. Und wer weiß, ob du mich je wiedersehen wirst.«

Marlene versucht ungerührt zu wirken. Aber ihr Lächeln ist nicht fröhlich, sondern vielmehr ein Ausdruck einer ganzen Gefühlspalette, blitzt kurz auf und erlischt dann wieder wie eine blinkende Lichterkette. Glück! Angst! Abenteuerlust! Sorge!

»Das wird ganz wundervoll werden, Marlene«, versichert Cassi ihr. »Du wirst es lieben. Die Welt ist wie für dich gemacht.«

Marlene blinzelt. Nickt. Steigt auf ihr E-Bike, hebt die Hand und fährt lautlos davon.

Cassi geht nach Hause. Maine läuft ihr hinterher.

Daheim wäscht Cassi sich die Hände und startet dann einen neuen Versuch herauszufinden, wie man Pavels Kaffeemaschine dazu bringt, einen Espresso zuzubereiten. Cassi hat das Schwarz-Weiß-Foto von Bea über der Kaffeemaschine aufgehängt und sieht es an, während die Maschine vor ihr blubbert und faucht. Als sie endlich fertig ist, sind es drei volle Tassen geworden.

Cassi wird beim Geruch von Kaffee immer an Pavel denken. Das sagt ihr ein Gefühl. Er wird in jeder Kaffeebohne, die in ihrer Nähe gemahlen wird, anwesend sein. Seit die Kaffeemaschine zu ihr nach Hause umgezogen ist, träumt sie von Pavel. Dass sie sein Haus betritt, ihn in der Küche sieht, mit dem zufriedenen Gesichtsausdruck, den er immer hatte, wenn er Bohnen nachfüllte. Dass sie ihn irgendein unfassbar uninteressantes Detail über die Röstung von sich geben hört und wo er die Bohnen bestellt hat.

Auf dem Weg nach draußen tippt sie gegen das Glöckchen über der Tür. Cassi will gerade ihre Tassen auf den Stufen abstellen, als sie eine Spinne über den Beton huschen sieht. Die kommt ihr irgendwie bekannt vor. Die Spinne hält inne, scheint den Kopf zu heben und sie anzusehen. Ihr leise zuzunicken, bevor sie weiterhastet. Cassi setzt sich.

Sie muss daran denken, was Pavel ihr über seine Ankunft in Schweden mit der Fähre erzählt hat. Wie er geglaubt hatte, dass seine Zukunft vorgezeichnet wäre. Dass er nach dieser Reise wieder in seine Heimat zurückkehren würde, sein Leben mit der Frau leben würde, deren Verwandte sie besuchen wollten. Dass sie Kinder haben und er die Werkstatt seines Vaters übernehmen würde. Alles war geplant. Sein Leben war klar umrissen.

Dass es dann nicht so kam, lag nur an spontanen Impulsen. An einem Slogan auf einem Werbeplakat, der ihn ansprach. An einem Bus, der zufällig an einer Haltestelle in der Nähe hielt. An einem Zug, der sofort fuhr.

Auch wenn er die Art, wie er sich verhalten hatte, später vielleicht bereute, hatte er doch nie bereut, *was* er getan hatte.

Die Sonne hat die Treppenstufen gewärmt. Cassi leert eine Kaffeetasse. Starrt zum Wald. Blättert durch die Werbeprospekte, die sie in den Mülleimer an der Straße hätte werfen sollen, aber auf die Treppe gelegt hat, als sie wiedergekommen ist. Eine Postkarte liegt dazwischen. Ihr Name und ihre Adresse stehen darauf, die Nachricht besteht jedoch nur aus drei kleinen Wölkchen.

Aber Cassi versteht sofort. Sie kann die Rauchzeichen deuten. Sie weiß, wer sie geschickt hat und was sie heißen. Sie sieht

Liza, Andrea und Maggie vor ihrem inneren Auge. Spürt, dass sie die drei vermisst.

Sie ist bereit sich der Zukunft zu stellen, bereit zu verzeihen. Marlene hatte recht. Es ist Zeit, wieder mit anderen Menschen zu reden. Cassi geht ins Schlafzimmer, sucht unter dem Bett nach ihrem ausgeschalteten Handy. Lädt es auf.

Als sie wiederum auf den Stufen Platz nimmt, kommt Maine zu ihr und setzt sich dicht neben sie. Sie spürt sein weiches Fell an dem Streifen ihrer Haut zwischen T-Shirt und Shorts. So sitzen sie da. Starren zum Wald hinüber. Maine legt sich hin, legt seinen Kopf auf ihren Oberschenkel. Sie legt ihre Hand auf seinen Kopf. Und dann – Stille. Bis auf das Rauschen des Waldes und ihre ruhigen Atemzüge.

Cassi war nicht immer so. Sie war mal jemand anders, etwas anderes. Sie wird nicht immer die sein, die sie jetzt ist. Die, die sie heute ist, kann morgen eine andere sein. Das ist eine kribbelnde Erkenntnis, wie ein wohliger Schauer, der ihr den Rücken hinunterläuft. Wie ein Versprechen. Nichts ist vorüber, alles kann geschehen. Wie auch immer die Zukunft aussehen wird, wo immer das Leben sie hinführt, sie wird immer dankbar für diesen Ort sein und dafür, was er ihr gegeben hat.

Cassi trinkt eine weitere Tasse Kaffee. Krault Maines Hals. Dreht ihr Gesicht den letzten Sonnenstrahlen des Tages zu. Sie stellt fest, dass sie lächelt. Maine seufzt zufrieden. Sie denkt, dass es ein Glück ist, dass sie draußen sind.